KNAUR

Die Ffion-Morgan-Reihe von Clare Mackintosh bei Knaur:
Die letzte Party
Spiel der Lügner

Über die Autorin:
Clare Mackintosh arbeitete 12 Jahre lang bei der britischen Kriminalpolizei, bevor sie sich entschloss, zwei Jahre Auszeit zu nehmen und es mit dem Schreiben zu versuchen. Heute ist sie die mehrfach preisgekrönte Autorin von fünf Sunday Times-Bestsellern. Ihre Bücher, die in vierzig Sprachen übersetzt wurden, haben sich weltweit mehr als zwei Millionen Mal verkauft.
Zusammen mit ihrem Mann und ihren drei Kindern lebt Clare Mackintosh in Wales.

Clare
Mackintosh

FREIER FALL

THRILLER

Aus dem Englischen von
Sabine Schilasky

KNAUR

Die britische Originalausgabe erschien 2021 unter dem Titel »Hostage«
bei Sphere. An imprint of Little, Brown Book Group, London.

Besuchen Sie uns im Internet:
www.droemer-knaur.de

MIX
Papier | Fördert gute Waldnutzung
FSC® C014496

Deutsche Erstausgabe Oktober 2024

Redaktion: Kerstin Kubitz
Covergestaltung: semper smile, München,
Übernahme des Originalverlags LITTLE, BROWN BOOK GROUP LTD.
Coverabbildung: semper smile, München, unter Verwendung
des Designs von Siobhan Hooper – LBBG und Motiven von
Arcangel Images, Shutterstock.com
Satz und Layout: Adobe InDesign im Verlag
Druck und Bindung: GGP Media GmbH, Pößneck
ISBN 978-3-426-52777-1

2 4 5 3 1

Für Sheila Crowley

ZENTRALE: Welchen Notfall haben Sie?

ANRUFER: Ich bin in der Nähe vom Flughafen … Und ich sehe … Oh, mein Gott!

ZENTRALE: Können Sie mir bitte genau sagen, wo Sie sind?

ANRUFER: Am Flughafen. Hier ist ein Flugzeug … das steht auf dem Kopf. Es kommt zu schnell runter. Oh, mein Gott, oh, mein Gott!

ZENTRALE: Hilfe ist unterwegs.

ANRUFER: Aber das ist zu spät. Es ist *[unverständlich]*. Es stürzt ab! Es stürzt ab …

ZENTRALE: Können Sie bestätigen, dass Sie in sicherer Entfernung sind?

ANRUFER: *[unverständlich]*

ZENTRALE: Ist mit Ihnen alles in Ordnung?

ANRUFER: Es ist abgestürzt. Es ist wirklich abgestürzt. Oh, mein Gott, es brennt …

ZENTRALE: Die Feuerwehr ist in weniger als einer Minute da. Krankenwagen auch. Ist jemand bei Ihnen?

ANRUFER: Die ganze Maschine qualmt – es ist *[unverständlich]*. O Gott, etwas ist explodiert – es ist wie ein riesiger Feuerball …

ZENTRALE: Die Feuerwehr ist jetzt vor Ort.

ANRUFER: Ich kann kaum noch die Maschine sehen, nur Rauch und Flammen. Es ist zu spät. Zu spät! Da kommt keiner lebend raus.

PROLOG

Nicht rennen, sonst fällst du.

Vorbei am Park, den Hügel hinauf. Warten auf das grüne Männchen, noch nicht, noch nicht …

Jetzt!

Katze im Fenster. Wie eine Statue. Nur die äußerste Schwanzspitze bewegt sich. Zuck, zuck, zuck.

Noch eine Straße überqueren. Kein grünes Männchen und keine Schülerlotsin. Die muss doch hier sein …

Sieh nach rechts, links, wieder rechts. Noch nicht, noch nicht …

Jetzt!

Nicht rennen, sonst fällst du.

Briefkasten, Laternenpfahl, Bushaltestelle, Bank.

Große Schule – nicht meine Schule. Noch nicht.

Buchhandlung, leerer Laden, der Makler, wo Häuser verkauft werden.

Jetzt der Schlachter, wo Vögel am Hals im Fenster aufgehängt sind. Ich kneife die Augen zu, damit ich nicht sehe, wie sie mich anstarren.

Tot. Alle tot.

TEIL
EINS

EINS

08:30 UHR | MINA

»Hör auf, sonst fällst du.«

Eine Woche lang hat es geschneit, und der Schnee ist über Nacht immer zu Eis gefroren. Jeden Tag lauert die Gefahr morgens unter einer neuen Puderschicht. Alle paar Meter rutsche ich in meinen Stiefeln fast aus, und mein Bauch verkrampft sich, wappnet sich für einen Sturz. Wir kommen langsam voran, und ich ärgere mich, dass ich nicht daran gedacht habe, Sophia einfach auf dem Schlitten mitzunehmen.

Widerwillig öffnet sie die Augen und dreht den Kopf eulengleich weg von den Läden, um das Gesicht in meinem Ärmel zu vergraben. Ich drücke ihre Hand in dem Fausthandschuh. Sie hasst die Vögel im Schlachterfenster, deren schimmerndes Halsgefieder in einem grausamen Kontrast zu ihren toten Augen steht.

Ich kann sie auch nicht leiden.

Adam sagt, ich hätte diese Phobie an sie weitergegeben wie eine nicht enden wollende Erkältung oder ein Schmuckstück, das sie gar nicht will.

»Wo hat sie es denn dann her?«, fragte er, als ich widersprach. Dabei wies er mit ausladender Geste auf eine unsichtbare Menschenmenge, als würde deren Schweigen seine Behauptung untermauern. »Von mir jedenfalls nicht.«

Natürlich nicht. Adam hat keine Schwächen.

»Sainsbury's«, sagt Sophia jetzt und blickt zurück zu den Läden, nun, da wir an den toten Vögeln vorbei sind. Sie kann immer noch kein »S« oder »R« sprechen, weshalb es sich so niedlich anhört, dass mir das Herz übergeht. Momente wie diese sind mir heilig, machen alles andere wett.

Ihr Atem bildet winzige Nebelwolken. »Jett Huhladen. Jett de-e-e-e-e …« Sie zieht das Wort in die Länge, hält es so lange zurück, bis wir so weit sind. »… Obt und Gemüdeladen«, sagt sie schließlich, als wir auf der Höhe des Geschäfts sind. *Obt und Gemüde.* Gott, wie ich die Kleine liebe! Wirklich.

Das Ritual hatte im Sommer vor dem Schulbeginn angefangen, als Sophia vor Aufregung und Nervosität übersprudelte und ihr mit jedem Atemzug Fragen aus dem Mund purzelten. Wie wären ihre Lehrer? Wo würde sie ihre Jacke aufhängen? Würde es Pflaster geben, wenn sie sich das Knie aufschürfte? *Und wie kommen wir noch mal da hin?* Ich lief immer wieder den Weg mit ihr ab: den Hügel hinauf, über die erste Straße, dann die zweite, dann in die Hauptstraße. Vorbei an der Bushaltestelle der Mittelschule, dann an der Ladenzeile mit der Buchhandlung, dem leeren Laden, dem Makler und schließlich dem Schlachter vorbei. Um die Ecke zu Sainsbury's. Zum Schuhladen, dem Obst- und Gemüseladen, an der Polizeiwache vorbei, weiter nach oben, an der Kirche vorbei, *und dann sind wir da,* sagte ich ihr.

Mit Sophia muss man Geduld haben, was Adam schwerfällt. Man muss ihr Sachen immer und immer wieder sagen. Ihr versichern, dass sich nichts geändert hat und nicht ändern *wird.*

An ihrem ersten Tag im September hatten Adam und ich sie gemeinsam hingebracht. Wir nahmen jeder eine Hand von ihr, schaukelten sie zwischen uns, als wären wir immer noch eine richtige Familie, und ich war froh, eine Entschuldigung für die Tränen zu haben, die mir in den Augen brannten.

»Sie wird losziehen, ohne sich noch mal zu euch umzudrehen. Ihr werdet schon sehen«, sagte Tante Mo, als sie meinen Gesichtsausdruck bei unserem Aufbruch bemerkte. Eigentlich ist sie keine Tante, aber »Mrs Watt« ist zu förmlich für eine Nachbarin, die heiße Schokolade macht und sich Geburtstage merkt.

Ich hatte mir ein Lächeln für Mo abgerungen. »Ich weiß. Bekloppt, oder?«

Bekloppt ist es auch, sich zu wünschen, Adam würde noch bei uns wohnen. Bekloppt ist es zu denken, der Tag wäre irgendwas anderes gewesen als ein Rollenspiel um Sophias willen.

Mo hatte sich lächelnd zu Sophia gebeugt. »Viel Spaß, Süße!«

»Mein Kleid kratzt.« Die Worte kamen mit einer Schnute heraus, die Mo ignorierte.

»Das ist schön, Liebes.«

Mo hat ihr Hörgerät oft nicht drin, um Batterie zu sparen. Wenn ich zu ihr gehe, muss ich mich ins Blumenbeet vor ihrem Wohnzimmerfenster stellen und winken, bis sie mich bemerkt. *Du hättest doch klingeln können!*, sagt sie immer, als hätte ich das nicht seit zehn Minuten getan.

»Was kommt als Nächstes?«, fragte ich Sophia an jenem ersten Tag, als wir am Gemüsemann vorbei waren und sich ihre Angst von ihren Fingern in meine übertrug.

»Polizei!«, rief sie triumphierend. »Daddys Wache.«

Es ist nicht die Wache, auf der Adam arbeitet, aber das spielt für Sophia keine Rolle. Jeder Streifenwagen ist *Daddys Auto*, jeder Uniformierte ist *Daddys Freund*.

»Und dann den Berg rauf.«

Sie hatte sich alles gemerkt. Am nächsten Tag ergänzte sie weitere Einzelheiten – Dinge, die ich nicht gesehen oder bemerkt hatte. Eine Katze auf einem Fenstersims, eine Telefonzelle, eine Mülltonne. Die Begleitkommentare wurden zu einem festen Bestandteil ihres Tages, so wichtig wie das Anziehen der Schuluniform in der richtigen Reihenfolge (von oben nach unten) oder der Flamingostand beim Zähneputzen, bei dem sie die Beine mit den Seiten wechselte. Je nach Tagesform fand ich diese

Rituale bezaubernd oder wollte schreien. Das ist Elternsein in Kurzfassung.

Der Schulanfang hatte das Ende eines Kapitels und den Beginn eines neuen markiert, und wir hatten uns auf den Übergang vorbereitet, indem wir Sophia im letzten Jahr für drei Tage die Woche in die Vorschule schickten. Die übrige Zeit verbrachte sie mit mir, Adam oder Katya, dem stillen, hübschen Au-pair, das mit passendem Gepäck und ohne ein Wort Englisch angekommen war. Katya verbrachte die Mittwochnachmittage an der Sprachenschule und stockte ihren Lohn an den Wochenenden auf, indem sie Regale im Supermarkt auffüllte. Nach sechs Monaten erklärte sie uns zur *nettesten Familie der Welt* und bat, noch ein Jahr bleiben zu dürfen. Ich fragte mich laut, ob es einen festen Freund gab, und Katyas Erröten legte nahe, dass ich recht hatte, auch wenn sie nicht verraten wollte, wer es war.

Ich war begeistert – und erleichtert. Adams und meine Arbeitszeiten machten es unmöglich, uns allein auf eine Kindertagesstätte zu verlassen, und wir hätten uns niemals die Nannys leisten können, die viele meiner Kollegen einstellten. Ich hatte mich gesorgt, dass eine Fremde im Haus stören würde, doch Katya verbrachte ihre Zeit meistens in ihrem Zimmer, wo sie mit Freunden zu Hause skypte. Sie zog es auch vor, allein zu essen, obwohl wir sie immer wieder einluden, sich zu uns zu setzen; und sie machte sich im Haus nützlich, wischte den Boden oder sortierte die Wäsche, auch wenn ich ihr sagte, dass sie das nicht muss. »Du bist hier, um mit Sophia zu helfen und Englisch zu lernen.«

»Es macht mir nichts aus«, antwortete sie. »Ich helfe gern.«

Eines Tages kam ich nach Hause und fand mehrere Sockenpaare von Adam auf unserem Bett, die Fersen, die er immerzu durchlief, säuberlich gestopft.

»Wo hast du das denn gelernt?« Ich konnte gerade mal einen

Knopf annähen oder einen Saum kürzen – und das auch nur ungeschickt. Stopfen hingegen war echtes Hausfrauenterritorium, und Katya war nicht mal fünfundzwanzig.

Sie zuckte mit den Schultern, als wäre es nichts. »Meine Mutter hat mich gelehrt.«

»Ich weiß wirklich nicht, was wir ohne dich tun würden.«

Ich konnte zusätzliche Schichten bei der Arbeit übernehmen, weil ich wusste, dass Katya da war, um Sophia zur Schule zu bringen oder abzuholen, und Sophia betete sie an, was wahrlich keine Selbstverständlichkeit war. Katya hatte die Geduld, endlos mit ihr Verstecken zu spielen, und Sophia fand im Laufe der Zeit immer raffiniertere Verstecke.

»Eins, zwei, drei, ich komme!«, rief Katya laut, jedes neu erlernte Wort sorgfältig ausgesprochen, bevor sie durchs Haus schlich und nach ihrem Schützling suchte. »Im Schuhschrank? Nein … Wie wäre es hinter der Badezimmertür?«

»Das klingt nicht sehr sicher«, sagte ich, als Sophia die Treppe heruntergestürmt kam und mir triumphierend erzählte, dass Katya sie nicht gefunden hatte, weil sie sich auf einem Regal im Wäscheschrank versteckt hatte. »Ich möchte nicht, dass du dich irgendwo versteckst, wo du feststecken könntest.« Sophia hatte mich erbost angesehen und war zurück zu Katya gelaufen, um weiterzuspielen. Ich ließ es gut sein. Mein Vater hielt Adam und mir vor, wir wären übervorsichtig, und zwar ebenso oft, wie ich ihn bat, nicht so *laissez faire* zu sein.

»Sie wird fallen«, sagte ich und konnte kaum hinsehen, wenn er Sophia überredete, auf Bäume zu klettern oder über wacklige Steine einen Bach zu überqueren.

»So lernt man fliegen.«

Ich wusste, dass er recht hatte, und kämpfte gegen den Drang an, Sophia wie ein Baby zu behandeln. Außerdem sah ich ja, dass sie abenteuerlustig war und das Gefühl liebte, wie ein »großes Mädchen« behandelt zu werden. Katya erkannte es sofort, und die beiden waren sich schnell sehr nahe. Sophias Fähigkeit, mit Veränderungen umzugehen – besonders, was Menschen betrifft –, entwickelt sich erst noch. Umso froher war ich, dass Katya bleiben wollte. Mir graute davor, wie sich ihr Weggang auswirken würde.

Der erfolgte abrupt im Juni, nur Wochen nachdem sie gefragt hatte, ob sie bleiben dürfe. Wochen, in denen ich mich zu entspannen begonnen hatte. Ihr Gesicht war tränenfleckig, als sie eilig packte und Sachen in ihren Koffer stopfte, die noch klamm vom Trockner waren. Hatte es mit dem Freund zu tun? Sie wollte mich nicht ansehen. Hatte ich irgendwas falsch gemacht?

»Ich gehe jetzt«, war alles, was sie sagte.

»Bitte, Katya, was es auch ist, lass uns darüber reden.«

Da zögerte sie, und ich bemerkte ihren Blick zu Adam. Sie wirkte wütend und verletzt, und ich drehte mich gerade noch rechtzeitig um, dass ich ihn den Kopf schütteln sah. Eine stumme Anweisung.

»Was ist los?« Ich schaute die beiden abwechselnd an.

Adam hatte mal gescherzt, sollte es zwischen Katya und mir zum Streit kommen, wäre er gezwungen, für die jüngere Frau Partei zu ergreifen. »Ein gutes Au-pair ist nicht so leicht zu ersetzen«, sagte er.

»Sehr witzig.«

»Erzähl mir nicht, du würdest es nicht genauso machen.«

Ich hatte eine Grimasse geschnitten. »Ertappt.«

»Also?«, fragte ich. Sie hatten sich gestritten – das war offensichtlich –, aber weshalb? Sophia war ihre alleinige Gemeinsamkeit, es sei denn, man zählte die Krimiserien mit, die Adam liebte und ich hasste. Sie waren das Einzige, was Katya an einem Samstagabend aus ihrem Zimmer locken konnte. War ich nicht bei der Arbeit, ging ich in der Zeit laufen und kehrte nach zehn

Kilometern zurück, wenn schon der Abspann zu sehen war und die beiden sich über die Folge unterhielten.

Nur stritt sich niemand wegen Krimiserien.

»Frag ihn«, antwortete Katya wütend. Es war das erste Mal, dass ich sie anders als fröhlich erlebte. Draußen wurde gehupt – ihr Taxi zum Flughafen –, und nun sah sie mich an. »Du bist eine nette Frau. Du verdienst solchen Mist nicht.«

Etwas in mir zersplitterte wie ein winziger Riss am Rande eines gefrorenen Sees. Ich wollte zurückspringen, damit das Eis heil bleibt, aber es war zu spät.

Knack.

Sobald sie weg war, wandte ich mich zu Adam um. »Also?«

»Was also?« Er drehte es so hin, als wäre meine Frage – meine schiere Anwesenheit – das eigentliche Ärgernis. Als wäre es meine Schuld.

Ich konzentrierte mich auf den Blick zwischen den beiden, auf Katyas gerötete Augen und die angedeutete Warnung. *Du verdienst solchen Mist nicht.*

»Ich bin nicht blöd, Adam. Was ist los?«

»Womit?« Wieder dieses leichte Schnalzen, bevor er sprach. Es sollte mir zu verstehen geben, dass er mit anderen, wesentlicheren Dingen befasst war und ich ihn zurück zu Irrelevantem nötigte.

»*Mit Katya*«, antwortete ich so, wie manche Leute mit Ausländern sprechen. Mir war, als wäre ich in das Leben von jemand anderem gestolpert. Dies war ein Gespräch, das ich nie zuvor führen musste oder geglaubt hätte, je führen zu müssen.

Er drehte sich um und beschäftigte sich mit etwas, das nicht getan werden musste. Ich sah seinen vor Schuld geröteten Hals. Die Wahrheit schlich sich in meinen Kopf wie die Antwort zu einem Kreuzworträtsel, nachdem die Zeitung längst weggeworfen war. Und mein Mund formte Worte, die ich nicht aussprechen wollte.

»Du hast mit ihr geschlafen.«

Adam fuhr herum. »Nein! Gott, nein! Himmel, Mina, das denkst du?«

Jede Faser von mir wollte ihm glauben. Er hatte mir nie einen Anlass gegeben, an ihm zu zweifeln. Er liebte mich. Ich liebte ihn. Es war schwer, mit ruhiger Stimme zu sprechen. »Was erwartest du, das ich denke? Irgendwas *ist* da zwischen euch, eindeutig.«

»Sie hat die Knetmasse in der ganzen Küche verteilt. Ich habe was gesagt, und sie hat es persönlich genommen. Mehr nicht.«

Ich starrte sein gerötetes Gesicht an, das förmlich »Lüge« schrie. »Du hättest dir wenigstens eine plausible Ausrede ausdenken können.« Dass er sich keine Mühe gab, eine gute Geschichte zu erfinden, tat fast so sehr weh wie die Lüge selbst. Bedeutete ich ihm so wenig?

Katyas Abreise trieb einen Keil in unsere Familie. Sophia war wütend und drückte ihre Trauer um die plötzlich verlorene Freundin aus, indem sie Spielzeug zerschlug und Bilder zerriss. Sie gab mir die Schuld, weil ich diejenige war, die es ihr sagte, und es bedurfte meines gesamten Vorrats an Anstand, ihr nicht zu erzählen, dass Adam schuld war. Er und ich umkreisten einander: Ich wütend und verbittert; er wortkarg und voller gekünsteltem Groll, der bewirken sollte, dass ich an mir selbst zweifelte. Ich blieb standhaft. War Katya das Kreuzworträtsel, hatte ich es jetzt gelöst und sah, dass die Hinweise kein bisschen kryptisch gewesen waren. Seit Monaten war Adam ausweichend, was seine freien Tage anging, und nahm auf einmal sogar sein Handy mit ins Bad, wenn er duschte. Ich war dumm gewesen, es nicht eher zu begreifen.

»Den Berg rauf«, sagt Sophia jetzt. »Dann die Kirche, und …«

Zu spät greife ich ihre Hand fester. Sophias Finger entgleiten mir, als ihre Füße unter ihr wegrutschen und sie mit dem Hinterkopf auf dem Boden aufschlägt. Zunächst reißt sie die Augen weit auf vor Schreck, dann verengt sie sie, während sie bewertet, wie sehr sie sich wehgetan hat, wie erschrocken sie ist und wie verlegen. Ich verkürze diesen Ablauf, indem ich meine Tasche fallen lasse und sie hochhebe, wobei ich in meiner Eile einen Mann anstoße, der uns entgegenkommt.

»Hoppala!«, sage ich im Ton einer versierten Nanny.

Sophia sieht mich an. Ihre Unterlippe bebt, und mit ihren dunklen Augen versucht sie, in meinen zu erkennen, wie schlimm ihr Sturz war. Ich lächle, um ihr zu signalisieren, dass es nichts war, und suche am Himmel nach Wolkenfiguren.

»Siehst du den Hund? Der steht auf den Hinterbeinen – siehst du? Da ist sein Kopf. Und da sein Schwanz.«

Sie wird nicht weinen. Sophia weint nie. Stattdessen wird sie wütend, brüllt unartikuliert und gibt mir die Schuld. Immer mir. Oder sie rennt auf die Straße, um etwas zu beweisen, das nur sie versteht. Dass ich sie liebe? Dass ich sie nicht liebe?

Sie folgt meinem Blick. Ein Flugzeug durchschneidet die Wolken, die so dicht aussehen, als könnten sie es stoppen.

»747«, sagt Sophia.

Ich atme auf. Die Ablenkung hat gewirkt. »Nein, es ist ein A380. Kein Hubbel vorn, siehst du?« Ich setzte sie behutsam ab, und sie zeigt mir ihren vom Schnee durchnässten Handschuh.

»Arme Sophia. Guck mal, da ist die Kirche. Was kommt als Nächstes?«

»D-die Schule.«

»Dann sind wir fast da«, sage ich mit einem strahlenden Lächeln, unter das ich das Unheil kehre. Meine Tasche – oder vielmehr Sophias Tasche – ist umgekippt, und der Inhalt hat sich auf das Pflaster ergossen. Ich stopfe ihre Wechselsachen wieder hinein und hole die Wasserflasche, die über die Steine kullert und im Sekundentakt mal den Namen meiner Tochter zeigt, mal nicht.

»Ist das deiner?«

Der Mann, den ich angerempelt habe, hält Sophia etwas hin. Es ist der Elefant, dessen Rüssel von fünf Jahren Liebe ganz eingedrückt und blank ist.

»Gib mir den wieder!«, brüllt Sophia, wobei sie aber gleichzeitig einen Schritt zurückweicht und sich hinter mir versteckt.

»Es tut mir sehr leid.«

»Schon gut.« Den Mann scheint die Unhöflichkeit meiner Tochter nicht zu stören. Ich darf mich nicht für sie entschuldigen. Es widerspricht dem, was sie empfindet, und sie braucht in diesem Moment Unterstützung. Dennoch ist es schwer, den Mund zu halten, wenn Leute die Augenbrauen hochziehen und sichtlich erschrocken sind, dass man seinem Kind keine Manieren beibringt. Ich nehme den Elefanten, und Sophia reißt ihn mir sofort aus der Hand, um ihr Gesicht darin zu vergraben.

Das Stofftier stammt aus dem Haus, in dem Sophia die ersten vier Monate ihres Lebens verbracht hat. Er ist das Einzige, was ihr aus jener Zeit geblieben ist, auch wenn keiner weiß, ob er tatsächlich Sophias war oder nur an dem Tag gegriffen wurde, als sie in die Notunterkunft kam. So oder so sind die beiden heute unzertrennlich.

Sie hält den Elefanten beim Rüssel, bis wir in der Schule sind, wo sie Miss Jessop ihre nassen Handschuhe zeigt und ich Sophias Jacke aufhänge und Mütze und Schal in ihre Tasche stecke. Es ist der 17. Dezember, und in der Schule herrscht kribbelnde Vorweihnachtsstimmung. Watte-Schneemänner tanzen über Bastelpapierbogen an Pinnwänden, und mehrere Lehrerinnen tragen weihnachtliche Ohrringe, sodass ihre Ohrläppchen Blinksignale abgeben, die festlich sein könnten oder ein Alarm. Der Fliesenboden ist nass von Schneeklumpen, die am Eingang nicht vollständig abgeklopft wurden und sich bis zu den Garderobenhaken verteilt haben.

Ich bringe Miss Jessop Sophias Brotdose, während ich weiter den Inhalt ihrer Tasche durchgehe. Katya hatte die Tasche jeden Abend ausgeleert, klebrige Fingerabdrücke weggewischt und diskret die weniger gelungenen Kunstwerke im Papiermüll verschwinden lassen. Genauso will ich es auch halten, aber dann hänge ich mir nachmittags die Tasche über die Schulter und denke nicht mehr dran, bis wir am nächsten Morgen zur Schule gehen.

»Alles bereit für Weihnachten?« Sophias Lehrerin ist eine zierliche Frau mit glatter Haut, was bedeutet, dass sie Mitte zwanzig sein muss oder dreißig, wobei sie sich dann gut gehalten hätte. Ich denke an all die teuren Gesichtswässer, die ich mir über die Jahre in Duty-free-Läden gekauft habe, all die Hautpflege, die ich mit besten Absichten angefangen hatte, um doch wieder bei Feuchttüchern zu landen. Ich wette, Miss Jessop macht Tiefenreinigungen und benutzt regelmäßig Feuchtigkeitscremes.

»Einigermaßen.«

An Sophias Ersatzpulli hängt ein Eisklumpen, und drum herum ist der Stoff nass und kalt. Ich schüttle ihn aus, bevor ich mich wieder der fruchtlosen Suche zwischen Teilen von Eierpappen und leeren Saftpackungen zuwende. »Ich kann ihren Epi-Pen nicht finden. Haben Sie noch den, den ich Ihnen gegeben hatte?«

»Ja, keine Sorge. Der ist im Medizinschrank, mit Sophias Namen drauf.«

»Meine Haargummis sind die falsche Farbe!«, verkündet Sophia.

Miss Jessop bückt sich, um sich Sophias Zöpfe anzusehen, von denen einer mit einem roten und der andere mit einem blauen Gummi gebunden ist. »Das sind sehr hübsche Haargummis.«

»Für die Schule habe ich aber immer zwei blaue!«

»Tja, mir gefallen diese sehr gut.« Miss Jessop sieht wieder zu mir, und ich staune über ihre berufstypische Fähigkeit, immer das letzte Wort zu haben. Meine Haargummi-Diskussion mit Sophia hatte das gesamte Frühstück und einen Großteil unseres Schulwegs über angedauert. »Und vergessen Sie bitte nicht, dass morgen unser Weihnachtsessen ist, also braucht Sophia da keine Brotdose mitzubringen.«

»Alles klar. Morgen holt unsere Babysitterin sie ab. Becca. Ich glaube, Sie kennen sie schon.«

»Nicht Mr Holbrook?«

Für einen Moment halte ich ihren Blick und frage mich, ob sich hinter diesem Lächeln noch etwas anderes verbirgt. Enttäuschung? Schuld? Doch ihr Gesichtsausdruck wirkt harmlos, und ich sehe weg, während ich Sophias klammen Pulli neu falte. Verfluchter Adam, dass er mich zu der Sorte paranoider Ehefrau gemacht hat, die mir immer leidtut!

»Er war nicht sicher, ob er rechtzeitig von der Arbeit wegkommt, deshalb ist es sicherer, wenn die Babysitterin Sophia abholt.«

»Wohin geht es für Sie heute?«

»Nach Sydney.«

»In einer Boeing 777«, sagt Sophia. »Mit 353 Passagieren. Es dauert zwanzig Stunden hin, und dann müssen sie wieder zurückkommen, was noch mal zwanzig Stunden dauert, aber erst mal schlafen sie in einem Hotel.«

»Hui, wie aufregend! Bleiben Sie lange weg?«

»Fünf Tage. Rechtzeitig zu Weihnachten bin ich wieder zurück.«

»Die haben vier Piloten, weil es so weit ist, aber die müssen nicht alle auf einmal fliegen. Sie wechseln sich ab.«

Sophia hat alle Einzelheiten zu allen Flugzeugen gelernt, in denen ich fliege. Es gibt eine Führung durch eine 747 auf YouTube, die sie hundertmal gesehen haben muss. Sie kennt das Video in- und auswendig, bewegt die Lippen zum Text des Erzählers. Eine eindrucksvolle Party-Nummer.

»Manchmal finde ich es etwas unheimlich«, sagte ich zu meinem Dad und lächelte bei der Erinnerung. Adam und ich hatten kürzlich entdeckt, dass Sophia nicht, wie wir dachten, die Texte aus ihren Lieblingsbüchern auswendig nachsprach, sondern sie las. Da war sie drei Jahre alt.

Dad hatte gelacht. Er nahm seine Brille ab und putzte sie mit seinem Hemdsaum. »Habt euch nicht so. Sie ist ein aufgewecktes Mädchen. Zu Großem bestimmt.« Seine Augen glänzten, und ich musste heftig blinzeln. Er vermisste Mum genauso sehr wie ich, aber ich fragte mich auch, ob er sich erinnerte, dass sie mal dasselbe über mich gesagt hatten.

Der Psychologe schloss, dass Sophia Hyperlexie hat, was die erste positive Diagnose in einem Meer von Abkürzungen und negativen Schlagworten war. Bindungsstörung. Aufmerksamkeitsdefizitstörung. Pathologische Verweigerung. Das alles steht nicht auf den Adoptionsplakaten.

Adam und ich hatten ein paar Jahre lang versucht, ein Kind zu bekommen. Wir hätten weitermachen können, aber mir wurde der Stress schon zu viel, und ich merkte, wie ich allmählich zu *der Frau* wurde. Der Frau, die genau weiß, wann sie ihren Eisprung hat, die »Baby Showers« von Freundinnen meidet und ihre sämtlichen Ersparnisse für künstliche Befruchtung ausgibt.

»Wie viel kostet das?«

Ich war irgendwo über dem Atlantik und spie all meine Sorgen – na ja, einige – gegenüber einer Kollegin aus, mit der ich an dem Tag arbeitete. Sian war mütterlich sanft, und wir tauschten Lebensgeschichten aus, bevor das Fahrwerk eingeklappt war.

»Tausende.«

»Könnten deine Eltern dir aushelfen?«

Ich erzählte ihr nichts von Mum. Das war noch zu frisch. Und was eine Kreditanfrage bei Dad betraf, nach allem, was geschehen war … Ich schüttelte den Kopf und lenkte das Gespräch in eine andere Richtung. »Es ist nicht nur das Geld. Ich würde irgendwann total besessen sein, das weiß ich. Bin ich schon. Ich wünsche mir Kinder, aber ich will über diesen Wunsch nicht durchdrehen.«

»Na dann, viel Glück dabei.« Sian schnaubte. »Ich habe vier und bin mit jedem ein bisschen mehr gaga geworden.«

Wir wurden für eine Adoption in Betracht gezogen. Es dauerte eine Weile, weil wir ganz klar gesagt hatten, dass wir ein Kind unter einem Jahr wollten. Adams Arbeit bei der Polizei hatte ihn mit einigen der schlimmsten Produkte des Pflegesystems in Berührung gebracht, und wir glaubten beide nicht, dass wir mit solch einem Kind umgehen könnten. Ein Baby wäre einfacher, dachten wir.

Sophia wurde uns angeboten, als sie vier Monate alt war. Die fünf vorherigen Kinder ihrer Mutter waren ebenfalls als Säuglinge wegen gefährlicher Vernachlässigung in Obhut genommen worden. Die behördlichen Abläufe waren sehr träge, und die Monate, in denen sie bei einer Pflegefamilie war und wir auf sie warten mussten, nahmen kein Ende. Wir mussten dem Sozialdienst zeigen, dass wir vorbereitet waren, wurden aber gleichzeitig von Aberglauben gepackt. Adam stellte die größten Verrenkungen an, um einen Bogen um Leitern zu machen, und achtete darauf, dass schwarze Katzen seinen Weg nur von der richtigen Seite her kreuzten. Unser Kompromiss bestand darin, in Sophias frisch gestrichenem Zimmer alles bereitzustellen, was wir brauchten, jedoch nichts auszupacken, falls etwas schiefging und wir alles wieder zurückbringen müssten.

Der offizielle Bescheid kam, als Sophia zehn Monate alt war, und Adam raste mit dem Wagen voller Papp- und Plastikverpackungen zum Recyclinghof. Endlich hatten wir unsere Familie. In Filmen wollen sie einen glauben machen, das sei das Happy End. Wie sich herausgestellt hat, muss man sich dafür ein bisschen mehr anstrengen.

Nun läuft Sophia mit ihren Freundinnen weg, und ich beobachte sie durch das Glas. Sogar jetzt noch gibt es einige Kinder, die beim Abschied morgens weinen. Ich frage mich, ob ihre Eltern Sophia sehen und denken, *die glückliche Mum,* so wie ich die Kinder beobachte, die sich an ihre Mütter klammern, und dasselbe denke.

Zu Hause lege ich eine Nachricht für Becca hin, die Oberstufenschülerin, die hin und wieder auf Sophia aufpasst. Ich stelle eine Lasagne zum Auftauen heraus, falls Adam nicht rechtzeitig zum Abendessen zurück ist, und lege ein sauberes Handtuch ins Gästezimmer, obwohl mein Mann weiß, wo der Wäscheschrank ist. Es ist schwer, sich solche Dinge abzugewöhnen, nachdem man zehn Jahre lang für jemanden gesorgt hat.

»Warum kann ich nicht in unserem Bett schlafen?«, hatte er das erste Mal gefragt.

Ich sprach leise, und das nicht nur wegen Sophie. Ich wollte keinen von uns noch mehr verletzen, als wir es ohnehin schon waren. »Weil es nicht mehr unser Bett ist, Adam.« Das war es seit dem Tag nicht mehr, an dem Katya ging.

»Warum bist du so?«

»Wie?«

»So kalt. Als würden wir uns kaum kennen.« Er verzog das Gesicht. »Ich liebe dich, Mina.«

Ich öffnete den Mund, um zu erwidern, dass ich nicht mehr so empfand, aber das brachte ich nicht über die Lippen.

Natürlich haben wir es mit Paartherapie versucht. Um Sophias willen, wenn schon nicht für uns. Ihre Bindungsprobleme saßen tief, eine körperliche Erinnerung an die Monate, in denen sie weinte und niemand sie trösten kam. Was würde eine Trennung bei ihr auslösen? Sophia war es gewohnt, dass Adam abends und nachts arbeitete und ich manchmal über Tage weg war. Doch wir kamen immer zurück.

Bei der Therapie war Adam bestenfalls einsilbig und so ausweichend wie zu Hause auch. Im Juli erklärte er sich bereit auszuziehen.

»Ich brauche Zeit«, hatte ich ihm gesagt.

»Wie viel Zeit?«

Das konnte ich nicht sagen. Ich wusste es nicht. Er zögerte vor den Koffern, die wie eine russische Puppe einer in dem anderen steckten. Optimistisch wählte er den kleinsten. Die Personalabteilung besorgte ihm ein Zimmer in einem Haus mit drei Polizeirekruten, die sich voller Enthusiasmus und billigem Bier mit ihren neuen Erlebnissen in Uniform überboten. »Da kann ich Sophia nicht mit hinnehmen«, sagte Adam. »Das wäre nicht gut für sie.«

Also richtete ich ihm das Gästezimmer her, und wenn ich bei der Arbeit bin, schläft Adam hier. Für wen von uns beiden es schlimmer ist, ist schwer zu sagen.

Ich ziehe mir meine Uniform an und überprüfe meinen Koffer. Der heutige Flug ist eine große Nummer. Den letzten Non-stop-Flug von London nach Sydney gab es 1989 – eine Werbeaktion mit zwanzig Leuten an Bord. Reguläre Linienflüge waren bisher nicht möglich. Es hat Jahre gedauert, eine Maschine zu entwickeln, die diese Entfernung bei voller Auslastung bewältigt.

Ich lege Sophia eine Nachricht aufs Bett: ein mit Filzstift gemaltes Herz, unter dem *Hab dich lieb, Mummy* steht. Das mache ich jedes Mal, wenn ich fliege, seit sie lesen kann.

»Hast du meine Nachricht gefunden?«, habe ich sie einmal bei einem Video-Anruf gefragt, bei dem ich ihr Gute Nacht sagen wollte. Ich habe vergessen, wo ich war, doch die Sonne stand noch hoch am Himmel, und beim Anblick der frisch gebadeten Sophia bekam ich Heimweh.

»Was für eine Nachricht?«

»Auf deinem Bett. Ich habe sie auf dein Kissen gelegt, wie immer.« Das Heimweh machte mich unfair, denn ich wollte, dass Sophia sagte, sie würde mich vermissen, weil ich sie vermisste.

»Bye, Mummy. Katya und ich bauen eine Höhle.« Das Bild wackelte, und ich sah die Decke in der Küche. Ich beendete das Gespräch, bevor Katya Mitleid mit mir haben konnte.

Auf dem Weg zum Flughafen schalte ich Radio 2 ein, aber meine Schuldgefühle übertönen es fast.

»Leute müssen arbeiten«, sagte ich mir laut. »So ist es nun mal.«

Ich hatte Adam gesagt, dass der Dienstplan geändert wurde und ich versucht hatte zu tauschen. Doch jetzt wäre ich fünf Tage fort, und was sollte man da machen? Job war Job.

Es war gelogen.

ZWEI

09:00 UHR | ADAM

»Der Boss will dich sehen.«

Ätzende Säure brennt in meinem Bauch, als ich mich bemühe, normal zu wirken. Haben diese fünf Worte jemals Gutes verheißen?

»Ah, in Ordnung.« Ich sitze an meinem Schreibtisch. Meine Hände sind plötzlich zu groß, zu ungeschickt, als stünde ich vor einem riesigen Publikum, nicht nur vor Wei, der mich neugierig ansieht.

»Im Moment ist der DCI noch bei ihr.«

»Danke.« Stirnrunzelnd blicke ich auf den Monitor und gehe die Papiere auf meinem Schreibtisch durch, als würde ich etwas suchen. Ich muss einen Bericht zu einem Raub für die Staatsanwaltschaft fertig machen, Aussagen zu einer schweren Körperverletzung aufnehmen, die auf einen Mord hinauslaufen könnte, falls das Opfer nicht durchkommt. Das ist die Arbeit, auf die ich mich konzentrieren muss. Stattdessen schwitze ich in meinen Kragen und frage mich, ob es das war. Ob es das Ende ist. Ich spüre, dass Wei mich ansieht, und frage mich, ob er schon weiß, warum Butler mich sprechen will.

Weiche Schneeflocken landen draußen auf dem Fenstersims. Drinnen wandert ein ignorierter Anruf von einem leeren Schreibtisch zum nächsten, bis sich jemand erbarmt und rangeht. Ich finde die Akte zur schweren Körperverletzung und überfliege die Zeugenliste. Hiermit könnte ich den ganzen Tag draußen unterwegs sein, und wenn ich deshalb eine Nachricht vom DI verpasse, dann habe ich eben Aussagen aufgenommen oder mit der Opferbetreuung telefoniert. Ich stopfe die Akte in meinen Rucksack und stehe auf.

»Sie wollen hoffentlich zu mir.«

Ihre Stimme ist beinahe angenehm, aber das beruhigt mich null. Ich habe genug Police Officers gesehen, die mit einem Lächeln in Detective Inspector Naomi Butlers Büro gingen und eine halbe Stunde später mit einer gegengezeichneten Abmahnung in der geballten Faust wieder herauskamen.

»Eigentlich muss ich …«

»Es dauert nicht lange.«

Butler gibt mir keine Chance zu widersprechen. Sie geht voraus aus dem CID-Büro und den Korridor hinunter zu ihrem, sodass mir keine andere Wahl bleibt, als ihr zu folgen. Sie trägt weiße Converse zu einer Nadelstreifenhose und einer grauen Seidenbluse, die von einem Leomustergürtel gerafft wird. Ein winziger Silberring steckt oben in ihrem einen Ohr. Ich trotte hinter ihr her wie ein Kind auf dem Weg zum Schuldirektor und liste im Geiste alle Gründe auf, die sie haben könnte, mich sprechen zu wollen. Am Ende gibt es nur einen, der wirklich zählt. Den, der mich alles kosten kann.

Als Naomi Butler ihren Posten übernahm, rückte sie den schweren Schreibtisch vom Fenster weg, sodass sie mit dem Gesicht zu der Glastür sitzt, die sie nun hinter mir schließt. Wohl oder übel muss ich mit dem Rücken zum Korridor Platz nehmen. Zweifellos wird Wei in den nächsten Sekunden einen Vorwand finden, am Büro vorbeizugehen, um mit einem Blick nach drinnen abzuschätzen, was mir blüht. Ich setze mich gerader hin. Die Haltung verrät eine Menge, und ich kann darauf verzichten, dass Wei zurückläuft und den anderen im Büro berichtet, ich hätte ganz klein beim Boss gesessen.

»Wie läuft es?« Butler lächelt, doch ihr Blick ist hart. Er fixiert mich auf eine Art, dass es fast wehtut, und ich muss blinzeln, um den Kontakt zu brechen. Ein Punkt für Butler. Die Bikerjacke, die sie bei jedem Wetter anhat, hängt auf ihrer Stuhllehne, und als sie sich zurücklehnt, knarzt das Leder mürrisch. Auf ihrem Schreibtisch steht ein Polizeiradio, das auf den hiesigen Kanal eingestellt ist. Es heißt, dass sie es nie ausschaltet, nicht mal zu Hause, und bei jedem Einsatz aufkreuzt, der ihr Interesse weckt.

»Bestens.«

»Wie ich höre, haben Sie einige private Probleme.«

»Keine, mit denen ich nicht fertigwerde.« Sie will mir doch wohl keine Beziehungsratschläge geben, oder? Ich blicke zu dem schmalen Streifen hellerer Haut an ihrem Ringfinger und frage mich, wer wen verlassen hat. Butler bemerkt es – selbstverständlich tut sie das –, und ihr Lächeln verschwindet.

»Haben Sie ein Diensthandy?«

Ich bin überrascht. Irgendwie ist es eine Frage, nur kennt sie die Antwort, also ist es lediglich ihr Einstieg.

»Ja.«

Sie liest meine Telefonnummer von ihrem Notizblock ab, und ich nicke. Mein Fluchtinstinkt ist so stark, dass ich die Sitzfläche zu beiden Seiten packe, um mich zu bremsen.

»Die Buchhaltung hat Ihre Telefonrechnung markiert.«

Drückende Stille tritt ein, und jeder wartet, dass der oder die andere sie füllt. Ich knicke zuerst ein. Selbst wenn man die Regeln kennt, ist es schwer, nicht mitzuspielen. Zwei zu null für Butler.

»Ist das so?«

»Sie ist auffällig höher als alle anderen in der Abteilung.«

Ich kann einen Schweißtropfen fühlen, der mir seitlich übers Gesicht läuft. Wenn ich ihn wegwische, sieht sie es. Ich drehe meinen Kopf ein wenig, merke jedoch, wie auf der anderen Seite das Gleiche passiert.

»Ich hatte dieses Überfallopfer, das nach Frankreich gezogen war.«

DI Butler nickt bedächtig. »Verstehe.«

Wieder Stille. Bisher habe ich Butler nie bei der Befragung eines Verdächtigen erlebt, doch sie steht im Ruf, gnadenlos zu sein, und jetzt gerade glaube ich es auch. Ihr Blick ist vollkommen hart, und mir fällt nichts ein, was ich tun könnte, das nicht defensiv oder schuldig wirkt. Mein Puls rast, und ein Muskel in meinem linken Augenwinkel zuckt. Natürlich entgeht es Butler nicht. Sie wird alles sehen und wissen, dass ich lüge.

Sie klappt ihren Notizblock zu und lehnt sich wieder zurück, als wollte sie sagen: *Der heftige Teil ist vorbei – jetzt mal inoffiziell.* Doch darauf falle ich nicht rein. Meine sämtlichen Muskeln sind angespannt, als kniete ich im Startblock, bereit loszustürmen. Ich denke an Mina auf dem Weg zur Arbeit, und sosehr ich auch wollte, dass sie nicht fliegt, bin ich froh, dass ich ihr erst in fünf Tagen wieder ins Gesicht sehen muss.

»Sie schicken mir noch einen Einzelnachweis der Gespräche«, sagt Butler. »Aber falls es irgendwas gibt, das Sie mir sagen wollen …«

Ich runzle die Stirn, als hätte ich keinen Schimmer, wovon sie redet.

»Denn Ihnen ist sicher bekannt, dass die Diensthandys nicht für Privatgespräche genutzt werden dürfen.«

»Selbstverständlich.«

»Na, dann ist ja gut.«

Ich verstehe den Wink und stehe auf. »Danke«, sage ich, obwohl ich nicht weiß, wofür. Für die Warnung, schätze ich. Für die Chance, meine Verteidigung vorzubereiten, auch wenn nicht mal die besten Anwälte eine Geschichte zusammenspinnen könnten, um mich hier rauszuholen.

Was mit Katya war, ist noch mein kleinstes Problem.

Sobald Butler die Gesprächsnachweise sieht, ist es vorbei.

DREI

10:00 UHR | MINA

Als ich mich dem Flughafen nähere, verrät mir das Polizeiaufgebot, dass wieder eine Demonstration stattfindet. Die Bauarbeiten für das neue Rollfeld haben vor drei Monaten begonnen, und immer noch kreuzen Protestler nahe den Ankunftsterminals auf, um ihre Gefühle zum Ausdruck zu bringen. Größtenteils machen sie keine Schwierigkeiten, und obgleich ich es nie offiziell zugeben würde, stimme ich ihnen zu. Ich finde bloß, dass sie sich das falsche Ziel gesucht haben. Wir haben eine Welt geschaffen, in der wir fliegen müssen – daran ist nichts mehr zu ändern. Wäre es nicht besser, sich die Fabrikemissionen und die gigantischen Abfallmengen vorzunehmen?

Schuldbewusst denke ich an meine täglichen Feuchttücher und beschließe, meine Gesichtswässer wieder auszugraben. Ein Banner ist quer über die Straße gespannt. FELDER STATT FLUGZEUGE. Sie müssen es eben erst aufgehängt haben, denn um den Flughafen herum wimmelt es von Security. Die Polizei kann ihnen das Demonstrieren nicht verbieten, aber sie holen die Banner und Schilder so schnell runter, wie sie angebracht wurden. Es scheint eine ziemlich sinnlose Übung, wenn man bedenkt, dass jeder, der herfährt, entweder am Flughafen arbeitet oder ein Ticket hat, mit dem er irgendwo hinwill. Ein Banner wird die Leute nicht umstimmen.

Vor dem Kreisel werde ich langsamer und blicke nach links, wo eine Frau ein Plakat mit dem Foto eines verhungernden Eisbären in die Höhe hält. Als sie mich bemerkt, schwenkt sie das Plakat in meine Richtung und ruft etwas Unverständliches.

Mein Herz rast, und ich strecke die Hand nach der Zentralverriegelung aus. Gleichzeitig rutscht mein Fuß vom Gas, weil ich es so eilig habe wegzukommen. Meine absurde Reaktion – auf eine Frau hinter einer Absperrung, noch dazu! – macht mich wütend auf sie alle. Vielleicht bleibe ich doch bei meinen verdammten Feuchttüchern, nur um die zu ärgern.

Auf dem Parkplatz verriegle ich den Wagen und ziehe meinen kleinen Koffer zum Shuttlebus. Normalerweise gehe ich zu Fuß zum Crewraum, aber das Pflaster ist glitschig von grauem Eis, und was zu Hause frischer Schnee war, ist hier Matsch. Ich kann es kaum erwarten, in Sydney zu landen und Sonnenschein zu sehen; dann werde ich mein Gepäck ins Hotel bringen und an den Strand gehen, um Schlaf nachzuholen.

Im Crewraum herrscht die unruhige Stimmung, die mit heißen Gerüchten oder neuen Dienstplänen einhergeht. Ich stelle mich für einen Kaffee an und umklammere den Plastikbecher mit beiden noch kalten Händen. Eine Frau in Zivil mustert mich.

»Sind Sie auf dem Sydney-Flug?«

»Ja.« Ich spüre, dass ich rot werde, und rechne halb mit Empörung. *Sie sollten nicht hier sein …*

Aber sie rümpft die Nase. »Lieber Sie als ich.«

Ich suche nach einem Namensschild, finde aber keines. Wer ist diese Frau? Sie könnte irgendwer sein, von einer Putzkraft bis hin zu einer Managerin. Selbst an normalen Tagen laufen Hunderte durch den Crewraum, und dies ist kein normaler Tag. Jeder will ein Teil von Flug 79 sein, Geschichte machen.

»Nach Santiago sind es vierzehn Stunden, und das ist nicht allzu schlimm.« Ich lächle höflich und hole mein Handy hervor, um zu signalisieren, dass wir hier fertig sind, aber sie ignoriert es. Jetzt kommt sie näher, zieht mich zu sich und senkt die Stimme, als könnten wir belauscht werden.

»Ich habe gehört, dass beim letzten Testflug etwas schiefgegangen ist.«

Ich lache. »Was reden Sie denn?«, frage ich lauter und weise jeden noch so kleinen Anflug von Furcht weit von mir.

»Ein Problem mit dem Flugzeug. Es wurde nur totgeschwiegen. Die haben die gesamte Crew gezwungen, eine Verschwiegenheitsverpflichtung zu unterschreiben und …«

»Hören Sie auf!« Ich bin zu neunundneunzig Prozent sicher, dass ich noch nie mit dieser Frau gearbeitet habe. Warum hat sie sich ausgerechnet mich von allen hier rausgepickt? Ich sehe mir ihr Gesicht an und versuche dahinterzukommen, woher sie ist. Personalabteilung vielleicht? Nicht vom Kundendienst, so viel steht schon mal fest – keiner würde je wieder in einen Flieger steigen. »Das ist Blödsinn«, erwidere ich streng. »Glauben Sie allen Ernstes, die würden eine neue Route anbieten, wenn sie sich nicht absolut sicher sind, dass alles stimmt?«

»Mussten sie. Sonst wäre Qantas ihnen zuvorgekommen – die arbeiten schon viel länger daran. Die Testflüge fanden nur mit wenigen Passagieren und ohne Gepäck statt. Wer weiß, was bei einer voll beladenen Maschine passiert …«

»Ich muss los.« Ich werfe meinen halb vollen Kaffeebecher in den Treteimer, und der Deckel kracht scheppernd herunter, als ich meinen Fuß vom Pedal nehme und weggehe. Blöde Kuh – es ist lächerlich, dass ich mich von ihr nervös machen lasse. Trotzdem spüre ich, wie Furcht meinen Brustkorb einengt. Vor zwei Tagen hatte die *Times* eine Pressemitteilung über den Wettlauf zwischen Qantas und World Airways veröffentlicht, sie allerdings ziemlich verzerrt. *Wie schnell ist zu schnell?* lautete die Schlagzeile über einem Artikel, der Pfusch und Einsparungen andeutete. Eine Stunde lang musste ich meinem Dad am Telefon versichern, dass *ja, alles sicher ist, und, nein, sie würden kein Risiko eingehen.*

»Ich könnte es nicht ertragen, wenn …«

»Dad, es ist vollkommen sicher. Alles ist doppelt und dreifach geprüft worden.«

»Ist es immer«, sagte er unheilschwanger, und ich war froh, dass er mein Gesicht nicht sehen konnte. Ich biss nicht an, denn ich wollte nicht darüber nachdenken.

Letztes Jahr hatten sie vierzig Mitarbeiter auf drei Testflüge geschickt, ihren Blutzuckerspiegel, die Sauerstoffsättigung und die Hirnaktivität gemessen. Der Kabinendruck war genau justiert worden, der Lärmpegel gedrosselt, und es gibt sogar spezielle Mahlzeiten, um den Jetlag zu mindern. Dieser Flug ist so sicher wie jeder andere.

»Viel Glück!«, ruft die Frau mir nach, doch ich blicke mich nicht um. Mit Glück hat es nichts zu tun.

Trotzdem ist mein Puls noch immer hoch, als ich wenige Minuten später ins Besprechungszimmer gehe. Es ist gerappelt voll, denn neben der Crew sind hier noch mehrere Anzugträger, von denen ich die meisten nicht erkenne.

»Ist das Dindar?«, frage ich den Steward neben mir, mit dem ich schon einmal geflogen bin. Ich sehe auf sein Namensschild. Erik.

»Ja, das ist Dindar. Er ist zum Jungfernflug hier.«

Logisch. Yusuf Dindar, der CEO der Airline, erscheint ausschließlich an Tagen wie heute, wenn ein großes Ereignis bedeutet, dass Fernsehkameras da sind und es reichlich Lob für die Männer (ja, es sind ausschließlich Männer) hinter World Airways zu ernten gilt. Das Wettrennen um den ersten Nonstop-Flug von London nach Sydney ist knapp gewesen, und in Dindars triumphierender Miene heute Morgen nehme ich einen Hauch von Erleichterung wahr, dass sie es als Erste geschafft haben. Er steht da und wartet, bis sämtliche Blicke auf ihn gerichtet sind.

»Heute machen wir Schlagzeilen!«

Alle applaudieren. Von hinten im Raum sind Jubelrufe zu hören, und Kameralichter blitzen. Inmitten der feierlichen Stimmung wird mir eiskalt.

Etwas ist schiefgegangen ... ein Problem mit dem Flugzeug ...

Mit einem Kopfschütteln verscheuche ich die Worte der Frau und applaudiere energisch mit den anderen. Wir machen Schlagzeilen. Von London nach Sydney in zwanzig Stunden. Nichts wird schiefgehen. *Nichts wird schiefgehen,* wiederhole ich wie ein Mantra gegen mein wachsendes Unbehagen.

Ich weiß, warum die Frau mich so verunsichert hat. Weil ich nicht hier sein sollte.

Die Personalabteilung hatte die Namen für die Crew ausgelost, allerdings konnte niemand sich entscheiden, ob wir in der Lotterie gewonnen oder den Kürzeren gezogen hatten. In der WhatsApp-Gruppe flogen die Nachrichten hin und her.

Was gehört?

Noch nicht.

Ich habe gehört, dass die E-Mails raus sind.

Ich will unbedingt dabei sein!!!

Und dann ein Bild: ein Screenshot von Ryans Handy. *Glückwunsch! Sie wurden für den Jungfernflug London–Sydney am 17. Dezember ausgelost.* Er hatte ein weinendes Emoji angehängt und *Zwanzig besch... Stunden!*

Ich hatte ihm privat geschrieben und angeboten, seinen Platz zu übernehmen. Warum, erzählte ich ihm nicht, und natürlich versuchte ich, nicht durchblicken zu lassen, wie viel es mir bedeutete. Und er verlangte im Tausch einen Flug nach Mexico City und einen Stapel Geschenkgutscheine, die ich zum Geburtstag bekommen hatte. *Verrücktes Huhn!,* folgerte er, und ich musste ihm zustimmen.

So kam es, dass ich jetzt hier bin. Die Frau, die sich den wichtigsten Flug in der jüngsten Geschichte erschlichen hat.

»Ich möchte die Piloten für diesen historischen Flug vorstellen«, sagt Dindar. Er winkt sie zu sich nach vorn. Es gibt ein wenig Unruhe, als alle Platz für sie machen. »Captain Louis Joubert und Co-Pilot Ben Knox; Captain Mike Carrivick und Co-Pilotin Francesca Wright.«

»Carrivick?«, frage ich Erik, als alle klatschen. »Der steht nicht auf der Crewliste, die ich bekommen habe.«

Erik zuckt mit den Schultern. »Wurde in letzter Minute eingewechselt. Ich kenne ihn nicht.«

Dindar redet weiter. »Es sind einige geladene Gäste an Bord.« Mit »geladen« meint er, dass sie nichts für den Flug bezahlen. Journalisten, einige Prominente und »Influencer«, die sechzehn Stunden des Flugs auf Instagram posten und die übrigen vier trinken werden. »Aber ich bitte Sie dringend, sie nicht anders zu behandeln als die zahlenden Kunden.«

Ja, klar. Die Journalisten mögen zum Spaß hier sein – *geschenkter Businessclass-Flug nach Australien? Hier ist mein Pass!* –, aber sie sind auch auf eine Story aus. Nach dem Motto »*Daily Mail* trifft auf TripAdvisor. *Langstreckenflug und keine hypoallergenen Kissen – unfassbar!*«

Sobald Dindar und die Anzugträger sich genug gratuliert haben, halten wir unser Briefing ab. Mike und Cesca übernehmen den Start und die ersten vier Stunden, dann machen sie Pause in den Schlafkabinen über dem Kabinendeck. Louis und Ben fliegen die nächsten sechs Stunden, bevor die Crew wieder wechselt. Was die Kabinencrew angeht, sind wir sechzehn Leute, aufgeteilt in zwei Schichten. Wenn wir nicht arbeiten, sind wir im Ruhebereich hinten in der Maschine und tun so, als wäre es normal, in einem fensterlosen Raum voller Fremder zu schlafen.

Eine Arbeitsmedizinerin kommt, um über die Gefahren der

Übermüdung zu reden. Sie erinnert uns daran, genug zu trinken, und macht eine Atemübung vor, die uns helfen soll, in den Pausen möglichst viel Schlaf zu bekommen. Einige Leute lachen, und ein Steward gibt vor einzuschlafen.

»Verzeihung«, sagt er und schreckt mit einem Grinsen hoch. »Ich glaube, es funktioniert!«

Als wir paarweise hinter den Piloten her durch den Flughafen gehen, herrscht eine fiebrige Vorfreude, und ich empfinde einen kribbelnden Stolz, wie immer vor einem Flug. Unsere Uniform ist dunkelblau mit smaragdgrünen Akzenten an den Manschetten, den Säumen und den Revers. Auf der linken Brust tragen wir eine emaillierte Anstecknadel mit dem World-Airways-Logo, auf der rechten die mit unserem Vornamen. Unsere smaragdgrünen Halstücher stellen ausgebreitet eine Weltkarte dar. Nur heute tragen wir noch einen neuen Anstecker: *Flug 79. Wir machen die Welt zu einem kleineren Ort.*

Ein interner Fotograf knipst uns aus allen Winkeln, und ein Geraune von *London–Sydney* folgt uns zum Gate.

»Als wäre man auf dem roten Teppich!«, sagt jemand von der Crew.

Als würde man aufs Schafott gehen, denke ich. Ich werde dieses Gefühl nicht los – ein einziger fauler Apfel in einer Kiste voller guter –, dass etwas Schreckliches passieren wird.

Manche Menschen haben es bei jedem Flug, nehme ich an: diese Angst ganz tief im Bauch. Ich fand immer, dass es furchtbar sein muss, diese wundervollen Stunden in der Luft damit zu verbringen, dass man sich an die Armlehnen klammert, die Augen fest zukneift und sich Katastrophen ausmalt, zu denen es nicht kommt.

Ich nicht. Mir bedeutet Fliegen alles. Ein Triumph der Ingenieurskunst, nicht gegen die Natur, sondern mit ihr. Adam lacht, wenn ich über Flugzeuge doziere, aber was gibt es Schöneres als ein abhebender A320? Als Kind hatte ich gestöhnt, wenn Dad mich mit zum Flughafen schleppte, wo er am Grenzzaun stand und die Maschinen fotografierte. Ihm ging es um die Fotografie – er verbrachte genauso viele Stunden am Fluss, um das perfekte Bild von einem fliegenden Reiher zu bekommen –, doch ich fand es nach und nach immer spannender.

»Ich habe eine tolle Aufnahme von der 777.« Dann zeigte Dad mir das Display seiner Digitalkamera.

»Das war keine 777«, sagte ich. »Es war eine 747.«

Ich zeichnete für mein Leben gern und skizzierte die Nasenformen in meinem Notizbuch. Vor allem beschwerte ich mich nicht mehr, wenn Dad vorschlug, dass wir den Samstag am Flughafen verbringen. Wenn wir auf Besuch zu Verwandten flogen, interessierten mich weder die Filme an Bord noch die folienverpackten Mahlzeiten. Ich presste die Nase ans Fenster und beobachtete, wie sich das Querruder auf und ab bewegte, fühlte die sanften Reaktionen der Maschine. Ich habe es geliebt!

Deshalb ist dieses Flattern im Bauch, dieses unheimliche Gefühl von Angst beim An-Bord-Gehen, beunruhigend. Die Cockpittür steht offen, und alle vier Piloten drängen sich drinnen, um den Flug vorzubereiten. Mich überkommt ein kalter Schauer.

Erik bemerkt es. »Ist dir kalt? Das liegt an der Klimaanlage. Die stellen sie immer zu niedrig ein.«

»Nein, alles okay. War nur ein kalter Schauer.« Wieder fröstle ich und mache mich rasch an die Arbeit. Wie schon viele Male zuvor überprüfe ich die Kabinenausstattung, doch heute fühlt es sich anders an. Druck. Dichtungen. Sauerstoffzufuhr. Feuerlöscher. Sauerstoffmasken, Notfallsets … alles wichtig. Bei allem geht es um Leben oder Tod.

»Reiß dich zusammen, Holbrook«, murmle ich und bringe einen Karton Tonic Water von der Businessclass-Kabine zur Lounge, um beim Aufstocken der Bar zu helfen. Die Maschine ist maßgeschneidert, angeblich eigens designt, um den Komfort für Passagiere auf solch einer langen Strecke zu verbessern. Vorn ist eine Bordküche zwischen Cockpit und Kabine, dazu zwei Bäder und die Treppe zu den Ruheliegen – hinter einer Tür versteckt. Dann kommt die Businessclass, gefolgt von einer Privatlounge und einer Bar, die durch einen Vorhang vom Rest der Maschine abgetrennt ist, und zwei weitere Toiletten. Die Economyclass ist in zwei Hälften mit einer »Streckzone« dazwischen geteilt, und hinten sind noch Economy-Toiletten. Dreihundertdreiundfünfzig Passagiere insgesamt: Alle atmen dieselbe Luft von dem Moment an, in dem sich die Türen in London schließen, bis sie in Sydney wieder aufgehen.

Als Erstes kommen die Business-Passagiere an Bord, die bereits zur Bar und den Liegesesseln spähen, als wir die Tickets überprüfen und Mäntel annehmen, um sie in den Schrank bei der Bordküche zu hängen. Es sind zu viele Crewmitglieder an Bord, alle sechzehn in der Kabine, um die Passagiere zu begrüßen. Die Hälfte von ihnen verschwindet nach dem Start im Ruheraum, sodass nur noch Erik, Carmel und ich in der Businessclass bleiben, Hassan in der Bar und vier in der Economy. Doch jetzt, da alle unten sind, herrscht eine unterschwellige Atmosphäre von Wahnsinn in der Kabine. Zwanzig Stunden. Wo sonst verbringt man so viele Stunden eingesperrt mit Wildfremden? Im Gefängnis, schätze ich, und der Gedanke ist mir unheimlich.

In der Businessclass wird Champagner angeboten. Ich sehe einen Mann seinen herunterkippen, als handelte es sich um einen Kurzen, bevor er Carmel zuzwinkert, ihm nachzuschenken.

Zwanzig Stunden.

Die Problemfälle erkennt man sofort. Es ist etwas in ihrem Blick und in ihrem Verhalten, dieses *Ich bin besser als du und werde dir das Leben schwer machen.* Das sind allerdings nicht immer die Trinker (auch wenn Gratis-Champagner keine Hilfe ist), und bei diesem Typen fange ich keine miesen Schwingungen auf. Abwarten.

»Meine Damen und Herren, willkommen an Bord von Flug 79 von London nach Sydney.« Als dienstältestes Crewmitglied kommt mir die zweifelhafte Ehre zu, unsere Passagiere zu begrüßen. In meinem Skript ist nichts, was diesen Tag als besonders ausweist, trotzdem hebt Jubel an. »Bitte achten Sie darauf, dass alle Mobiltelefone und tragbaren elektronischen Geräte für den Start verstaut sind.«

Ich gehe in die Kabine und bemerke eine große Tasche zu Füßen einer Frau mit grau meliertem Haar und einem grünen Pullover.

»Darf ich die Tasche für Sie ins Gepäckfach oben legen?«

»Die brauche ich.«

»Wenn sie nicht oben ins Fach passt, muss ich sie vorn in den Schrank schließen, tut mir leid.«

Die Frau hebt ihre Tasche hoch und hält sie fest vor der Brust, als fürchte sie, ich könnte sie ihr entreißen. »Da sind all meine Sachen drin!«

Ich versuche, nicht zu seufzen. »Tut mir leid, aber hier kann sie nicht bleiben.«

Für einen Moment sehen wir uns an, jede entschlossen zu gewinnen. Dann gibt sie ein frustriertes *Tza!* von sich und fängt an, die Tasche auszupacken und Pullis, Bücher und Kosmetiktaschen auf die diversen Fächer um ihren Sitz herum zu verteilen. Ich nehme mir vor, ihren Platz nach der Landung gründlich zu überprüfen, falls sie irgendwas vergisst. Als sie fertig ist, entspannt sich ihre grimmige Miene. Sie blickt aus dem Fenster und trinkt ihren Champagner.

Auf die Pilotenansage hin – *Cabin crew, prepare doors for departure and cross check* – steigt die allgemeine Spannung. Die meisten Business-Passagiere haben schon in ihre Willkommensbeutel gesehen, und eine Frau hat sich sogar schon ihren »Flug 79«-Pyjama angezogen, sehr zur Belustigung der Mitreisenden. Es wird eine Videobotschaft von Dindar gezeigt, und danach kommen die Sicherheitshinweise, die alle ignorieren, weil sie noch nie gehört haben, dass irgendwer die brauchte. Carmel und ich sammeln die leeren Gläser ein.

»Immer mit der Ruhe, Schätzchen, da ist noch was drin.« Eine Frau mit blitzenden Augen grinst mir zu und nimmt ihr Glas von meinem Tablett zurück, um den allerletzten Schluck Champagner zu trinken. Ich erinnere mich von der Boardingliste an ihren Namen – eine Handvoll haben sich mir eingeprägt. Bis der Flug endet, werde ich die Namen aller sechsundfünfzig Passagiere in der Businessclass kennen.

»Haben Sie alles, was Sie brauchen, Lady Barrow?«

»Patricia, bitte. Na ja, eigentlich Pat. Schlicht die alte Pat.« Sie hat ein freches Lächeln – wie eine Großmutter, die den Kindern heimlich Schokolade zusteckt. »Der Titel ist ein alberner Jux von meinen Kindern.«

»Dann sind Sie keine Lady?«

»Oh, doch, bin ich. Ich herrsche über ganze zehn Quadratmeter schottischen Boden«, sagt sie überheblich und fängt an zu lachen, was ansteckend ist.

»Haben Sie Verwandte in Sydney?«

Ein Schatten huscht über ihr Gesicht – eine flüchtige Dunkelheit, die sie gleich wieder verbirgt, indem sie das Kinn reckt und erneut grinst. »Nein, ich bin ausgerissen.« Sie lacht über meinen verdutzten Gesichtsausdruck und seufzt. »Genau genommen sind sie sehr böse mit mir. Und ich bin mir nicht ganz sicher, ob ich das Richtige tue. Ich vermisse meine Hunde jetzt schon ganz schrecklich. Aber es ist das erste Jahr ohne meinen Mann, und …« Sie verstummt abrupt und atmet tief durch. »Tja, ich brauchte eine Veränderung.« Sie legt eine manikürte Hand auf meinen Arm. »Das Leben ist kurz, junge Frau. Vergeuden Sie es nicht.«

»Werde ich nicht.« Ich lächle, doch ihre Worte hallen in meinen Ohren, als ich weiter durch den Gang gehe. *Das Leben ist kurz*. Zu kurz. Sophia ist schon fünf, und die Tage rauschen dahin.

Ich erzähle allen, dass ich wieder arbeite, weil wir das Geld brauchen und weil Sophias Sozialarbeiterin gedacht hat, es würde ihr bei ihren Bindungsproblemen helfen. Beides ist wahr.

»Aber die hat sie doch, weil sie vernachlässigt wurde, oder?«, fragte Adam, als wir es besprachen. »Weil sich in ihren ersten Lebensmonaten quasi keiner um sie gekümmert hat.« Die Sozialarbeiterin nickte, aber Adam fuhr bereits fort und sprach seine Gedanken laut aus. »Wie soll es ihr da helfen, wenn Mina weggeht?«

Ich erinnere mich an die Angst, die ich bekam, mir könnte das kleine bisschen Freiheit genommen werden, das ich für mich sah.

»Weil Sophia lernen wird, dass Mina immer zurückkommt«, antwortete die Sozialarbeiterin. »Das ist der entscheidende Punkt.«

Also habe ich wieder angefangen zu arbeiten, und wir waren alle glücklicher. Adam, weil er sich keine Sorgen mehr ums Geld machen musste; Sophia begann zu verstehen, dass ich immer zu ihr zurückkam; ich, weil es hart war, Sophias Mutter zu sein – richtig hart –, und ich mal rausmusste. Ich brauchte eine Pause. Vor allem musste ich sie vermissen, um mich daran zu erinnern, wie sehr ich sie liebe.

Nachdem alles überprüft ist, warte ich auf die Ansage aus dem Cockpit – *Cabin crew, take your seats for departure* – und nehme auf dem Notsitz direkt am Fenster Platz. Die Motoren werden laut, dann fliegt der Asphalt immer schneller unter uns hinweg. Druck baut sich auf, bis man nicht mehr unterscheiden kann, ob man ihn hört oder fühlt. Mit einem winzigen Ruck verlässt das Fahrwerk den Boden. Ich stelle mir den Raum unter uns vor, wie die Nase der Maschine nach oben weist, als wir von der Startbahn abheben. Unglaublich schwer und unglaublich klobig für solch ein anmutiges, wunderschönes Manöver. Und dennoch funktioniert es irgendwie, und wir steigen auf, während die Piloten das Tempo erhöhen und wir immer höher fliegen. Der Himmel hat sich verdunkelt, denn Regenwolken hängen tief über dem Boden, sodass es eher wie Dämmerung als Mittag wirkt; Regen klatscht gegen die Fenster, bis wir zu hoch sind, als dass er uns noch erreicht.

Das »Pling« ertönt in zehntausend Fuß Höhe und hat den gleichen Effekt wie Pawlows Glocke. Überall bricht rege Betriebsamkeit aus. In 5J reckt eine zierliche Blondine den Hals, um nach unten zu sehen. Sie ist angespannt, und ich vermute, dass sie ein ängstlicher Fluggast ist. Dann jedoch schließt sie die Augen und lehnt sich mit einem versonnenen Lächeln zurück.

Wir sind unterwegs. Die Gurte sind gelöst, einige Passagiere sind aufgestanden, und schon wird nach Drinks geläutet. Jetzt ist es zu spät. Zu spät, noch irgendwas gegen die Stimme in meinem Kopf zu tun, die mich vor diesem Flug warnt. Es ist nur mein Gewissen, weiter nichts. Es sind meine Schuldgefühle, weil ich mir diesen Platz besorgt habe, anstatt zu Hause bei Sophia zu bleiben. Weil ich überhaupt hier bin, wo das Leben doch so anders hätte sein können.

Zu spät oder nicht, die Stimme bleibt.

Zwanzig Stunden. In zwanzig Stunden kann eine Menge passieren, sagt sie.

VIER

PASSAGIERIN 5J

Mein Name ist Sandra Daniels, und als ich an Bord von Flug 79 ging, habe ich mein altes Leben hinter mir gelassen.

Wahrscheinlich wäre mir nicht mal eingefallen, in den Flieger zu steigen, wenn mein Mann nicht wäre. Es heißt, dass Opfer häuslicher Gewalt im Schnitt sechsmal gehen, bevor sie es endlich richtig schaffen. Ich bin nur einmal gegangen. Manchmal überlege ich, wie sich das auf den Durchschnitt auswirkt. Ich denke an die Frauen, die es achtmal versucht haben. Zehnmal. Zwanzigmal.

Ich bin einmal gegangen, ein einziges Mal, weil ich wusste, wenn ich es nicht richtig mache, findet er mich. Und wenn er mich findet, bringt er mich um.

Es heißt, dass Opfer im Schnitt fünfunddreißig Mal angegriffen werden, bevor sie die Polizei rufen. Ich frage mich, wie es sein muss, nur fünfunddreißig Mal geschlagen worden zu sein. Nicht, dass ich mitgezählt hätte (für Mathe war ich sowieso immer zu blöd), doch selbst ich weiß, dass zwei- bis dreimal pro Woche über vier Jahre hinweg viel mehr als fünfunddreißig ergibt. Obwohl sie vielleicht nur die heftigen Sachen meinen – gebrochene Knochen oder Schläge an den Kopf, nach denen man lauter verschwommene schwarze Sterne sieht. Nicht die Klapse, das Kneifen. Wahrscheinlich zählen die nicht. Typisch ich: übertreibe mal wieder.

Es war nicht ganz allein Henrys Schuld. Ich meine, mir ist klar, dass es falsch ist, jemanden zu schlagen – natürlich ist es das –, aber er hatte seinen Job verloren, und so was setzt einem Mann zu, nicht? Vom Einkommen seiner Frau abhängig zu sein; derjenige zu sein, von dem erwartet wird, dass er Essen kocht, das Klo putzt und auf den Handwerker für den Geschirrspüler wartet.

Es schien unfair. Wie Henry gesagt hat, war er derjenige, der seine Arbeit geliebt hat, während meine mir einfach zugeflogen war. Ein Job, keine Karriere. Henry stand Großes bevor, während ich einfach nur die Stunden abriss. Er wurde respektiert, war gut in dem, was er tat. Ich war … nun ja, er hat mir erzählt, was er an der Bar bei unserer Weihnachtsfeier gehört hat.

Danach bin ich nicht mehr mitgekommen, wenn Kollegen nach Feierabend noch auf einen Drink gingen. Wie konnte ich, da ich jetzt wusste, wie sie wirklich über mich dachten? Dumm. Hässlich. Inkompetent. Ist wohl nichts Neues, aber keiner lässt es sich gern bestätigen, oder? Meine Kollegen spielten mir weiter etwas vor, lächelten und fragten, wie mein Wochenende war oder ob ich wirklich nicht mitkommen will. Immer wieder habe ich gesagt, ich hätte zu tun, bis sie aufhörten.

Als Henry wieder Arbeit fand, war ich dankbar für seinen Vorschlag, ich solle kündigen. Ich bezweifelte, dass mich jemand vermissen würde. Es war in vielerlei Hinsicht ein Neuanfang, und obwohl wir nie darüber geredet hatten, war ich mir sicher, dass es mit Henrys mieser Laune vorbei wäre. Ich würde ihn so viel besser unterstützen können, wenn ich nicht arbeitete. Und zwischen Hausarbeit und Kochen könnte ich vielleicht ins Fitnesscenter gehen oder einen Malkurs machen. Vielleicht sogar neue Freunde finden.

Zufällig sah Henry eine Werbung für einen Online-Fitnesskurs. Der war viel billiger, und ich müsste nirgends hinfahren, also lag es natürlich nahe. Einen Malkurs machte ich trotzdem. Ich war furchtbar! Ich meine, richtig furchtbar. Unsere erste Aufgabe war eine Bleistiftzeichnung von einer Vase, und wie Henry sagte, könnte meine alles Mögliche darstellen. Ich bin nicht wieder hingegangen. Es war albern von mir, dass ich überhaupt damit angefangen hatte. Was Hänschen nicht lernt, lernt Hans nimmermehr.

Doch ich fand Freunde, ausgerechnet auf Facebook. »Unechte Freunde«, nannte Henry sie, obwohl sie mir realer vorkamen als die Menschen um mich herum: das Paar nebenan zum Beispiel oder die Frau, die den Avon-Katalog brachte und manchmal auf einen Tee blieb. Mit meinen unechten Freunden redete ich nämlich. Zuerst übers Putzen – wir waren alle in einer Gruppe über Haushaltstricks –, aber jeder weiß ja, wie das ist. Man lernt sich kennen, gratuliert sich zum Geburtstag, solche Dinge. Ehe ich es recht begriff, schrieben wir uns privat.

Er darf dich so nicht behandeln, *sagten sie.*

Tief im Innern wusste ich es, aber dass es jemand anders sagte, hatte zur Folge, dass es sich in mir festsetzte. Beim nächsten Mal ging ich direkt an meinen Computer.

Er hat es wieder getan.

Du solltest gehen.

Kann ich nicht.

Du kannst.

Es heißt, jede vierte Frau erleidet in ihrem Leben eine Form von häuslicher Gewalt. Ein Viertel aller Frauen.

Ich sehe mich im Flugzeug um und zähle die Passagiere. Rein statistisch könnten allein hier in der Businessclass mindestens fünf Frauen von ihren Partnern geschlagen worden sein oder noch geschlagen werden. Der Gedanke ist so tröstlich wie entsetzlich.

Die alte Dame vielleicht. Sie hat einen kecken Blick, aber ich habe auch Tränen in ihren Augen gesehen, als sie mit der Stewardess geredet hat. Läuft sie ebenfalls weg?

Oder die Fußballerfrau – wir haben ihn alle erkannt –, sosehr sie ihn auch herzt, makellos mit ihrem schimmernden Haar und ihren Himbeerlippen. Schließlich weiß man nie, was hinter verschlossenen Türen passiert.

Die Crew?

Warum nicht? Häusliche Gewalt unterscheidet nicht nach Sozi-

alstatus. Ich sehe nach den Namensschildern und versuche, sie einzuschätzen. Ist Carmel ein Opfer? Mina?

Minas Lächeln wirkt echt, doch sobald sie hinter den Vorhang huscht, ist es schlagartig weg. Da ist etwas in ihren Augen; etwas belastet sie. Sie sieht nicht wie ein Opfer aus, andererseits dachte ich auch nicht, ich würde wie eines aussehen. Ich hielt mich nicht mal für eines, bis mir Freunde halfen, die Dinge zu sehen, wie sie wirklich waren.

Es ist schwer zu sagen, wie ich für diese »unechten Freunde« empfinde, über die Henry so verächtlich geredet hat.

Wie dankt man Leuten, die einem das Leben gerettet haben?

Denn das haben sie. Sie haben mir die Augen geöffnet und mir das Selbstvertrauen zurückgegeben, das ich verloren hatte.

Als Flug 79 abhob, entspannte ich mich zum ersten Mal seit fünfzehn Jahren. Henry wird mir nicht nach Sydney folgen. Er wird mich nie finden.

Endlich bin ich frei.

FÜNF

15 UHR | ADAM

Mein Gespräch mit DI Butler hat meine Konzentration für den Rest des Tages zunichtegemacht, sodass ich für jede Aussage doppelt so lange brauchte wie sonst.

»Geht es Ihnen gut?« Meine erste Zeugin blickte auf das Gekrakel meiner zittrigen Hand und neigte besorgt den Kopf zur Seite.

Ich tat es ab – »Ich glaube, das ist mein Text« –, aber ich konnte sehen, wie sie nervös zu dem Papier schaute, als ich ihre Aussage notierte; und als ich sie ihr vorlas, waren so viele Fehler drin, dass ich von vorn anfangen musste. Mein stummgeschaltetes Handy meldet siebenundzwanzig verpasste Anrufe, und das Mailbox-Symbol blinkt rot. Wie lange dauert es, einen Einzelgesprächsnachweis zu bekommen? Wie lange, bis Butler auf den Seiten immer wieder dieselbe Nummer sieht – und die Beträge in der rechten Spalte immer höher werden? Wie lange, bis eine Karriere beendet ist, die aufzubauen zwanzig Jahre gebraucht hatte?

Ich komme spät aus dem Büro und fahre zweimal im Kreis auf der Suche nach einem Parkplatz, ehe ich es aufgebe und nach Hause fahre. Was bedeutet, dass ich unnötig Zeit verschwendet habe und laufen muss, um Sophia abzuholen. Schneeklumpen an meinen Stiefeln bremsen mich aus. Ich kürze über den Friedhof ab, auch wenn es laut Beschilderung untersagt ist, und mir kommen mehrere Frauen entgegen, deren Kinder Bilder in den Händen halten. Mist! Sie schicken die Kinder in die Hausaufgabenbetreuung, wenn man zu spät dran ist, und knöpfen einem dafür fünf Pfund ab, selbst wenn man sich nur wenige Minuten verspätet. Es mag nicht nach viel klingen, ist momentan aber mehr, als ich habe.

Um neun Minuten nach schlittere ich durchs Tor.

»Mr Holbrook?« Miss Jessop runzelt die Stirn und überlegt sicherlich, wie sie mir erklären soll, dass ich offenbar irgendwas nicht mitbekommen habe. »Sophia ist schon abgeholt worden.«

»Von wem?« Nicht von Mina; ihr Flieger ging vormittags.

»Becca.« Sie sieht mich an. »Ihrer Babysitterin«, ergänzt sie, als könnte ich das auch vergessen haben. »Hat Mrs Holbrook es Ihnen nicht gesagt?« Ich sehe ihr an, wie sie den Tratsch fürs Lehrerzimmer abspeichert. *Zwischen Sophias Eltern muss es richtig übel sein – ich glaube, die reden nicht mal mehr miteinander …*

»Doch hat sie, ich habe nur nicht mehr dran gedacht. Danke.« Ich zwinge mich zu lächeln und bin gleichzeitig wütend auf Mina, weil sie mich wie einen Idioten dastehen lässt.

Dann sprinte ich hinunter Richtung Hauptstraße und hole die beiden an der Ecke ein, wo die Polizeiwache ist. Ich werde langsamer. Sophias Haar – so dunkel und lockig, dass die Leute eine Ähnlichkeit mit Mina sehen, die es unmöglich geben kann – quillt unter ihrer Wollmütze hervor und wippt auf den Schultern ihres knallroten Dufflecoats. Garantiert hatten sich die Zöpfe, die Mina ihr immer beim Frühstück flicht, bis mittags aufgelöst. Beim Gehen sieht sie nach unten auf der Suche nach den bisher unberührten Schneeflecken, um ihre Stiefel darin zu versenken.

»Hey, Sophia.«

Sie dreht sich um. Zuerst ist ihr Lächeln offen, dann wird sie misstrauisch, und ich hasse mich dafür, das in ihr auszulösen.

»Hi, Daddy.«

»Hi, Adam.«

»Alles in Ordnung, Becca? Wie kommt es, dass du hier bist? Ich habe Mina gesagt, dass ich heute früher Schluss mache.«

Sie zuckt mit den Schultern. »Sie hat mir nur eine Textnachricht geschickt. Normalerweise sitte ich nicht zwei Abende hintereinander, aber ist ja gerade eine teure Jahreszeit nicht? Mit den Weihnachtsgeschenken und Silvester. Im Bull machen sie wieder dieses Ding, dass man schon zwanzig Pfund Eintritt bezahlen muss, und dann hat man noch nichts getrunken. Und wenn wir hinterher weiterziehen wollen …«

Ich höre nicht mehr zu, als wir weitergehen. Sophia tanzt herum, ein Fisch an Beccas Angelschnur. Ich greife nach ihrer anderen Hand, doch die schiebt sie rasch in die Tasche, und ich beiße mir innen auf die Wange, bis ich Eisen schmecke.

Verfluchte Mina. Ich hatte ihr gesagt, dass ich Sophia abhole, ihr eine Textnachricht geschickt, verdammt – es ihr schwarz auf weiß bestätigt. Jetzt kann ich Becca nicht wieder wegschicken, ohne ihr Geld zu geben. Schließlich hat sie damit gerechnet, bezahlt zu werden, bis ich von der Arbeit komme.

»Obst und Gemüse«, sagt Sophia. »Schuhladen. Sainsbury's.«

Das ist typisch Mina. Dauernd beschwert sie sich, ich müsste mehr übernehmen, und dann zieht sie so eine Nummer ab, damit ich wie ein Blödmann dastehe.

»Jetzt der Schlachter. Iiih. Jetzt der Makler, wo …«

»Häuser verkauft werden, ja, wissen wir, Sophia!«

Ich merke, dass Becca mich ansieht, als Sophia verstummt.

Es ist leicht, der ideale Erziehungsberechtigte zu sein, wenn man selbst keine Kinder hat; wenn ihre komischen kleinen Macken liebenswert sind, nicht zum Aus-der-Haut-Fahren. Hätte Becca sich Sophias Regieanmerkungen zu ihrem Schulweg tausendmal angehört oder Minas auswendiges *Gute Nacht, lieber Mond* über fünf Jahre, würde sie es verstehen.

Mina wird nicht auf ihr Handy sehen, bis sie gelandet ist, aber all der Frust in mir will irgendwohin, also hole ich meines hervor. Sie behauptet, ich sei derjenige, der *nicht kommuniziert,* und sie bekommt nicht mal die simpelste Logistik hin, wer unsere …

Ich starre aufs Display, auf den Dialog, den ich geöffnet habe, um aus beiden Rohren auf Mina zu feuern.

Babysitter ist nicht nötig. Ich habe geklärt, dass ich morgen früher gehe, also kann ich …

Meine Nachricht ist nicht zu Ende geschrieben und nie abgeschickt worden. Plötzlich fällt mir ein, dass es gestern Nachmittag einen Anruf aus der Untersuchungshaft gab, dass der Anwalt meines Verdächtigen endlich gesprächsbereit war.

Ich dachte, ich hätte das abgeschickt.

Ich war mir sicher, dass ich es abgeschickt hatte.

Hitze durchfährt mich, und meine Reue droht wie immer, in Wut umzuschlagen. Das ist nur passiert, weil Mina nicht mal mehr am Telefon mit mir redet, sondern auf Textnachrichten besteht. Oder E-Mails. Mails! Wer in aller Welt mailt sich denn mit seiner Frau?

Es ist einfacher.

Einfacher für wen? Für mich bestimmt nicht. Erträgt sie es nicht, meine Stimme zu hören? Lieber hält sich mich am anderen Ende einer E-Mail, damit sie so tun kann, als wäre ich bloß ein logistisches Problem, mit dem sie um Sophias willen fertigwerden muss.

»Dann bleib«, sage ich zu Becca, und sogar mir selbst fällt der verbitterte Unterton auf. »Vielleicht kannst du Sophia Abendessen machen? Das würde ihr gefallen.«

Sie zögert, ehe sie mit den Schultern zuckt. »Cool.«

Ist es das, was Mina getan hätte? Oder würde sie mir sagen, ich verschwende Geld, das wir nicht haben? Es gab mal eine

Zeit, da konnte ich in Minas Augen nichts falsch machen. Jetzt kann ich nichts richtig machen.

Lügner.

Betrüger.

Nicht geeignet, ein Vater zu sein.

Das Schlimmste ist, dass sie recht hat. Ich bin ein Lügner. Ich habe sie betrogen. Sie kann mich unmöglich mehr hassen als ich mich selbst. Mina ahnt nicht, dass mir allein beim Blick in den Spiegel schlecht vor Ekel wird. Wie ist es dazu gekommen?

Wahrscheinlich hat Butler die Telefonrechnung schon. Sie wird sie mit einem Marker durchgegangen sein und zwischen den Zeilen gelesen haben. Markiert das Ende meiner Karriere in Farbe.

Was mache ich dann? Polizist zu sein, ist anders als die meisten anderen Jobs. Man ist es nicht eine Weile und wechselt dann, als würde man in einer Bar arbeiten oder sich im Einzelhandel versuchen. Eher ist es ähnlich, als wäre man Lehrer oder Arzt. Es ist Teil von einem. Und ich werde alles verlieren.

Ex-Mann, Ex-Vater, Ex-Polizist. Viel schlimmer kann es gar nicht werden.

Als wir den Ortsrand erreichen, reißt Sophia sich von Beccas Hand los. Es schneit wieder, und ihre Gummistiefel hinterlassen winzige Fußabdrücke auf dem Weg. Sie läuft zwanzig Meter vor uns um die Ecke, und ich rufe sie, doch sie kichert nur und läuft noch schneller.

»Fang mich doch!«

Ich jogge los. Hinter der Ecke ist die Straße leer. Grauer Schneematsch ist von der Fahrbahn auf den Gehweg gespritzt, und ich suche nach den Abdrücken in der richtigen Größe. »Sophia!«

»Chill mal, sie spielt Verstecken«, sagt Becca, die einige Meter hinter mir ist. »*Oh, nein!*«, ruft sie übertrieben halb laut. »*Wo kann Sophia sein?*« Sie grinst mir zu, aber ich spiele nicht.

»Sophia!«

Ein Wagen fährt vorbei, und ich schaue hinein, merke mir das Kennzeichen, den Fahrer, die Fahrtrichtung. Es dauert Sekunden, ein Kind zu greifen. Minuten, es verschwinden zu lassen.

»Sophia!« Ich laufe los. »Komm sofort raus! Das ist nicht witzig.«

»Sie kommt nicht, wenn sie denkt, dass du sauer auf sie bist«, zischt Becca mir nach und ruft in ihrer Singsangstimme: »*Ich kann sie nirgends sehen!*«

Ich bleibe so abrupt stehen, dass ich beinahe umkippe. »Erzähl mir bitte nicht, wie ich mein Kind erziehen soll.« Jetzt drehe ich mich im Kreis und blicke mich auf der Straße um. Wo ist sie?

Wenn bei Polizeiermittlungen ein Kind involviert ist, kommt immer der Moment, in dem man denkt: *Was, wenn das mein Kind wäre? Was würde ich tun? Wie würde ich mich fühlen?* Aber nur für einen Moment; alles Längere würde einen bei der Arbeit behindern.

Dieser Moment währt schon eine Minute.

»Sophia!«, brülle ich so laut, dass es im Hals kratzt und ich mich räuspern muss.

»*Es ist sinnlos.*« Becca seufzt dramatisch. »*Wir müssen ohne sie nach Hause gehen.*«

»Nein!« Sophia taucht hinter einer Mülltonne auf und stürmt auf Becca zu. »Ich bin hier!«

»Oh, mein Gott, du hattest dich versteckt! Und ich dachte, du hast dich in Luft aufgelöst!«

Das Blut rauscht mir in den Ohren, als ich mich bücke, Sophias Arm packe und sie zu mir ziehe. »Mach das nie wieder, hast du gehört? Es könnte sonst was passieren.«

»Sie hat bloß gespielt …«

Mit einem Blick bringe ich Becca zum Verstummen und zwinge Sophia, mich anzusehen. Ihre Unterlippe bebt.

»Tut mir leid, Daddy.«

Mein Gesicht fühlt sich heiß an, und meine Augen brennen. Langsam normalisiert sich mein Herzschlag wieder. Ich lächle Sophia an, lasse ihren Arm los und rücke ihre Mütze zurecht. »Du hast mir Angst gemacht, Sophia.«

Sie sieht mir lange in die Augen, als würde sie all meine Geheimnisse kennen. »Daddys haben keine Angst.«

»Jeder hat manchmal Angst«, entgegne ich lässig. Den Rest des Weges lässt sie mich ihre Hand halten, und ich frage mich, ob sie weiß, wie viel mir das bedeutet. Ich bemerke, dass Becca mich ansieht. Irgendwie kann sie mir allein mit ihren Augenbrauen vermitteln, dass sie findet, ich hätte überreagiert. Was sie natürlich nicht ausspricht. Nicht so, wie Mina es tun würde. *Immer musst du dir Katastrophen ausmalen,* sagt sie. *Dauernd bist du überzeugt, dass das Schlimmste passiert.*

Das stimmt. Aber nur, weil es oft so ist.

»Mummy ist in einem Flugzeug«, sagt Sophia, als ich ihr aus den Gummistiefeln helfe. Ich schlage sie gegeneinander und lasse sie neben meinen Arbeitsstiefeln auf der Fußmatte. Unser Haus – Nr. 2, Farm Cottages – ist das mittlere von drei Reihenhäusern, die früher zu einer Farm eine Meile weiter draußen gehörten.

»Ja, ist sie.«

Alle drei Reihenhäuser haben Gärten, die an einen Park grenzen, in dem riesige Eichen stehen und der Weg eine Acht bildet. In einer Hälfte der Acht ist ein Spielplatz, in der anderen ein kleiner Teich mitsamt einer winzigen Insel mit Entenhaus. Es gibt eine Wildblumenwiese, die im Sommer leuchtet vor Fingerhüten und Kornblumen, und Sophia liebt es, auf dem schmalen Weg zwischen ihnen hindurchzulaufen.

»Sie ist zwanzig Stunden in dem Flugzeug, dann kommt sie nach Hause, und das dauert auch zwanzig Stunden. Aber zwischendurch ist sie in einem Hotel.«

»Ja, richtig.«

»Schlaues Mädchen«, sagt Becca, die auf ihr Handy sieht.

»Es ist eine Boeing 777, und es sind 353 Leute drin.«

»Ja.« *Mummy, Mummy,* immerzu *Mummy …*

»Wo ist sie?«

Ich zähle bis fünf und ermahne mich, geduldig zu sein. »Das hast du mir eben erzählt. Sie ist in einem Flugzeug.«

»Ja, aber wo genau?«

Geht es anderen Männern auch so wie mir? Anderen, deren Kinder auch ausschließlich bei ihrer Mutter sein wollen? Gibt es andere Väter, die sich ebenfalls wie ein Trostpreis vorkommen, ganz egal, wie sehr sie sich anstrengen? Ich schätze, das werde ich nie erfahren, denn dafür müsste ich jemandem erzählen, wie beschissen es sich anfühlt, wenn die eigene Tochter immerfort jemand anderen will.

Ich hole mein Handy hervor und rufe die Tracking-App auf, die äußerst beliebt ist bei Flugzeugbeobachtern und Angehörigen. »Mummy ist …« Ich warte, dass die App Minas Flugzeug lädt. »Hier.«

»Bell-ar-us.«

»Bel, spricht man das aus. Mit einem langen E. Belarus.«

Sophia wiederholt es, betrachtet das Wort auf dem Display, und ich weiß, dass sie es beim nächsten Mal noch wissen wird. Sie vergisst nie etwas.

»*Nastrovje*«, sagt Becca.

»Was?«

Sie wandert in die Küche und lässt ihre Gummistiefel in einer Pfütze auf den Fliesen stehen. »Das ist ›Prost‹ auf Russisch.«

Ich stelle ihre Stiefel auf die Matte und sehe zu dem blinkenden Punkt auf meinem Handy, der für Mina in fünfunddreißigtausend Fuß Höhe steht. Bald wird er sich durch den russischen Luftraum bewegen, dann über Kasachstan und China hinweg. Schließlich wird er die Philippinen überqueren, anschließend Indonesien, und bevor Sophia und ich aufwachen, wird sie quer über Australien geflogen und in Sydney gelandet sein.

»Zwanzig Stunden«, hatte ich gesagt, als Mina mir erzählte, dass sie fliegen würde. »Das ist eine höllische Schicht.«

»Ich leite die Airline nicht, Adam.«

Ich wartete kurz, denn ich wollte mich nicht auf den Streit einlassen, den sie anfangen wollte. »Aber ein paar Tage in Sydney in dieser Jahreszeit sind bestimmt nett.«

»Es ist kein Urlaub!«

Ich hatte aufgegeben. Wir standen vor der Schule – eine Übergabe des Elefanten, der versehentlich morgens vergessen worden war. Sophia hatte die Arme um Mina geschlungen und mir zugenickt, als hätten wir uns mal auf einer Networking-Tagung getroffen: *Und was machen Sie noch gleich?* Mir waren wenige Stunden mit meiner Tochter gestattet worden, mit der strikten Anweisung, sie um sechs nach Hause zu bringen.

Mina ließ nicht locker. »Versuch nicht, mir Schuldgefühle einzureden, Adam. Es ist mein Job.«

»Ich weiß. Ich …«

»Es ist ja nicht so, als hätte ich die Wahl.« Inzwischen war sie rot vor Zorn und hatte sehr aufwendig Sophias Mantel zugeknöpft. Ich konnte sehen, dass sie tief atmete, und als sie sich wieder aufrichtete, hätte man nie vermutet, dass irgendwas los war.

»Du wirst mir fehlen«, sagte ich leise. Ich war unsicher, ob das zu weit ging, doch ihre Augen glänzten. Sie wandte sich ab. Vielleicht hoffte sie, ich hätte es nicht mitbekommen.

»Es ist ein Flug wie jeder andere.«

Aber zwanzig Stunden lang.

Seit zwei Jahren fieberten sie auf diesen Flug hin. Vielleicht hatte ich es ja nur wahrgenommen, weil Mina eben für sie arbeitet, aber World Airways war überall gewesen. Fernsehwerbung, in der die Liegesessel in der Businessclass ausgeklappt waren oder die ausgestreckten Beine der Passagiere in der Economy gezeigt wurden. Interviews mit den Piloten der Testflüge und die nostalgischen Vergleiche mit der 55 Stunden dauernden »Kangaroo-Route«, die sie in den 1940ern betrieben – mit Zwischenstopps in sechs Ländern.

»1903«, hatte Yousef Dindar vor ein paar Tagen auf dem Sofa von BBC *Breakfast* gesagt, »haben die Brüder Wright mit dem ersten Flug in einer motorisierten Maschine der Schwerkraft getrotzt. Über hundert Jahre später sind wir fähig, 150 Tonnen Metall über zwanzig Stunden in der Luft zu halten.« Er lehnte sich zurück, legte selbstbewusst einen Arm auf die Rückenlehne und lächelte. »Die Erdkräfte sind stark, doch wir haben bewiesen, dass wir stärker sind. Wir haben die Natur besiegt.«

Jetzt, als ich mich an sein überbordendes Selbstvertrauen erinnere, läuft mir ein kalter Schauer über den Rücken. Ich bezweifle nicht, dass er das beste Team und die besten Flugzeuge hat. Aber die Natur kann eine Stadt verschlucken, Wolkenkratzer einstürzen und ganze Küstenlinien ins Meer rutschen lassen …

Ich verscheuche das Worst-Case-Szenario aus meinem Kopf. Mina hat recht: Ich sehe überall Katastrophen. Sie haben den Flug dreimal getestet. Die ganze Welt schaut ihnen zu. Ihr Ruf, von der Sicherheit Hunderter Leben ganz zu schweigen, steht auf dem Spiel.

Es wird nichts schiefgehen.

SECHS

17 STUNDEN BIS SYDNEY | MINA

Wir sind irgendwo über Osteuropa, unter uns nichts als Wolkenwirbel. Ich berühre das Glas mit den Fingerspitzen und versuche die Formen zu erkennen, die ich für Sophia finden würde, wäre sie hier. *Eine alte Frau, die bucklig zum Einkaufen schlurft – sieh mal, da ist ihre Handtasche. Eine Palme – guck mal da! Du musst ein bisschen blinzeln …*

Ich erinnere mich, wie ich mit meiner Mutter Wolkenbilder gesucht habe. Ich lag auf dem Rücken im Garten, während Mum Unkraut aus dem Blumenbeet rupfte. Sie hatte den Garten wunderschön instand gehalten, wusste zwar von keiner Pflanze den Namen, konnte aber instinktiv sagen, welche wohin musste.

»Pflanzen brauchen fünf Dinge, um zu gedeihen«, sagte sie. Sie grub einen hübschen Strauch aus, der im letzten Jahr zarte weiße Blüten gehabt hatte, in diesem aber nicht recht wachsen wollte. Ich setzte mich auf, weil ich unbedingt mit dem angeben wollte, was ich im Biounterricht gelernt hatte.

»Wasser. Und Nahrung. Licht für die Fotosynthese.« Ich überlegte kurz. »Wärme?«

»Kluges Mädchen. Was ist das fünfte?«

Ich dachte angestrengt nach, erinnerte mich jedoch nicht, dass es überhaupt mehr gab.

»Raum.« Vorsichtig hob Mum den Strauch aus dem Boden, füllte das Loch mit Erde und klopfte die restliche um die benachbarten Pflanzen herum flach. »Diesen dreien ging es prima, als sie neu hier gepflanzt wurden, aber jetzt ist es der hier zu eng. Sie wird nicht eingehen, aber auch nicht gedeihen. Ich gebe ihr einen neuen Platz, und du wirst schon sehen, wie dankbar sie dafür ist.«

Jedes Mal, wenn ich in ein Flugzeug steige, denke ich an jene Unterhaltung und bekomme ein schlechtes Gewissen, weil ich Sophia verlasse. Wir brauchen Raum, um zu gedeihen. Wir alle.

Ich blinzle und wende mich von den Wolkenbildern ab. Im Flugzeug ist es hell, und überall wird geplaudert. Die Mahlzeiten, die wir servieren, sind sorgfältig geplant: Die erste soll die Passagiere wach halten, die zweite sie zum Schlafen anregen.

»Die sollten lieber jedem eine Schlaftablette geben«, sagte Erik, als wir uns den Speiseplan ansahen. »Wäre billiger.«

Ich gehe durch die Kabine und überprüfe, ob alle haben, was sie brauchen. Insgesamt sind es sieben Reihen, Zweierreihen zu beiden Seiten und eine Viererreihe in der Mitte. Vorhänge zwischen den Sitzen erlauben, dass sich die Passagiere abschirmen und wie in ihrem eigenen Kokon fühlen können. Wenn sie schlafen möchten, gleitet das untere Sitzteil nach vorn unter den Bildschirm, und der Sitz verwandelt sich in ein flaches Bett. Keine schlechte Art, zwanzig Stunden zu verbringen, und ganz anders als in der Economy, wo die dreiunddreißig Neunerreihen gerade mal eine Sitzneigung von fünfzehn Zentimetern erlauben.

»Sind wir bald da?«, fragt ein Mann auf einem der mittleren Sitze, der allein reist. Ich lache höflich, obwohl er der vierte Passagier ist, der diese Frage stellt; jeder von ihnen hält sich für sehr originell. Hinter ihm hat sich ein niedliches Paar hinter die Vorhänge zurückgezogen und die Sitze im identischen Winkel gekippt. Auf ihren Bildschirmen läuft derselbe Film mit einer Synchronizität, die eigens designt wurde. Frisch verheiratet vielleicht, obwohl die Frau in dem Fall laut Passagierliste ihren Nachnamen behalten hat.

»Kann ich noch eine zweite Decke bekommen?«, fragt die

Frau. Sie ist Ende zwanzig und hat ihre rotbraunen Locken mit einem breiten Band gezähmt. »Mir ist eiskalt.«

»Ginny ist halb Echse. Sie braucht eine Wärmelampe, um richtig glücklich zu sein.« Ihr Partner ist älter als sie und hat ausgeprägte Stirnfalten. Er lächelt beim Reden, doch seine Augen leuchten nicht so wie ihre.

»Na, dann wird es Sie freuen zu hören, dass in Sydney gerade fünfundzwanzig Grad sind«, sage ich ihnen. »Wie lange wollen Sie bleiben?«

»Drei Wochen.« Ginny springt fast auf, als würde sie die Wucht ihrer Ankündigung in die Höhe katapultieren. »Wir brennen durch!«

»Oh, das ist aufregend.« Ich denke an Adams und meine Hochzeit – Kirche, Familienfotos, Hotelempfang – und an die Woche danach in Griechenland. Konventionell, ohne Frage, aber auf wohltuende Weise. Es fühlte sich stabil und sicher an.

»Ginny!«

»Was? Jetzt ist es doch egal, Doug. Wir haben es getan. Keiner kann uns aufhalten.«

»Trotzdem.« Er stöpselt seine Ohrhörer wieder ein, und Ginny wird rot. Ihre Begeisterung hat einen Dämpfer erlitten. Ich überlasse sie ihrem Film, doch obwohl sie immer noch dicht zusammensitzen, hat sich etwas verändert, und sie tun mir leid. Die Frau tut mir leid. Auf einmal trauere ich um das Paar, das Adam und ich auf der griechischen Insel waren, und denke betrübt daran, was aus uns geworden ist. Jede Beziehung ändert sich, wenn man Kinder hat, ganz gleich, welchen Weg man einschlägt. Ein Kind mit besonderen Bedürfnissen allerdings erhöht den Druck auf die Beziehung, und darauf waren wir beide nicht vorbereitet. Meine Reaktion war die, nach Lösungen zu suchen, alles über Adoptionstrauma und Bindungsstörungen zu lesen, was ich finden konnte.

Adams bestand darin, wegzulaufen.

Er war physisch anwesend – wenn er nicht bei der Arbeit war –, aber emotional begann ich, ihn zu verlieren. Ich weiß nicht, ob es da mit den Affären losging oder wie viele es gab. Katya ist die einzige, von der ich sicher weiß.

Einmal habe ich ihn gefragt. Ich hatte eine Bankkarte zu einem Konto gefunden, von dessen Existenz ich nichts gewusst hatte, und dann änderte er das Passwort für sein Handy.

»Hast du eine Affäre?«

»Nein!«

»Warum änderst du dann dein Passwort?«

»Weil ich dreimal das falsche eingegeben hatte. Deshalb musste ich es ändern.« Die Lüge stand ihm ins Gesicht geschrieben.

Ich werde zu einem Sitz auf der anderen Seite des Ganges gerufen, wo ein älterer Mann mit runder Brille und schütterem Haar stirnrunzelnd auf seinen Laptop sieht. »Es gibt immer noch kein WLAN.«

»Nein, tut mir leid. Sie tun ihr Bestes, um das Problem zu beheben, aber …«

»Geht es denn bald?«

Ich widerstehe dem Impuls, die Finger an die Schläfen zu legen und in eine imaginäre Kristallkugel zu starren. »Weiß ich nicht. Entschuldigen Sie die Unannehmlichkeit.«

»Ich brauche das für die Arbeit.« Der Mann sieht mich erwartungsvoll an, als läge die Macht, das WLAN zu reparieren, allein in meinen Händen. »Es ist ein sehr langer Flug.«

»Ist es.«

Die Crew steht kurz vor der ersten Übergabe. Cesca und Mike werden für sechs Stunden nach oben zu den Ruheliegen gehen, und bis sie zurück sind, werden wir die halbe Strecke nach Sydney geschafft haben. Es gibt einen zweiten Ruhebereich für die Crew hinten in der Maschine, in den man über eine verschlossene Tür in der hinteren Bordküche gelangt. Acht schmale Liegen mit Schaumstoffbarrieren und einem Vorhang dazwischen. Ich bezweifle, dass ich in meiner ersten Pause viel Schlaf bekommen werde, doch das wird bei der zweiten anders aussehen. Zwei Stunden vor der Ankunft wird die gesamte Crew wieder im Dienst sein, mit der strikten Instruktion von Dindar, dass wir für die Fotos bei der Landung taufrisch aussehen.

Vor dem Rückflug haben wir ein paar Tage in Sydney. Es wird großartig, die Stadt zu erkunden, aber noch besser, einfach durchzuschlafen, ohne von Sophias Schreien gestört zu werden. Seit Monaten hat sie jede Nacht Albträume, egal, wie viel Einschlafrituale wir einführen oder wo sie schläft. Ich wache dann mit klopfendem Herzen auf, renne durch den Flur zu ihr. Sie sitzt kerzengerade im Bett, steif und starr in meinen Armen für ein oder zwei Sekunden, bevor sie sich halten lässt. »Vielleicht fehlt ihr Katya«, habe ich einmal zu Adam gesagt. Was ich meinte, war klar: Es ist seine Schuld. Er wurde rot, wie immer, wenn ihr Name fiel, und ich ließ es gut sein. Doch etwas nagte an mir, und erst am nächsten Tag begriff ich, was es war. Die Albträume hatten angefangen, *bevor* Katya ging.

»Entschuldigung.« Ein kleiner Junge, vielleicht neun oder zehn Jahre alt, reckt seinen Arm, als wäre er in der Klasse und müsse mal zum Klo. Neben ihm liegt seine Mutter auf ihrem ausgeklappten Bett, den Mund unterhalb einer Schlafmaske leicht geöffnet, auf deren Seidenstoff steht *Lädt gerade – nicht ausstöpseln*.

»Hallo, wie heißt du?«

»Finley Masters.«

Ich lächle. »Und, Finley, möchtest du etwas zu trinken?«

»Meine Kopfhörerkabel sind verknotet.« Der Junge sieht mich

ernst an, und ich spüre ein Reißen in der Brust, wie so oft, wenn ich von Sophia getrennt bin.

»Ach du lieber Himmel, das ist sehr ernst. Lass mich mal sehen, ob ich sie entwirren kann, ja?« Mit den Fingernägeln lockere ich die Knoten in dem dünnen Kabel und gebe ihm die Kopfhörer zurück.

»Danke.«

»Jederzeit gern.«

Finley ist das einzige Kind in der Businessclass, abgesehen von einem winzigen Baby bei einem Paar vorn auf den Mittelsitzen. Das Weinen des Kleinen ist wie das Maunzen eines Katzenjungen – nicht laut, aber beharrlich –, und ich bemerke, wie die Eltern einen ängstlichen Blick wechseln. Ich lächle ihnen zu und versuche, ihnen zu vermitteln, dass es nichts macht, doch sie streiten sich über die Babykleidung, als läge der Schlüssel zum Unbehagen des Kleinen in der Art, wie sein Strampler sitzt, nicht in dem Druck, der sich in seinen winzigen Ohren aufbaut.

Ich sehe ihre Namen in der Passagierliste nach – Paul und Leah Talbot – und gehe hin, um sie zu fragen, ob sie irgendwas brauchen. Ihr Baby kann nicht älter als einen Monat sein.

»Drei Wochen und zwei Tage«, sagt Leah, als ich sie frage. Sie ist Australierin, ihr Haar sonnengebleicht und ihr Gesicht gebräunt und sommersprossig. Zusammen mit ihren geraden weißen Zähnen verleihen sie ihr den Look von jemandem, der viel im Freien ist. Ich stelle mir vor, dass sie und ihr Mann zu Weihnachten am Strand grillen. Vielleicht machen Adam, Sophia und ich das auch irgendwann – der Kälte gen Sonnenschein entfliehen.

Also immer noch Adam?, hakt meine innere Therapeutin nach.

»Was für ein Süßer! Wie heißt er?« Ich ignoriere mein Unterbewusstsein. Es ist eine Angewohnheit, weiter nichts. Fünf Jahre als Familie. Adam hat seine Prioritäten vollkommen klargemacht, und die liegen nicht bei seiner Frau und seiner Tochter.

»Er ist schon ein Hübscher«, sagt Leah und strahlt ihren Sohn an. Sie ist älter als ich – in den Vierzigern, würde ich tippen –, aber weit besser in Form. »Darf ich vorstellen? Lachlan Hudson Samuel Talbot.«

»Das sind eine Menge Namen.«

Ihr Mann grinst. »Wir konnten uns nicht entscheiden.« Er hat einen englischen Akzent, hebt aber zum Satzende hin die Stimme, wie es sich Leute in Australien schnell angewöhnen.

»Sie sehen fantastisch aus«, sage ich zu Leah. »Ich kann gar nicht glauben, dass Sie gerade entbunden haben!«

Das Kompliment macht sie verlegen, und sie senkt den Mund zum Kopf des Babys, um seinen Duft einzuatmen. Ihr Mann legt einen Arm um sie, und es fühlt sich an, als würden sie mich aussperren – als hätte ich das Falsche gesagt.

»Falls Sie später möchten, dass ich ihn nehme, damit Sie schlafen können, sagen Sie einfach Bescheid.«

»Danke.«

Ich verlasse sie und habe einen Schmerz in der Brust, als hätte ich einen Stein geschluckt. Die Adoption hat mich nicht von der Trauer um meine Unfruchtbarkeit befreit. Sie hat mich nicht von der bisweilen überwältigenden Sehnsucht nach einem gespannten, vollen Bauch oder dem fast nur erahnten Gefühl eines gerade mal entstehenden Kindes befreit. Sophia ist meine Welt – man muss nicht gebären, um Mutter zu sein –, aber es heißt nicht, dass es nicht wehtut, an das zu denken, was hätte sein können.

Und ich wünschte, Sophia wäre als Neugeborenes zu uns gekommen. Das wäre möglich gewesen. So hätte es sein sollen. Ihre Mutter war schon auf einer Warnliste; der Sozialdienst wusste Bescheid, die älteren Geschwister waren bereits in staatlicher Obhut. Doch es galt, ein Prozedere einzuhalten, das uns das erste Jahr in Sophias Leben raubte und Sophia die Fähigkeit zu vertrauen. Es raubte uns die Familie, die wir hätten sein können.

Weder Adam noch ich konnten in der Nacht schlafen, bevor Sophia zu uns nach Hause kam, weil wir solche Angst hatten, wir würden es vermasseln.

»Was ist, wenn ich mich nie wie ihr richtiger Vater fühle?«

»Wirst du aber! Ganz bestimmt.« Ich wusste, dass Adam nervös war – er hatte schon lange gebraucht, um sich mit dem Gedanken an Adoption anzufreunden –, aber ich wusste auch, dass er sich schnell in Sophia verlieben würde. Familien entstehen durch Liebe, nicht durch Gene.

Nur schienen er und Sophia nie eine Beziehung zueinander zu finden. Sie war fordernd, schon als Baby, und wollte sich von keinem von uns beruhigen lassen. Am Ende erlaubte sie mir, sie in den Schlaf zu wiegen, doch versuchte Adam, sie zu halten, versteifte sie sich und schrie, bis ihr Gesicht blau anlief. Als sie älter wurde, nahm sie mich immer mehr ein und schloss Adam aus. »Hab Geduld«, sagte ich zu ihm. »Irgendwann kommt sie zu dir, und dann musst du bereit sein.«

»Kopf hoch, Liebes – vielleicht passiert es nie.« Ich werde von einem Mann hinter den Talbots aus meinen Gedanken gerissen, dessen lange Beine unter seinem Tablett mit einer Wasserflasche und einem Buch drauf ausgestreckt sind.

Während meines Studiums an der Uni hatte ich in einem Pub voller Banker, Flachwichser und Collegestudenten gejobbt. In dem Moment, in dem ich hinter die Bar trat, wurden meine Kommilitonen schlagartig zu intellektuell Überlegenen und bedachten mich mit lauter *Mach schon, Süße* oder *Na gut, Schätzchen*, als wären wir Statisten in einer *EastEnders*-Folge. Manchmal ist es in diesem Job genauso. Dabei kenne ich Kabinenpersonal aus allen erdenklichen Branchen – ehemalige Sanitäter, Unidozenten und einen pensionierten Polizisten, den nach dem Dienst die Reiselust gepackt hat. Die meisten Passagiere nehmen das natürlich nicht wahr. Sie sehen die Uniform und schalten automatisch auf Kellner oder Kellnerin. Ganz gleich, dass wir in Notfallhilfe ausgebildet, für die Wasserprüfung zuständig sind, ein Feuer löschen können oder einen Passagier aus seinem Sitz freischneiden.

Ich beiße die Zähne zusammen und lächle. »Kann ich Ihnen noch etwas bringen, Sir? Wein?«

»Nein danke, ich trinke nicht.«

»Falls Sie irgendetwas brauchen, ich bin hier.«

Ich bin dankbar für diese Oase der Nüchternheit, während der Rest der Kabine zusehends angeheiterter wird. Plötzlich sehne ich mich danach, zu Hause mit Sophia auf dem Sofa zu kuscheln und *Peppa Wutz* zu sehen. Wenn ich unterwegs bin, erinnere ich mich an all die guten Sachen. Ist es nicht immer so? Ich erinnere mich sogar an Adams und meine guten Momente – das Lachen, die Nähe, das Gefühl seiner Arme um mich.

Aus der Bar kommt Lärm, und ich gehe hin, um nachzuschauen, ob sie Hilfe brauchen. Es ist voll, und die Unterhaltungen werden lauter, als immer mehr Business-Passagiere reinkommen. Mehrere Gäste sind in ihren Pyjamas, die sie immer noch amüsant finden, auch Stunden nach dem Start. Ein Paar steht an der Bar, und ihrer Körpersprache nach flirten sie.

»Hast du den Korkenzieher gesehen?«, fragt mich Hassan, der Barkeeper.

»Nein, vorhin war er noch hier. Ich hole dir einen aus der Bordküche.«

»Deshalb trinke ich nie was anderes als Champagner. Da braucht man bloß ein Glas. Oder einen Strohhalm!« Die Frau an der Bar hat eine tiefe, kehlige Lache, die nicht zu ihrer zierlichen Erscheinung passt. Sie hat langes blondes Haar und ist sorgfältig geschminkt, die Lippen blutrot. Der Mann bei ihr kann den Blick gar nicht von ihr abwenden. Er ist untersetzt, kaum größer als sie, aber mit Oberarmen, die breiter sind als ihre Taille. Sein dunkles Haar sieht aus, als würde es sich kräuseln, wenn er es nicht sehr kurz hält, und ein dichter Bart bedeckt die Hälfte seines Gesichts. Der linke Daumen der Frau ist lose in seine Gesäßtasche gehakt, wie es zwei Leute automatisch tun, wenn sie miteinander vertraut sind. Ich fühle einen Kloß in der Kehle, weil ich an die Jahre mit Adam denken muss, als unsere Beziehung noch neu genug war, dass wir flirteten, aber schon vertraut genug, um uns wohlzufühlen.

Als ich mich umdrehe, bemerke ich eine Bewegung im Augenwinkel: ein Zucken der Vorhänge zwischen Business- und Economyclass. Eine dunkelhaarige Frau nähert sich der Bar. Während sie wartet, blickt sie zu dem großen Fernseher an der Wand und den Körben voller Süßigkeiten, aus denen sich die Passagiere bedienen dürfen.

»Champagner, bitte.«

Hassan sieht zu mir. »Bedaure, die Bar ist nur für Business-Passagiere.« Er klingt nervös und hält die Hände nahe der Champagnerflasche, als könnte er sie doch noch bedienen.

»Ich will nur einen.«

Es ist verlockend, ihr das eine Glas zu geben und sie zurück in die Economyclass zu schicken. Doch etwas an ihrem fordernden Auftreten stört mich. Ich trete vor.

»Tut mir leid, Sie müssen in die Economy-Kabine zurück.«

»Scheiße, Mann, ich will nichts weiter als einen Drink!«

Ich lächle. »Und ich möchte nichts weiter, als nicht beschimpft zu werden. Doch wie es aussieht, bekommen wir heute beide nicht, was wir uns wünschen.«

Sie dreht sich weg. »Wie sind die Pyjamas?«, rotzt sie beinahe einem Paar entgegen, das Selfies von sich in den Pyjamas knipst.

»Ähm, die sind sehr …«

»Wissen Sie, was in unserem *Souvenirbeutel* war?« Dabei malt die Frau Anführungszeichen in die Luft und wird lauter. »Beschissenes Shortbread!«

»Okay, das reicht.« Ich nehme sie am Ellbogen, doch sie schüttelt mich ab.

»Finger weg! Das ist ein tätlicher Angriff, oh, ja!« Sie schaut sich um. »Nimmt jemand das auf? Sie hat mich gerade angegriffen!«

»Gehen Sie bitte zurück zu Ihrem Platz.« Nun starren uns alle in der Bar an, und die Passagiere weiter vorn auf ihren Sitzen recken die Hälse, um zu sehen, was los ist. »Diese Bar ist ausschließlich für Passagiere der Businessclass.«

»Und wieso darf er bleiben?« Sie zeigt mit dem Finger auf den untersetzten Mann, der sich bemüht, sie zu ignorieren.

»Weil er …«, beginne ich, sehe jedoch, wie der Mann rot wird und sein halb volles Glas auf dem Tresen von sich wegschiebt.

»Entschuldigung«, sagt er, auch wenn nicht klar ist, ob er mich meint oder seine blonde Begleitung.

»Um Himmels willen!« Ich richte die Worte an Hassan, der an seiner Unterlippe nagt.

»Die sind zusammen. Es war ruhig, als sie gefragt haben, und ich habe gedacht …«

»Würden jetzt bitte alle ohne Businessclass-Ticket auf ihre Plätze zurückgehen?«, sage ich laut. »Dort nimmt die Kabinencrew gern Ihre Getränkebestellungen auf.«

»Entschuldigung«, murmelt der kräftige Mann wieder. Er wirft der blonden Frau noch einen letzten Blick zu, bevor er durch den Vorhang und zurück an seinen Platz geht. Ich verschränke die Arme vor der Brust und schaue die dunkelhaarige, offensichtlich betrunkene Frau an. Eine volle Minute geht es so, ehe sie aufgibt.

»Snobs!«, brüllt sie lauthals, und mir tut die Crew hinten leid, die ihr in den nächsten fünfzehn Stunden jedwede alkoholischen Getränke verweigern muss.

Ich atme auf und erröte, als die Passagiere in der Bar applaudieren.

»Sie haben Kinder, stimmt's?«, fragt die Frau im Pyjama grinsend. »Das war eine richtige Mum-Stimme!«

Ich schmunzle und gehe zur Bordküche. Zum ersten Mal in der Schicht entspanne ich mich, denn das Unbehagen verlagert sich endlich. Mein Instinkt war richtig gewesen: Es sollte wirklich etwas passieren auf diesem Flug, doch es war nichts, womit ich nicht umgehen konnte. Ich bin seit zwölf Jahren in diesem Job – es braucht eine Menge, mich aus dem Konzept zu bringen.

Früher reckte meine Mum jedes Mal den Arm gen Himmel, wenn ein Jumbojet über uns hinwegflog.

»Schnell! Schick Manii und Baba sido einen Gruß!«

»Die Maschine kann irgendwo hinfliegen«, erwiderte ich dann lachend. Trotzdem winkte ich, denn ich war zu abergläubisch, es nicht zu tun. Es wurde zu einer festen Gewohnheit – so wie man eine einzelne Elster begrüßt. Und sie blieb, als meine Großeltern schon längst gestorben waren und es keinen Grund mehr gab, nach Algerien zu reisen oder ihnen Grüße übers Meer hinweg zu schicken. Sogar nachdem ich aufgehört hatte, mit Dad zum Flughafen zu fahren – als Teenager war ich viel zu cool, um mich beim Flugzeugebeobachten erwischen zu lassen –, hob ich immer noch den Arm, wenn ich einen Flieger sah. *Hey, Manii und Baba – hab euch lieb.*

Jahre später reisten wir aus Frankreich zurück, wo meine Eltern immer noch ein Haus besaßen. Es gehörte den Eltern meines Dads, ein maroder Bau voller Erinnerungen. Ich schaute aus dem Flugzeugfenster zu den Wolken, die fest genug schienen, um darauf zu stehen. Wir hatten sämtliche Schulferien in Frankreich verbracht und setzten die Tradition nun fort, da ich auf dem College war. Während meine Mutter umherlief und sich mit Freunden unterhielt, entspannte sich mein Vater fernab vom anstrengenden Londoner Alltag.

»Ich würde gern Pilotin werden.« Es war das erste Mal, dass ich es laut aussprach, und es fühlte sich anmaßend an. Lächerlich.

»Dann werde Pilotin«, antwortete Dad.

Das war typisch für ihn. *Du möchtest etwas? Dann mach es wahr.*

Weit vorn in der Maschine war die Cockpittür aufgegangen, und ich versuchte, einen Blick auf die Instrumente und das breite, gewölbte Fenster mit dem Wolkenteppich dahinter zu erhaschen. Vor Aufregung schlug mein Herz schneller. »Das ist richtig teuer.«

»Wie teuer?«

»Ungefähr … achtzigtausend? Mindestens.«

Eine halbe Ewigkeit schwieg er. Dann zuckte er mit den Schultern, dass seine Zeitung knisterte, und sagte: »Erkundige dich genauer.«

Sechs Wochen später verkauften sie das Haus in Frankreich.

»Geh und werde Pilotin«, sagte Dad.

»Aber ihr habt das Haus geliebt!« Doch in den Gesichtern meiner Eltern erkannte ich nichts als Freude. »Es sollte doch eure Altersvorsorge sein.«

»Wer braucht eine Pension, wenn die Tochter Pilotin ist?«, hatte Dad augenzwinkernd entgegnet. »Du darfst uns im Alter unterhalten.«

Meine Mutter drückte meinen Arm. »Wir kommen klar, und wir freuen uns für dich.«

Sie machte ein Foto an dem Tag, an dem ich zur Ausbildung

aufbrach, als wäre es mein erster Schultag. Ich stand in meiner schwarzen Hose und dem nagelneuen Hemd mit dem einzelnen goldenen Streifen auf der Schulter an der Haustür.

Jetzt sehe ich nach unten zu meinem Rock, den manikürten Fingernägeln und der fleischfarbenen Feinstrumpfhose. Ich liebe meinen Beruf, doch so war es nicht geplant gewesen.

»Möchtest du einen Tee mit nach oben nehmen?«, fragt Carmel und hält einen Teebeutel über einen leeren Becher.

»Gern, danke.« Es fühlt sich komisch an, nur wenige Stunden nach dem Start Pause zu machen, und noch komischer, dass wir nach dem Aufwachen noch Stunden bis zur Landung vor uns haben. Unter uns werden Leute aufstehen, zur Arbeit gehen, wieder nach Hause kommen und sich schlafen legen. Und die ganze Zeit werden wir in der Luft sein. Es kommt mir unmöglich vor, fast unwirklich.

Im Gegensatz zu Erik, der noch kein einziges Mal gelächelt hat, seit wir an Bord sind, ist Carmel entzückend. Sie ist erst zweiundzwanzig und will demnächst mit ihrem Freund zusammenziehen, den sie eindeutig anbetet.

»Er arbeitet in der City«, hatte sie mir erzählt, als wir beim Start auf unseren Notsitzen saßen.

»Was macht er?«

Sie blinzelte. »Er arbeitet in der City.«

Ich hatte den Kopf geschüttelt. »Ah ja, das hast du ja gesagt, entschuldige.«

Sie macht mir Tee, und ich greife in die Hutablage neben der Bordküche und nach der kleinen Papiertüte, die Sophia mir mitgegeben hatte. Ich musste ihr versprechen, sie nicht zu öffnen, ehe ich fliege. Sie war in mein Zimmer gekommen, als ich packte. Inzwischen war sie an den Anblick meines offenen Koffers auf dem Bett gewöhnt.

Ich öffne die Tüte. Drinnen ist einer der Flapjacks, die wir am

Wochenende zusammen gebacken haben, und bei dem Sirupduft läuft mir das Wasser im Mund zusammen. Eine Ecke ist leicht angeknabbert, und ich berühre die kleinen Spuren von den perlweißen Zähnen meiner Tochter.

Unter dem Gebäck liegt fettfleckig ein Zettel. *Für meine Mummy, liebe Grüße von Sophia xoxox.* Ich zeige es Carmel, und sie schlägt die Hände vor der Brust zusammen.

»Wie süß! Deine Tochter?«

Ich nicke.

»Mein Gott, ist das niedlich! Ich kann es gar nicht erwarten, Mutter zu werden. Du machst sicher alle möglichen Sachen mit ihr, oder? Malen und Basteln und so.«

»Hauptsächlich Backen.« Ich halte den Flapjack in die Höhe. »Jede Menge Backen. Die hier hat sie praktisch allein gemacht, und sie ist erst fünf.«

»Erstaunlich.«

Ich zupfe ein Stück von dem Gebäck ab und esse es. Dann stecke ich den Zettel in meine Tasche und wickle den Rest vom Flapjack ein, um ihn oben zu genießen. Vorher wische ich alles in der Bordküche für das nächste Team sauber. Jemand hat einen Injektions-Pen auf der Arbeitsfläche liegen lassen, und ich nehme ihn an mich, damit er nicht in den Müll gefegt wird.

»Hast du eine Ahnung, wer …« Ich verstumme, als ich das leicht zerkratzte Etikett auf dem Pen sehe. Ein kleines weißes Rechteck mit einem handgezeichneten Smiley und einem Namen in Druckschrift.

Sophia Holbrook.

»Milch und Zucker?«, fragt Carmel.

Wie kommt Sophias Epi-Pen hierher? Das Smiley-Gesicht verrät mir, dass es der aus ihrem Rucksack ist – Adams schlichtes, aber effektives System, um auf dem Laufenden zu bleiben, welcher Pen wo ist. Und das Etikett ist ganz klar eines von denen, mit denen ich ihre Schuhe, ihre Brotdose und ihre Wasserflasche gekennzeichnet hatte.

Ich denke an den heutigen Morgen zurück, nachdem ich Sophia zur Schule gebracht hatte. Zu Hause hatte ich meine Uniform angezogen. Selbst wenn der Pen in meiner Jeans gewesen wäre, gibt es keine logische Erklärung dafür, wie er von einer Tasche in die andere hätte wandern können. Hatte ich ihn in meine Arbeitshandtasche gepackt, als ich zum Flughafen gefahren bin? Jahre in diesem Job haben mich zu einem Gewohnheitstier gemacht; mein Pass und meine Codekarte wohnen fest in meiner Arbeitshandtasche, zusammen mit meiner Handcreme, dem Lippenbalsam und einer Geldbörse voller unterschiedlicher Währungen. Aber kein Epi-Pen, warum auch? Sophia kommt ja nie mit mir.

»Erde an Mina, alles in Ordnung?«

»Entschuldige, nur Milch bitte.«

Ich stecke den blauen Pen in meine Tasche. Es gibt keine andere Erklärung: Ich muss ihn mit an Bord gebracht haben.

Wie sonst sollte er hier gelandet sein?

SIEBEN

18 UHR | ADAM

Becca baut einen Schneemann mit mir«, sagt Sophia. Dass es keine Frage ist, sagt weniger über die sprachlichen Fähigkeiten meiner Tochter aus als über ihren Charakter. Sie bittet mich nicht um Erlaubnis, sondern teilt es mir mit.

»Es ist fast Zeit zum Abendessen, und draußen ist es dunkel«, beginne ich, doch sofort verdunkelt sich ihre Miene, und ich denke: *Zum Teufel mit praktischen Bedenken oder vernünftiger Erziehung. Warum soll ich nicht ausnahmsweise mal der sein, der sie zum Lächeln bringt?* »Wir können die Außenbeleuchtung einschalten. Das wird ein Abenteuer! Ich baue ausgezeichnete Schneemänner. Der Trick ist …«

»Nein, Becca und ich bauen einen Schneemann.«

»Na gut«, sage ich in einem Ton, als wäre ich in Sophias Alter. Salz in der Wunde brennt nicht weniger, je häufiger man es reinreibt. Soll Vatersein so wehtun? Und falls ja, müssen wir es einfach hinnehmen?

Becca ist in der Küche und pikt in die Lasagne, die sie aus dem Ofen genommen hat. »Meinst du, die ist vegetarisch?«

Ich nehme ihr die Gabel ab und schiebe ein wenig von der Käsekruste zur Seite. »Es ist jedenfalls Gemüse drin.«

Sie verdreht die Augen. »Soll das witzig sein? Hast du gewusst, dass der Methanausstoß von Kühen für die Umwelt fünfundzwanzig Mal schlechter ist als CO_2?«

»Versuch mal, es in einem Besprechungsraum mit zwölf behaarten Polizisten auszuhalten. Kuhflatulenzen sind nichts dagegen!«

»Daddy sagt, wie dürfen einen Schneemann bauen!«

Becca zuckt mit den Schultern. »Wenn du willst.« Sie nimmt ihr Smartphone wieder zur Hand, um nach den allgegenwärtigen Nachrichten zu sehen, und ich merke, wie meine Finger zucken. Sucht speichert sich in den Muskeln, und mein Daumen kann schon übers Display wischen, bevor mich ein bewusster Gedanke davon abhält.

Sophia hat den Kühlschrank geöffnet und wühlt im Gemüsefach. Triumphierend hält sie eine Karotte hoch. »Jetzt ein Hut.« Sie rennt in die Diele, um sich zu suchen, was sie braucht. Ich stelle die Lasagne zurück in den Ofen, damit sie warm bleibt. Im Gefrierfach ist ein Linda-McCartney-Burger – wahrscheinlich vom letzten Mal übrig geblieben, als Becca hier babygesittet hat. Ich lege ihn unter den Grill.

Becca und Sophia sind wieder in Stiefeln und Mänteln und gehen nach draußen. Dort nehmen sie Armladungen unberührten Schnees auf, und Sophia juchzt, weil es neu für sie ist, im Dunkeln draußen zu spielen. Ich schließe die Tür und schaue ihnen einen Moment durch die Glasscheibe der Hintertür zu.

Meine Finger umfangen das Handy. Ich gehe weg von der Tür, doch die beiden sind immer noch zu nahe, deshalb ziehe ich mich ins Schlafzimmer zurück. Ich nehme jeweils zwei Stufen auf einmal, und mein Puls wird schneller – so ähnlich, wie einem das Wasser im Mund zusammenläuft, wenn es beinahe Essenszeit ist. Ich sehe aus dem Fenster, ob die beiden Mädchen noch beschäftigt sind, und habe mal wieder widersprüchliche Gefühle, wie immer, wenn ich Sophia ansehe.

»Sie ist solch ein fröhliches kleines Wesen«, hatte Miss Jessop am Elternabend gesagt.

Mina hatte mich angesehen. »Freut uns zu hören. Sie ist … wir haben Mühe mit ihr. Manchmal.« *Manchmal.* Wie wäre es mit »immer«? Noch ein Blick zu mir. Sie will Unterstützung.

»Ihr Verhalten kann anstrengend sein«, sagte ich. »Sie hat Wutausbrüche – *gewaltige* Wutausbrüche. Die gehen über eine Stunde oder länger.« Das Leben mit Sophia kann wie ein Gang über einen gefrorenen See sein, bei dem man nie sicher ist, ob das Eis hält oder man gleich einbricht. Den Gefühlen einer Fünfjährigen auf Gedeih und Verderb ausgeliefert.

»Sie kann sehr kontrollierend sein«, fügte Mina hinzu. Sie sprach langsam, wählte ihre Worte mit Bedacht. »Besitzergreifend. Hauptsächlich bei mir. Das führt zu einigen …« Sie zögerte. »Spannungen.«

Es entstand eine Pause, während Miss Jessop die Worte auf sich wirken ließ. »Hmm, ich muss sagen, dass wir so etwas in der Schule nicht erleben. Ich meine, wir kennen ihre psychologische Einschätzung, aber ehrlich gesagt würde man das nie vermuten, wenn man sie hier sieht. Ich frage mich …« Sie sah uns beide nachdenklich an. »Könnte sie zu Hause irgendwelche Probleme ahnen?«

Das Einzige, was mich davon abhielt, direkt auszuflippen, war die Gewissheit, ihr damit recht zu geben. Ich wartete, bis wir vom Schulgelände waren, aber dann kam Mina mir zuvor.

»Wie kann sie es wagen?! Sollen jetzt wir schuld an Sophias Verhaltensproblemen sein? Haben die plötzlich nichts mehr mit der leiblichen Mutter zu tun, die meistens nicht mal auf dem Schirm hatte, dass sie Kinder hat, oder damit, dass Sophia schon bei zwei anderen Pflegefamilien gewesen ist, bevor sie endlich zu uns durfte?« Sie brach in Tränen aus. »Liegt es an uns, Adam? Machen wir was falsch?«

In jenem raren Moment der Zweisamkeit ließ sie zu, dass ich sie in den Arm nahm. »Es liegt nicht an uns«, sagte ich. Sie roch anders – ein neues Shampoo vielleicht –, und es tat mir weh, dass mir dieser Geruch fremd war. »Zumindest nicht an dir. Du bist eine fantastische Mum.«

Als ich jetzt allein in unserem früheren Schlafzimmer bin, sehe ich auf mein Handy. Ich öffne meine Nachrichten, und wie üblich prasseln Scham und Furcht auf mich ein. Ich habe alles so gründlich versaut, mich immer tiefer auf etwas so Toxisches eingelassen, dass ich da nicht mehr rauskomme. Und Mina und Sophia habe ich mit reingezogen.

Mir kommt das Gesicht meiner Tochter in den Sinn, tränenüberströmt und verwirrt. Zu verängstigt, um zu sprechen. Es war Katya, die das Reden übernahm, nachdem Sophia aufgehört hatte zu weinen und in eine Decke gehüllt vor dem Fernseher saß, als wäre sie krank.

»Ich mache das nicht mehr.« Katya ging nach oben. Ich folgte ihr. »Katya, bitte …«

Sie zog ihre Koffer unterm Bett hervor und begann, Kleidungsstücke hineinzuwerfen. »Keine Lügen mehr. Ich bin fertig.«

»Sag bitte, bitte Mina nichts.« Zwischen uns stand es so schon schlecht. Wir redeten kaum noch miteinander, und Mina hatte angefangen, mich auf eine Weise auszufragen, wie sie es nie zuvor getan hatte. Wo ich gewesen war. Wann ich Feierabend gehabt hatte. Mit wem ich telefoniert hatte. »Sie wird mich verlassen.«

»Ist nicht mein Problem!« Katya hatte sich umgedreht und mit ihrem Finger in meine Brust gepikt. »Es ist deins.«

Ich gehe aus den Nachrichten raus und stattdessen auf Facebook, wo ich Minas Profil aufrufe. Eigentlich hatte ich gedacht, dass sie mich blockieren würde, nachdem sie mich rausgeworfen hat, aber es hat sich nichts geändert. Ihr Beziehungsstatus ist immer noch *verheiratet*, und es ist erbärmlich, wie sehr ich mich an diesen vermeintlichen Hoffnungsschimmer klammere. Sie hat ihr Profilbild aktualisiert. Jetzt ist es ein Selfie, das sie irgendwo im Schnee aufgenommen hat; ich erkenne die Landschaft nicht. Sie hat eine Mütze mit Pelz-Pompons auf, und Eisflocken haften an ihren Wimpern.

Ich habe echt alles versaut und die einzige Frau verloren, die ich je richtig geliebt habe.

Mina lernte ich nach einem Rugbyspiel kennen, als sie sich an der Bar vor mich drängelte.

»Gerne doch«, sagte ich auf diese passiv-aggressive Art, wie es Engländer tun, wenn jemand vergessen hat, sich zu entschuldigen.

Sie drehte sich halb zu mir, einen Zehner mit der einen Hand hochhaltend, um ihren Platz an der Bar zu wahren. »Tut mir leid, habe ich mich vorgedrängelt?«

Da war kein Anflug von Reue in ihrem Gesicht, aber das war mir zu dem Zeitpunkt schon egal. Ihr Haar war verrückt: wilde Locken, die ihr halb ins Gesicht fielen und um die Schultern wirbelten, als sie sich umdrehte. Auf ihre linke Wange war eine Englandflagge gemalt, auf die rechte eine französische.

Ich zeigte auf ihr Gesicht. »Wie ich sehe, platzierst du Fifty-fifty-Wetten.«

»Ich bin halb französisch.«

»Welche Hälfte?« Es war kein sehr origineller Witz, trotzdem lachte sie und spendierte mir ein Bier. Wir nahmen die Getränke mit nach draußen und schlängelten uns in stillschweigendem Einverständnis durch die Menge vor der Bar und gingen um die Ecke, wo wir uns an eine Mauer lehnten.

»Meine Mutter ist Französin.« Mina nahm einen Schluck von ihrem Pint. »Französisch-algerisch, genau genommen – sie war vor meiner Geburt nach Toulouse gezogen. Mein Vater ist halb französisch, halb englisch, und wir sind nach England gezogen, als ich sechs war.« Sie grinste. »Ich bin ein Mischling.«

Als ich uns Nachschub holte, hatte ich schreckliche Angst, sie könnte verschwunden sein, bis ich zurückkam, und auf dem Weg zur Bar sagte ich mir, dass in der Liebe und im Krieg alles erlaubt war.

»Was hat denn so lange gedauert?«, fragte sie, als ich wieder da war, und das Blitzen ihrer Augen machte den vorwurfsvollen Ton wett. Ich grinste.

»Tut mir leid.«

Mina war in der Ausbildung zur Pilotin – erst seit wenigen Wochen. Ich war noch nie jemandem begegnet, der ein Flugzeug steuern wollte, erst recht nicht jemandem so Junges und unglaublich Attraktives, weshalb das Schwindelgefühl in meinem Kopf nichts mit dem Bier zu tun hatte, das ich getrunken hatte.

»So sagenhaft, wie es vielleicht klingt, ist das gar nicht«, sagte sie. »Jedenfalls bisher nicht. Wir sitzen in Klassenräumen zusammen, wie in der Schule, und da ist mehr Mathe, als man sich überhaupt vorstellen kann.«

»Wann fängst du an zu fliegen?«

»Nächste Woche. Eine Cessna 150.«

»Was ist das für ein Flugzeug?«

Mina grinste. »Sagen wir mal, zwischen der Cessna und der Concorde liegen Welten.«

Ich begleitete sie nach Hause. Überall hätte ich sie hinbegleitet. Und als ich gehen musste, bestand sie so sehr darauf, dass sie anrufen würde, mich wiedersehen wollte, wir etwas Aufregendes hätten, etwas *Wichtiges*, dass ich sie gar nicht um ihre Nummer bat, nachdem ich ihr meine gegeben hatte. Ich war mir sicher, dass sie anrufen würde.

Was sie nicht tat. Und als ich endlich den Mut aufbrachte, zu ihrer Wohnung zu gehen, war sie ausgezogen. Keine Nachricht, keine SMS. Ich wurde geghostet.

»Du bist so ein Idiot!«, sage ich laut.

Ich hatte alles gehabt. Die Frau, die ich liebte. Eine Familie. Und ich habe es ruiniert. Ich hatte Mina schon einmal verloren, und als ich sie zurückgewonnen hatte, habe ich sie wieder verscheucht. Wenn ich nicht vorsichtig bin, verliere ich Sophia auch noch. Mina war immer die, an die Sophia sich geklammert hat, und jetzt, da ich nicht mehr hier wohne, ist es schon ein Kampf, überhaupt in ihr Leben vorzukommen. Bindungsstörungen zu überwinden, dauert Jahre. Es reicht nicht, an Sophias Geburtstagen oder zu besonderen Feiertagen bei ihr zu sein, auch nicht jedes andere Wochenende. Ich muss hier sein, wenn sie sich das Knie aufschürft oder nachts Angst hat. Ich muss ihr zeigen, dass ich sie nicht verlasse.

Ich schwinge meine Beine vom Bett. Vielleicht helfe ich, den Schneemann fertig zu bauen, und Sophia kann ihm den Hut aufsetzen und ihm einen Schal um den Hals wickeln. Und selbst wenn sie meine Hilfe nicht will, kann ich ihr immer noch sagen, wie toll sie das gemacht hat.

Ich laufe nach unten, frisch entschlossen zu – wie heißt das noch? *Präsent zu sein.* Ich stopfe mein Handy in die Hosentasche, zufrieden mit mir. Ich habe die Textnachrichten ignoriert, nicht reagiert. Was beweist, dass ich konsequent sein kann, egal, was Mina sagt.

Der Fußboden in der Diele ist nass, und die Schneespuren ziehen sich bis zum Klo. Da enden sie.

»Ihr zwei Weicheier«, sage ich, als ich in die Küche komme. »War's zu kalt für euch?«

Becca sitzt am Tresen und spielt etwas auf ihrem Handy. Ich blicke mich in der leeren Küche um.

»Wo ist Sophia?«

»Draußen. Ich bin reingekommen, um Kakao zu machen.«

Aus dem Wasserkocher steigt Dampf auf, aber es stehen keine

Becher bereit. »Besonders weit bist du ja nicht gekommen.« Ich steige in die Gummistiefel an der Gartentür.

Unser Garten in ein kleines Rechteck mit einem Schuppen in einer Ecke, der mit einem Vorhängeschloss verriegelt ist, und einigen armseligen Blumentöpfen auf der Terrasse. Unter dem Schnee führt ein betonierter Weg zum Schuppen. Weder Mina noch ich sind tolle Gärtner. Es ist nur ein Platz zum Spielen für Sophia, weiter nichts.

Allerdings spielt sie jetzt nicht.

Der Garten ist leer.

Sophia ist verschwunden.

ACHT

PASSAGIER 2D

Mein Name ist Michael Prendergast, und als ich an Bord von Flug 79 kam, bog ich nach links.

Auf Langstreckenflügen während meiner Kindheit saßen meine Eltern in der Businessclass und ich hinten in der Economy. Mum und Dad kamen abwechselnd, um nach mir zu sehen, und brachten mir die Pralinen, die sie zu ihrem Kaffee bekamen, als Friedensangebot.

»Du brauchst den zusätzlichen Platz nicht«, sagte meine Mutter. »Und bist du erst einmal im Flugzeug nach links gegangen, bist du für immer verdorben. Dann willst du nie wieder nach rechts.«

Ich verstand ihr Argument nicht. Wir hatten genug Geld, um bei jedem Flug nach links abzubiegen, ob wir übers Wochenende nach Lissabon flogen oder für vierzehn Tage nach Mustique, wo wir jedes Jahr in der Villa eines Klienten meines Vaters wohnten. Warum knausern, wenn man stilvoll reisen kann?

Nach fünf Stunden auf einem Flug nach Antigua schlich ich mich zu ihnen. Es war spät, und die meisten Leute schliefen, doch ich hielt den Atem an, als ich den Gang hinunter zu dem ausgeklappten Sitz meiner Mutter tapste. Ich war eine zwölfjährige Bohnenstange, zu groß, um mir einen Sitz mit ihr zu teilen, aber ich quetschte mich trotzdem neben sie.

»Du sollst nicht hier sein.«

»Nur kurz.«

Sie gab mir ihre unangebrochenen Chips und eine Flasche Selters und stöpselte ihr Headset ein, damit ich fernsehen konnte. Ich schaltete durch die Kanäle – viermal so viele wie in der Economy-

class –, hatte aber nicht mal eine Chance, mich für einen zu entscheiden, als schon ein großer Schatten neben uns auftauchte.

»Entschuldigung«, sagte Mum. Sie warf der Stewardess ein »Ups, erwischt«*-Lächeln zu und nahm mir das Headset ab.*

»Na, komm mit.« Die Stewardess erwiderte das Lächeln, bohrte mir aber ihre Fingernägel in die Schulter, als sie mich zurückbrachte, und meine Wangen glühten vor Scham. Ich hatte niemandem etwas getan – was wäre denn dabei gewesen, mich einfach dort zu lassen? Was meine Eltern betraf: Wie konnten sie es wagen, mich wie einen Menschen zweiter Klasse zu behandeln?

Nach der Landung beobachtete ich, wie die Passagiere vorn als erste ausstiegen, musterte ihre Kleidung und ihr Gepäck und prägte mir die Marken ein, die ich später in meinem Leben wollte. Meine Eltern hatten Louis Vuitton; ich hatte einen Handgepäckkoffer, den mein Vater gratis zu einer Aktentasche dazubekommen hatte.

»Wenn du dein eigenes Geld verdienst«, sagte Dad, »kannst du jeden Koffer haben, den du willst.« Endlos dozierte er über den Wert des Geldes, dass ein Tausender ein Tausender ist, egal, wie man es betrachtete. Mein Taschengeld waren mal fünf, mal zehn Pfund, als einige meiner Freunde zwanzig die Woche bekamen.

»Es geht nicht um das Geld«, sagte mein Vater, als ich fast achtzehn war. Ich versuchte, es ruhig mit ihm zu besprechen. Von Mann zu Mann. »Es geht ums Prinzip.«

Und wie es ums Geld ging! Einmal waren auf einem Flug nach Mustique freie Plätze in der Businessclass.

»Wie ich sehe, sitzen Sie getrennt«, sagte die Frau am Schalter. »Ich könnte Ihnen ein Upgrade für nur dreihundert anbieten.«

Dreihundert Pfund! Ich hatte gesehen, wie meine Mutter mehr als das für ein Paar Schuhe ausgab, ohne mit der Wimper zu zucken. Mein Herz pochte vor Freude. Endlich würde es passieren! Ich malte mir aus, wie ich mich unter einer weichen Decke aus-

streckte, zwischen den Filmen hin und her schaltete und Cola ohne Ende trank.

»Ihm geht es gut in der Economyclass, danke.«

Mir stand der Mund offen. »Aber …«

Dad würgte mich mit einem wütenden Blick ab, bevor er sich wieder lächelnd der Frau am Schalter zuwandte. »Die Kinder heutzutage, was? Wissen gar nicht, wie gut sie es haben.«

Sie blickte zu mir, als ich die Tränen zurückhielt, von denen ich wusste, dass sie nur noch eine weitere Zurechtweisung von meinem Vater provozieren würden; stattdessen lächelte ich ihm verkniffen zu. So ist er immer, *wollte ich der Frau sagen.* Es geht nicht ums Geld oder ums Prinzip. Er ist einfach so.

Den ganzen Flug über verdrehte ich mich auf meinem Platz und hasste jeden flüchtigen Blick durch den Vorhang, der mich von meinen Eltern trennte. Während ich an einem pappigen Sandwich nagte und meinen Tütensaft trank, fragte ich mich, was sie vorn servierten. Ich stellte mir warme, weiche Brötchen vor und von Kondenswasser benetzte Gläser mit frisch gepresstem Orangensaft.

*Zum Glück hatte ich Grandma. Ich verbrachte Stunden bei ihr, wenn meine Eltern arbeiteten. Wir sahen Reality-*TV*, lachten über Nigellas ekstatische Miene angesichts einer Schokoladen-Mousse und sprachen über die Vorzüge von Burberry im Vergleich zu Hugo Boss. Sie kaufte mir Geschenke und schmuggelte Designer-Shirts in Primark-Tüten für mich ins Haus. Grandma wohnte in einem großen Pfarrhaus mit eigenem Swimmingpool und Stall, und sie genoss die »schönen Dinge des Lebens«, wie sie es ausdrückte.*

»Ich bin schuld am teuren Geschmack deiner Mutter«, erzählte sie mir eines Tages beim Cream Tea. »Früher sind wir samstags morgens in die Oxford Street und haben eingekauft, bis wir buchstäblich umgekippt sind.«

»Letztes Wochenende hat sie mir zwanzig Pfund für eine Jeans gegeben«, sagte ich unglücklich. »Zwanzig!«

Grandma schürzte die Lippen, bis sie einem Katzenpo ähnelten. »Tja, das ist der Einfluss deines Vaters. Vor der Heirat war deine Mutter nie geizig.« Sie schnaubte. »Und es ist nicht mal sein eigenes Geld. Ein Parasit, das ist er. Er hatte deinen Granddad – Gott hab ihn selig – und mich kennengelernt, einen Blick auf dieses Haus geworfen und schneller einen Ring am Finger deiner Mutter, als du Erbschaft *sagen kannst.« Grandma nahm kein Blatt vor den Mund. »Na, der wird schon sehen«, ergänzte sie finster.*

»Was sehen?«

Aber das wollte sie mir nicht verraten. Erst nach ihrem Tod begriff ich, was sie gemeint hatte. Sie hatte sie enterbt. Beide. In ihrem Testament stand klar und deutlich, dass kein Penny von ihrem großen Vermögen – oder ihrem Anwesen mit Swimmingpool und allem – an meine Eltern gehen sollte.

Sie hinterließ alles mir.

Mein Vater ist ausgeflippt. »Das ist viel zu viel! Sie kann das nicht ernst gemeint haben.«

Sie waren in der Küche, doch ihre Stimmen waren bis oben zu hören, wo ich mit dem Rücken an der Wand auf dem Flur saß.

»Es ist das, was sie gewollt hat«, sagte Mum. »Sie hat ihn wirklich geliebt.«

Meine Brust schmerzte, als hätte ich zu schnell geschluckt. Ein Leben ohne Grandma konnte ich mir nicht vorstellen. Und plötzlich Millionär zu sein – so verrückt es auch war –, konnte den Verlust nicht wettmachen.

»Sie muss den Verstand verloren haben. Wir fechten das Testament an.«

»Sie war noch so klar wie jemand halb so Altes, und das weißt du.«

»Du willst das doch nicht einfach hinnehmen, oder? Dieses Geld hätte an uns gehen müssen!«

»Genau genommen an mich«, hörte ich Mum sagen, aber Dad ignorierte es.

»Der Junge ist achtzehn, um Himmels willen. Er ist ohne jedes Verantwortungsgefühl.«

Ich wartete, dass meine Mutter widersprach, was sie jedoch nicht tat. Ich schluckte. Zum Teufel mit ihnen. Mit beiden. Das Geld war mir nicht wichtig – nicht so wichtig wie Grandma. Trotzdem würde ich es meinen Eltern nicht geben. Ich musste sie nicht mehr länger ertragen. Nun hatte ich mein eigenes Haus und genug Geld, um zu tun, was ich wollte.

Das Leben war gut, nicht nur für mich. Ich war nicht geizig wie meine Eltern. Auf jedes Pfund, das ich für mich ausgab, kamen zwei für andere Leute. Ich gab spontan Runden für Fremde in Bars aus und beendete den Abend umgeben von neuen Freunden. Ich überschüttete Freundinnen mit Blumen, Pralinen und Schmuck, und je mehr ich springen ließ, desto mehr liebten sie mich. Ich spendete viel für wohltätige Zwecke und winkte ab, wenn der Applaus ein Kribbeln in mir auslöste.

Und natürlich wandte ich mich nach links. Immer. Wie Dad sagte: Es ging nicht ums Geld, sondern ums Prinzip.

Auf Flug 79 sind Leute, die zum ersten Mal Business reisen. Man erkennt es an der Art, wie sie alle Schubladen aufziehen, sich durch sämtliche Knöpfe auf dem Bedienfeld arbeiten und nach dem Kabinenpersonal rufen, um sich den Klappmechanismus ihres Sitzes erklären zu lassen, um zu fragen, ob alle Filme gratis sind und wann das Essen serviert wird … Ich lehne mich zurück und lasse mich von alldem umfangen wie von einem Anzug aus der Savile Row.

Die Flugbegleiter huschen zwischen den Passagieren umher,

und ich vergleiche die beiden Frauen unter ihnen. Sie sind beide attraktiv, obwohl sie Jahre trennen. Die Ältere ist eindeutig die Chefin. Ihr Blick huscht über sämtliche Plätze auf der Suche nach jedwedem Detail, das unseren Komfort beeinträchtigen könnte. Sie sieht mich an, und ich erstarre, bin auf einmal wieder zwölf.

Na komm …

Fingernägel bohren sich in meine Schulter …

Sie lächelt. »Kann ich Ihnen noch etwas bringen, Sir? Wein?«

»Nein danke, ich trinke nicht.« Tue ich seit Jahren nicht mehr. Ich ziehe Koffein einem dicken Kopf vom Alkohol vor.

»Falls Sie irgendetwas brauchen, ich bin hier.«

Ich atme aus. Komisch, dass ich mir nach so vielen Jahren immer noch wie ein Hochstapler vorkomme. »Danke.«

Alles ist unter Kontrolle. Ich habe ein Businessclass-Ticket. Ich habe Geld in der Tasche. Mein Leben verläuft endlich so, wie ich es mir gewünscht habe.

NEUN

12 STUNDEN BIS SYDNEY | MINA

Der Ruhebereich ist eher ein Kriechraum, denn die Wände wölben sich auf niedriger Höhe zum Dach. Hier ist die Form des Flugzeugs so klar zu erkennen wie im Cockpit. Auf dem Boden sind Matratzen ausgelegt, die entfernt an Turnmatten aus der Schule erinnern, getrennt durch Vorhänge wie in einem Krankenhaus. Jede Zelle hat die Größe eines Sarges.

Wir waren alle zu aufgekratzt, um zu schlafen. Einzig Erik zog den Vorhang um sich herum zu, sodass wir anderen flüsterten.

Die übrige Crew – wir waren zu siebt – lag auf dem Boden und tauschte die Art Passagiertratsch aus, die in der Bordküche unmöglich wäre.

»Ungefähr in der Mitte der Kabine sitzt ein Typ, der muss ungelogen an die zweihundert Pfund wiegen«, sagte eine Kollegin aus der Economy.

Carmel verzog das Gesicht. »Armer Kerl. Das muss so unbequem für ihn sein.«

»Du meinst, für den armen Mann neben ihm! Er hat den Platz am Gang, und ich steckte da jedes Mal mit meinem Trolley fest. Dann musste ich ihn immer bitte: *Ähm, könnten Sie vielleicht … äh … Ihren Bauch zur Seite rücken?*«

Alle prusteten vor Lachen, verstummten aber abrupt, als Erik sich hinter dem Vorhang räusperte. Wir wussten, wie es war, wenn man zu schlafen versuchte, während alle sonst wach waren. Doch es herrschte eine kindisch alberne Atmosphäre – wie bei einer Pyjamaparty –, und wir pressten uns kichernd die Hände aufs Gesicht. Wenigstens würden die Passagiere nicht gestört. Vom Ruhebereich übertrugen sich keine Geräusche in die Kabine. Hier oben waren wir komplett abgeschieden.

Ich war nur halb dabei, beteiligte mich kaum am Knutschen-Heiraten-Meiden-Spiel und Carmels Designentscheidungen; gleichzeitig versuchte ich, mich zu erinnern, wann ich Sophias Epi-Pen zuletzt gesehen hatte.

Gestern Morgen war er im Rucksack gewesen, dessen war ich mir sicher. Ich überprüfe es immer, wenn ich Sophias Brotdose und die Trinkflasche herausnehme, und es besteht kein Grund, warum ich es gestern nicht getan haben sollte. Könnte ich ihn rausgelegt haben, als ich nach der Schule die Brotdose ausgeleert habe? Das hatte ich noch nie gemacht, und selbst wenn, erklärte es nicht, warum ich ihn mit ins Flugzeug genommen hatte.

Spielte mir vielleicht jemand einen Streich?

Ich erinnere mich an Adams Erzählung vor Jahren, wie er als neuer Polizeianwärter rituell »eingeweiht« wurde. »Mein Sergeant hat gesagt, wir jagen dem neuen Pathologiehelfer einen Schrecken ein, indem wir es so aussehen lassen, als würde eine der Leichen noch leben.« Vor lauter Lachen bekam er die Worte kaum heraus. »Also lege ich mich auf die Rolltrage, und sie decken mich mit einem Laken zu und schieben mich in die Kühlkammer. Und als ich da liege und vor mich hin kichere bei dem Gedanken, wie ich *Buuuh!* rufe, sobald sie mich rausziehen, da …« Wieder krümmte er sich vor Lachen, und ich musste unwillkürlich mitlachen, obwohl ich die Vorstellung, von Toten umgeben zu sein, eher gruselig fand. »Da sagt auf einmal eine Leiche über mir, ›Verdammt kalt hier drin, oder?‹« Er prustete noch bei der Erinnerung daran, wie er begriff, dass er von Anfang an das Opfer des Streiches sein sollte.

Adams Welt ist voller Kontraste. Auf der einen Seite stehen die kritischen Entscheidungen und gewalttätigen Auseinandersetzungen. Auf der anderen mit transparenter Folie überzogene

Toilettenschüsseln, auf Schreibtische geklebte Handys und nervöse Officers, die aus Jux über Funk zu einem humorlosen Superintendenten zitiert werden.

»Spannungsabbau«, sagt Adam immer. Leichtigkeit – und sei sie noch so kindisch – als Gegengewicht zur Düsternis eines Unfalltods, einer Vergewaltigung, eines vermissten Kindes.

Adam war schon Police Officer, als ich ihn kennenlernte, und ich habe mich oft gefragt, wie er vorher gewesen sein mochte. Ob er immer schon die Art Stimmungsschwankungen hatte, die ihn bisweilen an einen Tiefpunkt ziehen, an dem ich ihn nicht erreichen kann. Als wir heirateten, dauerten diese Stimmungen wenige Stunden – höchstens einen Tag –, doch im Laufe der Zeit belagerte die Dunkelheit ihn immer länger. Im vergangenen Jahr war es unerträglich gewesen.

»Wem schreibst du?« Wir sahen fern – es muss ungefähr um diese Zeit im letzten Jahr gewesen sein –, aber Adam blickte kaum von seinem Handy auf. Katya war in ihrem Zimmer, Sophia schlief.

»Niemand Wichtigem.«

»Wer das auch ist, du siehst nicht sehr froh aus.«

Adams Gesichtszüge waren angespannt, und seine Daumen hackten auf das Display ein. Ich beließ es dabei und blickte den Rest des Abends immer wieder verstohlen zu ihm, sodass ich mich nicht auf die Comedy-Serie konzentrieren konnte, die wir angeblich sahen.

Nachdem Adam ausgezogen und Katya wieder in der Ukraine war, hielt mich meine Sorge bis in die frühen Morgenstunden wach. Ich fiel in einen unruhigen Schlaf, um gleich wieder hochzuschrecken, wenn mein Handy eine Textnachricht meldete. Adam, der mitten in einer Schicht von Reue – oder Schuld – heimgesucht wurde.

Es tut mir leid.

Du fehlst mir.

Ich liebe dich.

Dann gewöhnte ich mir an, mein Handy stummzuschalten.

Eines Morgens waren sechs Nachrichten und zwei verpasste Anrufe von ihm da, und während ich nach unten stolperte, verkatert von zu wenig Schlaf, leuchtete mein Display beharrlich auf. Anstatt es klingeln zu lassen, drückte ich den Anruf weg. Es war eine Trotzreaktion, und ich wusste, dass sie schmerzen würde. Unten brauchte ich einen Moment, bis ich den seltsamen Geruch einordnen konnte, der das gesamte Erdgeschoss durchzog. Ich sah in der Küche nach, ob ich vielleicht den Ofen angelassen hatte, aber am intensivsten war der Chemiegeruch in der Diele.

Die Fußmatte war benzingetränkt.

In meinem Tran fragte ich mich, ob ich irgendwas verschüttet hatte, bevor ich ins Bett gegangen war, oder irgendwas von der Straße reingetragen hatte. Ich öffnete die Haustür, um die Dämpfe loszuwerden, und blinzelte verwirrt, als ich Adam aus seinem Wagen steigen und zum Haus kommen sah.

»Ich habe versucht anzurufen. Ist alles in Ordnung?«

Er sah fertig aus, hatte offenbar noch weniger Schlaf bekommen als ich. Sein Blick war unruhig, wirr, als hätte er irgendwas eingenommen, obwohl ich wusste, dass er das niemals machen würde.

»Warum hast du anzurufen versucht?« Die kühle Morgenluft hatte mich wacher gemacht, und nun fügten sich Teile zu einem Bild zusammen, das ich nicht sehen wollte. »Was willst du überhaupt hier?«

»Ich muss einige Klamotten holen.«

»Um sieben Uhr morgens?« Ich wartete nicht auf seine Erklärung. »Ich wollte gerade die Polizei rufen. Jemand hat Benzin durch den Briefschlitz gegossen.«

Mich wunderte, wie ruhig ich angesichts der Umstände war. Adam rauszuwerfen, hatte mir das Gefühl gegeben, stärker zu sein, mehr Kontrolle zu haben, und meine Übermüdung bewirkte eine gewisse Distanz zu allem, als würde ich mich von oben beobachten.

»Was?« Er schaute sich hektisch um, als könnten die Täter noch in der Nähe sein. »Wann? Geht es dir gut? Geht es Sophia gut?«

Etwas war komisch an ihm. Er verheimlichte mir irgendwas. Doch auf einmal wurde mir klar, dass er kein bisschen geschockt war.

»Ihr geht es gut. Sie hat letzte Nacht bei mir geschlafen. Ich rufe die 101 an und melde es.«

»Das mache ich. Ich bin sowieso auf dem Weg zur Arbeit. Und so ist das Risiko geringer, dass es direkt im Mülleimer landet.«

Später, als Sophia in der Vorschule war, wechselte ich die Birne in der Eingangsbeleuchtung aus und fragte Mo, ob sie etwas gesehen hätte.

»Bedaure, Liebes«, antwortete Mo. »Der Doktor hat mir was gegeben, das mir beim Schlafen hilft. Jetzt bin ich nachts völlig weg. Aber vor ein paar Wochen haben einige Jugendliche im Park versucht, die Mülleimer in Brand zu setzen. Die könnten es gewesen sein.«

Ich rief die Polizei an, um ihnen diese Information durchzugeben.

»Nein, wir haben hier keinen gemeldeten Vorfall unter Ihrer Adresse.«

»Mein Mann wollte es heute Morgen melden. DS Holbrook. Er ist beim CID.«

»Anscheinend ist er noch nicht dazu gekommen. Ich kann gern alles für Sie aufnehmen.«

Hinterher schrieb ich Adam eine Textnachricht.

Hast du die Sache gemeldet?

Ja, alles geregelt. Bin nicht sicher, ob sie irgendwas tun können, aber sie überprüfen die bekannten Brandstifter.

Ich starrte auf mein Handy. Warum hatte er es nicht gemeldet? Und warum log er?

Es kam noch eine Nachricht.

Mir wäre wohler, wenn ich zu Hause bei euch wäre. Nur für einige Tage. Ich schlafe im Gästezimmer.

In meinem Hinterkopf nahm ein Gedanke Form an. Könnte es *Adam* gewesen sein, der Benzin durch den Briefschlitz gegossen hatte? War es ein billiges Manöver, damit ich ihn wieder hier einziehen ließ? Hielt er sich für meinen Ritter in schimmernder Rüstung?

Danke, uns geht es gut, antwortete ich. Ich hatte keine Angst. Adam mochte ein Idiot sein, aber er war kein Psychopath.

»Ihr hättet alle ein bisschen schlafen sollen«, sagt Erik jetzt, als wir vom Ruhebereich aus die steile Wendeltreppe zur Kabine hinuntergehen. »Bis zur nächsten Pause haben wir eine lange Zeit vor uns.«

»Danke, Dad«, murmelt jemand über mir, und ersticktes Kichern ist zu hören.

Erik hat recht, wir hätten schlafen sollen, doch das Geplapper der anderen ist eine willkommene Ablenkung von der Frage gewesen, wie Sophias Epi-Pen auf diesen Flug gekommen ist. Unwillkürlich überlege ich, ob Adam dahinterstecken könnte. Will er mir Schuldgefühle einjagen, weil ich Sophia verlasse? Oder hofft er, dass ich mich so sehr sorge, dass ich seine Unterstützung brauche? Ist es wie bei dem Benzin eine verkorkste Art, sich zu meinem Retter aufzuschwingen?

Es ist keiner von meinen Kollegen, so viel steht fest. Hier ist es nicht wie bei Adam und seinen Kollegen, die seit Jahren zusammenarbeiten und die Grenzen der anderen kennen. Ich arbeite jedes Mal mit neuen Leuten. Und wer spielt einer Fremden Streiche?

In der Kabine fällt mein Blick auf den Mann in 3F. Jason Pokes Gesicht wirkt frisch, und er hat Grübchen, die jeden Teenager dahinschmelzen lassen und jeder Mutter ein *Pass ja auf bei dem!* entlocken. Man muss schon auf dem Mond gelebt haben, um »Poke's Jokes« nicht zu kennen, einen kultigen Videokanal, der sehr schnell zu einer Sendung auf Channel 4 wurde. Ich erinnere mich an eine Sendung, die ich mit Adam gesehen hatte, lange bevor alles mit uns den Bach runterging. Poke hatte sich als Vikar verkleidet, mitsamt künstlicher Nase und grauer Perücke, und verhaspelte sich bei der Trauung eines ahnungslosen Paars. »Ich will dich lieben und kehren – ich meine, ehren.« Ersticktes Kichern aus der Hochzeitsgemeinde. Poke stammelt und lallt bei der nächsten Zeile, und die Kamera zoomt auf eine alte Dame mit geschürzten Lippen, während Poke sich vom glücklichen Paar wegdreht, um einen Schluck aus einer Flasche zu nehmen, auf der dick »Messwein« steht. Die Braut ist entsetzt. Hinter ihr brüllt der Trauzeuge vor Lachen, als Poke seine künstliche Nase abnimmt und ein Kameramann aus der Sakristei kommt. »Und ein weiterer von Poke's Jokes!«, ertönt das Voiceover.

»Super!«, rief Adam laut lachend.

»Ich wäre ausgerastet.«

»Nur am Anfang. Dann hättest du erkannt, wie witzig es ist.«

»Die arme Frau.« Im Fernsehen liefen dieselben Reaktionen noch mal, die wir eben schon gesehen hatten: die entsetzte Braut, die weinende Mutter. »Monatelange Planung, und dann kreuzt dieser Schwachkopf auf und ruiniert alles.«

»Sein Trauzeuge hat es organisiert. Poke ist nicht einfach so da aufgelaufen.«

»Trotzdem.«

Ich gehe an Pokes Sitz vorbei und blicke kurz zu seinem Bildschirm, um zu sehen, was er sich anguckt. Mich überrascht, dass es eine Dokumentation über Auschwitz ist, und ich werde rot, als Poke aufsieht.

»Ernüchternder Stoff«, sagt er zu laut, weil er Kopfhörer aufhat.

Ich muss den Epi-Pen selbst an Bord gebracht haben. Ich erinnere mich, dass ich eine Zeitschrift von meiner Alltagshandtasche in meine Arbeitstasche umgepackt habe – vielleicht hatte er sich in den Seiten verfangen. Oder könnte Sophia ihn versehentlich mit der Papiertüte hineingesteckt haben? Ja, das muss es gewesen sein.

Ich ignoriere das Geflüster in meinem Kopf, das mir sagt, der Epi-Pen sei in Sophias Tasche gewesen, nicht in meiner; dass es zu viel Zufall wäre, sollte er nicht nur einmal, sondern zweimal zufällig von einer Tasche zur anderen gewandert sein; dass er ganz woanders gewesen sei als der Flapjack. Ich ignoriere die Stimme, die mich an das Benzin auf der Fußmatte und die Anrufe erinnert, die ich in der letzten Zeit bekommen habe und bei denen sofort aufgelegt wurde, oder an Adams seltsames Verhalten in den vergangenen Monaten. All das ignoriere ich. Es ist nur ein Epi-Pen. Was hätte irgendwer davon, den an Bord zu bringen?

Zu gern würde ich Becca schreiben, nur um mich zu vergewissern, dass alles in Ordnung ist, aber die Bodenkontrolle sagt, sie können nichts am WLAN machen. Dindar hat für diese Route alle Register gezogen – breitere Sitze in der Economyclass, Spitzenfilme, Ausgleich für den CO_2-Ausstoß und Gratis-WLAN für jeden, ungeachtet der gebuchten Klasse. Im Bordmagazin werden die Passagiere angehalten, ihre Reise live unter dem Hashtag #LondonSydney zu twittern. Er wird ausrasten.

Ich blicke mich in der Kabine um und versuche, die Journalisten zu erkennen. Die erste, eine strenge Frau, die eine Kolumne im *Telegraph* hat, sieht so sehr nach ihrem Zeitungsfoto aus, dass ich ihren Namen eigentlich nicht mehr auf der Passagierliste nachsehen muss, auch wenn ich es tue. Alice Davanti ist der Name, unter dem sie schreibt; Alice Smith steht in ihren Reiseunterlagen. Ein angeheirateter Name vielleicht, oder Davanti ist ein Pseudonym, mit dem sie schillernder wirken will.

Bei dem zweiten Journalisten brauche ich länger. Dem Aussehen oder Namen nach kenne ich ihn nicht, und ohne Google bin ich verloren. Ich gehe einmal den Mittelgang rauf und runter, linse auf Monitore und Bücher. Mir fällt der Mann mit der runden Brille auf, der seine Weinliste in ein Notizbuch geschoben hat, und als ich das zweite Mal an ihm vorbeikomme, benutzt er eine richtige Kamera, kein Handy, um die allgegenwärtige »Füße hoch, Film gucken«-Aufnahme zu machen. Alte Schule. Ich sehe in die Passagierliste: Derek Trespass. Trotz der WLAN-Probleme sieht er entspannt aus.

Wieder berühre ich den Epi-Pen und fühle mich Sophia gleichzeitig nahe und Tausende von Meilen entfernt. Ich denke an die Nachricht, die ich ihr aufs Kopfkissen gelegt habe, und frage mich, ob sie den Zettel schon gefunden hat. Zu gern würde ich ihr eine Textnachricht schicken. Es gibt Satellitentelefon im Cockpit und den Flugfunk, den die Piloten nutzen, um alle halbe Stunde – oder wann immer wir einen Luftraum verlassen und in einen neuen einfliegen – die Flugsicherung zu kontaktieren. Es ist durchaus schon vorgekommen, dass Personal über diese Kanäle Nachrichten verschickt hat (ich habe Flüge erlebt, auf denen Geburten gemeldet oder bei der Weltmeisterschaft jedes englische Tor gefeiert wurden), aber dies ist kein Notfall.

»Ich überlege, die Wände grau zu streichen, mit einer Akzentwand in rosé-goldener Tapete, was meinst du?« Carmel redet mit mir über die Wohnung, die sie und ihr Freund gekauft haben.

»Klingt schön.«

»Mir würde ein blassrosa Samtsofa gefallen, nur frage ich mich, ob es ein bisschen zu viel Rosé wäre. Was meinst du?«

»Kann sein.« Wieder sehe ich auf die Uhr. Die Zeit hat sich verlangsamt, und ich sehne mich nach dem Ende meiner Schicht, damit ich in den Ruhebereich gehen und den Vorhang um mich schließen kann. Vielleicht habe ich da oben Handyempfang und kann eine Nachricht nach Hause schreiben.

Eine kleine Gestalt kommt in die Bordküche. Es ist Finley; vielleicht ist er zu schüchtern, um den Klingelknopf zu drücken.

»Hallo, Spätzchen«, sage ich. »Möchtest du etwas zu essen?«

Er hält seine Kopfhörer in die Höhe. »Können Sie …«

»Schon wieder? Was machst du denn immer damit?«

Carmel übernimmt und löst die Knoten mit ihren French Nails. »Meine machen das dauernd. Ich wickle sie richtig ordentlich auf, und wenn ich sie benutzen will, sind sie wie Spaghetti.«

Aus der Kabine ist ein Rufen zu hören, gefolgt von Unruhe von beiden Seiten. Jemand schreit: »Holen Sie Hilfe!«, und mir wird flau. Es wird wieder die Frau aus der Economy sein, die Ärger in der Bar macht.

Doch als ich gerade nachsehen will, kommt Erik mit hochrotem Kopf in die Bordküche gelaufen.

»Was ist passiert?«

Er antwortet nicht, greift nach dem Mikrofon und spricht mit ruhiger, fester Stimme hinein. »Falls eine Ärztin oder ein Arzt an Bord ist, melden Sie sich bitte vorn im Flugzeug.«

»Ist ein Passagier krank?«, fragt Carmel, und ich rechne damit, dass er sie anfährt, das sei ja wohl verdammt noch mal offensichtlich. Stattdessen starrt er sie nur an, und ich bemerke, dass er zittert.

»Nicht krank«, sagt er. »Tot.«

ZEHN

PASSAGIER 6J

Mein Name ist Ali Fazil, und ich wünschte, ich hätte nie einen Fuß in diese Maschine gesetzt.

Die Flugbegleiter rennen durch den Gang. Panik liegt in der Luft – Leute rufen nach Hilfe und stehen von ihren Plätzen auf, um nachzusehen, was los ist.

Ehrlich gesagt fühle ich mich besser, weil ich nicht als Einziger panisch bin.

Die ganze Zeit vorher habe ich mit Herzklopfen und schweißnassen Handflächen hier gesessen und beobachtet, wie alle um mich herum die Gefahr ignorierten, in der wir sind. Unter ihnen muss es intelligente Menschen geben, die Zeitungsleser sind und die Fakten kennen. Warum haben sie nicht genauso viel Angst wie ich?

Ich weiß, was ihr jetzt denkt: Ihr fragt euch, warum ich einen zwanzigstündigen Flug buche, wenn das meine Einstellung zum Fliegen ist. Aber manche Jobs zwingen einen, in ein Flugzeug zu steigen – man hat keine andere Wahl.

Ich kann mir gut vorstellen, wie ich dem Boss eine E-Mail schicke: »Ich habe große Flugangst, und die Vorstellung, so lange in der Luft zu sein, raubt mir den Schlaf …«

Er hätte mich im hohen Bogen rausgeworfen.

Meine Schwester hat gesagt, ich soll kündigen, weil es ungesund ist, so von jemandem tyrannisiert zu werden, aber sie weiß zu wenig, um es zu verstehen. Natürlich gibt es eine Hierarchie, wie in jeder Firma, doch wir ziehen alle an einem Strang. Wir sind eine Familie.

Ich habe versucht, es zu überwinden, habe Hypnotherapie gemacht, Reflexzonenmassage. Kognitive Verhaltenstherapie. Welche Ironie bei einem Psychologen, oder? Ganz gleich, was ich tue, die Fakten gewinnen immer.

Wisst ihr, wie viele Leute seit 1970 bei Flugzeugunglücken ums Leben gekommen sind? 83 772. Würde euch das nicht panisch machen? Würdet ihr nicht auch zweimal überlegen, ehe ihr in ein Flugzeug steigt?

Die Gründe sind vielfältig. Manchmal ging schlicht der Treibstoff aus. Das passiert Autofahrern laufend, nicht wahr? Niemandem geht absichtlich das Benzin aus, aber etwas geschieht – man muss einen Umweg machen oder steckt im Stau fest –, und plötzlich kriecht man nur noch dahin, und die Benzinlampe leuchtet auf. Es nervt, denn man sitzt vielleicht stundenlang am Straßenrand fest oder muss meilenweit laufen, um einen Kanister mit genug Benzin aufzutreiben, damit man es zur nächsten Tankstelle schafft. Aber man stirbt nicht an Treibstoffmangel.

Es sei denn, man sitzt in einem Flugzeug.

Und Flugzeugen geht der Treibstoff sehr wohl aus. Sie werden umgeleitet, oder schlechtes Wetter verhindert die Landung, oder jemand hat sich verrechnet. Habt ihr gewusst, dass die Piloten errechnen, wie viel Treibstoff sie brauchen, nicht irgendeine Maschine? Habt ihr das gewusst? Denkt mal darüber nach, wie oft ihr Rechenfehler macht, weil ihr müde seid, euch mit dem Partner gestritten habt oder aus einer Million sonstiger Gründe. Sie müssen nur einen Fehler machen, und schon …

Mit einem Flugzeug kann man nicht an den Straßenrand rollen. Man kann nicht die Warnblinkanlage einschalten und es ausrollen lassen. Nicht zur nächsten Tankstelle laufen. Es sind einfach dreihundert Tonnen Metall, die vom Himmel fallen.

Und wir. Die Lemminge, die in den Tod stürzen.

Manchmal ist es eine zerschlagene Cockpitscheibe, durch die der Pilot nach draußen gesogen wird. Es könnte Feuer sein: Irgendein Idiot, der auf der Toilette raucht und den Zigarettenstummel in dem Müllbehälter für die Papierhandtücher entsorgt. Wir werden langsam von Qualm eingehüllt, bis wir nicht mehr wissen, ob wir lieber ersticken oder verbrennen wollen.

Und manchmal ist es natürlich auch Absicht.

Jeder sitzt einfach da, isst, trinkt und tut, als wäre es total normal, in der Luft zu schweben, als bestünde nicht die geringste Gefahr, vom Himmel zu fallen. Keiner liest die Karte mit den Sicherheitshinweisen oder sieht sich das Video an.

Ich habe es selbstverständlich getan.

Mir ist wichtig zu wissen, wo die Ausgänge sind. In dem Moment, in dem ich an Bord kam, habe ich die Sitzreihen gezählt, damit ich, sollten die Lichter ausgehen, den Weg zu einer Tür ertasten kann. Ich habe mich vergewissert, dass meine Rettungsweste unter meinem Sitz ist, und ginge es, würde ich die Sauerstoffmaske nach unten ziehen und ausprobieren, ob sie funktioniert.

Ich will vorbereitet sein.

Über fünfundneunzig Prozent der Leute überleben Flugzeugunglücke, allerdings schließt diese Statistik auch Unfälle auf dem Rollfeld mit ein, also vertraut man ihr lieber nicht. Ich bezweifle, dass fünfundneunzig Prozent überleben, wenn eine Boeing 777 ins Meer stürzt oder gegen einen Berg kracht. Und es werden vermutlich nicht fünfundneunzig Prozent überleben, wenn sie in einem brennenden Flieger eingesperrt sind.

Jetzt stehen alle auf, also tue ich es auch, und mir wird die Kehle eng. Da liegt ein Mann auf dem Boden. Sie haben nach medizinischer Hilfe gerufen, und eine Ärztin ist über ihn gebeugt, aber er bewegt sich nicht und sein Gesicht …

Ich wende mich ab, zähle wieder die Reihen bis zum Ausgang, taste wieder nach meiner Rettungsweste; hole abermals die Karte mit den Sicherheitshinweisen hervor und wende sie einige Male. Hätte ich bloß auf meine Schwester gehört!

Ich dachte, wir würden gleichzeitig sterben – in einer fürchterlichen, jedoch gnädig kurzen Explosion, die das Flugzeug in Stücke reißt und Körperfetzen über Tausende von Metern verteilt. Vielleicht habe ich mich geirrt. Vielleicht sterben wir einer nach dem anderen.

Vielleicht ist dieser Mann nur der Erste.

ELF

19 UHR | ADAM

»Sophia!«

Schnee macht die Abendluft weich, und auf meinen panischen Schrei folgt nichts als Stille. Ich renne durch den Garten, vorbei an dem halb fertigen Schneemann, und rüttle an der Schuppentür, deren Vorhängeschloss noch schneebedeckt ist. Ich schiebe den Kopf in den schmalen Spalt zwischen Schuppen und Zaun und rufe ihren Namen, obwohl der Schnee hier unberührt ist. Der Zaun ist fast zwei Meter hoch; über den kann sie unmöglich geklettert sein, aber ich stelle mich trotzdem auf einen wackligen Gartenstuhl und blicke hinüber. »Sophia!«

Als Sophia ungefähr anderthalb war, waren Mina und ich mit ihr in einem Indoor-Spielplatz; da fiel uns eine Frau auf, die uns aufmerksamer beobachtete, als uns lieb war. Sie kam ein wenig näher, und ich erkannte sie von dem Fotoalbum wieder, das der Sozialdienst zusammengestellt hatte. Es war Sophias leibliche Großmutter, selbst erst in den Vierzigern und mit ihrem jüngsten Kind dort, das im selben Jahr wie Sophia geboren wurde. Sie tat nichts, dennoch war es beunruhigend – und erinnerte uns daran, dass wir Sicherheitsvorkehrungen brauchten, über die andere Familien gar nicht nachdenken, wenn sie Fotos auf Instagram und Facebook posten.

Eine Weile lang waren wir paranoid. Überall schauten wir uns um, ließen Sophia nicht mal allein im Auto, um wenige Meter entfernt die Haustür abzuschließen. Zeit verging, ohne dass Sophias biologische Familie versuchte, Kontakt zu uns aufzunehmen. Wir entspannten uns ein wenig und erlaubten unserer Tochter die Unabhängigkeit, nach der sie sich sehnte.

Doch jetzt ist es anders.

Das Risiko ist größer, die Konsequenzen sind schlimmer, und es ist niemand da, den ich zu Hilfe rufen kann. Den Sozialdienst nicht, die Polizei nicht. Ich habe mir all das selbst eingebrockt.

»Sophia!« Ich packe die Zaunlatten oben, sodass sich Holzsplitter in meine Finger bohren, als ich ihren Namen in den stillen Park schreie. Ein gedämpfter Schwefelschein kommt von den Straßenlaternen am Rand des Weges, aber da ist nirgends eine Bewegung zu erkennen, nur Schatten.

Im Frühjahr – als ich noch vorgab, nichts Falsches getan zu haben – war Sophia weggelaufen. Sie war im Bett gewesen, und Mina und ich hatten im Wohnzimmer ferngesehen. Wir hörten ihre Schritte auf der Treppe. Eine Sekunde später knallte die Haustür. Ich blickte auf, sah denselben Schrecken in Minas Augen, den sie in meinen wahrgenommen haben dürfte. Wir sprangen auf, liefen nach draußen – ich barfuß, Mina in Hausschuhen. Sofort teilten wir uns auf, rannten in entgegengesetzte Richtungen, riefen nach Sophia.

Zwanzig Minuten später kehrte ich irre vor Sorge zum Haus zurück. Sophia saß seelenruhig am Küchentisch und aß einen Keks. Erleichtert schlang ich die Arme um sie, und für einen Augenblick versteifte sie sich, wie sie es immer tut.

»Wo bist du gewesen?«, fragte ich sie, als meine Erleichterung der Wut wich.

»Hier.«

Sie hatte das Haus nie verlassen, sondern die Haustür geöffnet und zugeknallt, um sich dann hinter dem schweren Vorhang zu verstecken, den wir in kalten Winternächten vorziehen. Von dort aus hatte sie beobachtet, wie wir wie die Wahnsinnigen auf die Straße rannten, panisch ihren Namen riefen.

»Ich wollte gucken, ob ihr mich sucht«, sagte sie in einem kalten, fast sterilen Ton, als handelte es sich um ein wissenschaftliches Experiment.

»Das ist nicht normal«, sagte ich später, nachdem Mina sich vergewissert hatte, dass Sophia schlief, und ich einen Sicherheitsriegel innen an der Tür angeschraubt hatte, zu hoch, als dass Sophia ihn erreichen könnte.

»Oh, wie reizend, so über die eigene Tochter zu reden.«

»Ich habe nicht gesagt, dass *sie* nicht normal ist. Ihr Verhalten ist es nicht. Sie braucht professionelle Hilfe. Eine Therapie, *irgendwas*. Es reicht nicht, ihr einen Stempel aufzudrücken und uns ein paar Faltblätter mitzugeben. Ich meine, Herrgott, Mina, ich weiß nicht, wie lange ich es noch aushalte.«

»Was soll das denn heißen?«

Hierauf hatte ich selbst keine Antwort.

»Willst du uns verlassen?«

»Nein!«

»Oder vielleicht willst du sie zurückgeben!« Sie spie die Worte aus, was nicht mal das Schlimmste war. Schlimmer war, dass mir dieser Gedanke tatsächlich bereits gekommen war, wie ihr mein Zögern verriet.

»Natürlich nicht«, antwortete ich, zu spät, als dass es noch zählen konnte.

Ich stürme in die Küche, wo Becca immer noch am Tresen sitzt. »Sophia ist nicht da!«

»War sie aber buchstäblich vor einer Sekunde noch.« Beccas Mund steht offen, als sie sich in der Küche umblickt. Hofft sie, dass ich mich irre und Sophia hier drinnen ist? »Ich bin erst vor einer Minute reingekommen.« Sie steht auf und lässt ihr Handy klappernd auf den Tresen fallen.

»Was denn jetzt, Becca, eine Sekunde oder eine Minute?« Ihre

Antwort interessiert mich nicht. Wieder rufe ich nach Sophia und bemühe mich um einen Ton zwischen *Komm sofort raus* und *Ich bin nicht böse.* »Könnte sie mit dir reingekommen sein, ohne dass du es gemerkt hast?«

Becca ist zur offenen Hintertür gegangen und ruft immer wieder nach Sophia, die Stimme belegt vor Angst. »Weiß ich nicht. Kann sein.«

Ich suche das Haus ab, schalte in den Arbeitsmodus und bewege mich systematisch von einem Zimmer zum nächsten. Dabei trample ich Schnee durch alle Räume. Ich sehe ins Bad, in den Wäscheschrank und öffne die Tür hinter der Küche, die in den feuchten Keller führt, obwohl Sophia nicht an den Schlüssel kommt. Als ich wieder in den Garten gehe, fällt mir etwas auf, das ich zuvor übersehen hatte. Es gibt ein loses Brett unten im Zaun, das von einem Pflanztopf an Ort und Stelle gehalten wird. Nur ist der Topf nicht mehr da, und wo er gestanden hat, ist nun ein schneefreier Flecken. Ich hocke mich hin, hebe das Brett an und lege eine Lücke frei, die groß genug ist, dass ein Kind hindurchkrabbeln kann. An dem Holz hat sich ein roter Wollfaden verfangen.

Hinter mir fängt Becca an zu weinen. »Wenn ihr etwas passiert ist!«

Sie ist selbst praktisch noch ein Kind, was meine Wut um nichts mindert. Wir bezahlen sie dafür, dass sie auf Sophia aufpasst, nicht dafür, dass sie auf dem Telefon »Candy Crush« spielt oder Jungs schreibt. Die schlimmstmöglichen Szenarien rauschen mir durch den Kopf, die umso übler sind, als ich sie schon real erlebt habe. Mord, sexueller Missbrauch, Kinderhandel – mit alldem habe ich beruflich schon zu tun gehabt.

»In den Park«, sage ich. »Sofort!«

Während Becca den langen Weg wählt – zurück durchs Haus und um die Ecke zum Parkeingang, schwinge ich mich von dem wackligen Gartenstuhl aus über den Zaun und lande mit solch einem Rums auf der anderen Seite, dass meine Zähne aufeinanderschlagen. Auf der anderen Seite des losen Bretts ist einiges an Schnee weggeschoben, wo Sophia auf den Knien gerutscht sein muss. Es gibt Stellen, wo das Gras freiliegt, danach eine schwache Spur kleiner Fußabdrücke, die schon wieder halb zugeschneit sind. Wenige Schritte vom Zaun entfernt und bereits teils von Schnee bedeckt, liegt der Elefant. Mir zieht sich die Brust zusammen.

»Sophia!«

Niemals würde ich sie zurückgeben. Das habe ich eigentlich auch nie gemeint. Ich könnte mir ehrlich nicht vorstellen, den Sozialdienst anzurufen und ihnen zu sagen, wir würden es nicht schaffen, wollten nicht mehr Sophias Eltern sein. Es war lediglich eine Reaktion, mehr nicht, auf das Verstecken, das Streiten und ihre Weigerung, sich im Arm halten zu lassen. Vermutlich war es Eifersucht auf all die Eltern mit unkomplizierten Kindern.

»Sophia!« Meine Panik lässt sich nicht mehr unterdrücken, als ich weiter zur Parkmitte laufe. Wäre dies ein Rennen, würde ich mir meine Kräfte einteilen, überschlagen, wie weit ich gelaufen bin, aber das weiß ich nicht, und es ist mir auch egal. Ich werde die ganze Nacht durchlaufen, um meine Tochter zu finden.

Es ist längst dunkel und der Park nur von wenigen Straßenlaternen und dem sanftgelben Licht aus der Wohnanlage auf der anderen Seite erhellt. Ich benutze mein Handy als Taschenlampe, folge den Fußspuren und frage mich, wie lange ich warten soll, ehe ich den Notruf wähle. Sie hätten innerhalb von Minuten einen Hubschrauber in der Luft, würden über den Wald fliegen, den See absuchen …

Ich stolpere über eine Baumwurzel und merke, wie mein

Atem angestrengter wird, obwohl ich kaum hundert Meter gelaufen bin. Die Angst saugt mir die Kraft aus den Muskeln.

»Sophia!« Becca holt mich ein. Mascara ist auf ihren Wangen verlaufen. »Am Eingang war niemand zu sehen.« Sie blickt auf den Boden, die Fußspuren, über die sie unabsichtlich Schnee gekickt hat, und schlägt sich die Hände vor den Mund. Durch ihre Finger dringt ein hohes Heulen, das die Stille zerschneidet. Ihre Hysterie nährt meine eigene.

»Geh zum Spielplatz. Ich sehe im Wald nach.« Ich denke an den See mit der kleinen Enteninsel in der Mitte. Sophia fragt dauernd: *Wie viele sind da? Wie heißen die? Woher wissen sie, wann sie ins Bett müssen?*

Und dann höre ich etwas in der Abendluft.

»Psst.« Ich packe Beccas Arm, und sie schluckt ihre Schluchzer.

Da ist es wieder.

Lachen.

»Sophia!« Wir laufen auf das Geräusch zu, und mein Herz hämmert im Takt meiner Stiefel. Ich denke an den Tag, an dem Katya gegangen ist; an Sophias tränenüberströmtes Gesicht. Die Angst und Enttäuschung, die *mein* Handeln verursacht haben.

Sophia steht auf der anderen Seite einer kleinen Baumgruppe und wirft einen Schneeball nach einer Gruppe von Teenagern. Einer von ihnen bückt sich, formt einen Schneeball und wirft ihn sanft nach Sophias Arm.

Ich brülle sie an: »Lasst sie in Ruhe!«

Sie sieht nicht verletzt aus, dennoch ballen sich meine Hände zu Fäusten. Als ich näher bin, erkenne ich, dass sie nicht mal Teenager sind, eher elf oder höchstens zwölf. Drei verlegene Jungen und ein Mädchen, das mich trotzig ansieht. Erledigen sie die Drecksarbeit für jemanden? Ich gehe noch näher ran, bis sie sehen, mit wem sie es zu tun haben. »Wer hat euch geschickt? Wer hat euch gesagt, dass ihr sie holen sollt?«

Der größte Junge verzieht spöttisch die Oberlippe. »Was reden Sie denn?«

»Was macht ihr hier?«

»Das ist ein öffentlicher Park. Wir dürfen genauso hier sein wie Sie!«

»Nicht mit meiner Tochter!«

Sophia sieht zum Boden. Ich hebe ihr Kinn an, damit ich ihr Gesicht sehen kann, und sie weiß, dass sie in Schwierigkeiten steckt, weshalb sie ruckartig vor mir zurückweicht.

»Woher wissen wir, dass sie Ihre Tochter ist?«, fragt das Mädchen. Es klingt ein Lachen mit, doch die anderen steigen darauf ein.

»Sie scheint Sie ja nicht sehr zu mögen.«

»Ja, Sie wollen sie vielleicht entführen.«

»Pädo!«

»Sophia, wir gehen nach Hause.« Ich nehme ihre Hand, und sie reißt sie sofort zurück. *Bitte, Sophia, nicht jetzt!*

»Sie will nicht mitgehen!«

»Entführer!«

»Pädo!«

Ich halte ihr den Elefanten hin, und Sophia drückt ihr Gesicht in den nassen Plüsch. Dann zücke ich meine Dienstmarke und zeige sie den Kindern. »Ich bin Detective Sergeant Holbrook. Sie ist meine Tochter. Jetzt verzieht euch.«

Sie laufen auf die Wohnanlage zu, rufen allerdings noch ein *Wichser!*, als sie außer Reichweite sind.

Ich sehe meine Tochter an und versuche, ruhig zu sein, um sie nicht zu ängstigen. »Warum?«

»Hier ist der Schnee besser.«

»Du hast mir Angst gemacht. Ich habe gedacht, dass dich jemand entführt hat.« Tränen brennen in meinen Augen. Ich sinke auf die Knie, und sofort tränkt der Schnee meine Hose. Ich breite die Arme aus. »Komm her, Sophia.«

Als sie noch ein Kleinkind war, hatten alle Kinder unserer Freunde mit Fremdeln zu kämpfen, während wir das Gegenteil erlebten. Sophias Freunde weinten, wenn sie in den Kindergarten gebracht wurden, oder klammerten sich an ihre Eltern, statt in ein Bällebad zu gehen. »Sie ist so selbstsicher«, sagten die anderen und bewunderten, wie Sophia gänzlich unbekümmert von uns wegtrottete. »Man sollte meinen, dass sie mehr klammert nach dem, was sie durchgemacht hat.«

Inzwischen weiß ich eine Menge über Bindungsstörungen. Ich weiß, dass sie bei adoptierten Kindern sehr häufig sind, vor allem bei solchen, die länger in Pflegefamilien waren, bevor sie zu ihren endgültigen Familien kamen. Ich kenne die Symptome (in Sophias Fall: Ablehnung von Zuneigungsbekundungen und zugleich Distanzlosigkeit gegenüber Fremden) und weiß, wie man am besten damit umgeht. Sophia kann nichts dafür – sie ist ein Opfer der Umstände. Das weiß ich.

Was ich nicht weiß – und nie wissen werde –, ist, wie man damit umgeht, dass es wehtut.

Natürlich sollte es keine Rolle spielen, wie ich mich fühle. Es ist Sophia, die die Hilfe bekommt, und das ist auch gut so. Jedes Kind, das von seiner leiblichen Mutter derart vernachlässigt wurde, verdient es, im Mittelpunkt zu stehen. Ich sollte darüber erhaben sein, lächeln, wenn sie sich von mir abwendet, und sagen: *Ich bin noch hier, wenn du es dir anders überlegst.*

Versucht das mal!

Versucht das mit einem Kind, das ihr aufgezogen habt, das ihr von der Sekunde an, in der ihr es zum ersten Mal gesehen habt, wie euer eigenes liebt. Versucht es, und dann verratet mir, wie das geht, dass es euch nicht das Herz bricht.

Sophia sieht mich an, und ohne den Blick von mir abzuwenden, streckt sie ihre Hand zu Becca aus, die kurz zögert, ehe sie sie nimmt. In meiner Kehle bildet sich ein Kloß, an dem ich zu ersticken drohe.

»Ähm«, beginnt Becca und scharrt mit ihren Stiefeln im Schnee.

»Geh einfach mit ihr nach Hause!«

Ich sacke zurück auf die Fersen, und als sie weg sind, hocke ich in dem verschneiten Park und weine.

Eine halbe Stunde später essen Sophia und ich die Lasagne, die Mina für uns dagelassen hat. Sophia sortiert die roten Paprikawürfel raus und schiebt sie an den Tellerrand. Becca hatte Salat mit drei Scheiben Toast und dem vegetarischen Burger, der bis zur Unkenntlichkeit verbrannt war. Ich habe die Hintertür verriegelt und den Riegel an der Haustür vorgeschoben, falls Sophia wieder auf Wanderschaft gehen will. Nun sehe ich Becca an.

»Du solltest nach Hause gehen.«

»Ist schon okay. Ich habe heute Abend nichts vor.«

»Ich kann nicht …« Ich weiß nicht, wie ich den Satz beenden soll, ohne Verachtung – oder Mitleid – zu provozieren. Mina hat Beccas Geld in einem Umschlag bereitgelegt. Die zusätzlichen Stunden kann ich ihr nicht bezahlen. »Ich war nicht beim Geldautomaten.«

Es tritt eine kurze Pause ein. »Schon gut. Ich bleibe noch ein bisschen und helfe, sie fürs Bett fertig zu machen.«

Unweigerlich frage ich mich, wie viel Becca über Mina und mich weiß. Hat Mina ihr gesagt, dass sie mir nicht traut, mich nicht für fähig hält, für meine Tochter zu sorgen? Hat sie Becca gebeten zu bleiben, bis Sophia im Bett ist?

Vielleicht liegt es nicht an Mina. Vielleicht war es Katya, die gesagt hat, dass mir nicht zu trauen ist. Sie haben sich gekannt, aber waren sie befreundet? Wie nahe standen sie sich? Hatte Katya sich Becca anvertraut, obwohl ich mir von ihr Verschwiegenheit schwören ließ? Meine Paranoia ist wie ein Jucken an einer unerreichbaren Stelle.

»Dürfen wir Flapjacks?«, fragt Sophia. »Die sind da drin.« Sie zeigt zur Dose neben dem Wasserkocher. Ich nehme den Deckel ab und stelle sie auf den Tisch. »Die habe ich gemacht.«

»Super.« Becca nimmt einen. »Ich backe auch gern. Hast du gewusst, dass man viele Zutaten draußen sammeln kann? Ich habe Tannennadelkekse gemacht, und Löwenzahn kann man auch benutzen. Es gibt massenhaft Websites, wo man das nachgucken kann.«

»Das ist komisch.« Sophia sieht mich an. Sie ist gelangweilt von dieser Unterhaltung, die sie nicht versteht. »Ich will Mummy noch mal sehen.« Also rufe ich die Tracking-App auf und schiebe ihr das Handy hin. »Danke, Daddy.« Sie strahlt mich an. Es ist ein umwerfendes Lächeln, bei dem sich Grübchen auf ihren Wangen bilden, und ich erwidere es automatisch. Sophia ist so widersprüchlich und hat keine Ahnung, dass sie mir jedes Mal, wenn sie vor mir zurückweicht, ein Messer ins Herz treibt.

Natürlich versteht sie es nicht, würde Mina sagen, *sie ist fünf! Du bist der Erwachsene. Du musst der Verständnisvolle sein.*

Sophia malt die Linie mit dem Finger nach, die Minas Flugzeugroute zeigt. »Die Passagiere kriegen Mittagessen, dann Abendbrot, dann Frühstück«, erzählt sie Becca. »Und dazwischen gibt es Snacks und zu trinken – was sie wollen.«

»Bist du schon mal geflogen?«

»Ganz oft! Ich war in Frankreich und in Spanien und in Amerika …«

»Du Glückliche! Als ich so alt war wie du, sind wir einmal im Jahr zu einem Campingplatz gefahren. Letztes Jahr waren wir zum ersten Mal im Ausland, und da sind wir mit der Fähre gefahren.«

»Camping ist auch schön«, sagt Sophia gnädig. Sie springt von ihrem Stuhl und auf Beccas Schoß.

Keiner begreift diese Sache mit der Bindungsstörung. Die Leute sehen, wie Sophia Umarmungen verteilt und den Postboten kitzeln will, und halten sie für ein liebevolles, zugewandtes Mädchen. Was sie auch ist, aber mit einem Sack voller Probleme, die bedeuten, dass sie ihre Zuwendung nicht immer richtig verteilt.

»Also, ich sehe da gar kein Problem«, sagte meine Mutter, nachdem sie für einige Stunden auf Sophia aufgepasst hatte. »Sie hat auf meinem Schoß gesessen, sich Geschichten erzählen lassen. Ein entzückendes kleines Ding.«

Es hätte sie gekränkt zu hören, dass Sophia leichter Beziehungen zu Menschen knüpft, die ihr nichts bedeuten. Der Postbote, die Babysitter, die Großeltern, die sie nur alle paar Monate sieht – ihnen öffnet sie ihr Herz, weil sie keine Gegenleistung erwartet.

Aber wir? Wir sind die Wichtigen. Uns zu lieben heißt, verletzt zu werden – zumindest sagt ihr das ihr Instinkt.

Ich räume die Teller ab. »Wir reisen nur wegen Minas Job so viel. Wir stehen auf Stand-by am Flughafen und warten, bis irgendwo Plätze frei sind. Manchmal fahren wir auch einfach wieder nach Hause, stimmt's, Sophia?«

»Das finde ich nicht schön.«

»Ich auch nicht.«

Sophia fängt an, Becca von der Tankkapazität der Boeing 777 zu erzählen, und Becca lacht. »Du kennst dich richtig aus, was?«

»Ich kann auch ein Flugzeug fliegen.«

»Ach ja?«, tut Becca es ab, und Sophia sieht wütend aus.

»Kann ich. Sag es ihr, Daddy.«

»Am Flughafen gab es einen Familientag«, erkläre ich. »Mina war mit ihr in einem Flugsimulator, wie sie für die Ausbildung genutzt werden. Sophia war ziemlich gut – waren sie beide.«

»Ich werde mal Pilotin.«

Ich frage mich, ob die Polizeiwache einen Tag der offenen Tür abhalten könnte; ob es Sophia Spaß machen würde, in einem Streifenwagen zu sitzen oder eine Uniform anzuprobieren.

»Mummy wollte auch Pilotin werden.« Ich lasse Spülwasser ein und erinnere mich an meine erste Begegnung mit Mina. An das Foto von ihr in Uniform und die schiere Freude in ihrem Gesicht.

Als Mina sich nicht mehr meldete, unternahm ich einen halbherzigen Versuch, sie aufzuspüren. Da sie nicht bei Facebook war, fuhr ich zum Flughafen, wo das Ausbildungszentrum war. Der Sicherheitsmann am Empfang wollte ihren Namen nicht nachschlagen – angeblich verstieß es gegen den Datenschutz –, doch als ich wieder ging, rief er mir nach: »Versuchen Sie es im White Hart um die Ecke. Die meisten Flugschüler treffen sich da.«

Ich saß mit einem lauwarmen Bier dort, bis eine Gruppe von Flugschülern kam, die sich über die Wettervorhersage für den nächsten Tag unterhielt.

Von ihnen erfuhr ich, dass Mina den Kurs abgebrochen hatte.

»Sie hat eine Panikattacke gehabt – bei ihrem ersten Probeflug.« Minas ehemaliger Mitschüler konnte seinen Spott kaum verbergen. »Die sind fast abgestürzt. Sie hatte total die Hosen voll.«

»Stimmt das?«

Ich drehte mich um und sah einen älteren Mann an der Bar sitzen, der fragend zu uns blickte. Er nickte mir zu. »Vic Myerbridge. Ich bin einer der Ausbilder. Beachten Sie Xavier gar nicht – er neigt zu Übertreibungen.«

»Hatte Mina keine Panikattacke?«

Vics Antworte war wohlüberlegt. »Es bestand keine Gefahr, dass die Maschine abstürzt. Und viele brechen die Ausbildung ab, weil sie sehr hart ist. Sie ist nicht die Erste, die erkannt hat, dass es nichts für sie ist, und wird nicht die Letzte sein. Manche Dinge sollen einfach nicht sein.«

»Sie wissen nicht zufällig, wo sie jetzt ist, oder?«

»Tut mir leid, nein, keine Ahnung.«

Das war es dann. Sie hatte mich wirklich aus ihrem Leben gelöscht.

Drei Monate später sah ich sie in einen Laden in der Hauptstraße gehen. Ich rannte hinüber, wurde um ein Haar angefahren und blieb drüben stehen. Was dachte ich mir denn? Wollte ich wirklich noch mal abserviert werden, diesmal persönlich?

Doch was war, wenn sie bloß meine Nummer verloren hatte?

Ich haderte noch mit mir, als Mina rauskam. Ihr Haar war kürzer. All die verrückten Kringel waren weg, ersetzt durch einen Kurzhaarschnitt. Er machte ihre Züge strenger und ihre Augen noch größer, und ich fand sie genauso klasse wie bei unserer ersten Begegnung.

»Oh«, sagte sie.

»Hi.«

»Ich habe nicht angerufen, tut mir leid.«

»Macht nichts.«

»Nein?«

»Na ja …«

Mina holte Luft. »Würde ich jetzt anrufen … Ich meine, nicht jetzt gleich, klar, aber würde ich dich irgendwann demnächst anrufen und vorschlagen, dass wir mal was zusammen machen … wäre das zu spät?«

Völlig uncool grinste ich über das ganze Gesicht. »Nein, das wäre super! Soll ich dir meine …«

»Deine Nummer habe ich.«

»Die hast du noch?«

»Ja, habe ich noch.«

An jenem Freitag kam Mina nach Drinks und einem Curry mit zu mir und ging erst am Montagmorgen wieder.

Keine konventionelle Liebesgeschichte vielleicht, aber unsere.

»Wenn Mina Pilotin werden wollte«, fragt Becca jetzt, »wie kommt es, dass sie Stewardess ist?«

»Sie hatte es sich anders überlegt.«

Ich versuchte, Mina zu überreden, dass sie die Ausbildung fortsetzt, vielleicht eine Therapie macht, um das zu überwinden, was die Panikattacke ausgelöst hatte. Aber sie ließ sich nicht umstimmen. Sie nahm ein paar Jobs an, hatte jedoch Mühe, wurde mit keinem froh. Nach dem Tod ihrer Mutter sagte sie, sie müsse Bilanz ziehen. »Ich habe sie enttäuscht«, sagte sie. »Und Dad auch. Sie haben so viel Geld für meine Ausbildung bezahlt, und jetzt hat Dad nicht mal mehr das Haus, das sie beide so geliebt haben. Sie wollten nur, dass ich etwas aus mir mache.«

»Nein«, hatte ich vorsichtig erwidert. »Sie wollten, dass du glücklich bist.« Und das war sie nicht. Sie war nicht so fröhlich, wie ich sie kennengelernt hatte. Behutsam schlug ich ihr eine alternative Berufswahl vor, bei der sie immer noch viel reisen und fliegen könnte. Zuerst war sie unsicher, doch sie ging am Tag der offenen Tür hin, erkundigte sich und machte es schließlich.

Ich werfe das Geschirrtuch nach Becca. »Sie heißen Flugbegleiterinnen, nicht Stewardessen.«

Becca zieht die Augenbrauen hoch. »Oh, wir sind politisch korrekt, ja?«, fragt sie lachend, als sie abzutrocknen beginnt. »Hey, das ist gut! Der politisch korrekte Police Constable!«

»Detective Sergeant, um genau zu sein«, murmle ich, aber Becca redet bereits mit Sophia.

»Na, dann wollen wir dich mal baden und fürs Bett fertig machen, damit dein Daddy dir eine Geschichte vorlesen kann.«

»Ich will, dass *du* mir vorliest«, höre ich, als sie nach oben gehen.

Oben läuft das Badewasser ein, und ich schenke mir ein Glas Wein ein, das ich in einem Zug zur Hälfte leere. Mich verfolgen die Erinnerungen, die eben hochgekommen sind. Mina und ich hatten eine zweite Chance bekommen, und ich habe alles ruiniert.

Oben läuft Sophia kichernd herum, und ich weiß, dass Becca vorgibt, das Bademonster zu sein und Sophia, sobald das Bad bereit ist, zu fangen und ebenfalls in eines zu verwandeln, mit Schaumbart und Schaumhörnern. Es ist ein Lieblingsspiel, gleich nach »Fliegen«: Mina liegt auf dem Rücken, die Beine nach oben gestreckt, und balanciert Sophia auf ihren Füßen, während sie die Arme und Beine ausbreitet wie ein Fallschirmspringer.

Es klingelt, und ich gehe mit dem Weinglas in der Hand zur Tür. Dann stocke ich, denn meine Nackenhaare stellen sich auf. Manchmal kommt Mo vorbei, wenn sie meinen Wagen draußen sieht, weil sie bei irgendwas Hilfe braucht. Allerdings nicht um diese Zeit oder bei solchem Wetter. Ich stelle mein Glas auf das Fensterbrett und ziehe langsam den Sicherheitsriegel zurück, nachdem ich mich vergewissert habe, dass Sophia noch sicher oben ist.

Und wie sich herausstellt, ist meine Vorsicht berechtigt. Draußen steht ein knapp zwei Meter großer und halb so breiter Mann mit kahl rasiertem Schädel und einem blassgrünlichen Tattoo am Hals. »Alles klar, Adam?«

»Kenne ich Sie?«

Der Mann lächelt träge. Er hat eine schwarze Bomberjacke und Jeans an, dazu Stiefel, bei denen das Leder vorn durchgewetzt ist, sodass die Stahlkappen darunter zum Vorschein kommen. »Nee, aber ich kenne dich.«

»Ich habe es nicht«, sage ich und will die Tür schließen. Doch er ist schneller, tritt vor und stößt sie so schwungvoll auf, dass ich zurück in die Diele und gegen die Wand stolpere. Mein Weinglas kippt um, und der Inhalt ergießt sich auf den Fußboden. Ich hebe beide Hände. »Hör zu, Kumpel …«

»Ich bin nicht dein Kumpel. Verarsch mich nicht, Adam. Ich mache meinen Job wie du deinen. Du hast es bis Mitternacht, sonst …« Mehr sagt er nicht, sondern legt mir eine fleischige Hand um den Hals und drückt mich an die Wand. Ich verpasse ihm einen schnellen Fausthieb in den Magen, doch gleichzeitig hebt er den rechten Arm und schmettert mir seine Faust ins Gesicht. Dann lässt er mich los, und ich versetze ihm einen weiteren Schlag, aber mir läuft Blut übers Gesicht, und er packt meinen Arm, dreht ihn mir auf den Rücken und rammt meinen Kopf einmal, zweimal, dreimal gegen die Wand. Ich falle zu Boden, rolle mich auf die Seite und halte mir die Arme schützend vors Gesicht, während ich mit einem Bein nach ihm trete. In der kleinen Diele kann ich nicht richtig ausweichen, und ein wohlplatzierter Tritt trifft mich so in den Bauch, dass ich fürchte, ohnmächtig zu werden. Immer wieder tritt er zu, und mir bleibt nichts anderes übrig, als mich zu krümmen, meinen Kopf zu schützen und zu warten, bis er fertig ist.

Es scheint stundenlang zu gehen, obwohl es höchstens ein paar Minuten gewesen sein können. Schließlich hört er auf, und ich spüre, wie er sich keuchend über mich beugt.

»Das ist vom Boss.«

Er zieht durch die Nase hoch, und eine Sekunde später landet ein dicker Rotzklumpen auf meinem Ohr. Er geht, lässt die Haustür weit offen, und ich spucke Blut auf den Dielenteppich.

ZWÖLF

PASSAGIER 17F

Mein Name ist George Fleet, und ich bin Passagier auf Flug 79.

Ist man zum Einkaufen unterwegs und bekommt Hunger, besorgt man sich ein Sandwich, nicht wahr? Oder einen Burger? Vielleicht isst man irgendwo drinnen oder nimmt seinen Snack mit nach draußen, setzt sich auf eine Bank oder isst sogar im Gehen. Richtig?

Lasst mich erzählen, wie es bei mir ist.

Als Erstes muss ich mich psychisch vorbereiten. Will ich das wirklich tun? Bin ich hungrig genug, um mir das zuzumuten? Verdammt, ja, natürlich bin ich hungrig – ich bin ständig verflucht hungrig. Okay, also muss ich essen. Schon bei dem Gedanken schwitze ich, aber ich mache es.

Ich hätte gern einen Burger, doch tue ich mir das an? Wo doch die Kalorien gleich neben jedem Bild an der Wand stehen. Nein. Tue ich nicht. Also ein Sandwich. Ich stelle mich in der Schlange an und blicke in die Vitrinen mit Tabletts voller Thunfisch-Ei-Mayonnaise.

Habt ihr gewusst, dass man es fühlen *kann, wenn Leute einen anstarren? Nie erlebt? Glück gehabt. Es brennt einem wie Säure im Nacken, noch ehe man das Tuscheln und Spötteln hört. Wenn ich bestelle, wird es natürlich schlimmer. Kochschinken und Salat, denke ich. Das ist okay. Es ist gesund.*

»Möchten Sie Mayo?«

Mein Magen knurrt. Jemand lacht. Ich schüttle den Kopf.

»Butter?«

Meistens verneine ich das auch. Lieber schlucke ich trockenes Brot, als mich dem Hohn auszusetzen. Aber manchmal – zum Henker! –, manchmal möchte ich essen, was jeder sonst isst. Was ihr esst, ohne überhaupt darüber nachzudenken.

»Ja«, sage ich. »Butter wäre gut. Danke.«

Ein Schnauben hinter mir. Ein Murmeln seitlich. Ich ziehe meine Karte über das Lesegerät, nehme mein Sandwich und kämpfe mich nach draußen, bevor die glühende Röte an meinem Hals mein Gesicht erreicht, sodass sie wissen, sie haben mich getroffen. Dass ich alles gehört habe. Fettsack. Salat wäre mal ein Versuch. Schon was von Sport gehört? Grunz, grunz …

Ich bin von jeher dick. Und groß. Breit. Und, ja, fett. Mit dreizehn hatte ich größere Titten als die Mädchen. Am ersten Tag der Abschlussprüfungen sah ich in der Halle, dass sie eine neue Ladung Stühle mit ausklappbaren Schreibplatten bekommen hatten, bei denen man sich von einer Seite reinquetschen musste. Mir wurde speiübel. Ich blickte zu Mr Thomas und flehte im Geiste, er würde erkennen, dass ich mich niemals auf solch einen Stuhl setzen könnte. Doch er sah bloß auf sein Klemmbrett und hakte meinen Namen auf seiner Liste ab.

Davon habe ich bis heute Albträume. Ich wache schweißgebadet im Dunkeln auf, denn für eine Sekunde bin ich wieder dort, höre das Gelächter von hundert Kindern in der Sporthalle; fiebrig vor Scham, als sich alle hinsetzen und ich stehend warten muss, bis sie einen Tisch und einen Stuhl für mich geholt haben.

Die einjährige Oberstufe habe ich nicht mehr gemacht.

Aber zurück zum Sandwichkauf. Manchmal nehme ich es mit in den Park und suche eine Bank, die keine zusätzlichen Armlehnen in der Mitte hat. Sie sollen Leute davon abhalten, sich hinzulegen, aber versucht mal, euren Hintern dazwischenzubekommen, wenn ihr eure Jogginghosen bei BigBoys.com bestellen müsst. Ihr würdet euch einfach ins Gras setzen, die Schuhe abstreifen und euer Sandwich in der Sonne genießen? Klar doch. Wenn ich das probiere, komme ich ohne großes Gerät nicht wieder hoch.

Bis ich einen Platz gefunden habe, wo ich mich fernab der verurteilenden Blicke von Leuten hinsetzen kann, die denken, Fettsäcke sollten gar nichts essen, hat mein Sandwich seinen Reiz verloren. Aber essen muss man ja trotzdem. Es heißt, auf fünfhundert Kalorien pro Tag zu verzichten, reicht schon aus, um stetig Gewicht zu verlieren. Tja, damit bräuchte ich immer noch deutlich über dreitausend am Tag.

Lustig ist, dass ich nicht viel ausgehe. Ich hatte schon hinreichend Peinlichkeiten in Pubs, um zu wissen, dass man die Stabilität eines Stuhls nicht allein nach seinem Aussehen einschätzen kann. Und lange stehen kann ich wegen der Schmerzen in den Hüften nicht. Eine echte Ironie ist, dass ich Stand-up-Comedian sein wollte.

Ich bin nämlich witzig. Jetzt vielleicht nicht, aber ich kann es sein. Ist ja die einzige Art, damit klarzukommen, nicht? Indem man über sich selbst lacht. Wenn man nicht lacht, weint man, heißt es.

Als ich im Flugzeug feststelle, dass der Gurt nicht passt, habe ich zu dem Typen links von mir im Scherz gesagt: »Ich bin Ihr Airbag – nur ein bisschen zu früh aufgegangen!« Er rang sich ein Lächeln ab, obwohl eine halbe Pobacke von mir unter der Armlehne hindurch auf seinen Sitz quoll. Ich habe mich gefragt, wie cool er nach fünf oder zehn Stunden noch wäre, in denen er sich ununterbrochen nach links lehnt. Ich hatte ja sein Gesicht gesehen, als ich den freien Platz neben ihm ansteuerte. Oh, Scheiße, warum muss der neben mir sitzen?

Zum Glück hatte man mir einen Platz am Gang gegeben, was lediglich bedeutete, dass ich mich jedes Mal zur Seite drehen musste, wenn der Trolley vorbeikam. Also werde ich wohl die zwanzig Stunden wach bleiben. Keine Ruhe den Verderbten, nicht? In der

Businessclass hätte ich mehr Platz gehabt, aber eine Hackordnung gibt es überall, und ich stand schon immer ganz unten in der Hierarchie.

Mir war klar, dass ich den Tisch vor mir nicht rausklappen könnte, deshalb versuchte ich es gar nicht erst, auch wenn das hieß, dass ich jede Mahlzeit dankend ablehnen musste. Ich habe Müsliriegel in der Tasche, die ich auf der Toilette essen könnte, vorausgesetzt, ich komme da rein. So viel zu bedenken – so viel ging mir durch den Kopf, als das Flugzeug abhob.

Doch in Australien wird alles anders. Ich werde abnehmen, Freunde finden, mit meiner Comedy-Karriere durchstarten. Flug 79 ist für mich der Abschluss eines Kapitels, das ich nie wieder aufschlagen will, und der Beginn eines vollkommen neuen. Ich fange von vorn an.

Noch nie war ich glücklicher.

DREIZEHN

11 STUNDEN BIS SYDNEY | MINA

Das Gesicht des Passagiers ist wächsern und schweißbenetzt. Die Ärztin – eine Frau aus der Economy mit ordentlichem Pferdeschwanz und Ohrsteckern in Form von Hufeisen – hockt sich auf die Fersen zurück.

»Tut mir leid.«

Neben mir stößt Carmel einen Laut aus, der zwischen einem Luftschnappen und einem Schluchzen siedelt. Ich lege einen Arm um sie, womit ich genauso sehr mir selbst Halt verschaffe wie ihr, denn plötzlich fühlen sich meine Beine an, als gehörten sie nicht mehr zu mir. Die Nachricht spricht sich schnell in der Kabine herum, wo schockiert geraunt wird, und diejenigen Passagiere, die schamlos aufgestanden waren und zugesehen hatten, sinken langsam zurück auf ihre Sitze. Ich sehe Alice Davanti ihren Hals von der anderen Seite der Kabine recken. Sie bemerkt es, setzt sich hin und steckt ihr Handy in die Tasche. Hat sie *fotografiert?*

»Was ist Ihrer Meinung nach passiert?« Ich kann den Blick kaum von dem Toten vor mir abwenden. Die leeren Augen und die bleiche, entblößte Haut auf seiner Brust bannen mich.

Die Ärztin nimmt die Auflagen des Defibrillators weg und knöpft behutsam sein Hemd wieder zu. »Irgendeine Attacke. Möglicherweise ein Herzinfarkt.«

»Er hat gesagt, dass es ihm nicht sehr gut geht.«

Alle drehen sich um. Ein großer Mann mit Brille und sorgsam gestutztem Bart steht vor seinem Platz. Er trägt ein graues Sweatshirt und zupft am Ärmel, als würde es ihn verlegen machen, auf einmal im Mittelpunkt zu stehen. »Wir haben uns vorhin vor der Toilette angestellt, und da hat er sich eine Hand auf die Brust gepresst. Leichte Verdauungsbeschwerden, hat er gesagt.«

»Der hat den Portwein runtergekippt wie Limonade.« Am anderen Ende der Kabine, nahe dem Bareingang steht der Fußballer Jamie Crawford und ist kein bisschen verlegen. Für welches Team er gespielt hat, könnte ich ums Verrecken nicht sagen, aber dank der Klatschmagazine bei meinem Friseur und meinem lächerlichen Gedächtnis für nutzlose Fakten weiß ich, dass er mit vierunddreißig in den Ruhestand gegangen ist, ein Haus mit neun Schlafzimmern in Cheshire besitzt und wundersamerweise noch mit seiner Frau Caroline verheiratet ist, obwohl er sich durch mehrere Girlbands gevögelt hat. Beide sind in Jogginganzug – seiner grau, ihrer lachsrosa mit *Love* in Strass auf der Brust.

»Und er hatte zwei von den Vanilletörtchen«, ergänzt sie.

»Gut, danke.« Ich möchte den armen Mann auf dem Boden verteidigen, dessen Lebensweise hier von Wildfremden auseinandergepflückt wird. »Vielleicht könnten uns jetzt alle etwas Platz machen?« Jamie und Caroline verschwinden in der Bar, und ich wende mich an Carmel. »Alles okay?« Sie nickt unsicher. »Ich sage im Cockpit Bescheid.«

Ich gehe die wenigen Schritte zur Bordküche und nehme die Passagierliste zur Hand; der Tote hieß Roger Kirkwood. Dann gehe ich zum Cockpit, tippe den Code ein und warte die Sekunden, die es braucht, bis die Piloten auf ihre Kameras gesehen und sich vergewissert haben, dass ich allein bin. Sie drücken den Summer, und mich überkommen gemischte Gefühle, wie immer, wenn ich in einem Cockpit bin. Schalttafeln vor beiden Sitzen, weitere dazwischen. Gläserne Displays, die Höhe, Geschwindigkeit, Tankfüllstand und mehr anzeigen. Eine Vielzahl von Schaltern an der Decke, die den Raum noch kleiner machen; nur das weite, helle Weiß vor den Scheiben verhindert, dass man hier Platzangst bekommt.

Ich könnte hier sitzen. Rechts als Co-Pilotin oder vielleicht eines Tages links als Pilotin. Ich hätte es sein können, die vor den Reihen von Kabinenpersonal durch den Flughafen geht, das Team vor dem Start einweist. Ich könnte die Passagiere willkommen heißen oder mitten im Flug durch den Gang gehen wie ein Chefkoch in einem Gourmet-Restaurant. Diese unglaubliche Kraft der Boeing 777 unter meinen Händen spüren, wenn sie abhebt.

Aber nein.

Das Surren in meinen Ohren sagt mir, dass ich noch längst nicht darüber hinweg bin. Ich kann es im Zaum halten, indem ich bewusst ruhig atme und nicht auf die Kontrollanzeigen sehe. Indem ich mich auf meinen Job konzentriere. Aber sie ist noch da, die Angst.

Ben gähnt so ausgedehnt, dass ich seine Mandeln sehe, hört aber auf, als ich ihnen erzähle, was passiert ist.

Louis macht Notizen im Flugplan. »Mist.« Er sieht zu Ben auf. »Was willst du machen?«

»Jetzt gerade? Ein paar Biere kippen und in meinem eigenen Bett schlafen. Da weder das eine noch das andere geht, würde ich diesen Flug gern ohne Zwischenfall hinter mich bringen.«

»Dafür ist es ein bisschen spät.«

Ben sieht mich an. »Ist er in der Businessclass?«

»Ja.«

»Reist er allein?«

Ich bejahe stumm.

Er trommelt mit den Fingern auf seinem Oberschenkel. »Lass ihn.«

»Sicher?«

»Wir sitzen zwischen Baum und Borke, oder? Dindar flippt

aus, wenn wir bei seinem kostbaren Jungfernflug von der Route abweichen. Sorg dafür, dass um seinen Platz die Vorhänge zugezogen sind, dann packt ihr ihn rein und deckt ihn ab. Und dreh die Heizung ein bisschen runter.« Er grinst, und ich kämpfe mit einem Anflug von Übelkeit. Wir haben noch über zehn Stunden vor uns bis Sydney.

Das Prozedere bei toten Passagieren ist einer dieser Abschnitte im Ausbildungshandbuch, die man nur durchblättert, weil man davon ausgeht, dass man diese Informationen so gut wie nie brauchen wird. Aber Flugzeuge sind wie kleine Städte in der Luft, und in Städten leben und sterben Menschen. Der Mann von Platz 1J wird erst für tot erklärt werden, wenn wir landen, und bis dahin sind wir für ihn genauso verantwortlich wie für alle anderen Passagiere. Wir müssen uns um ihn kümmern.

Roger Kirkwood wiegt mehr, als es für einen menschlichen Körper möglich erscheint. Carmel und ich nehmen jede ein Bein, und Erik und Hassan sind an seinen Schultern. Gemeinsam ziehen wir ihn auf seinen Sitz und hieven ihn in die richtige Position. Carmel versucht, nicht zu weinen.

»Ich decke ihn zu«, sage ich. »Geht ihr nach den Passagieren sehen – und sorgt dafür, dass es ihnen gut geht. Einige wirken, als könnten sie einen süßen Tee oder sogar einen Cognac vertragen. Den hätte ich jetzt auch gern.« Es liegt ein Glas auf dem Gang, dem Mann aus der Hand gefallen, als er kollabierte. Ein blutroter Fleck breitet sich auf dem Teppich aus. Ich hebe es auf. Unten im Glas ist noch ein Rest Flüssigkeit, aber auch etwas anderes – körnig, als wäre ein Kekskrümel in einen Teebecher gesunken. Ich schnuppere daran, doch es riecht nach Portwein.

Kurz nachdem ich bei World Airways angefangen hatte, schlief eine Frau auf einem Kurzstreckenflug nach Barcelona ein und wachte nicht wieder auf. Die Maschine war voll besetzt, und wir konnten sie nirgends hinbringen, also blieb sie, wo sie war, festgeschnallt und die Hand ihrer Tochter »haltend«, bis wir gelandet waren. Kursänderungen bei einem Notfall sind keine Seltenheit, erst recht nicht, wenn noch eine Chance besteht, ein Leben zu retten, aber ich habe schon von Leichen gehört, die über drei Sitze gelegt wurden oder sogar auf den Boden in der Bordküche. Eine moderne Legende, die während meiner Ausbildung gern die Runde machte, handelte von einem Crewmitglied, das eine Leiche in der Toilette untergebracht habe, um später festzustellen, dass man sie mit Eintreten der Leichenstarre nicht wieder herausbekam.

Ich erschaudere, als ich Mr Kirkwoods Beine strecke. Jemand – vermutlich die Ärztin – hat ihm die Augen geschlossen, während ich mit Ben und Louis gesprochen habe, aber sein Mund ist offen, und die geschwollene Zunge hängt seitlich zwischen den bläulichen Lippen. Er trägt einen Ehering, der ein wenig in das Fleisch einschneidet. Seine nächsten Angehörigen würden nicht verständigt werden, ehe wir gelandet sind und er offiziell für tot erklärt wurde. Ich frage mich, ob seine Familie ihn am Flughafen verabschiedet hatte oder ihn in Sydney erwartet, um ihn zu Hause willkommen zu heißen.

Seine Decke hat er nicht benutzt, also nehme ich sie aus der Plastikhülle und lege sie über seine Beine. Dann ziehe ich sein hochgerutschtes Jackett glatt, als wäre es unbequem für ihn, auf den Falten zu liegen. In seiner linken Tasche ist eine Geldbörse, die ich herausnehme, um sie in der Bordküche zu verwahren. An Bord wird selten gestohlen, und ich kann mir nicht vorstellen, dass jemand so kaltblütig wäre, eine Leiche zu bestehlen, trotzdem verwahre ich sie lieber. Die Geldbörse ist schwarz, ein teures, aber schlichtes, gefaltetes Lederaccessoire. Als ich sie öffne, fällt ein Foto heraus, selbst gedruckt auf billigem Papier.

Ich muss mich mit einer Hand abstützen, obwohl das Flugzeug vollkommen ruhig in der Luft liegt. Das kann nicht sein. Es ist ein Zufall, weiter nichts; eine zufällige Ähnlichkeit.

Und doch kann es nicht sein. Ich kenne dieses Gesicht so gut wie mein eigenes.

Dies ist ein Foto von Sophia.

VIERZEHN

PASSAGIERIN 1B

Ich bin Melanie Potts und zu Ehren des Andenkens an meinen Bruder auf Flug 79.

Die Flugbegleiterin hat den Toten mit einer Decke verhüllt. Ich weiß nicht, was ich erwartet hatte – was ich dachte, wohin sie ihn bringen –, aber das jedenfalls nicht. Alle essen und trinken weiter, sehen Filme, während nur Meter entfernt eine Leiche liegt. Richtig surreal.

Die einzige andere Leiche, die ich bisher gesehen habe, war die meines Bruders. Ich wollte es nicht, aber ich musste mich von ihm verabschieden, und hinterher war ich froh, dass ich hingegangen bin. Es stimmt, was man sagt, dass Leichen irgendwie leer sind. Nur die Hülle der Person, die mal in dem Körper lebte. Ich schätze, wenn man es so sieht, ist es nicht mehr allzu absurd, die Leiche in der Businessclass zu lassen.

Mein Bruder wurde von der Polizei ermordet. Vielleicht steht es nicht so in den Gerichtsakten, aber ich kann euch versichern, dass es so war. Sechs von ihnen – jeder größer als mein kleiner Bruder – hörten einen Akzent, fällten ein Urteil und sahen, was sie sehen wollten.

»Es war nötig, Fixierungstechniken anzuwenden«, sagte einer der Officers bei der Anhörung aus, »da der Verdächtige zunehmend gewalttätig wurde.«

Wäre nicht jeder gewalttätig, wenn ein halbes Dutzend Polizisten auf ihm sitzt? Würde nicht jeder um sich schlagen, treten und beißen, um sich zu befreien? Mehr hatte mein kleiner Bruder nicht getan, und sie drückten ihn zu Boden, bis er keine Luft mehr bekam. »Lagebedingter Erstickungstod« nennen sie das.

Ich nenne es Mord.

Sie behaupten immer, dass sie die korrupten, die gewalttätigen und die nachtragenden Polizisten aussortieren wollen. Und hin und wieder hängen sie auch mal jemanden hin, distanzieren sich, damit sie sagen können, diejenigen hätten es sich selbst eingebrockt – es hätte nichts mit ihnen zu tun. Doch kratzt man ein wenig an der Oberfläche, findet man Hunderte von Beschwerden wegen Polizeibrutalität, Tausende wegen Grobheit, Rassismus, Voreingenommenheit. Sie haben das Recht auf ihrer Seite, weil sie das Recht sind; weil in den Freimaurerlogen lauter Richter und sonstige Mächtige sitzen, die Unannehmlichkeiten wie einen Jungen aus einer Sozialsiedlung, der zur falschen Zeit am falschen Ort war, im Handumdrehen wegwischen.

Und was machte das mit mir? Zuerst war ich im freien Fall und trug mich lange genug mit Selbstmordgedanken, dass es zu meiner neuen Normalität wurde. Ich will ehrlich sein, es gab Tage, an denen ich nicht aus dem Bett kam, oder solche, an denen ich es zwar schaffte, dann aber wie von selbst zur Mitte der Autobahnbrücke ging, auf die Lastwagen hinuntersah und dachte, tu es einfach. Mach dem Ganzen ein Ende.

Was ich nicht tat. Denn dann hätten sie zwei Menschen umgebracht, und wofür? Was wäre mein Vermächtnis gewesen, welchen Stempel hätte ich der Welt aufgedrückt? Im Tod wäre ich so unwichtig – und unsichtbar – gewesen wie mein Bruder im Leben. Vor Gericht. Wenn ich eines aus dem gelernt habe, was geschehen ist, dann, dass jeder Tag seinen eigenen Wert hat.

Ich habe angefangen, meine Stimme zu erheben. Ich habe an Abgeordnete geschrieben und Videos bei YouTube hochgeladen. Mich mit anderen Familien getroffen, deren Angehörige von der Polizei, Gefängniswärtern oder nachlässigem Krankenhauspersonal ermordet wurden, deren großkotzige Führungskräfte sich nur für die Bilanz interessieren. Für uns alle spreche ich.

Die Einladungen kamen von überall auf der Welt. Interessensverbände, Frauenvereine, Schulen und Wohltätigkeitsorganisationen wollten mehr erfahren und helfen. Auch von den Behörden – der Polizei und der Kommunalverwaltung, die das Diversitätstraining in ihrem Aufgabenkatalog abhaken wollten. Und ich schluckte meine Wut, um meine Botschaft rüberzubringen und den Scheck zu nehmen, der es mir möglich machte, woanders umsonst zu sprechen.

Leute haben mich dafür bezahlt, dass ich im Ausland spreche. Drei Jahre nach dem Tod meines Bruders stieg ich aus einem Erste-Klasse-Flug nach Washington und musste die Tränen zurückhalten. Meine Stimme zählte; sein Opfer zählte. Und ich war froh – so froh –, dass ich nicht von jener Autobahnbrücke gesprungen bin.

Ich habe der Welt mehr zu bieten, indem ich am Leben bleibe.

FÜNFZEHN

20:30 UHR | ADAM

Becca ruft von oben, aber das Klingeln in meinen Ohren verzerrt ihre Worte. Ich versuche zu antworten, aber mein Mund ist voller Blut, und ich würge, als es mir in die Kehle rinnt. Das Atmen tut weh, und ein dumpfer Schmerz zieht sich von meinem unteren Rücken über meinen Bauch.

»Adam? Ist alles in Ordnung? Wer war das?«

Ich schaffe es auf alle viere und krabble zur Haustür. Niemand fährt diese Straße entlang, der nicht zu einem der Häuser will, aber ich darf nicht riskieren, dass jemand Fragen stellt.

Du hast bis Mitternacht.

Ich stöhne. Was soll ich tun?

»Ist alles okay? Ich konnte Schläge hören, aber Sophia war in der Badewanne und – oh, mein Gott, bist du schwer verletzt?« Becca ist halb die Treppe herunter, an der Stelle, an der sie den Knick macht. Entsetzt starrt sie mich an. »Ach du Scheiße!«

»Wo ist Sophia?« Bei jedem Wort werden der Schmerz und die Übelkeit schlimmer.

»Noch in der Wanne.«

»Lass sie nicht allein.«

»Aber …«

»Geh!«

Als Becca zurück nach oben läuft, würge ich wieder, was ein scharfes Stechen in den Rippen zur Folge hat. Ich schleppe mich zur Haustür, kotze auf den Weg und ziehe dann die Tür zu. Dabei atme ich so flach wie möglich – jedes zu tiefe oder zu schnelle Luftholen ist so schmerzhaft, dass mir schwindlig wird – und richte mich langsam zunächst auf die Knie, dann ganz auf und verriegle die Tür. Eine Glasscherbe schneidet durch meine Socke, aber das registriere ich kaum. Ich höre oben das Badewasser ablaufen und gehe zur Toilette unten, um mich sauber zu machen, bevor Sophia mich sieht.

Ein Auge ist komplett zugeschwollen und die Haut drum herum teils aufgeplatzt. Das Blut, das einen Großteil meines Gesichts und meines T-Shirts bedeckt, stammt zum Glück nur aus meiner Nase, die jetzt doppelt so groß ist. Ich lasse Wasser ins Becken ein und wasche mir das Gesicht. Das Wasser färbt sich rosa.

»Adam? Alles in Ordnung?«

Ich gebe ein *M-hm* von mir und blicke abermals in den Spiegel. Ohne das Blut sehe ich ein bisschen weniger beängstigend aus. Ich ziehe das Hemd aus und lasse es im Waschbecken, dann gehe ich in dem dunklen T-Shirt darunter hinaus, auf dem die Flecken nicht so deutlich zu sehen sind.

»Jesses!«

»Nein, immer noch Adam«, antworte ich. »Obwohl sich eine Kreuzigung im Augenblick wie die bessere Option anfühlt.«

Becca lacht nicht. Sie steht unten an der Treppe. Sophia ist nur ein paar Stufen hinter ihr und betrachtet mich entsetzt durch die Geländersprossen.

»Alles okay, Süße.«

»So siehst du nicht aus«, sagt Becca.

»Ihr solltet mal den anderen sehen.« Ich versuche zu grinsen, doch Schmerz jagt mir durch den Kiefer, also lasse ich es bleiben. »Nicht einen Kratzer.«

»Wer war das?«

Ich antworte nicht, und sie folgt mir in die Küche. Sophia kommt zögerlich nach. Der Elefant baumelt in ihrer Hand. Sie hat ihren Action-Man-Pyjama und einen Fleece-Bademantel mit lauter Einhörnern drauf an. Becca hat ihr das Haar geflochten, aber es ist noch nass, und Tropfen fallen von den Spitzen auf den Bademantel. Ich schnappe mir ein Geschirrtuch und drücke die Zöpfe aus. Wenigstens kann meine Tochter so mein Gesicht nicht sehen.

»Tut es weh, Daddy?«

»Ein bisschen.«

»Soll ich einen Krankenwagen rufen?«

»Nein, ich glaube …«

»Ich kann das. Mummy hat es mir gezeigt.«

»Ich will keinen …«

»Neun, neun, neun.«

»Ähm, vielleicht sollte dich jemand untersuchen«, sagt Becca. »Du siehst nicht gut aus.«

Ich trockne Sophias Haar zu Ende und öffne den Schrank mit dem Erste-Hilfe-Kasten. Als ich den Arm ausstrecke, überkommt mich ein Schmerz, bei dem ich schwarze Punkte vor Augen sehe. Der Raum rast mir entgegen.

»Warte, ich mach das. Setz dich hin, ehe du umkippst.« Becca führt mich zu einem Stuhl. Sophia beobachtet alles mit vor Furcht und Neugier weit aufgerissenen Augen.

»Kein Krankenwagen«, sage ich streng. »Wenn ich ins Krankenhaus gehe, meldet es jemand der Polizei.«

»Na und?«

»Und ich will nicht, dass die Polizei eingeschaltet wird«, erkläre ich lässig, obwohl Becca an meinem Gesicht erkennen dürfte, wie ich mich fühle.

Sie hält meinen Blick, und ich erkenne einen Anflug von Misstrauen. »Wieso nicht? Ich meine, ich bin nicht gerade ein Fan der Polizei, aber das sind doch deine Kumpel, oder?«

Sie gibt mir ein Glas Wasser und einige Tabletten, die ich in einem Schwung schlucke. Auf einmal bin ich erledigt, und das nicht bloß von den Prügeln, sondern von der schieren Anstrengung, die letzten Monate alles irgendwie zusammenzuhalten; von dem Stress, Mina, Sophia und alle bei der Arbeit zu belügen. Das Gespräch mit DI Butler heute Vormittag scheint Monate her zu sein.

»Ich habe Mist gebaut«, sage ich plötzlich.

Von allen Menschen, denen ich mich anvertrauen könnte, kommt eine Siebzehnjährige nicht an erster Stelle, doch manchmal ist es leichter, mit jemandem zu reden, der vollkommen außen vor ist. Ich sehe zu Sophia.

Becca reagiert prompt. »Möchtest du *Paw Patrol* sehen?« Sie reicht Sophia die Hand und bringt sie ins Wohnzimmer. Einen Moment später höre ich die vertraute Titelmelodie, und Becca kehrt in die Küche zurück. Sie verschränkt die Arme. »Der Typ, der dich zusammengeschlagen hat, war Katyas Freund, oder?«

Ich bin so perplex, dass es mir die Sprache verschlägt.

Becca grinst. »Hast du gedacht, ich weiß nicht, dass du das Au-pair gebumst hast? Eine der Mütter vor der Schule hat es mir erzählt, als ich Sophia abgeholt habe. Sie meinte, ich sollte es wissen, falls du es bei mir versuchst.« Jetzt hat ihr Tonfall eine scharfe Note, als wäre jedweder Respekt, den sie bislang vor mir gezeigt hatte, nur gespielt gewesen.

»Es versuchen? Ich würde nie …«

Sie lacht. »Du hättest keine Chance!«

»Oh, Mann.« Ich reibe mir das Gesicht, weil ich vergessen habe, in welcher Verfassung ich bin. Allerdings ist der Schmerz auch eine willkommene Ablenkung von der Tatsache, dass mich die Eltern von Sophias Freunden für einen Triebtäter halten.

»Voll das Klischee.« Becca wirkt in diesem Augenblick älter als siebzehn, und ich frage mich, was sie zu dieser Einstellung gegenüber Männern gebracht hat. Wir sind doch nicht alle schlecht. »Alter Mann schläft mit …«

»Alt?«

»Ukrainischem Au-pair.«

»Um Himmels willen, Becca, ich hatte keine Affäre mit Katya!«

Stille tritt ein, einzig unterbrochen von Ryder und seinen Hundefreunden nebenan. Becca ist deutlich anzusehen, dass sie mir nicht glaubt.

»Und warum ist sie dann weg? So, wie Mina darüber redet, denkt sie offensichtlich, dass es deine Schuld ist.« Becca steht auf und schenkt sich ein Glas Wein ein, als wäre sie hier zu Hause; als wäre sie eine Erwachsene, keine Jugendliche.

»Du bist nicht mal alt genug …«

»Willst du?« Sie gießt ein zweites Glas ein, ohne meine Antwort abzuwarten. Etwas an ihrer selbstbewussten Haltung macht den Eindruck, als würde sie eine Rolle spielen. Mir kommt der Gedanke, dass ihr Gerede, ich könnte etwas bei ihr versuchen, auch gespielt gewesen ist. Dass sie auf etwas hinauswill. Hat Mina sie hierzu angestiftet? Ist das eine Art – und die Vorstellung ist geradezu unfassbar – Sexfalle?

Meine Haut fühlt sich klamm an. Ich nehme den Wein von Becca entgegen und trinke, um den kreidigen Nachgeschmack der Schmerztabletten und den von Blut in meiner Kehle loszuwerden. Meine Nase ist zu geschwollen, als dass ich durch sie atmen könnte.

»Ich habe nie eine Affäre mit Katya gehabt«, sage ich streng – zumindest so streng, wie ich kann, da mir noch der Kopf schwirrt. »Ich hatte überhaupt nie eine Affäre. Aber es war meine Schuld, dass sie gegangen ist.« Becca lehnt sich an die Küchenarbeitsplatte und neigt den Kopf zur Seite. »Der Mann – na ja, einer wie er – hatte Katya bedroht. Sophia war auch dabei.« Mich holt die Erinnerung an jenen schrecklichen Tag ein, als Katya und Sophia ins Haus gestürmt kamen. Beide weinten so sehr, dass sie kaum sprechen konnten.

Daddy! Daddy!

Er sagt, er tut mir weh. Er sagt, er tut Sophia weh!

»Sophia hat nicht genau mitbekommen, was der Mann zu Katya gesagt hat«, erzähle ich Becca jetzt. »Aber sie hat Katyas Reaktion gesehen, und die hat ihr genug Angst gemacht, dass sie Albträume hat.«

Ich sehe aus dem Fenster. Da es dunkel ist, überlagert mein Spiegelbild die Umrisse des Gartens. Es schneit jetzt kräftiger; weiche weiße Flocken schweben vor der Scheibe vorbei.

»Ich verstehe nicht, warum du es nicht der Polizei sagst. Warum sollte Mina glauben, dass du eine Affäre hattest, wenn du nichts getan hast?«

»Aber ich habe etwas getan.« Ich blicke an meinem Spiegelbild vorbei. »Ich habe Schulden. Eine Menge Schulden.«

Und sie wachsen täglich. Der Überziehungskredit, die Kreditkarten – die eine, von der Mina weiß, und die fünf anderen, von denen sie keine Ahnung hat. Die Kundenkarten, die Autoraten, das Bargeld, das ich mir von Kollegen pumpe, weil *es ein bisschen schwierig ist, seit Mina mich rausgeworfen hat.*

Und die richtig großen Schulden. Die Zehntausend von einem Geldverleiher, dem ich bei der Arbeit über den Weg gelaufen bin – aus den völlig falschen Gründen. Ich hatte es mir bei ihm geliehen, um die schlimmsten Schulden zu begleichen, zu einem Zinssatz, der mir egal war, weil es nur für kurze Zeit sein sollte. Ich hatte einen Plan. Alles würde gut …

Doch ich konnte nicht aufhören.

»Ich habe ein Spielproblem.«

Drei Jahre, und heute spreche ich es zum ersten Mal aus. Genau genommen denke ich es sogar zum ersten Mal. Ich habe mir gesagt, dass ich es zurückfahren muss, höchstens einmal die Woche Lotto spielen und jeweils ein Rubbellos kaufen darf, nicht einen Stapel für zwanzig Pfund. Drei Tage hintereinander stand ich vor der Hunderennbahn und überlegte, ob ich reingehen sollte. In all der Zeit habe ich es nie beim Namen genannt – eine Sucht –, obwohl es eine ist. Und ich bin ihr ausgeliefert.

»Aus den zehntausend, die ich mir geliehen habe, sind inzwischen fast zwanzigtausend geworden«, erzähle ich Becca. Gleichzeitig denke ich, ginge sie jetzt, ich würde wahrscheinlich weiterreden. Alles sprudelt aus mir heraus, all die Lügen, all die Scham. »Sie hatten den Kerl geschickt, um mir Angst zu machen, indem sie Katya und Sophia bedrohten. Ich bat Katya, Mina nichts zu sagen. Wenige Wochen später kam jemand hier zum Haus, als sie allein war, und hat ihr gedroht. Am nächsten Tag ist sie weg, und da hat Mina mir unterstellt, ich hätte mit Katya geschlafen.«

»Du hättest reinen Tisch machen müssen.«

»Das weiß ich! Damals dachte ich, ich kriege das hin. Ich brauchte nur einen großen Gewinn, um meine Schulden zu bezahlen, und dann …« Weil ich selbst höre, wie jämmerlich ich klinge, verstumme ich. *Wenn dir mal was Doofes passiert*, höre ich aus dem Wohnzimmer, *winsle! Wir kommen wie geschmiert!*

»Und du kannst es deinen Kollegen nicht erzählen, weil du Geld von einem Kredithai genommen hast?«

»Ich kann es ihnen nicht erzählen, weil ich ihnen seit drei Jahren mein Spielproblem verheimliche.« Ich greife nach der Weinflasche und schenke uns nach. »Und weil ich in geheim gehaltenen Schulden ertrinke, was ein Disziplinarverfahren bedeutet.« Becca stellt ihr Glas hin, aus dem sie gar nicht getrunken hat, während ich meines zur Hälfte leere. Was keine kluge Entscheidung ist, nachdem ich einen Cocktail aus verschiedenen Schmerzmitteln eingeworfen habe, aber das ist mir längst egal. »Ich kann es ihnen nicht sagen, weil ich dann meinen Job verliere.«

Wieder verschränkt Becca die Arme vor der Brust. Sie bemüht sich vergebens, ihre heimliche Freude zu verbergen, und ich frage mich, ob sie meinen Untergang genießt oder schlicht die Tatsache, dass sie die Einzige ist, die davon weiß. »Du steckst echt in der Scheiße.«

»Danke.«

»Und wie ist dein Plan?«

Ich kippe den Rest von meinem Wein runter. Dann drehe ich mich um, gehe an die Spüle und stütze die Hände aufs Abtropfbrett, um mich vorzubeugen, als wollte ich einen schrägen Liegestütz vollführen. Dabei fühle ich ein Pulspochen in meinem Gesicht.

»Ich habe nicht den geringsten Schimmer.«

SECHZEHN

PASSAGIERIN 40C

Mein Name ist Elle Sykes, und dass ich auf Flug 79 bin, war ein endgültiges »Ihr könnt mich mal!« an meine Eltern.

Ich habe vierzehn Schulabschlussprüfungen gemacht. Die ganzen üblichen plus Zusatzkurs Mathe, Naturwissenschaften, Latein, Mandarin und Sozialkunde im Wahlfach. Mein kleines Genie, *nannte Mum mich, obwohl ich in dem Jahr in die Höhe geschossen war und jetzt auf ihren Scheitel guckte, wenn sie mich umarmte.*

»Sie gehen davon aus, dass sie in allen Fächern mit Eins plus abschneidet«, erzählte Dad herum, und ich verdrehte die Augen, während ich mich aus dem Raum schlich, weg von den höflich murmelnden Stimmen. Die Anspannung bewegte sich wie in einem Aufzug von meinem Bauch nach oben, und es nützte nichts, dass ich Orangensaft in großen Schlucken trank, um sie wieder nach unten zu drängen. Manchmal höre ich ihn immer noch – Mathe, Zusatzkurs Mathe und Physik auf Uni-Zulassung, denke ich mal –, *und der Fahrstuhl ignoriert mein Hämmern auf die Knöpfe und steigt weiter auf.* Es wäre ein Jammer, Mandarin aufzugeben – sie ist ja die Einzige in ihrem Jahrgang, die es lernt –, und Latein ist natürlich immer gut. *Der Aufzug erreicht meine Kehle, und ich beuge mich über das Waschbecken, wobei sich mein Mund bewegt wie ein Fischmaul am Angelhaken.*

Wir waren zu sechst in der Gruppe an der Schule, die von der Leitung als die Begabten und die Talente bezeichnet wurden: vier Jungen und zwei Mädchen. Selbstverständlich blieben die Jungen für sich und machten es schwer für mich, Sally zu ignorieren, die

Kniestrümpfe trug und eine eher gestörte Beziehung zu ihrem Deo hatte. Es war nicht so, dass ich sie nicht mochte, nur hatten wir nichts gemeinsam, außer unserer Fähigkeit, bei allen Prüfungen als Beste abzuschneiden. Sally zog es vor, ihre Mittagspausen mit Rechenübungen zu verbringen, während ich hinter dem Schulgebäude eine rauchen wollte, zusammen mit Freunden, die mir verziehen, dass ich schlau war, weil ich Rauchkringel blasen konnte und wusste, wo man Gras bekam.

Und eigentlich war ich nicht klug. Nicht wie Sally. Ich habe keine hohen IQ, bin nicht von Natur aus ein Genie wie die, die mit dreizehn an die Uni gehen. Ich hatte ein gutes Gedächtnis und konnte relativ schnell denken, und ich habe viel gearbeitet. Je mehr ich arbeitete, desto besser wurden meine Zensuren. Und je mehr man von mir erwartete, desto mehr strengte ich mich an. So ging es in einem fort, bis die vierzehn Einser da waren und mir nicht etwa ein Gefühl von Euphorie oder auch nur Erleichterung brachten. Mir wurde speiübel.

»Cambridge haben wir im Sack«, sagte Dad grinsend, als er mich nach Hause fuhr. Ich lehnte mich zurück, drehte den Kopf zur Seite und schloss die Augen, sodass die Landschaft in einem gefilterten Lichtflackern vorüberflog. Dad war von Cambridge abgelehnt worden, und das lastete wie eine Tonne Schmach auf seinen Schultern. Ich hatte vor, dort Medizin zu studieren, solange ich denken kann. Ich sage »Ich«: Vermutlich kann sich jeder denken, wessen Idee das war. Nicht, dass es mir etwas ausmachte. Irgendwas musste ich später ja machen, und ich hatte nichts dagegen, Ärztin zu werden. Nur frage ich mich manchmal, was gewesen wäre, hätte ich mich zu meinem Dad gedreht und gesagt: Übrigens möchte ich auf die Schauspielschule gehen, *oder:* Ich möchte mich im nächsten Jahr lieber auf Sport konzentrieren. *Tatsächlich fand ich es reizvoll. Sportwissenschaften in Loughborough.*

Im Sommer hatte ich natürlich keine Ferien, bevor die Ergebnisse da waren. Nein, ich hatte jeden Vormittag Privatunterricht, und jeden Nachmittag musste ich Hausaufgaben machen. Das verschafft dir einen Vorsprung für September. *Meine Eltern waren nicht reich, und mir war klar, dass ihnen diese Privatstunden Opfer abverlangten. Dennoch baute sich in mir bereits Wut auf. Sie haben mich nie gefragt, ob ich Nachhilfe wollte. Nie, ob ich Mandarin lernen wollte. Nie, wie es mir damit ging, in sechs Fächern anstatt in den üblichen drei den Oberstufen-Abschluss zu machen. Mir wurde es als beschlossene Sache serviert, und meine Eltern platzten vor Stolz auf diese neue Chance, die sie für mich ausgehandelt hatten.*

»Mr Franklin sagt, du darfst samstagvormittags in die Schule«, sagte Dad zu Beginn der Oberstufenklasse. »Sally auch. Vorbereitung für die Bewerbungsgespräche an den Unis.« Mr Franklin war der Schulleiter an unserer Gesamtschule, die es trotz exzellenter Ergebnisse noch nie geschafft hatte, einen Schüler nach Oxford oder Cambridge zu bringen.

»Super.« Ich fragte mich, ob man an mentaler Erschöpfung sterben konnte und ob der Druck, der sich wie ein Gewitter im Kopf aufbaute, real oder psychosomatisch war. Darüber dachte ich die nächsten zwei Jahre beim Lernen nach, im Sommer vor der Uni, wo ich mich zweifellos auch für Zusatzkurse eintragen werde, um mich auf meinen Abschluss vorzubereiten. Ich malte mir aus, wie meine Schädeldecke in lauter kleine Teile barst, und an jedem Stück klebte ein Wissensfragment.

[Mandarin-Schriftzeichen]

z2 = x2 + iy2.

Scheiß. Auf. Den. Mist.

Ich konnte nicht mehr.

»Ich mache ein Brückenjahr.«

Meine Eltern wechselten einen Blick, bevor sie mich ansahen.

»Ich weiß nicht, ob das eine gute Idee ist«, sagte Mum. »Die Studienplätze in Cambridge sind heiß umkämpft. Sicher werden sie dich nicht annehmen, wenn es aussieht, als wärst du nicht voll dabei.«

»Vielleicht ist es eine gute Erfahrung …«, sprach Dad laut aus, was er dachte. »Ehrenamtliche Arbeit in einem Feldlazarett vielleicht? Ich rede mal mit …«

»Nein!« Es kam schroffer raus als beabsichtigt. Ich holte Luft. »Ich will mir das selbst organisieren. Ich will ein normales Brückenjahr. Hostels. Reisen. Leute kennenlernen. Sachen lesen, die nicht auf einer Kursliste stehen. Ich will …« Zu meinem Entsetzen kippte meine Stimme. »Ich will normal sein.«

Sie meinten, sie würden darüber nachdenken, aber mein Entschluss stand fest. Ich brauchte eine Auszeit. Ich wollte mich betrinken, unter anderen Aussteigern sein, Drogen nehmen, in Clubs gehen … Alles tun, was meine Freunde die nächsten zwei Jahre tun würden, während meine Mutter Aromaöle in meinem Zimmer verteilte, damit sich mein Gelerntes im Schlaf verfestigte.

Ich würde meinen Schulabschluss mit Glanznoten machen, dann würde ich in ein Flugzeug steigen und so weit weg von meinen Eltern fliegen, wie ich konnte. Ich wollte die Erfahrung meines Lebens machen.

Ich wollte leben.

SIEBZEHN

10 STUNDEN BIS SYDNEY | MINA

Als Mike und Cesca aus dem Ruhebereich für Piloten nach unten kommen, sehen sie beide nicht so aus, als hätten sie sechs Stunden über der Flugzeugnase auf engen Liegen verbracht. Cescas Make-up ist makellos, und das einzig Verräterische ist ein winziger Kissenabdruck auf ihrer einen Wange. Carmel macht zwei Kaffees.

»Prost.« Mike Carrivick hat graues Haar und blaue Augen, deren Winkel sich kräuseln, als er mir dankbar zulächelt. Gleich werden er und Cesca wieder die Kontrolle über die Maschine übernehmen und für die kommenden sechs Stunden Ben und Louis ablösen, die dann schlafen.

Mike trinkt einen Schluck von seinem Kaffee und seufzt wohlig. »Alles in Ordnung?«

Es entsteht eine Pause.

»Nicht für den Mann in 1J«, antwortet Carmel finster. Ich überlasse es ihr, Mike und Cesca zu informieren, und trete ans Fenster, das in der Dunkelheit lediglich mein aschfahles Gesicht spiegelt. Wir sind irgendwo über China, und es ist ungefähr neun Uhr abends in England. Bis im Osten die Sonne aufgeht, dauert es noch Stunden. Hier in der Kabine sind die Lichter gedimmt, was ein behutsamer Vorschlag an die Passagiere sein soll, ein wenig zu schlafen. Ich sehe hinüber zu Platz 1J, wo die Vorhänge um den zugedeckten Roger Kirkwood gezogen sind.

Was machte er mit einem Foto von meiner Tochter?

Mir ist eiskalt, und lauter Gedanken an Lockseiten im Internet, Kinderhandel und Pädophile gehen mir durch den Kopf.

Dann denke ich an Kirkwoods wächsernes Gesicht und seine hervorquellende Zunge, und mir wird schlecht.

War er auch derjenige, der Sophias Epi-Pen mit an Bord gebracht hatte? Ich hatte geglaubt, jemand hätte ihn extra so platziert, dass ich ihn finde – ein kranker Scherz oder Adam, der mir ein schlechtes Gewissen machen will –, aber was, wenn sie ihn hatten, weil Sophia ihn vielleicht braucht?

Weil sie vorhaben, Sophia zu entführen.

Ich presse meine Stirn an das Glas. Cesca und Mike sind inzwischen im Cockpit, wo Ben und Louis die Übergabe mit ihnen machen. Ich muss mit jemandem darüber reden. Sobald die Ablösung durch ist, muss ich etwas tun. Ich muss eine Nachricht an Adam schicken und mich vergewissern, dass es Sophia gut geht.

Das Glas, das Kirkwood bei seinem Sturz in der Hand hielt, steht noch in der Bordküche. Ich greife danach und fahre mit dem Finger an der Innenseite entlang. Es bleibt ein kleiner Belag auf meiner Haut. Das ist kein Bodensatz, wie ich zuerst dachte, sondern eine Art Pulver – oder eine zerstoßene Tablette.

Ein Medikament.

Hatte er das selbst genommen, oder war es ihm von jemandem in den Drink geschmuggelt worden?

Sollte Roger Kirkwood ermordet worden sein, war das gesamte Flugzeug ein Tatort und jeder Passagier ein Verdächtiger.

Auch jedes Crewmitglied, sagt eine Stimme in meinem Kopf.

Jemand läutet, aber ich rühre mich nicht. Als ich merke, dass ich angesehen werde, blicke ich auf. Erik starrt mich an und richtet seinen Blick auf das Ruflicht.

»Kannst du hingehen?«, bringe ich mühsam heraus.

Kirkwood hatte ein Foto meiner Tochter bei sich. Damit habe ich nichts zu tun, genauso wenig wie mit seinem Tod. Aber sieht es für andere so aus?

Sieht es für die Polizei so aus?

Erik schnaubt hörbar, geht aber in die Kabine. Ich wickle Kirkwoods Glas in ein Tuch und lege es hinten in einen Schrank.

Als die Cockpittür aufgeht und Ben und Louis erscheinen, spüre ich, wie sich meine Wangen röten, und wende mich rasch ab, weil es aussehen muss, als hätte ich etwas zu verbergen.

»Cesca und Mike sind so nett, nicht?«, meint Carmel zu den beiden abgelösten Piloten. »Mike war übrigens auf dem letzten Testflug. Er hat Dindar überredet, beim ersten offiziellen fliegen zu dürfen. Macht sich gut in seinem Lebenslauf, nehme ich an.«

Während Ben und Louis einmal durch die Kabine wandern, bereitet sie Getränke für die beiden vor, die sie mit nach oben nehmen können.

Erneut klingelt jemand, und ich bemerke einen Blickwechsel zwischen Carmel und Erik, der seine Arme vor der Brust verschränkt und sich an den Tresen lehnt.

»Ich gehe«, sage ich. Erik reißt die Augen weit auf, als wäre es neu, dass ich meinen Job mache. In mir regt sich Wut. Er hat keine Ahnung, was ich durchmache. Erst der Epi-Pen, jetzt das Foto. Jemand treibt Psychospiele mit mir. Ist es da ein Wunder, dass der bescheuerten Alice Davanti Cocktails zu bringen, gerade keine Priorität für mich hat?

Als ich zurückkehre, reicht die Warteschlange vor der Toilette bis in die Bordküche. Die plötzliche Enge zehrt an meinen Nerven. Ich brauche Raum, um das Lächeln und das *Was kann ich für Sie tun?* mal für einen Moment abzustellen und zu überlegen, was ich wegen Kirkwood unternehme. Wegen Sophias Foto.

Ist das überhaupt Sophia auf dem Bild? Es ist so viel los, und dann der Schock, einen Passagier zu verlieren … Ich habe ein Mädchen mit dunklen Zöpfen gesehen; hat mein Gehirn eine Verbindung hergestellt, die schlicht nicht existiert?

Sie hatte die gleiche Schuluniform an.

»Hinten im Flugzeug sind noch weitere Toiletten«, sage ich zu den Leuten in der Schlange, wobei ich mich vergebens bemühe, nicht barsch zu klingen.

Der Mann mit der Brille und dem ordentlich getrimmten Bart hebt die Hand ein wenig, wie ein Kind, das um Erlaubnis bittet, reden zu dürfen. »Eine davon ist verstopft. Deshalb wurden wir hergeschickt.«

Ich verziehe das Gesicht und frage mich, wie viel von Dindars Planungen auf die WC-Auslastung bei voller Passagierzahl verwendet worden war.

Ben und Louis kommen zurück. Anscheinend haben sie es nicht eilig, nach oben zu gehen. Lässig lehnen sie sich in der Bordküche an die Schränke und plaudern mit den Passagieren in der Schlange. Mir wird unangenehm heiß, und mein Kopf fühlt sich so angespannt an, als wollte er platzen. Der andere Journalist – Derek Trespass – kommt aus der Toilette und bleibt noch, um Ben Fragen zur Höhe, maximalen Traglast und der Wolkendecke zu stellen. Ich brauche bloß fünf Minuten allein, nur wenige Minuten, um mir das Foto anzusehen.

Es könnte ein anderes Kind sein, oder nicht? Eine andere Fünf- oder Sechsjährige mit dunklen Locken und blauweißer Schuluniform.

Überall sind Stimmen, wird geredet und gelacht, untermalt vom ununterbrochenen, leisen Rauschen der Maschine selbst. Ich drängle mich durch die Menge – plötzlich wird mir bewusst, wie müde ich bin, wie sehr mir die Füße und der Kopf wehtun –, und jemand rempelt mich an, wobei sein Getränk auf meinen Ärmel spritzt.

»Dies hier ist nicht die Bar!«

Alle verstummen, und Carmel sieht mich erschrocken an.

»Verzeihung, ich …« Ich schlucke. Tränen brennen in meinen Augen.

»Wir machen hier alles unordentlich, was?«, schaltet Ben sich professionell jovial ein und entkrampft so die Stimmung, die ich verursacht habe. »Gehen wir und lassen die Crew ihre Arbeit machen.«

»Es tut mir leid«, sage ich, als die Passagiere aus der Bordküche sind. »Ich bin ein bisschen …«

»Du hast einen wichtigen Job.« Ben zwinkert mir zu. »Ich würde niemals das Cockpit gegen Leute eintauschen wollen.«

»Es ist nur ein bisschen viel zu tun, sonst nichts.«

Wenn es nicht Sophia ist, ist alles in Ordnung, oder? Ich habe den Epi-Pen selbst mit an Bord gebracht, ohne es zu merken. Der Mann, der gestorben ist – ich meine, es ist furchtbar, aber es hat nichts mit mir oder Sophia zu tun. Nicht, wenn sie nicht das Mädchen auf dem Foto ist.

Ben greift nach dem Tee, den Carmel für ihn gekocht hat. »Wir nehmen die mit nach oben und sind euch aus dem Weg. Nochmals danke.«

Damit verschwinden sie. Ich weiß, dass ich unhöflich bin, doch in meinem Kopf baut sich der Druck auf, und ich *muss* mir das Foto noch einmal anschauen. Diesmal muss ich richtig hinsehen, den Unterschied in den Gesichtszügen erkennen und begreifen, wie lächerlich es war, dass ich dort überhaupt eine Ähnlichkeit mit meiner Tochter zu sehen glaubte.

Langsam lichtet sich die Schlange vor der Toilette. Wieder läutet jemand, und Carmel kümmert sich nach einem kurzen Blick zu mir darum. Ich leiste meinen Teil nicht, und es fällt allmählich auf. Als ich endlich allein bin, ziehe ich das ausgedruckte Foto aus meiner Tasche und streiche es glatt.

Es ist kein gutes Foto, nicht die Sorte, die man rahmt oder den Großeltern schickt. Nicht mal die Art zufälliger Schnappschuss, die man wegen der Erinnerungen aufbewahrt, die er wachruft. Sophia – und es besteht kein Zweifel, dass es Sophia ist – sitzt in ihrem Klassenzimmer. Hinter ihr sind die bunt angemalten

Schmetterlinge, und die Pappmaschee-Planeten hängen über ihrem Kopf. Im Hintergrund kann ich durch die offene Tür andere Kinder im Vorraum sehen, die ihre Jacken und Mäntel ausziehen. Diese Aufnahme wurde folglich gleich morgens gemacht, vor Unterrichtsbeginn.

Ist es ein Ausdruck von der Schul-Homepage? Ich versuche, mich zu erinnern, ob ich irgendeine Erlaubnis unterschrieben habe – oder wie die Website aussieht –, doch im Vordergrund ist alles unscharf, weshalb dieses Bild eine schlechte Werbung wäre.

Nein, nicht unscharf, sondern da ist eine Spiegelung. Jemand hat es durch ein Fenster geknipst. Ich streiche mit dem Finger über das Bild meiner Tochter – über ihr Gesicht, die Locken an ihrer Stirn, die Zöpfe, die das übrige Haar zu zwei ordentlichen Linien an ihren Schultern bändigen –, und mir gefriert das Blut in den Adern.

Ein rotes und ein blaues Zopfgummi.

Das Foto wurde heute Morgen gemacht.

Auf einmal neigt sich das Flugzeug nach links. Eine Wasserflasche rutscht von einem Ende der Arbeitsfläche zum anderen, stoppt kurz und gleitet wieder zurück, als wir uns nach rechts neigen. In der Kabine halten die Leute ihre Drinks fest und bemühen sich, ein Überschwappen zu verhindern, als wir uns ruckartig nach vorn neigen. Eine weitere abrupte Bewegung sorgt dafür, dass Alice Davanti auf dem Rückweg von der Toilette zur Seite geschleudert wird. Sie hält sich am nächsten Sitz fest und hangelt sich dann Lehne für Lehne sicher zu ihrem Platz. Ich rufe im Cockpit an.

»Alles okay? Hier ruckelt es ganz schön.« Während ich spreche, leuchten die Anschnallzeichen mit einem leisen »Pling« auf, und Carmel und Erik übernehmen jeweils eine Kabinenseite, um nachzusehen, ob alle Passagiere angeschnallt sind.

»Tut uns leid«, sagt Mike. »Seitenwinde – wir mussten ein

bisschen schlenkern, um zurück auf Kurs zu kommen. Dauert leider noch ein paar Minuten.«

Die Wasserflasche auf der Arbeitsfläche fällt nun endgültig herunter und zerspringt zu meinen Füßen in lauter Scherben. Gleichzeitig höre ich Cescas Ansage in Stereo – über das Bordtelefon und über die Lautsprecher: *Cabin crew, please take your seats.*

Wir schnallen uns an, und ich blicke aus dem Fenster in den scheinbar harmlosen Nachthimmel. Es sind noch sechs oder sieben Stunden, bis wir erste Anzeichen von Australien sehen werden, und ich bin bereits fünftausend Meilen weit weg von zu Hause. Mir fehlt Sophia so sehr, dass es wie ein physischer Schmerz in meiner Brust ist, in dem sich Liebe und Schuld auf eine Weise verquicken, dass ich sie unmöglich auseinanderhalten kann. Ich hätte sie nicht verlassen dürfen, dürfte gar nicht hier sein.

Mit zusammengekniffenen Augen gebe ich im Geiste ein sinnloses Versprechen ab. *Ich sorge dafür, dass alle sicher sind, und verlasse sie nie wieder. Ich werde nicht mehr fliegen …* Mir kommt der absurde Gedanke, dass jemand weiß, was an der Flugschule passiert war: dass ich überlebt hatte, obwohl ich hätte sterben müssen. Dass ich das Schicksal ausgetrickst hatte.

»Es sind bloß Turbulenzen«, sagt Erik auf dem Notsitz neben mir. Ich löse die Hände von den Knien. Er denkt, ich hätte Angst vor einem Absturz, dabei ist das, wovor ich mich fürchte, viel schlimmer.

Warum hatte Kirkwood ein Bild von Sophia?

Könnte er eine Verbindung zu ihrer biologischen Familie haben? Vor Jahren waren wir ihrer leiblichen Großmutter in einem Indoor-Spielplatz über den Weg gelaufen, und ich erinnere mich noch an die scheußliche Angst, die mich überkam, als ich sah, wie sie Sophia beobachtete. Will die Familie sie zurück? In den fünf Jahren haben sie nie versucht, Kontakt zu uns aufzunehmen.

Ich werde das Gefühl nicht los, dass dies eine Strafe ist – Karma – für all die Male, die ich über das Verhalten meiner Tochter gejammert habe, die ich die Fäuste geballt und Richtung Zimmerdecke geschrien habe: *Ich ertrage das nicht mehr!*

Einmal schrieb ich mir selbst eine kurze Notiz. Wir hatten einen perfekten Tag im Park gehabt, Adam, Sophia und ich, und rundeten ihn mit heißem Kakao am Küchentisch ab, alle drei im Bademantel. Adam brachte Sophia ins Bett, und ich nahm mein Handy hervor, um mir selbst zu schreiben, inmitten der Einkaufslisten und der zig Erinnerungen, dass ich einen Klempner rufen muss, um den Heißwasserzulauf überprüfen zu lassen.

Ich liebe meine Tochter, begann ich.

Ich liebe es, wie sie sich alles merkt, was auf den Infotafeln im Zoo steht. Ich liebe es, dass sie selbstbewusst genug ist, um einer anderen Familie zu sagen, »Das ist eigentlich ein Menschenaffe – Affen haben Schwänze«. Ich liebe es, dass sie für den kleinen Jungen ein neues Eis kaufen wollte, nachdem er seines aus Versehen hatte fallen lassen. Ich liebe es, wie witzig und wie klug sie ist und wie gierig danach, Neues zu lernen. Vor allem liebe ich, dass sie unsere Tochter ist und wir ihre Eltern sind.

Drei Tage später brüllte Sophia, dass sie mich hasst und sich wünscht, ich würde sterben. Ich schloss mich unten in der Toilette ein und las meine Notiz wieder und wieder.

Ich liebe meine Tochter. Ich liebe meine Tochter. Ich liebe meine Tochter.

Was für eine Mutter braucht denn so eine Erinnerung?

Ich. Ich brauche die. Denn uns zu erinnern, dass wir die Menschen lieben, die uns entgegenbrüllen, sie würden uns hassen, die uns das Essen, das wir ihnen gekocht haben, entgegenschleudern, ist so, als wolle man sich den Sommer ins Gedächtnis rufen, wenn draußen minus zwei Grad sind. Als würde man nach einem Sonntagsessen fast platzen und sich vorstellen wollen, einen Bärenhunger zu haben. Es sind flüchtige Empfindungen und zu schnell vergessen. Wir erinnern uns bestenfalls abstrakt an sie, fühlen sie aber nicht.

Ich liebe meine Tochter.

Jetzt brauche ich diese Notiz nicht. Muss nicht erinnert werden. Ich brauche nicht mal ein Bild vom Gesicht meiner Tochter oder irgendwelche Erinnerungen. Was ich für Sophia empfinde, ist in jeder Faser meines Seins. Bedingungslose, endlose Liebe.

Und Angst.

Ich suche in meinem Gedächtnis nach Details von der ersten Hälfte des Flugs, aber da war nichts Auffälliges; nichts, was Roger Kirkwood auffällig machte. Seine Brieftasche ergab auch nichts. Eine Platin-World-Airways-Karte, die ihn als Vielflieger auswies – die war richtig gedruckt –, und ein Foto von ihm und eines von Leuten, bei denen es sich um seine Frau und seine Kinder handeln könnte, sowie eine Visitenkarte, die mir verriet, dass er Vertriebschef einer Getränkefirma war.

Als wir gerade wieder aufstehen dürfen, wird mir etwas klar. Das Foto von seiner Frau steckte ordentlich im Geldscheinfach von Kirkwoods Börse; die Visitenkarte war in einem der Kartenschlitze. Doch das Bild von Sophia war nicht direkt *in* der Brieftasche, sondern lediglich zwischen die beiden Fächer geschoben. Ich versuche mich an den Moment zu erinnern, in dem ich sie aus seiner Jackentasche genommen hatte. Das ausgedruckte Foto war nicht ordentlich eingesteckt gewesen, sondern teils zerknickt, eher in Eile dort platziert.

Könnte es jemand Kirkwood ohne dessen Wissen in die Tasche geschoben haben? Und hat der- oder diejenige ihn auch umgebracht? Ist die Person, die Sophias Epi-Pen und Foto an Bord gebracht hat, ein Mörder?

Ich gehe zur Bar und achte nicht auf Eriks gemurmelten Hinweis, ich würde mich vor meiner Arbeit drücken.

Als ich an Finley vorbeikomme, hebt er die Hand, und ich unterdrücke meine Verärgerung. »Im Moment habe ich zu tun; vielleicht kann deine Mum dir helfen. Wollen wir sie wecken? Sie könnte sowieso Hunger haben.«

»Sie hat gesagt, wir dürfen sie nicht wecken. Sie hasst Fliegen und hat eine Pille genommen, damit sie die ganze Strecke schläft.«

»Die Glückliche«, sage ich mit zusammengebissenen Zähnen. Ich nehme die Kopfhörer, die noch verknoteter sind als vorher. »Ich mache das gleich, okay?« Finley gibt sie ungern her. »Und ich bringe sie dir zurück, versprochen.« Er ist zu wohlerzogen, um zu widersprechen, und ich stecke sie in meine Tasche, wo sie sich zweifellos noch mehr verwirren.

Die gepolsterten Sitze in der Bar sind in dunkelblauem Samt mit smaragdgrünen Akzenten gehalten, und die Hunderte von kleinen Lichtern an der Decke verleihen dem Raum etwas von einem Nachtclub. Nur die Musik fehlt. Einzig ein Blick aus dem Fenster verrät, dass man sich in einem Flugzeug befindet und zwischen dem Fußboden hier und der Erde nichts ist außer Tausende Fuß Luft.

»Der Mann, der gestorben ist«, sage ich zu Hassan und strenge mich an, nicht zu hektisch zu klingen. »Hattest du mit ihm geredet?«

»Ich habe ihm Drinks serviert. Small Talk, du weißt schon.« Er sieht zu meinen Händen, und ich bemerke, dass ich einen kleinen Stapel Cocktailservietten zu einem festen Ball knete.

»Hatte er irgendwas gesagt?«

»Worüber?«

Ich öffne den Mund, doch es kommt nichts heraus. *Über meine Tochter. Dass sein Drink seltsam schmeckt. Dass ihm jemand ein Foto in die Tasche gesteckt hat.* Hassan nickt zu Jamie Crawford und dessen Frau, die in einer Ecke sitzen. »Er hatte kurz mit den beiden gesprochen.«

Ich gehe zu dem Tisch. »Entschuldigen Sie die Störung«, sage ich. »Könnte ich vielleicht …«

»Ja, klar.« Der Ex-Fußballer lächelt träge, steht auf und legt mir einen Arm um die Schulter. »Caz, äh, meine Frau, macht es. Wo ist Ihr Handy?«

»Nein, ich wollte nicht …« Ich hole tief Luft und versuche, mich zu beruhigen. »Ich wollte kein Foto, sondern nur mit Ihnen über etwas reden.«

Er zuckt mit den Schultern, als sei ich selbst schuld, und setzt sich wieder.

»Sie hatten gesagt, dass der Mann, der gestorben ist, viel Portwein getrunken hatte.«

»Das müssen ungefähr vier binnen einer halben Stunde gewesen sein.«

»Haben Sie jemanden gesehen …« Wieder breche ich den Satz ab. Wenn ich frage, ob sie gesehen haben, wie jemand ihm etwas ins Glas getan hat, wird es innerhalb von Minuten in der ganzen Maschine herum sein. Wir wären gezwungen zu landen, die Polizei würde übernehmen, und … Ich denke an Sophias Foto, an meine Fingerabdrücke auf dem leeren Glas, das ich im Schrank versteckt habe, und fange an zu schwitzen.

Caz beugt sich vor. »Woran ist er gestorben?«

Er wurde vergiftet.

Ich schlucke. »Ähm, Herzinfarkt, glaube ich. Ich habe mich nur gefragt, ob Sie mit ihm geredet hatten.«

»Die leben einfach ungesund, das ist das Problem.« Der Fußballer seufzt mit der selbstzufriedenen Miene von jemandem, der seinen Privatkoch und Fitnesstrainer auf Kurzwahl hat.

»Wir haben mit ihm geredet, oder, Jamie?« Seine Frau legt

ihm eine Hand auf das Knie. Ihr Ringfinger verschwindet beinahe unter einem riesigen Diamanten. »Er war der, der ein bisschen angetrunken war und dir dauernd einen Drink spendieren wollte.«

»Ah, ja! Und ich habe gesagt, *Ist alles umsonst, also geben Sie sich ruhig die Kante.*«

»Haben Sie denn gesehen, ob er noch mit anderen gesprochen hatte?«

»Da war ein Paar mit einem Baby.« Caz runzelt die Stirn. »Und ein Kerl, der meinte, er ist Journalist, glaube ich.«

Ich weiß nicht, was ich mir erhofft habe. Dass sie sagen, jemand hätte etwas in Kirkwoods Glas geschüttet? Trotzdem bin ich frustriert. Ich danke den Crawfords und gehe durch den Vorhang in die hintere Kabine, wo ich mich nach der Ärztin umschaue, die auf Eriks Hilferuf reagiert hatte.

Sie blickt von ihrem Buch auf, als ich mich ihr nähere, und wirkt ein wenig genervt. »Sagen Sie nicht, es ist noch jemand krank.«

»Nein, ich – ich wollte mich nur noch einmal für Ihre Hilfe bedanken.«

Die Ärztin wird rot, weil ihr die Aufmerksamkeit offenbar unangenehm ist. »Es tut mir bloß leid, dass es zu spät war.«

Die Frau neben ihr lauscht unverhohlen, dennoch hake ich nach. »Die Flugsicherung nimmt gerade die Informationen für die nächsten Angehörigen auf, und ich habe mich gefragt, ob Sie mir mehr sagen können. Wie kommen Sie beispielsweise zu dem Schluss, dass er einen Herzinfarkt hatte?«

»Was Ihr Kollege und die anderen Passagiere gesagt haben, passt zur Diagnose Herzstillstand.«

»Und es könnte nichts anderes gewesen sein?«

»Sie hatten nach einem Arzt gefragt, nicht nach einem Pathologen.« Sie lächelt, und ihr Tonfall ist trügerisch freundlich, fast humorvoll, doch ihr Blick ist eiskalt. »Möchten Sie, dass ich eine Autopsie vornehme? Vielleicht könnte ich ihn in Ihrer schicken Bar auslegen und mit einem Cocktailrührer in ihm herumstochern.« Die Frau neben ihr unterdrückt ein spöttisches Lachen. Die Ärztin sieht kurz zu ihr und dann wieder zu mir. Jetzt wird ihr Gesichtsausdruck sanfter. »Es kommen diverse Ursachen infrage.«

»Zum Beispiel?«

Die Ärztin seufzt. »Hören Sie …« Sie sieht zu meinem Namensschild. »*Mina,* ich habe getan, was ich konnte – was leider nicht sehr viel war –, aber …« Sie wedelt mit ihrem Buch, und ich verstehe den Wink.

Auf dem Weg zur Bordküche schnippt ein Passagier hinten in der Businessclass mit den Fingern nach mir, ohne den Blick von seinem Bildschirm zu lösen. Er ist mit einem dieser schwachsinnigen Puzzlespiele beschäftigt, die mit jedem Level schneller werden.

»Kaffee«, sagt er.

Ich warte ein wenig, bevor ich »Natürlich« antworte, weil ich auf ein »Bitte« hoffe, das nicht kommt. In der Bordküche brechen Erik und Carmel ihre Unterhaltung ab, und während ich das Getränk für den Passagier bereite, habe ich das klare Gefühl, etwas unterbrochen zu haben.

Ich kehre in die Kabine zurück. »Ihr Kaffee, Sir.« Lächelnd stelle ich ihm seinen Kaffee hin und bleibe stehen, als würde ich auf ein Trinkgeld warten. Der Mann ist groß, blond und hat ein eigenartig kantiges Gesicht, wie aus lauter einzeln gemeißelten Teilen zusammengesetzt. »Sehr gern.«

Seine Züge spannen sich an.

»Wirklich«, sage ich, als ich weggehe. »Ist mir ein Vergnügen.«

In der Bordküche wechseln Carmel und Erik wieder einen Blick. »Gibt es ein Problem?«

»Nein, nichts«, antwortet Carmel. Erik stößt einen nasalen Laut aus, und ich sehe ihn an.

Er zuckt nicht mal mit der Wimper. »Ist alles okay mit dem Kaffee eben? Hast du es geschafft, den zu machen? Denn viel Übung scheinst du ja nicht zu haben.«

»Wie?« Ich bin zu erschrocken, um einen ganzen Satz herauszubringen.

»Carmel und ich haben alles gemacht. Die Mahlzeiten, die Drinks, die Toiletten – und du nichts!«

»Erik, nicht – die Passagiere hören uns.« Nervös blickt Carmel zur Kabine.

»Tut mir leid.« Ich massiere mir die Nasenwurzel und fühle, wie mir die Tränen kommen. »Ich bin nur müde.«

»Sind wir alle.«

Ich greife in meine Tasche und ziehe das Foto von Sophia heraus. Meine Hände zittern, doch bevor ich etwas sagen kann, nimmt Carmel mich in die Arme und drückt mich.

»Oh, du Arme – sie muss dir schrecklich fehlen. Ist sie bei ihrem Vater? Die haben ganz sicher eine Menge Spaß. Wahrscheinlich merkt sie gar nicht richtig, dass du weg bist. Du weißt doch, wie die Kleinen sind.« Über Carmels Schulter hinweg sehe ich Erik die Augen verdrehen, ehe er aus der Bordküche geht. Carmel lässt mich los, nimmt das Foto und sagt: »Oooh!« Dann faltet sie es ordentlich zusammen und steckt es zurück in meine Tasche. »Wie süß, dass du sie so bei dir hast. Na komm, trink ein Glas Wasser.« Sie redet, als wäre ich ein Kind. »Sind es die Wechseljahre? Meine Mum sagt, sie ist eine Sklavin ihrer Hormone.«

»Ich bin vierunddreißig!«

»Also ja?«

»Nein, Carmel, es sind nicht die Wechseljahre.«

»Tja, bleib du hier. Wir kommen schon klar in der Kabine. Mach dir einen Tee.«

Ich sehe mein Spiegelbild im Fenster, die Ränder unscharf und rissig, und stelle mir vor, wie jemand draußen vor Sophias Klassenraum steht und eine Kamera ans Fenster hebt. In meinem Kopf rauscht es, doch das reicht nicht, um meine Gedanken zu übertönen.

Ich sollte nicht hier sein.

Carmel und Erik räumen in der Kabine auf. Gläser und schmutzige Servietten stapeln sich auf den Tabletts. Carmel kommt herein, stellt ihr Tablett ab und verschwindet wieder. Ich zwinge mich, meine Füße zu bewegen und den Abfall von dem schmutzigen Geschirr und Besteck zu trennen. Erik bringt ein Tablett, dann Carmel noch eines, und ich sortiere die Stoffservietten aus, da sehe ich halb unter einer versteckt einen Umschlag. Er ist hellblau, wie diese altmodischen Luftpostumschläge, und es steht nur ein einziges Wort drauf, in Tinte geschrieben.

Mina.

»Was ist das?« Ich halte den Umschlag in die Höhe.

Meine Bemühungen, beim Aufräumen zu helfen, haben Erik nicht versöhnt. Er starrt mich unverwandt an. »Das ist ein Umschlag.«

»Vielleicht ein Trinkgeld«, sagt Carmel.

Erik schnaubt verächtlich. »Trinkgeld wofür?«

»Von wem?«, frage ich streng.

Beide zucken mit den Schultern, und Carmel sieht zu dem Berg Abfall, den sie aus der Kabine geholt haben. Der Umschlag könnte von irgendwem sein.

»Vielleicht ist es ein Liebesbrief!«, sagt Carmel. »Falls er von dem Typen in 5F ist, werde ich gelb vor Neid – der ist klasse!«

»Wenn es ein Trinkgeld ist, musst du es teilen.«

Die Flugzeugwände scheinen näher zu rücken; meine Lunge ist zu eng, mein Brustkorb zu klein. Ich drängle mich an Carmel vorbei zur Toilette, verriegle die Tür von innen und lehne mich mit dem Rücken dagegen, als ich den Umschlag aufreiße. Er enthält nur ein einzelnes Blatt, das mit derselben ordentlichen Handschrift beschrieben ist.

Beim Lesen der ersten Zeile gerät meine Welt aus den Fugen.

Die folgenden Anweisungen retten deiner Tochter das Leben.

ACHTZEHN

PASSAGIER 8C

Ich bin Peter Hopkins, Passagier auf Flug 79.

Fast direkt nach dem Start fangen die Leute an, über die mangelnde Beinfreiheit zu klagen. Die Frau auf dem Platz neben mir klappt ihre Lehne nach hinten und kassiert einen Tritt in die Nieren von dem Typen hinter ihr. Anscheinend gibt es eine Etikette, wenn man Economy fliegt: Man klappt seine Lehne erst zurück, wenn die Lichter ausgehen. Das muss man erst mal wissen.

Ich finde die Sitze ziemlich bequem, um ehrlich zu sein. Ich habe allerdings auch schon an übleren Orten gepennt. Auf schmutzigen Matratzen in besetzten Häusern, die nach Pisse stanken; zwischen Pappen in Ladeneingängen mit vergitterten Schaufenstern, die Leute wie mich fernhalten sollen. Auf Sofas von Freunden oder Leuten, die ich kaum kannte, die aber nicht ablehnen konnten, als ich im strömenden Regen vor ihrer Tür stand. Klar, die Liegesessel in der Businessclass wären nett, aber man lernt, mit dem zu leben, was man kriegen kann. Ich habe sowieso nicht vor zu schlafen. Wachsam bleiben: Das ist noch eine Lektion, die man lernt, wenn man auf der Straße gelebt hat.

Die Hohen und Mächtigen könnten die Obdachlosigkeit im Handumdrehen beheben. Wisst ihr noch, wie es diese königliche Hochzeit in Windsor gab und achtundvierzig Stunden lang kein einziger Mensch auf der Straße übernachten musste? Natürlich wurden die alle wieder rausgeworfen, sobald das glückliche Paar in die Flitterwochen gejettet war, doch der springende Punkt ist: Betten sind genug da. Das war damit bewiesen. Die Regierung könnte jedem ein Grundeinkommen zahlen, dafür sorgen, dass alle ein Dach über dem Kopf und Essen im Bauch haben. Aber es passt der Regierung gut, uns ganz unten zu halten. Nicht als Wähler registriert, sodass wir nicht mitreden können. Und wenn wir keine Steuern zahlen, warum sollen wir dann mitreden? Nein, sie halten uns schön da, wo wir sind. Wir Bürger zweiter Klasse.

Wir brauchen eine Revolution. Einen massiven Aufstand, bei dem wir zum Parlament marschieren und die Regierung stürzen. Keine blöden Online-Petitionen, unterschrieben von Mittelklasseliberalen, die denken, mit einer Einzugsermächtigung und einem »Pfui« haben sie ihren Teil beigetragen. Eine richtige Revolution. Taten sind das Einzige, was funktioniert. Katz-und-Maus-Spiele mit den Cops durch die Seitenstraßen von London, Vaseline auf Scheiben ihrer Mannschaftswagen schmieren und Kartoffeln in ihre Auspuffe stopfen. Kleine Aktionen und große. Wie damals, als wir uns anderthalb Jahre oder länger über das überfüllte Nachtasyl für Obdachlose beschwert hatten und die sich einen Scheiß gekümmert haben. Ein kleines Feuer und schon passierte was. Keiner wurde verletzt, kein ernst zu nehmender Schaden angerichtet, aber der Lagerraum, von dem sie dauernd sagten, er würde umgebaut werden, war in weniger als einer Woche zum Schlafsaal umfunktioniert worden. Zwölf zusätzliche Betten, kein Gedränge mehr, einfach so. Taten eben.

Apropos Überfüllung: In diesem Flieger könnte man wahrlich nicht mehr Sitze unterbringen. Wir sind in einer langen Schlange an Bord gegangen – langsam vorwärtsgeschlurft, als würden wir in ein Schlachthaus getrieben –, sind über Beine gestiegen und haben unsere Tasche über den Kopf gehalten, damit wir keinen versehentlich mit ihr schlagen, bis wir uns schließlich in unsere Sitze gequetscht haben. Da dachte ich: Hoffentlich gibt es hier kein Feuer. *Es ist ja schön und gut, wenn man weiß, wo die Notausgänge sind, aber die Chancen, dass man im Ernstfall tatsächlich bis zu einem davon durchkommt, dürften gegen null gehen. Vorher wür-*

de man schon totgetrampelt, von anderen weggerissen, die einen überholen wollen. Jeder kämpft für sich allein.

Versteht mich nicht falsch – wie gesagt, ich habe schon Nächte an fieseren Orten verbracht –, aber wenn man es recht bedenkt, ist es ziemlich schräg, freiwillig für zwanzig Stunden auf weniger als einem halben Quadratmeter in etwas auszuharren, was im Grunde eine mobile Todesfalle ist. Es ist wie in einem dieser Trucks, die man in Indien sieht, die bis zum Dach voller Kühe, Hühner und Frauen mit Taschen voller Einkäufe sind.

Und keiner beschwert sich. Sie sitzen bloß da, dankbar für ihre erbärmlichen kleinen Nusstütchen und ihre winzigen Weinfläschchen, die so exakt zugeteilt werden wie Methadon beim Apotheker. Weil sie nach Sydney fliegen! Sie sind so aufgeregt! So dankbar! So glücklich! Es ist lachhaft.

Ich weiß, was ihr denkt. Ihr denkt, ich wäre der Erste, der sich beschwert, stimmt's?

Ja, ich neige dazu, Ärger zu machen, aber ich weiß auch, wann ich mich zurückhalten muss. Denn ich habe hier was Gutes. Ein Ticket nach Australien; meinen allerersten Pass; und wenn wir endlich landen, ist mir ein Bett versprochen. Ein Neuanfang.

Worüber soll ich mich beklagen?

NEUNZEHN

9 STUNDEN BIS SYDNEY | MINA

Die folgenden Anweisungen retten deiner Tochter das Leben. In genau einer Stunde wirst du einen der Piloten bitten, aus dem Cockpit zu kommen. Denk dir irgendeinen Grund aus, aber schlag ja keinen Alarm. Die Toilette neben dem Cockpit wird besetzt sein. Wenn nur noch ein Pilot im Cockpit ist, bittest du, ins Cockpit kommen zu dürfen, und lässt die Person aus der Toilette herein. Danach schließt du die Tür von außen.

Das ist alles, worum ich dich bitte, Mina, und wenn du es tust, wird deine Tochter leben.

Falls nicht, stirbt sie.

Der Brief gleitet mir aus den Fingern, und meine Knie knicken ein, sodass ich auf den Toilettendeckel sinke. Fläschchen und Dosen auf dem Regal über dem Waschbecken klappern, und ich weiß nicht mehr, ob das Rauschen in meinen Ohren vom Flugzeug kommt oder von meinem rasenden Puls.

Es ist ein Entführungsversuch. Eine andere Erklärung gibt es nicht. Jemand will die Kontrolle über die Maschine übernehmen, und wenn ich das zulasse, werden vermutlich alle an Bord sterben. Wenn ich es nicht zulasse …

Daran darf ich nicht einmal denken. Es darf nicht geschehen. Sophia ist fünf Jahre alt. Sie hat ihr ganzes Leben vor sich. Und sie hat nichts getan, womit sie dies hier verdient hätte.

Aber die Leute in diesem Flugzeug schon?

Wir absolvieren Kurse dazu, wie wir uns im Falle einer Bedrohung verhalten sollen. Es gibt Codewörter. Techniken zur

Selbstverteidigung. Fixierungssysteme. Uns wird beigebracht, wachsam zu sein, potenzielle Terroristen an ihrem Auftreten, ihrer Erscheinung und ihrem Verhalten zu erkennen.

Im Klassenraum scheint alles so leicht. Und in der Mittagspause wird auf dem Korridor darüber geredet: *Kannst du dir vorstellen, in echt mit so was zu tun zu haben?* An der Salatbar und während man sich eine Cola light kauft, wird bereits gefragt, wer übers Wochenende da ist: *Im Prince Albert ist Ladies' Night*. Ich erinnere mich an die Rollenspiele, die wir gemacht haben, an das Üben von Verhandlungen. *Macht, was sie sagen, aber gebt nicht auf*, wurde uns gesagt. Wäre es doch so simpel!

Ich hätte nie gedacht, dass es so sein würde.

Eher hatte ich mir eine geladene Waffe oder ein Messer an der Kehle einer Kollegin vorgestellt. Ich hatte mir Rufe ausgemalt, Drohungen, religiöse Fanatiker, die zu Märtyrern werden wollen. Wir gegen die. Schnell, geistesgegenwärtig. Ich habe Hollywoodfilme gesehen, in denen Männer Waffen auf Flugbegleiterinnen mit perfektem Lippenstift richteten, und mich gefragt, wie ich mich halten, mich fühlen würde. Ich stellte mir Angst, Panik, Kontrollverlust vor.

Niemals hätte ich mir vorstellen können, dass es sich so einsam anfühlen würde.

Carmel klopft an die Tür. »Alles okay, Mina?«

»Ja, alles gut. Ich komme gleich.« Die Worte klingen so falsch, wie sie sich anfühlen. Ich drücke die Spülung und drehe den Wasserhahn auf, sehe in den Spiegel – unfähig, das Bild mit meinen Gefühlen in Einklang zu bringen. Ich bin dieselbe Person wie vor dem Start dieses Flugs und doch so weit davon entfernt. Unwillkürlich denke ich an den furchtbaren Septembertag 2001, als die Welt zuschaute, wie die Zwillingstürme einstürzten und Tausende in New York City vor unseren Augen starben.

Hätte eine Person all das aufhalten können, hätte sie es sofort getan.

Ich hätte es getan.

Und dennoch.

Wenn du es tust, wird deine Tochter leben. Falls nicht, stirbt sie.

Ich bin froh, dass es so spät ist. Wäre Sophia noch in der Schule oder würde mit Freunden spielen, gäbe es eine Million Möglichkeiten, an sie ranzukommen. Aber zu Hause ist es fast zehn Uhr abends. Sie wird im Bett sein und ihr Dad unten Netflix gucken. Bei allen Fehlern ist Adam ein guter Vater. Er würde eher sterben, als zuzulassen, dass Sophia irgendwas passiert. Bei ihm ist sie sicher.

»Ist es der Brief?«, fragt Carmel, als ich aus der Toilette komme. Sie sieht sehr besorgt aus.

»Brief?« Ich breche halb zusammen unter der Anstrengung, mich unbekümmert zu geben. »Ach so, nein, das war nur jemand, der sich übers WLAN beschwert – als würde ein Brief es besser machen! Nein, ich glaube, ich habe mir irgendeine Magen-Darm-Geschichte eingefangen – deshalb musste ich eben so schnell aufs Klo.«

Erik wirkt angewidert. Er lässt uns allein, womit wenigstens ein Problem gelöst ist. Und Carmel scheint mir meine Ausrede zu glauben.

»Du Arme. Meine Mum sagt immer, Cola hilft bei Bauchbeschwerden. Soll ich dir eine holen?«

»Ja, bitte.«

Sie strahlt vor Freude, weil sie helfen kann, und ich beobachte, wie sie in den Schränken herumkramt, bis sie hat, was sie braucht. Sie ist erst Anfang zwanzig, frisch verliebt in ihren City-Freund und ganz und gar arglos.

»Tut mir leid, Carmel.« Meine Sicht wird verschwommen, und ich blinzle die Tränen weg.

Perplex dreht sie sich zu mir um. »Sei nicht albern! Du kannst doch nichts dafür, dass du krank bist.« Sie rührt eifrig in dem Glas für mich, sodass Kohlensäurebläschen aufsteigen und zerplatzen. »Das wird dir guttun.«

Ich nehme das Glas, nippe daran und sage ihr, *super, es wirkt tatsächlich, Gott sei Dank. Bestimmt geht es mir gleich besser.* Carmel verdreht die Augen, als wieder jemand läutet, und sagt: »Keine Ruhe den Verderbten.«

Keine Ruhe den Verderbten.

Ich linse durch den Vorhang in die Kabine der Businessclass. Paul Talbot sieht hoffnungsvoll zu mir. Seine Frau ist bei einem Film eingenickt, und Baby Lachlan ist endlich still, aber hellwach auf den Armen seines Vaters. Ich gehe die wenigen Schritte zu ihm und pappe mir ein Lächeln ins Gesicht.

»Sie könnten ihn nicht zufällig eine Minute nehmen, solange ich auf dem Klo bin?«, fragt Paul. »Jedes Mal, wenn ich ihn hinlege, fängt er an zu schreien.«

Eine Sekunde lang starre ich die beiden an, weil ich nicht begreife, dass alles einfach normal weitergeht und keiner ahnt, dass ich ihrer aller Leben in der Hand habe. Lachlan öffnet den Mund – das zahnlose Nicht-Grinsen eines Neugeborenen –, und ich werde von Schuldgefühlen überrollt. Sophia hat ihr ganzes Leben vor sich. Aber das hat dieses Baby auch.

Ich schlucke. »Kein Problem.« Lachlan schmiegt sich an meinen Hals, und mir zieht es das Herz zusammen.

An dem Tag, als Adam und ich Sophia kennenlernten, hatte es geregnet. Bei unserer Ankunft bei der Pflegefamilie herrschte zunächst ein Chaos aus Regenschirmen und Mänteln, und meine Nervosität hatte zur Folge, dass ich zu viel und Adam zu wenig redete.

»Sophia ist gleich hier durch.«

Sie lag auf einer Krabbeldecke und hatte ein Mobile voller

Bauernhoftiere über sich. *Meine Tochter*, dachte ich und fragte mich, ob ich das jemals sagen könnte, ohne mir wie eine Betrügerin vorzukommen.

»Sie ist entzückend. Findest du nicht auch, dass sie entzückend ist, Adam? Hallo, Sophia, bist du entzückend!« Ich wollte, dass Adam etwas sagt, und sorgte mich, dass unsere Sozialarbeiterin sein Schweigen als Zweifel an unserer Adoptionsbereitschaft deutet. Doch als ich sie ansah, lächelte sie und blickte zu Adam, der Tränen in den Augen hatte.

»Sie ist vollkommen«, sagte er.

Lachlan, warm und schläfrig, hat den Keksgeruch von Neugeborenen. Die Frau in der Sitzreihe auf der anderen Seite des Gangs sieht ihn mürrisch an – oder mich. Ihr langes graues Haar ist jetzt zu einem Pferdeschwanz gebunden. Falls sie eigene Kinder hat, werden die längst erwachsen sein – und sie hat vergessen, wie es ist, mit einem Baby zu reisen.

Meine Angst wird zu einem tennisballgroßen Kloß im Hals, der jedes Schlucken zu einer Kraftanstrengung macht. Jemand in dieser Maschine beobachtet mich. Jemand hat diesen Brief geschrieben; jemand weiß genau, wie ich mich jetzt gerade fühle – und warum.

Ich gehe an Alice Davanti vorbei, die hektisch auf eine Minitastatur einhackt, und an Lady Barrow, deren Augen geschlossen sind und deren Finger den Takt zur Musik aus ihren Kopfhörern mitklopfen. Paranoid sehe ich jeden Passagier an, und es ist, als würden mir Spinnen über die Wirbelsäule und die Arme krabbeln.

Wer bist du?

Jamie Crawford und seine Frau sind noch in der Bar. Einige andere haben sich zu ihnen gesellt, einschließlich Jason Poke, der Champagner trinkt und sein kleines Publikum mit Geschichten vom Filmen beglückt.

»… totales Humorversagen, und haut dem Kameramann eins auf die Glocke!«

Alle brüllen vor Lachen. Lachlan erschrickt, wirft seinen Kopf nach hinten und schreit auf.

»Der kleine Mann ist offensichtlich kein Fan, Jason!«

Könnte das Ganze inszeniert sein? Ein Poke-Scherz? Ich blicke auf und suche die Decke nach versteckten Kameras ab. Lachlan fixiert mein Gesicht. Was er wohl darin sieht? Mir wird die Kehle eng, und die Angst in mir schwillt an und ebbt ab wie eine Tidenbewegung. Niemand – nicht mal Jason Poke – scherzt über Terrorismus. Nicht in einem Flugzeug. Vor Jahrzehnten hätte er das vielleicht getan, aber jetzt nicht mehr. Nicht nach den furchtbaren Sachen, die passiert sind.

Wieder bricht Gelächter aus. Der andere Journalist, Derek Trespass, hat einen Notizblock in der Hand. Er könnte zum Arbeiten in die Bar gekommen sein; oder auf der Suche nach einer Story. Im Moment allerdings weder noch, denn er bemüht sich, seine eigenen Storys in Pokes Atempausen unterzubringen.

»Der Vizepremier war genauso – überhaupt keinen Sinn für Humor. Ich erinnere mich an ein Interview 2014 …«

Auf der anderen Seite haben sich drei andere Passagiere auf Kaffee verlegt. Sie suchen sich von den auf der Bar ausgestellten Kuchen aus, und Hassan reicht ihnen kleine Teller und gefaltete Servietten. Ich höre Fetzen ihrer Unterhaltung, als ich Lachlan zurück in die Businesskabine trage.

»Seit Jahren schon wollen wir nach Sydney, aber die Reise hat uns immer abgeschreckt. Sobald wir gehört haben, dass es einen Nonstop-Flug gibt, haben wir gebucht. Ist es nicht so, Schatz?«

»Das ändert alles, nicht? Wobei wir ja auch teuer dafür bezahlen.«

»Der erste Nonstop-Flug – das ist ein Privileg. Morgen stehen wir alle in der Zeitung!«

In meinem Kopf blitzen die Schlagzeilen auf, die über unser Flugzeug erscheinen werden. In Flammen aufgegangen und abgestürzt. Und darunter die Laufzeile: *Keine Überlebenden von World Airways Flug 79.*

Ich sollte nicht mal hier sein.

Adam und ich haben uns immer in der letzten vollen Woche vor Weihnachten Urlaub genommen. Letzte Geschenkekäufe, ein Bummel über den Weihnachtsmarkt. Heiße Pasteten, hier und da ein Glühwein. Das hatte Tradition bei uns. Es war unsere gemeinsame Zeit.

»Können wir immer noch machen.« Er sagte es beiläufig, doch ich sah seinen Augen an, wie sehr er sich wünschte, dass ich bejahe. Es war noch Sommer, und das Thema kam nur auf, weil Adam seinen Urlaub beantragen musste. »Vielleicht wäre es genau das Richtige. Ein bisschen Zeit für uns.«

»Ich überlege es mir.«

Am nächsten Tag kamen die Crewlisten für den London-Sydney-Flug raus.

»Tut mir leid«, erzählte ich Adam, sobald der Tausch mit Ryan perfekt war. »Sie haben mir den Sydney-Flug aufgebrummt. Ich bin die ganze Woche weg.«

Eine einzige kleine Lüge. Und jetzt bin ich hier.

Ich sollte nicht hier sein. Nicht auf diesem Flug. Auf gar keinem Flug.

Als ich zurück durch die Kabine gehe, sehen mehrere Passagiere in meine Richtung. Weil ich ein Baby auf dem Arm habe? Weil sie noch einen Drink wollen?

Oder weil sie mir die Nachricht geschrieben haben?

Es nicht zu wissen, macht mich unsicher, und ich habe Angst, das Baby fallen zu lassen, weil ich mich auf einmal ungeschickt fühle. Immer noch sehe ich jeden Passagier an, weiß aber nicht, wonach ich suche. Nach jemandem, der selbstbewusst – arrogant wirkt? Oder der genauso viel Angst hat wie ich?

Die Frau in 5G hat gerötete Augen. Ein geknülltes Taschentuch wechselt von ihrer rechten in die linke Hand und zurück.

»Ist alles in Ordnung?« Ich beuge mich halb zu ihr, soweit es meine Knie erlauben.

»Eigentlich nicht.« Ihre Stimme klingt hart. Verbittert. *Leute, die Flugzeuge entführen, sind irre, oder? Labil. Radikalisiert. Diese Frau könnte alles sein.*

»Möchten Sie mir davon erzählen?« Mehr bringe ich nicht halbwegs ruhig heraus, und ich weiß, dass ich ruhig bleiben muss.

Die Frau sieht zu dem Baby auf meinem Arm. »Man denkt, man hat alle Zeit der Welt, solange man jung ist.«

Ich halte den Atem an.

»Und dann wird einem klar, dass die Uhr tickt und man nicht mal die Hälfte der Sachen gemacht hat, die man machen *wollte*, nicht die Hälfte von dem, was wirklich zählt.«

Ich lege der Frau eine Hand auf den Unterarm, und sie sieht mich an.

»Sie stirbt.« Ihre Augen haben die Farbe des Meers im Winter, und sie blickt mich an, ohne zu blinzeln, während ihre Tränen laufen. »Meine beste Freundin. Meine Schwester, habe ich sie immer genannt, obwohl wir uns viel besser verstanden haben als ich mich mit den Schwestern, die ich hatte. Vor zwanzig Jahren ist sie nach Sydney gezogen, um einen Idioten mit einem Surfboard zu heiraten. Und ich habe ihr hoch und heilig versprochen, sie besuchen zu kommen, aber dann war das Leben im Weg.« Wieder füllen sich ihre Augen mit Tränen. »Und jetzt ist es der Tod.«

»Werden Sie Weihnachten mit ihr verbringen?«

»Falls sie so lange durchhält«, antwortet die Frau leise.

»Tut sie bestimmt«, sage ich, weil ich nicht weiß, was ich sonst sagen soll, und diese Frau nichts mit der Nachricht zu tun hat, die ich erhalten habe. Sie will nur rechtzeitig in Sydney ankommen, um sich zu verabschieden.

Auf der anderen Seite des Gangs, eine Reihe weiter hinten, ist ein Mann, der nahöstlich aussieht und einen Schweißfilm auf dem Gesicht hat. Meine Nerven spannen sich an. Instinkt und Vorurteil arbeiten Hand in Hand.

»Ist alles in Ordnung?«, frage ich mit einem gequälten Lächeln. Er zittert, und im Geiste hake ich die Warnzeichen ab. Nervöses Erscheinungsbild, sprunghaftes Verhalten, allein reisend.

»Geht es dem Flugzeug gut?«

»Ja, dem Flugzeug geht es bestens«, antworte ich vorsichtig. »Alles ist bestens.«

»Ich fliege nicht gern. Ich habe ein Valium genommen, aber es hilft nicht.«

»Alles ist gut«, wiederhole ich. »Heutzutage sind Flugzeuge sicher. Sehr sicher. Es kann unmöglich irgendwas schiefgehen.«

»Das stimmt nicht. Es gibt dauernd Abstürze. Das sieht man in den Nachrichten.«

»Aber dieses Flugzeug …«, meine Stimme zittert, »… dieses Flugzeug ist sicher.« Ich ermahne mich, langsam weiterzugehen, wie ich es normalerweise bei meiner Runde durch die Kabine tun würde. Und ich will Lachlan nicht mehr halten, nicht mehr so physisch daran erinnert werden, wie viele unschuldige Leben auf diesem Flug sind. Ich gebe ihn Paul Talbot zurück.

Fluggesellschaften machen immerfort Sicherheitschecks. Feueralarm, Notladungen im Wasser, Tests der Standardabläufe. Allein auf dieser Route werden sie Dutzende gemacht haben, um »alle Eventualitäten abzudecken«. Könnte das hier einer von

Dindars Tests sein? Eine ausgefeilte PR-Nummer, um zu demonstrieren, wie sicher der Flug ist?

Ich kenne die Standard-Arbeitsanweisung auswendig.

Der erste Schritt ist, das Cockpit zu informieren. Die Sicherheit meiner Tochter ist für die Piloten unerheblich. Es klingt kaltblütig, aber ich verstehe es. Wenn jemand auf dieser Seite des Cockpits als Geisel genommen wird, dürfen sie die Tür nicht öffnen – egal, ob es sich um einen Passagier oder ein Crewmitglied handelt. Selbst wenn ihre eigenen Angehörigen an Bord wären und sie in der Kamera einen Entführer sehen, der einem ihnen nahestehenden Menschen ein Messer an die Kehle hält, ist ihnen verboten, die Tür zu öffnen. Sophia mochte in Gefahr sein, aber das würde Cesca und Mike nicht in ihrer Entscheidung beeinflussen. Es stehen zu viele Leben auf dem Spiel.

Die Cockpittür öffnet sich mit einem Klicken, und ich gehe hinein. Durch die breite Scheibe vorn ist nichts als Schwärze zu sehen, und plötzlich habe ich das Gefühl, in einen tiefen Tunnel zu stürzen und die Kontrolle zu verlieren.

»Hey …« Mike blickt zu meinem Namensschild. Er ist daran gewöhnt, mit Fremden zu reisen. »… Mina, wie läuft es dahinten?«

In dieser Sekunde ist noch alles gut. Ich möchte sie verlängern, den Moment dehnen, bevor sich unser aller Leben ändert. Sie werden die Flugsicherung informieren, sobald sie es wissen. Es gibt einen stummen Code, den sie eingeben. 7500. *Wir werden entführt.*

Was dann geschieht, entzieht sich unserer Kontrolle. Eine Notlandung am nächsten Flughafen oder eine Eskorte von Kampfflugzeugen, weg von dicht besiedelten Gebieten. In einem instabilen Luftraum besteht sogar das Risiko, abgeschossen zu werden: eine gezielte Explosion als bessere Alternative zu einem Absturz.

Ich schlucke. Es ist nicht meine Entscheidung. Meine Aufgabe ist es, für die Sicherheit der Passagiere zu sorgen, nicht die des Flugzeugs. Meine Aufgabe ist es, Cesca und Mike zu sagen, dass wir einen Entführer an Bord haben.

»Alles gut«, sage ich. »Nur …« Mein Puls hämmert, und hastig beende ich den Satz. »Da ist ein Junge in Business, der unbedingt einen von euch kennenlernen möchte. Ein echter Flugzeugnarr. Besteht die Chance, dass einer von euch mal kurz zu ihm geht?«

2015 hatte der Co-Pilot des Germanwings-Flugs 9525 seinen Piloten aus dem Cockpit ausgesperrt und den Airbus A320 in die Alpen gesteuert. Es gab keine Überlebenden. Die Reaktionen der Airlines fielen unterschiedlich aus. Die eine Hälfte änderte umgehend ihre Praxis und gab die Weisung aus, dass nie ein Pilot allein im Cockpit sein darf; die andere Hälfte sah von solchen Veränderungen ab und überlegte eher, wie sie psychische Probleme besser im Blick behält, die allem Anschein nach zu dieser Tragödie geführt hatten.

World Airways änderte seine Unternehmenspolitik nicht.

»Seine Mutter scheint eine Zicke zu sein«, füge ich hinzu. »Sie hat ein Schlafmittel eingeworfen und überlässt den Jungen sich selbst.«

»Solche Eltern kann ich nicht ausstehen«, sagt Mike. »Wir sind doch keine Kindertagesstätte!«

»Ich gehe schon.« Cesca steht auf und streckt sich. »Ich muss sowieso mal zum Klo.«

Ich danke ihr nicht, weil ich keinen Ton herausbringe. Mein Mund ist ausgetrocknet, und meine Lippen kleben an den Zähnen, als ich, dicht gefolgt von Cesca, aus dem Cockpit gehe. Mir ist speiübel.

Ich bin eine Mutter.

Mir bleibt keine andere Wahl.

ZWANZIG

21:30 UHR | ADAM

Ich habe einen dicken Kopf, und von der Kombination aus Wein und Schmerzmitteln ist mir schlecht. Ich spüle mein Weinglas aus und fülle es mit Wasser, wobei ich heftig blinzle, weil die Glasränder verschwimmen. Meine Rippen tun weh, und der Schmerz um meine Nieren erinnert mich daran, dass ich zusammengetreten wurde.

Ich muss einen Ausweg finden – muss den Kredithai bezahlen und die Schläger loswerden. Um die Banken kümmere ich mich hinterher. Wenn die einen Schulden nicht mehr anwachsen, kann ich anfangen, die anderen zu begleichen.

Alles, was du brauchst, ist ein satter Gewinn, flüstert der Teufel auf meiner Schulter.

Ich presse die Hände fester auf das Abtropfbrett.

Ab und zu ein paar Pfund – das habe ich immer gemocht. Nichts Regelmäßiges, nur mal eine Wette beim Grand National und hin und wieder ein Ausflug zum Hunderennen mit den Kollegen. Ein Zehner hier, ein Zwanziger da. Bei unserer Hochzeit haben wir Lotterielose als Gastgeschenke verteilt. *Wir haben den Jackpot gewonnen, als wir uns kennenlernten,* lautete die schmalzige Aufschrift auf den Umschlägen. *Hoffentlich habt ihr genauso viel Glück wie wir!* Minas Tante gewann hundert Pfund; ein paar Leute gewannen einen Zehner. Es war Spaß, und mehr sollte es auch nicht sein.

Jahrelang blieb es dabei. Mina und ich spielten Lotto, wenn es einen großen Jackpot gab. Sie schicken eine E-Mail, wenn man gewonnen hat, aber wir haben uns trotzdem die Ziehung im

Fernsehen angeguckt: Es war die Vorfreude, die wir geliebt haben.

»Wem würdest du es als Erstes erzählen?«, fragte Mina.

»Niemandem. Ich würde Leuten heimlich helfen. Wie eine gute Fee, nur behaarter. Und keiner würde es wissen, bis ich tot bin. Dann würden sie mich zu einem Heiligen erklären.«

Mina warf ein Kissen nach mir. »Blödsinn! Du wärst am nächsten Tag beim Lamborghini-Händler.«

»Auch möglich. Rot oder gelb?«

»Gelb. Wenn wir schon angeben, können wir es auch gleich vulgär tun.«

Wir haben nie gewonnen. Nicht mal einen Dreier schafften wir. Und am Anfang machte es mir nichts aus. Die Chancen sind so winzig – es war bloß ein bisschen Spaß. Doch mit der Zeit wurde das Leben stressiger, und ich ertappte mich dabei, dass ich montags schon ein Los kaufte statt am Samstagnachmittag. Die ganze Woche trug ich den Schein mit mir herum, und jedes Mal, wenn ich mein Portemonnaie öffnete, dachte ich, *vielleicht diese Woche …*

Ich malte mir aus, wie unglaublich es wäre, meinen Job an den Nagel zu hängen, und für Mina, ihre Arbeit aufzugeben. Ich stellte mir vor, dass Sophia keine Verlustangst mehr haben müsste, weil wir sie nie verlassen müssten. Nicht für die Arbeit oder sonst was.

Dann kam der Samstag, und wir gewannen nicht. Anstatt das Los zusammenzuknüllen und in den Müll zu werfen, starrte ich immer wieder die Zahlen an. Ich war neidisch auf die Gewinner, verbittert, weil wir es nicht waren. Ich spürte, wie sich Sophia in meinen Armen verkrampfte, und dachte, *das würde sich ändern, wenn wir im Lotto gewinnen.*

Ich begann, jede Woche zu spielen.

»Es wäre besser, jede Woche zwei Pfund in eine Spardose zu

stecken«, sagte Mina. »Dann hätten wir am Ende des Jahres wenigstens einhundertvier Pfund.«

»Und wo wäre der Spaß?«, fragte ich, obwohl es sich schon gar nicht mehr wie Spaß anfühlte. Ich richtete einen Dauerauftrag ein – es schien einfacher, als jedes Mal genug Geld dabeizuhaben. Dann dachte ich, ich könnte ebenso gut unsere Chancen erhöhen. Als ich bei fünf Reihen war, bremste Mina mich.

»Es sind nur zehn Pfund die Woche.«

»Das sind fünfhundert im Jahr, Adam. Von dem Geld könnten wir in den Urlaub fahren!« Sie kündigte den Dauerauftrag, und am Samstagabend schaltete sie nach acht um und sah sich etwas auf BBC an.

»Du solltest dich lieber hinsetzen«, sagt Becca jetzt.

»Mir geht es gut.« Es klingt gelallt, und sie sieht mich seltsam an. Meine Zunge fühlt sich zu groß an, und meinen Wangen sind innen trocken und belegt. Ich halte mich an der Arbeitsplatte fest. Meinen Kopf hatte ich vorhin so gut geschützt, wie ich konnte, und ich bin ziemlich sicher, dass meine Nieren das meiste abbekommen haben. Doch allmählich kommt mir der Verdacht, dass ich eine Gehirnerschütterung haben könnte. Die hatte ich schon mal – bei einem Rugbyspiel –, und ich versuche, mich zu erinnern, wie das war, aber die Einzelheiten entgleiten mir.

Es waren Rubbellose, die mich geschafft haben. Beinahe schäme ich mich, es einzugestehen, wie ein Alkoholiker, der von Cidre abhängig ist, oder ein Süchtiger, der nicht vom Kinderfiebersaft lassen kann. Mit dem ersten, das ich gekauft hatte, gewann ich zweihundertfünfzig Pfund. Zweihundertfünfzig! Ich hätte den Kerl in dem Eckladen küssen können. Ich führte Mina zum Essen aus und kaufte Sophia das Einhorn, das seine Farbe wechseln konnte, weil sie es sich gewünscht hatte. Und ich behielt zwanzig Pfund als mein Rubbellosgeld. Das war wichtig, sagte ich mir. Nie spielen, wenn man es sich nicht leisten kann. Ich würde einen Teil von jedem Gewinn zurücklegen, um weitere Rubbellose zu kaufen; auf die Art käme ich nie in Schwierigkeiten.

Nur gewann ich beim nächsten Mal lediglich ein Pfund, beim übernächsten gar nichts, und danach …

Alles ist verschwommen. Mir ist vage bewusst, dass Sophia in die Küche kommt und Becca fragt: »Was ist mit Daddy?« Beccas Antwort höre ich, als wären wir unter Wasser, und ich schüttle den Kopf, um klar zu werden.

»Mir geht es gut, Schatz, ich bin bloß ein bisschen müde.« Der Erste-Hilfe-Kasten steht noch da, und ich wühle darin, weil ich wissen will, wie stark diese Schmerztabletten waren. Mir ist zwar schwummrig, doch es tut nach wie vor alles weh. »Hast du mir Ibuprofen oder Paracetamol gegeben?«, frage ich Becca. Falls es nur eine Tablette war, kann ich noch eine nehmen.

»Daddy?« Sophia reibt sich die Augen. Die ersten Monate Schule waren anstrengend für sie.

In dem Kasten ist aller möglicher Quatsch – klebrige Flaschen mit Hustensirup und eine Auswahl an Pflastern –, aber keine Schmerzmittel. Ich blinzle und schüttle erneut den Kopf wie ein Hund, der aus dem Wasser kommt.

»Wo sind die?« Ich drehe mich zu Becca um, die mich ungerührt betrachtet. Sie sieht nicht mehr wie ein Teenager aus; vielmehr wirkt sie älter, abgeklärter.

Auf einmal kommt mir zwischen Schmerz und Dumpfheit ein Gedanke.

»Becca, was hast du mir gegeben?«

Mein Mund ist so trocken, dass mir das Sprechen schwerfällt, und ich höre, wie meine Worte ineinanderfließen. *Washastdumirgegeben?* Inzwischen sind die Schmerzen an meinen Rippen und den Nieren so weit weg, dass sie zu jemand anderem gehören könnten.

»Etwas, das dir beim Einschlafen hilft.« Becca lächelt, als wäre es hilfreich gewesen, und ich habe Mühe, die Situation zu erfassen. Hatten wir überhaupt Schlaftabletten? Vielleicht hatte Mina sich welche verschreiben lassen – kämpfte sie mit Schlaflosigkeit? – und die Packung in dem Kasten gelassen. Doch warum sollte sie das tun? Und selbst wenn …

»Stand nicht auf der Packung, was das für ein Mittel ist?« Ich glaube, das habe ich gesagt, doch Beccas Gesichtsausdruck nach muss etwas völlig anderes herausgekommen sein. Dann hellen sich ihre Züge auf.

»Ah, verstehe! Du denkst, dass ich dir aus Versehen Schlaftabletten gegeben habe, als ich dir Schmerzmittel geben wollte?« Sie lacht laut. »Nein, so blöd bin ich nicht. Es war Absicht. Ich hatte die mitgebracht.«

Ich klammerte mich an die Arbeitsplatte, damit das Schwanken aufhört, das entweder von mir oder dem Raum sein kann. Sophia ist noch an der Tür und sieht von mir zu Becca. Ich lächle ihr zu, doch sie weicht zurück.

»Ist Daddy krank?«

Ihr Misstrauen kann ich ihr nicht übel nehmen – mein Verhalten in den letzten Monaten hat nicht gerade ihr Vertrauen gefördert –, aber sie muss verstehen, dass sie jetzt gerade bei mir am sichersten ist. Ich strecke einen zittrigen Arm nach ihr aus, will sie beruhigen, doch meine Worte kommen in einem einzigen Lallen heraus. *Schonokayschätzchenkommzudaddy.*

Sophia zieht an ihrem Zopf und wickelt ihn fest um ihre Finger, während sie abwechselnd Becca und mich ansieht.

»Komm zu mir, Süße.« Becca breitet die Arme aus.

»Sophia, nein!«

Es kommt zu laut, zu aggressiv raus. Sie hält sich die Ohren zu und läuft schreiend zu Becca, die sie hochhebt und hin und her wiegt. Wie ein Affe schlingt Sophia die Beine um sie und vergräbt ihr Gesicht in Beccas Pullover.

Über ihren Kopf hinweg grinst Becca mir zu. Triumphierend, als hätte sie ein Spiel gewonnen, von dem ich nicht mal wusste, dass wir es spielen.

Ich zwinge mich, eine Pause zwischen meinen Worten zu machen. »*Du. Musst. Jetzt. Gehen. Sofort.*«

»Oh, ich fange gerade erst an.«

Ich will auf die beiden zugehen, halte mich allerdings mit einer Hand an der Arbeitsfläche fest, weil der Raum nicht aufhören will, sich zu bewegen. »Ich weiß nicht, was du hier spielst, aber du hast bereits eine Straftat begangen.« Ich spreche langsam, denn meine ausgetrockneten Lippen kämpfen um jede Silbe. »Jemandem eine ungesunde Substanz zu verabreichen, wird mit Gefängnis bestraft – und glaub nicht, dass sie dich vom Haken lassen, weil du noch Schülerin bist.« Danach bin ich außer Atem, als würde ich mich durch Treibsand bewegen.

»In Wirklichkeit bin ich dreiundzwanzig. Überraschung!« Sie sagt es heiter, beinahe melodisch, als würde sie mit Sophia reden, die sich immer noch an sie klammert. Becca wiegt sie weiter. »Bleib da stehen, Adam.«

Ich bin schon in unzähligen Situationen wie dieser gewesen. Mit betrunkenen, wütenden oder wahnsinnigen Leuten. Ich bin mit Blaulicht und Sirene durch Stadtzentren gefahren, aufgeputscht von Adrenalin bei der Aussicht auf eine Schlägerei, und ich habe mich schon allein gegen drei Leute behauptet.

Allerdings bin ich auch in Hinterhalte geraten: bei dem ruhigen Anruf aus einem Haus, wo es plötzlich hässlich wurde, oder einem Kampf aus heiterem Himmel, als ich einen Gefangenen in die Zelle zurückbrachte. Es kann aus dem Nichts kommen, doch in gewisser Weise ist man bei der Arbeit stets auf so etwas vorbereitet.

Jetzt bin ich es nicht. Weder körperlich noch geistig. Nicht, wenn mein Körper nicht funktioniert, nicht in meinem Zuhause mit meiner Tochter. Nicht, wenn sich die Person, die ich für eine Siebzehnjährige hielt, als erwachsene Psychopathin entpuppt.

»Lass sie los.«

»Ich habe gesagt, dass du bleiben sollst, wo du bist.«

»Und ich habe gesagt, du sollst sie loslassen.«

Lächelnd bewegt Becca ihren freien Arm.

Ich bleibe stehen.

Denn dort, in ihrer Hand und nur Millimeter von Sophias Hals entfernt, ist eine Spritze.

EINUNDZWANZIG

PASSAGIER 7G

Mein Name ist Ritchie Nichols, und die erste halbe Stunde von Flug 79 habe ich Spiele gespielt.

Ich verstehe die Leute nicht, die behaupten, dass sie Computerspiele nicht mögen. Welche? *Das frage ich jedes Mal. Weil es so ist, als würde man sagen, man mag keine Tiere. Oder Essen. Es gibt so viele verschiedene Spiele, dass man sie unmöglich alle hassen kann. Steht man nicht auf Kampfspiele, kann man sich die Auswahl an Sportspielen ansehen, an Rollen- oder Strategiespielen, in denen man rumläuft und irgendwelchen Kram sammelt. Die sind nicht so mein Fall, aber jedem das Seine. Im Flieger haben sie nur Rätselspiele, aber zumindest vertreiben sie einem die Zeit.*

Ich stehe auf FPS *(das bedeutet* First Person Shooter*). Das sind die Spiele, bei denen man so richtig einsteigt; man sieht nicht von oben auf eine Welt, sondern ist in ihr. Stundenlang kann man die spielen, am liebsten im Dunkeln und mit Headset auf. Man hört seine Figur atmen, und ist man erst richtig drin, nimmt man sein eigenes Atmen nicht mehr wahr. Man wird zu einer Person – einem Mix aus Mensch und Avatar, und zwischen einem selbst und den Bösen ist nichts mehr außer einem Gewehrlauf. Geht das Gewehr los, bebt der Controller in den Händen, und fast fühlt man den Rückstoß an der Schulter, weil auch alles andere da ist – der Schweiß, der Lärm, das Blut …*

Ich spiele schon seit meiner Kindheit. Meine Mutter hat mir andauernd gedroht, mir die Playstation wegzunehmen, hat es aber nie getan. Das war damals, als ich noch jedes Wochenende bei meinem Vater war, und sie wusste, dass Gamen unser Ding war.

Also war klar, dass ich nach der Schule eben zu ihm gehen würde, falls ich zu Hause nicht spielen konnte. Sie gab es auf, mich zum Abendessen nach unten zu zwingen. Zuerst brachte sie mir das Essen auf einem Tablett nach oben, bis sie merkte, dass es unangerührt kalt wurde; von da an machte sie mir stattdessen Sandwiches. Von denen aß ich auch nicht viel. Ich besorgte mir einen Wasserkocher und goss mir Fertignudeln auf, während das nächste Spiel lud. Die leeren Plastikbecher stapelte ich vor der Tür.

Es ist alles, was ich tun wollte. Und was ich tat. Womit ich nicht allein war. An der Schule waren wir eine ganze Gruppe. Wir verabredeten uns abends für Multi-Player-Spiele und killten bis nach Mitternacht Zombies. Es kam häufiger vor, dass ich die Nacht durchspielte und die Doppelstunde Naturwissenschaften am nächsten Morgen schwänzte, um in der Behindertentoilette zu schlafen. In den meisten Stunden arbeitete ich sowieso an meiner Strategie für das abendliche Spiel, und ich schätze, niemand hat sich mehr gewundert als ich, dass ich beim ersten Abschluss genug Dreien zusammenbrachte, um in die Oberstufe zu dürfen.

In der war ich, als ich mit den Simulatoren anfing. Man durfte einen Laptop mit in den Unterricht nehmen, und es gab haufenweise Freiarbeitsphasen, in denen man machen konnte, was man wollte, solange man vor Ort war. Nur wenn sie einen dabei erwischten, dass man gewalttätige Spiele spielte, gab es Ärger. Zuerst machte ich Motorradrennen, überlegte sogar, mir eine Maschine anzuschaffen. Dann flog ich zum ersten Mal, und da war ich angefixt. Linienflüge, Kampfjets, Doppeldecker aus dem Zweiten Weltkrieg – ich bin sie alle geflogen.

Als ich an die Uni kam, ging alles schief. Der Stoff, den ich an der Schule einfach fand, war es nicht mehr. Bald war es leichter, in meinem Wohnheimzimmer zu bleiben, als in die Seminare zu gehen und das Gefühl zu haben, blöd zu sein. Meine Mutter lachte sich jemanden in der Tanzschule an, und sie bauten mein Zimmer zu einer Ankleide für all ihre Paillettenklamotten um. Gamen war das Einzige, wofür sich das Aufstehen lohnte, und ich wurde immer besser.

»Ein Jammer, dass du damit nicht deinen Lebensunterhalt verdienen kannst«, sagte Dad mitten in einem von vielen Streiten darüber, wie viel Geld er mir schickte und wie sehr er hoffte, dass ich irgendwann mal etwas dafür vorweisen könnte.

In der Mitte des zweiten Studienjahrs warf die Uni mich raus. Ich bekam einen Fabrikjob und verlor ihn direkt in der ersten Woche wieder, und so blieb es seitdem. Nur ich, das Jobcenter und ein schäbiges Zimmer in einem runtergekommenen Stadtviertel.

Als ich ganz unten war, zeichnete sich eine Besserung ab. Ich gewann Freunde – echte Freunde – und fing langsam an, mich wieder mit mir selbst wohlzufühlen. Ich begann, Sport zu treiben, ein wenig Selbstvertrauen zurückzugewinnen. Zwar spielte ich weiter immerzu, aber ich ernährte mich anständig. Hin und wieder ging ich sogar raus.

Einer meiner Freunde schanzte mir Arbeit zu. Die wussten, dass ich ein superheißer Gamer war (ihre Worte, nicht meine), und sie brauchten meine Fähigkeiten. Sie brauchten mich. Und – zieh dir das rein, Dad! – sie bezahlten mich.

Gamen wurde zu meinem Job. Geplante Neuerscheinungen für Entwickler testen, rausfinden, wie man das System hacken kann, damit man das volle Waffenarsenal kriegt, ohne Upgrades zu bezahlen, dann wieder testen, wenn sie dachten, sie hätten es sicherer gemacht.

Jeden Morgen stand ich mit einem neuen Selbstbewusstsein auf, und dabei ging es nicht nur um den Gehaltsscheck, der bedeutete, dass ich mir anständige Kleidung und endlich ein Auto zulegen konnte. Es war nicht mal die Tatsache, dass ich neuerdings zu einem Team gehörte (ich ziehe es immer noch vor, allein zu arbei-

ten). Entscheidend war, eine Aufgabe mit einer Deadline zu haben.

Als ich Flug 79 antrat, war ich ein anderer Mensch. Ich wusste, wohin ich wollte. Ich hatte einen Platz in der Businessclass, inmitten all der Menschen, die ihr Recht, hier zu sein, nie infrage stellten. Ich tue es auch nicht, denn endlich denke ich, dass ich dazugehöre.

Endlich fühle ich mich wichtig.

ZWEIUNDZWANZIG

22 UHR | ADAM

Da ist ein fahler Mond unten an Sophias Hals, wo ihr dicker Zopf zur Seite gefallen ist und nun die Nadel direkt über ihrer Haut schwebt.

Beweg dich nicht, Sophia …

Ich kann ihren rechten Augenwinkel sehen, den Schatten ihrer dunklen Wimpern auf ihrer Wange. Sie hat den Daumen im Mund und saugt im Takt von Beccas Wiegen daran.

Bewege ja keinen Muskel!

»Was ist in der Spritze, Becca?« Ich versuche, ruhig zu sprechen, meinen Tonfall zu beherrschen, um Sophia keine Angst zu machen, als würden wir über das Wetter, über Beccas Fächer oder irgendwas Unbedeutendes reden. Wie gesagt, ich bemühe mich, aber die Wörter fließen wieder ineinander. Ich höre das Echo in meinem Kopf, und alle paar Sekunden verschwimmt mir die Sicht. Ein zweites Bild von Becca und Sophia steht neben dem ersten, als hätte ich ein Foto gemacht, bevor sie stillstanden.

»Insulin.«

Insulin? Mein Vater hat Diabetes, und er war nicht gut darin, den im Griff zu behalten. Mehrmals die Woche geriet er in die Unterzuckerung, dann brach ihm der Schweiß aus, und er musste nach seinen Glukosetabletten suchen. Sophia braucht nicht mehr Insulin, als ihr Körper von sich aus produziert – schon eine kleine Dosis würde reichen, dass ihre Organe versagen.

»Wie viel?«

»Genug.«

Ich glaube, ein Beben in Beccas Stimme hinter dem ruhigen Äußeren zu erkennen, doch ihre Miene gibt nichts preis. Gleichzeitig macht mein Körper dicht. Ich fühle, wie mich eine Taubheit überkommt, als würde ich nach einer Doppelschicht und einem Schlummertrunk ins Bett gehen. »Warum?«, bringe ich heraus. Ich trete einen halben Schritt vor. Omaschritte. *Fischer, Fischer, wie tief ist das Wasser?*

»Die Welt muss aufwachen und sehen, was passiert.«

Mir gefriert das Blut in den Adern. Abwechselnd sehe ich in Beccas kaltes, ungerührtes Gesicht und zu der Nadelspitze über Sophias makelloser heller Haut. Steht Becca unter Drogen? Naturgemäß verbringt man wenig Zeit mit Babysittern. Fünf Minuten vor und fünf nach ihrem Einsatz, und den Rest der Zeit sind sie mit dem Kind allein. Sie könnten alles Mögliche tun oder sein.

»Für jede gewonnene Schlacht muss man Opfer bringen.«

Ihre Stimme klingt roboterhaft, als hätte sie die Worte auswendig gelernt. Unwillkürlich denke ich an den Fortbildungskurs über die Radikalisierung von Teenagern in Großbritannien. Die Jugendlichen in dem Video sprachen genauso: rezitierten Worte, die ihnen von islamischen Extremisten eingebimst worden waren. Angelockt, umerzogen und dann als Kanonenfutter benutzt.

Was wissen wir eigentlich über Becca? Seit Katya weg ist, hat sie einige Dutzend Male auf Sophia aufgepasst. Ihre Mutter holt sie immer an der Ecke zur Hauptstraße ab – sie mag die Schlaglöcher auf unserem Feldweg nicht. Wenn ich von der Arbeit komme, packt Becca ihre Schulbücher ein und …

In Wirklichkeit bin ich dreiundzwanzig.

Sie hat uns von Anfang an etwas vorgespielt. Schulbücher, Angst vor den Abschlussprüfungen, das Gezanke mit ihrer Mutter, welche Fächer sie studieren soll … Alles war Theater, damit wir sie für eine harmlose Jugendliche hielten. Und damit wir ihr vertrauten.

Katya hatte ihr erzählt, dass wir eventuell jemanden suchen, der sich nach der Schule um Sophia kümmert.

Wir hatten Beccas Geschichte beide nicht überprüft – wie hätten wir es auch machen sollen? Katya hatte uns keine Kontaktdaten dagelassen, also hätten wir sie nicht nach Becca fragen können, selbst wenn wir es gewollt hätten.

Sophias Atmung ist langsamer geworden, und ihre Beine umklammern Beccas Taille nicht mehr, sondern hängen schlaff nach unten. Sie schläft ein, eingelullt von Beccas Wiegen und ihrer monotonen Sprache.

»Wir müssen jetzt handeln, um ein Massenaussterben zu verhindern.«

Massenaussterben? Ich kämpfe meine Angst nieder. Becca ist wahnsinnig. Sie wäre zu allem in der Lage. Vorsichtig schiebe ich meine Füße ein paar Zentimeter weiter vor. »Okay …« Noch ein Stück, wobei ich Beccas Blick halte. *Sieh in meine Augen, nicht auf meine Füße. Fischer, Fischer, wie tief ist das Wasser?* Mein Gehirn kann die Verbindungen nicht herstellen, auf die ich angewiesen bin. Meine Gedanken sind wie Trittsteine in einem anschwellenden Fluss, zwischen denen der Abstand zu groß ist, um zu springen.

»Was hat das mit uns zu tun, Becca?« Benutze ihren Namen, sag immer ihren Namen. Stell einen persönlichen Bezug her. Ich kann das. Dies hier ist mein Job. Ich denke an den Mann, dem ich den Sprung in den Tod ausreden konnte; an den Jungen, der in seinem Zimmer hockte und sich ein Messer an die Pulsadern hielt. *Rede mit mir. Sag mir, was du denkst.*

Ich sollte schon drei Schritte weiter sein, unseren Weg zur Tür planen, nach meinen Schlüsseln suchen, als Waffe. Mir eine Strategie überlegen. Doch mein Kopf ist vernebelt von Schmerz und Drogen, und mein schwerer Körper hält mich am Boden. Ich fühle Nässe an meinem Kinn, hebe mühsam eine Hand und wische mir Speichel weg.

»Deine Frau könnte für die Sache kämpfen. Stattdessen ist sie in einem beschissenen Flugzeug!«

Ich habe Mühe mitzukommen. Jemand hat versucht, Mina zu rekrutieren? Sie zu radikalisieren? Das ist lächerlich. Irrsinnig.

»Sie ist in einem Flugzeug, weil es ihr Beruf ist.« Wieder fließen die Wörter ineinander.

»Genau!« Becca wirkt, als hätte ich ihr eben die Antwort gegeben, die sie wollte, anstatt selbst nach einer zu suchen.

»Du willst, dass sie ihre Arbeit aufgibt? Ist es das?« Mir schwirrt der Kopf. Ich frage mich, ob Becca einer obskuren Sekte angehört; irgendeiner veralteten Organisation, die glaubt, dass Frauen an den Herd gehören. »Okay, sie gibt sie auf.« *Keine Versprechungen,* so heißt es bei der Arbeit. Zum Teufel damit. Das hier ist nicht die Arbeit, das ist meine Tochter. Ich verspreche alles, wenn es sie rettet. Ich werde nach Beccas Pfeife tanzen.

Sophia regt sich, und ihr Haar streift Beccas Hand. Die Nadel ist so nahe an ihrem Hals. »Mummy!«

»Rühr sie nicht an!« Meine Arme schnellen nach vorn, ohne dass ich es ihnen befehle.

Becca schreit mich an: »Bleib, wo du bist!«

»Mummy! Mummy!« Sophia dreht sich auf Beccas Arm, erschrocken und ängstlich. Sie will sich freistrampeln, weint vor Verwirrung, als Becca sie fester umfängt.

»Sophia!«, rufe ich. »Nicht bewegen!«

»Daddy!«

Ich mache einen Schritt vor, lasse die Arbeitsplatte los und merke, wie sich der Raum um mich dreht. Becca schwenkt die Spritze. Sie sind keine sechs Schritte entfernt – glaube ich; sie bewegen sich allerdings – oder ich bewege mich oder der Raum. Ich muss nur den Arm mit der Spritze packen. Wenn sie Sophia fallen lässt, macht es nichts. Es ist keine große Höhe, und es wird ihr nichts tun. Nicht wie das Insulin. Wie viel ist in der Kanüle? Was wird es mit ihr machen?

»Komm ja nicht näher«, sagt Becca. »Ich tue es. Ganz bestimmt. Ich tue es!«

Die Wiederholung macht mir Hoffnung. Sie hat Angst. Sie versucht, sich einzureden, dass sie das Zeug hierzu hat. Ich zwinge mich, langsam und ruhig zu sprechen.

»Auf diese Weise kannst du Leute nicht von deinen Ansichten überzeugen, Becca.«

»Wir zwingen die Menschen, darüber zu reden. Es ist der erste Schritt.«

Wir.

Becca ist noch jung – wenn auch nicht ganz so jung, wie sie vorgegeben hat. Jemand anders zieht die Fäden.

»Wer zwingt dich hierzu?«

»Keiner zwingt mich. Ich sehe es doch selbst. Jeder hat die Pflicht, etwas zu tun.«

»Und wer hat das Sagen?«

Becca lacht. »Typisch Bulle! Für euch geht es immer um Hierarchien, oder? Das Establishment. Die Regierung. Wann kapiert ihr, dass das *Establishment* alles versaut?«

Sophia weint. Sie will sich befreien, aber Becca ist zu stark. Beide sind panisch, kämpfen gegeneinander, und jeden Moment sticht diese Nadel in Sophia …

»Wenn du ihr das spritzt, stirbt sie, und du gehst wegen Mordes ins Gefängnis.«

Sophia schreit, und es bringt mich um, der Auslöser zu sein, doch ich muss zu Becca durchdringen, ehe es zu spät ist. Nebel wabert in meinem Kopf, der plötzlich zu schwer für meinen

Körper wird. Wenn ich das Bewusstsein verliere, was passiert dann mit Sophia? Wo wird Becca sie hinbringen?

»Wenn Mina das Richtige tut, lasse ich sie los.«

Alles ist verschwommen. Nichts ergibt einen Sinn. Mina ist erst in einigen Tagen zurück. Hat Becca vor, Sophia die ganze Zeit so festzuhalten? »Mina ist in einem Flugzeug. Sie kann nicht …«

»Wenn sie tut, was ihr gesagt wird, zeigt die Tracking-App bald, dass ihr Flugzeug den Kurs ändert. Und dann könnt ihr gehen.«

»Was …? Denkst du …?« Ich kann keinen Satz formulieren, nicht mal erraten, was das heißen soll. Mina kann den Kurs des Flugzeugs nicht ändern – es sei denn … Jetzt wird es mir klar.

Es sei denn, sie wird ebenfalls bedroht.

»Und falls das Flugzeug nicht den Kurs ändert?«

Becca macht eine winzige Bewegung mit der Hand, in der die Spritze ist. Am Ende der Nadel bildet sich ein kleiner Tropfen, bevor er auf Sophias Hals fällt. Meine Sicht wird unscharf, und ein dunkler Tunnel erscheint zwischen mir und meiner Tochter, sonst ist nichts mehr um uns herum. Nichts anderes ist von Bedeutung. Ich muss zu Sophia, sie wegreißen, und falls Becca ihr die Spritze verpasst, muss ich ihr Zucker einflößen und einen Krankenwagen rufen. Den Notruf wählen. Ich werde Sophia nicht im Stich lassen … im Stich lassen … Ich befehle meinen Beinen vorwärtszulaufen, und sie bewegen sich, aber nicht schnell genug, und ich sehe den Boden auf mich zukommen. Ein dichter schwarzer Nebel umhüllt mich, und alles wird still.

DREIUNDZWANZIG

8 STUNDEN BIS SYDNEY | MINA

Es regt sich kollektive Unruhe, als Cesca mir in die Kabine folgt, so wie sich die Atmosphäre im Büro verändert, wenn der Chef reinkommt. Ich höre sie *Hallo* sagen und *Ich hoffe, Sie genießen den Flug* und *Die Bedingungen sind gut – vielleicht kommen wir früher an.* Mir ist der Kopf schwer vor Schuldgefühlen. Ich bleibe stehen, um einen Passagier vorbeizulassen, und Cesca tut es ebenfalls, sodass wir für eine Sekunde nebeneinanderstehen und ich ihr Gesicht aus dem Augenwinkel sehe. Sie ist älter als ich, aber immer noch jung, mit hohen Wangenknochen, kurzen dunklen Haaren und einem Pony, der ihr bis über die Augenbrauen reicht.

Als der Passagier vorbeigeht, nehme ich eine Schweißnote und Angst wahr, weil er schon zu lange in dieser Kabine festsitzt. Es handelt sich um den arabischen Mann von 6J; er hangelt sich mit beiden Händen an den Sitzlehnen entlang, als würde er eine steile Treppe hinaufsteigen. Er reagiert nicht auf Cescas Gruß, bevor er durch den Vorhang geht. Mein Puls beschleunigt sich. Ist er es? Er verschwindet in der Bordküche, und ich möchte ihm folgen, doch wir sind schon bei 4H, wo Finley sich einen Pixar-Film ansieht. Er nimmt sein Headset ab.

»Haben Sie sie wieder hinbekommen?«

Für einen Moment bin ich verwirrt, dann fallen mir die verknoteten Kabel in meiner Tasche wieder ein. Sie scheinen in eine vollkommen andere Zeit zu gehören; eine Zeit, in der ich meine Arbeit gemacht habe, in der wir nach Sydney unterwegs waren und niemand meine Tochter bedrohte.

»Ich mache es gleich, versprochen. Ich muss nur …« Ich breche ab und denke an die vielen Male, die Sophia etwas von mir will und ich mich genauso herauswinde. *Ich muss nur kurz bei der Arbeit anrufen … Ich muss vorher nur schnell dies hier fertig machen. Okay, ich spiele mit dir, ich muss nur noch eben etwas anderes erledigen.* Warum sage ich nicht einfach Ja?

»Wie ich höre, willst du mal Pilot werden?« Cesca hockt sich neben seinen Sitz. Finley blickt sie verwirrt an, und neben ihm nimmt seine endlich wache Mutter ihre Kopfhörer ab. Ich gehe, ehe meine Lüge auffliegt und weil ich das hier durchziehen muss – durchziehen werde, ja, werde, wegen Sophia. Ich muss es jetzt tun. Das Blut rauscht mir in den Ohren, und das Rauschen vermengt sich mit dem Lärm des Flugzeugs, sodass ich es kaum noch aushalte und mir der Schädel zu zerspringen droht. Ich ziehe den Vorhang zwischen Kabine und Bordküche auf und schreie beinahe vor Schreck, als ich mit dem arabischen Mann zusammenstoße, der auf dem Rückweg zu seinem Platz ist. Er sieht so verängstigt aus wie ich, murmelt eine Entschuldigung und hangelt sich an den Sitzlehnen entlang zurück.

Jamie Crawford und seine Frau sind wieder auf ihren Plätzen; die Talbots und ihr Baby Lachlan schlafen. Ich sehe weder den Journalisten Derek Trespass noch Jason Poke, und obwohl ich den Hals recke, um zu den hinteren Sitzen zu schauen, kann ich nicht erkennen, ob sie leer sind oder die Passagiere sie nur in die Waagerechte gebracht haben, um sich hinzulegen. Wer fehlt? Wer ist der Entführer?

Cesca steht auf. Sie spricht noch mit dem Jungen und seiner Mutter, und ich frage mich, was sie zu ihr sagen und ob sie weiß, dass ich gelogen habe, und überlegt, warum. In den nächsten Minuten – den nächsten Sekunden vielleicht – wird sie sagen, sie müsse dann mal zurück, und ihnen einen schönen weiteren Flug wünschen. Vielleicht lädt sie den Jungen ein, nach der Landung das Cockpit zu besichtigen; sich auf den Platz des Piloten zu setzen und ihre Mütze aufzuprobieren. Er wird sich darauf freuen und an die Leute denken, denen er hinterher das Foto zeigen kann. Vielleicht erwägt er wirklich, Pilot zu werden, träumt davon, über den Wolken zu sein, in einer Uniform auf dem Weg nach Kalifornien, Mexiko oder Hongkong durch den Flughafen zu gehen, wie ich es mir mal erträumt hatte.

Meine Schuldgefühle treiben mir Tränen in die Augen. Heiß und unkontrollierbar laufen sie mir über die Wangen, und ich sehe zum Schloss der Toilettentür vor dem Cockpit, wünsche mir sehnlichst, dass nicht besetzt ist und alles ein schreckliches Missverständnis war. Wenn es doch nur eine Übung zu Trainingszwecken wäre, ein YouTube-Streich. Möge man mich feuern, an den Pranger stellen und für immer als die Frau ächten, die bereit war, Hunderte Menschen zu opfern, um ihr eigenes Kind zu retten. Möge es irgendwas sein, aber bitte nicht real!

Das Zeichen steht auf BESETZT.

Ich gehe darauf zu. Meine Bewegungen fühlen sich komisch gestelzt an, wie die Grafik bei einem Computerspiel, und jeder Muskel ist angespannt, als würde er auf eine Kugel warten. Ich bin nur Zentimeter von demjenigen da drin entfernt und versuche, mir vorzustellen, was die Person tut, was sie denkt. Hat sie eine Waffe? Sprengstoff? Schweiß läuft mir über den Rücken, und als ich mich umdrehe, klebt die Bluse an meinem Rücken.

Die Tür befindet sich im rechten Winkel zum Cockpit. Ich tippe den Code ein und halte den Kopf gesenkt, weil mir garantiert ins Gesicht geschrieben steht, was ich denke. Und als das Piepen erklingt, höre ich ein Klicken hinter mir. Die Toilettentür wird aufgeschlossen.

Ich spüre den Blick in meinem Nacken und strenge mich an, einen möglichst neutralen Gesichtsausdruck zu wahren, während ich die Cockpittür öffne. Mike dreht sich nicht um. Er sieht in eine Zeitung, macht das Kreuzworträtsel. Mike, der ein Vater sein könnte, ein Bruder, ein Ehemann. Der allen in der Crew die Hand geschüttelt und für die Kameras gelächelt hat.

Mike, der wahrscheinlich die nächsten Minuten nicht überleben wird.

Ich trete zur Seite. Im Geiste fixiere ich das Gesicht von Sophia, als ich das Schrecklichste tue, was ich jemals getan habe. Mike dreht sich um. Sein Lächeln erstirbt, bevor es sich richtig entfaltet hat, und in seinen Zügen spiegelt sich zuerst Verwirrung, dann Entsetzen, als er von mir zu dem Mann ohne Manieren sieht, dem mit dem sehr kantigen Gesicht, der Computerspiele spielte. Die Tür schließt sich, und für einen Moment wissen nur drei Leute auf der Welt, dass Flug 79 gekapert wurde.

Ich habe meine Anweisungen genau befolgt.

Mein Mann und meine Tochter sind sicher.

Jeder in diesem Flugzeug ist in Gefahr.

TEIL
ZWEI

VIERUNDZWANZIG

PASSAGIER 1G

Das erste Mal habe ich gegen das Gesetz verstoßen, als ich beim Women's Peace Camp in Greenham Common war, eingeklemmt zwischen meiner Mutter und einer Frau in den Achtzigern mit einer Tasche voller Flapjacks. Ich warf einen Stein und traf einen Polizisten. Guter Wurf, sagte meine Mutter. Ich war neun, und mein Alter bewahrte mich vor Konsequenzen. Ich erinnere mich an das Machtgefühl, das ich empfand, als sich der Polizist umdrehte, sich die Schulter rieb und nach dem Schuldigen suchte. Mich hat er gar nicht wahrgenommen.

Versteckt vor aller Augen. Über jeden Verdacht erhaben. Seither ist das stets mein Ziel.

Ob ihr es glaubt oder nicht, es liegt nicht in meiner Natur, anderen Schmerz oder Leid zuzufügen. Dennoch kommt irgendwann ein Punkt, an dem man die Folgen des Handelns gegen die des Nicht-Handelns abwägen muss. In Kriegszeiten zum Beispiel wird der Einsatz von Gewalt gegen feindliche Soldaten akzeptiert, und zivile Opfer gelten als tragischer, aber unvermeidlicher Nebeneffekt von Kriegshandlungen. Ein Jagdbomber, der sein Ziel verfehlt, wird schnell selbst zu einem.

Und wir befinden *uns im Krieg – täuscht euch da nicht. Es mag sich nicht wie einer anfühlen, genau wie der Zweite Weltkrieg eine völlig andere Nummer war als der Erste. Doch ein Krieg ist es trotzdem, und er ist umso gefährlicher, als ihn viele nicht als solchen erkennen.*

Der Criminal Law Act gibt uns allen – nicht nur der Polizei – das Recht, »den Umständen angemessene Mittel anzuwenden, um eine Straftat zu verhindern«. Womit sich die Frage stellt: Was ist eine Straftat? Dem Wörterbuch nach ist es eine gesetzlich strafbare Handlung oder Unterlassung, *nur gilt das Gesetz des einen Landes nicht in einem anderen. Beispielsweise ist Glücksspiel in Großbritannien kein Vergehen, doch das islamische Recht verbietet es. In Singapur ist Kaugummikauen illegal; in den Vereinigten Arabischen Emiraten dürfen unverheiratete Paare nicht zusammenleben. Wie ihr seht, sind Straftaten für jeden etwas anderes.*

Diejenigen von uns, für die Rede- und Bewegungsfreiheit gilt, genießen den Luxus, nach eigenem Ermessen auf ein Verbrechen zu reagieren, das vor unseren Augen geschieht. Wir können entweder vorbeigehen oder uns auf die Autorität berufen, die uns gesetzlich gegeben ist, und handeln. Ich entscheide mich fürs Handeln, und ich weiß, ihr würdet es genauso machen. Wir kennen uns vielleicht noch nicht lange, aber ich kann bereits sehen, dass ihr nicht tatenlos zusehen könntet – es wäre wider eure Natur.

Was die »angemessenen Mittel« betrifft, so sind sie von der Tat abhängig. In vielen Situationen ist es unangemessen, ein Leben zu nehmen – in den meisten, dürften wir wohl sagen –, aber was ist, wenn es sich bei dem Getöteten um einen Mörder handelt? Einen Vergewaltiger? Was ist, wenn man, indem man dieses Leben nimmt, weitere Morde und Vergewaltigungen verhindert?

Ihr seht – richtig und falsch sind nicht so klar zu unterscheiden, oder?

Lasst mich euch etwas über den Krieg erzählen, den wir führen. Es ist der beste Kampf aller Zeiten, der größte, der gefährlichste. Die Verbrechen sind vielfältig und ihre Auswirkungen weitreichend, sodass jedes bereits geborene und noch zu gebärende Leben in Gefahr ist.

Klingt das nicht wie ein Verbrechen, das zu verhindern sich lohnt?

Was ist ein Tod verglichen mit Straftaten dieser Größenordnung?

Nichts. Er ist nichts.

FÜNFUNDZWANZIG

MITTERNACHT | ADAM

Meine Lider wollen sich nicht heben. Ich will mir den Schlaf aus den Augen reiben, doch meine Arme sind taub und gehorchen mir nicht. Mein Schädel brummt, mein Mund ist ausgetrocknet, und ich habe einen ekelhaften Geschmack in der Kehle, als hätte ich gestern Abend zehn Pints und ein Kebab gehabt, anstatt … Ich schüttle den Kopf, um ihn klar zu bekommen. Was *war* gestern Abend?

Ist es überhaupt schon Morgen? Um mich herum ist es stockdunkel, sodass ich nicht sicher bin, ob ich die Augen offen habe oder nicht. Musik spielt – ein Top-Ten-Hit von irgendeiner Retortenband. Ich bin nicht im Bett – unter mir ist es kalt und hart. Wo bin ich?

Langsam dringen Erinnerungen durch den Brei in meinem Gehirn. Der Schuldeneintreiber. Becca. Sophia.

»Sophia!« Es kommt nur ein raspelndes, kaum zu hörendes Flüstern. Wasser. Ich brauche Wasser. Bin ich noch in der Küche? Da war ich, als ich umgekippt bin, oder nicht? Mir tut alles weh, als wären sämtliche Knochen gebrochen.

Plötzlich kommt mir ein Bild in den Sinn: Die Spritze, gefüllt mit Insulin, direkt an der Haut meiner Tochter. Hat Becca es ihr gespritzt? Dreiundzwanzig, hat sie gesagt, nicht siebzehn, also keine Schülerin im letzten Jahr. Vielleicht ist sie nie an der Schule gewesen. Wer zur Hölle ist sie?

Ich stelle mir Sophias Schrei vor, als die Nadel sie sticht, ihren im Schock krampfenden Körper, als das Insulin in ihre Blutbahn gelangt.

»Sophia!« Der Klang prallt zu mir zurück.

Wo bin ich? Ich liege seltsam auf der Seite, und der Boden unter mir fühlt sich klamm an. Ich kämpfe mich halb hoch und blinzle in die Dunkelheit. Etwas zieht an meinen Handgelenken und hindert mich am Aufstehen.

Ich bin gefesselt.

Nein, nicht gefesselt – in Handschellen. Meine Arme sind auf meinem Rücken und an einer Wand fixiert. Ich bewege die Finger über das Metall der Handschellen, die scharfkantige Zahnraste, die so stramm ist, dass meine Handgelenke aufgeschürft und meine Hände taub sind. Hartes Plastik trennt meine Hände. Das sind Polizeihandschellen oder zumindest sehr ähnliche.

Zwischen mir und der Wand ist ein Objekt, das kalt und hart unten gegen meinen Rücken drückt. Eine Metallstange oder ein schmales Rohr, hinter dem genug Platz ist, um die Handschellen hindurchzuführen. Meine Finger folgen dem Metall zum Boden und wieder zurück, circa dreißig Zentimeter weit, ehe es in der Wand verschwindet. Ich ziehe daran, aber es gibt nicht nach. Die Musik verstummt, und ein Werbespot erklingt. Es ist ein Radio – irgendein Privatsender mit überdrehten Moderatoren und denselben vierzig Songs in einer Endlosschleife.

Auf dem Boden sind Steinplatten und Teile von Schutt oder Sand, die sich rau anfühlen. Ich strecke ein Bein in die Dunkelheit vor mir, drehe mich und schwinge das Bein, bis es die Wand erreicht, an die ich gekettet bin. Genauso verfahre ich mit dem anderen Bein, um meine Umgebung einzuschätzen. Der Raum ist schmal mit einer niedrigen Decke, von der mir Flüssigkeit auf den Kopf tropft.

Ich weiß, wo ich bin.

Im Keller unter unserem Haus.

»Sophia!« Die letzte Silbe verschwindet in einem Schluchzen.

Ich reiße an den Handschellen, sodass sie immer wieder gegen das Metall schlagen, und …

Ich höre sie.

Im Geiste verfluche ich die heiteren Moderatoren, die das heutige Hörerthema besprechen – *Was war euer schlimmstes Weihnachtsgeschenk?* –, und kneife die Augen zu, um mich ganz auf den einen Sinn zu konzentrieren, den ich brauche. »Sophia?«

Oder vielleicht ist es eines, das ihr verschenkt habt? Nur noch eine Woche bis Weihnachten, und – jetzt mach mich bitte nicht fertig, Michelle – ich habe immer noch nichts für meine Frau.

Hör auf mich, Ramesh – kauf ihr ja kein Kochtopfset.

Aber sie kocht doch so gern!

Hört ihr das, ihr Schlaflosen, womit ich es hier aufnehmen muss? Ruft mit euren Geschichten und Vorschlägen an und bleibt dran für unsere weihnachtliche Musik. Hast du mitgekriegt, was ich gemacht habe, Ramesh?

Neben dem geistlosen Geplapper von Michelle und Ramesh von Rise FM kann ich Atmen hören.

»Sophia, bist du das? Süße, bist du hier?«

»Daddy?«

Erleichterung durchflutet mich. »Ich bin hier, Schatz. Bist du verletzt?«

Sie antwortet nicht. Ich höre ein Scharren – Schuhe auf Stein – und blinzle den restlichen Schlaf aus meinen Augen, sodass sie sich langsam anpassen können. Blicke *durch* die Dunkelheit, nicht *auf* sie. Seit ich beim CID bin, verbringe ich mehr Zeit am Schreibtisch als auf den Straßen, aber vorher habe ich jahrelang Dienst in Uniform getan. Ich habe mich mitten in der Nacht durch leere Lagerhäuser getastet und Einbrecher über pechschwarze Sportplätze gejagt. Der Strahl einer Taschenlampe vermittelt ein falsches Gefühl von Sicherheit, erzeugt Schatten in Ecken und macht alles, was nicht direkt angestrahlt wird, umso finsterer. *Vertrau deinen Augen*, könnte man wohl als Motto ausgeben.

Unser Keller ist ungefähr dreieinhalb Meter breit und knapp sieben Meter lang mit einer steilen Steintreppe am einen Ende, die hinauf in die Küche führt. Als wir das Haus kauften, hatten wir große Pläne, das hier unten zu einem Zimmer auszubauen, die alte Kohlenschütte rauszuschlagen und die Öffnung zum Vorgarten hin zu vergrößern, um ein richtiges Fenster einzusetzen. Der Kostenvoranschlag war schwindelerregend, und wir gaben die Idee auf. Hier unten ist es zu feucht, um irgendwas zu lagern, und wenn es kälter wird, kommen die Mäuse auf der Suche nach Wärme und Futter. Unwillkürlich ziehe ich die Finger ein.

Das schlimmste Geschenk, das ich je bekommen habe, war übrigens eine selbst gestrickte Socke von meiner Schwiegermutter, Michelle.

Nur eine, Ramesh?

Ihr war die Wolle ausgegangen.

»Daddy«, kommt ein Wimmern aus der Dunkelheit.

Die Wände im Keller bestehen aus dem nackten Steinfundament des Hauses. Ich lasse den Blick in alle Richtungen wandern auf der Suche nach Unterschieden in der Dunkelheit, nach Schwarz vor Grau.

Da!

Sie ist auf der Treppe. Ein Kinderschatten auf der obersten Stufe, wo sehr schwaches Licht aus der Küche unter der Tür hindurchdringt. Es flackert, als würde die Glühbirne bald ihren Geist aufgeben. Allmählich passen meine Augen sich an.

»Geht es dir gut, Schatz?«

Sophia hat die Beine an die Brust gezogen, die Arme fest darumgeschlungen und den Kopf zwischen den Knien vergraben. Erfolglos zerre ich wieder an dem Metallrohr hinter mir. Was immer Becca mir gegeben hat, die Wirkung lässt nach, und der Nebel in meinem Kopf lichtet sich. Um meine Rippen herum sticht ein viehischer Schmerz, und jedes Mal, wenn ich die Arme nach vorn reiße, raubt es mir den Atem. Becca kann mich nur in den Keller geschleppt haben, indem sie mich zur Treppe gezerrt und von oben runtergestoßen hatte. Jeder Millimeter meines Körpers fühlt sich an, als hätte sie es exakt so gemacht.

»Ich mag es hier nicht, Daddy.«

»Ich auch nicht. Bist du verletzt?«

»Mein Bauch ist komisch.«

»Hat sie dir irgendwas gegeben, Sophia? Irgendwas zu essen?« Ich zerre fester an den Handschellen, wütend auf Becca, auf mich und auf dieses verfluchte Rohr, das keinen Zentimeter nachgeben will. »Hat sie? Das ist wichtig!« Sophia vergräbt wieder ihren Kopf, und ich beiße mir auf die Zunge. Bemüht sanft frage ich: »Schätzchen, hat Becca dir irgendeine Medizin gegeben?«

Sie bewegt sich, doch ich bin nicht sicher, ob sie nickt oder den Kopf schüttelt.

»Ist das ein Nein?«

»Ja.«

»Keine Medizin?«

»Keine Medizin.«

Ich atme auf. »Aber du hast Bauchweh?«

»Nee, nur ein komisches Gefühl. Wie wenn du mich rumwirbelst oder das Bademonster kommt oder ich mit Mummy Fliegen spiele.« Ihre Stimme hört sich dünn und verängstigt an.

»Ah, ein bisschen so fühlt sich meiner ehrlich gesagt auch an.« Die Radiosendung oben wird für den Wetterbericht unterbrochen, der vor mehr Schneefall heute Nacht und einem Temperaturabfall auf minus drei Grad warnt. Die Feuchtigkeit aus dem Steinboden kriecht mir in die Knochen. Ich habe eine

Stoffhose und ein T-Shirt an; Sophia ist in ihrem Pyjama und dem Bademantel. Wenigstens trägt sie ihre warmen Hausschuhe. Ich habe nur dünne Socken an, und meine Füße sind starr vor Kälte.

Ich horche nach anderen Geräuschen im Haus außer dem Radio, aber da sind keine. Ist Becca weg oder noch hier?

»Schatz, ist die Tür abgeschlossen?«

»Ja.«

»Kannst du es noch mal versuchen? Richtig dran rütteln, damit ich es sehe?« Zögerlich steht Sophia auf, und der Lichtstreifen unter der Tür wird breiter. Sie dreht am Knauf, rüttelt fest daran. Die Tür bewegt sich nicht.

»Sie ist verklemmt.« Wieder rüttelt sie am Knauf.

»Hämmer dagegen. Mach eine Faust und klopf so fest, wie du kannst.«

Immer wieder schlägt sie auf die Tür ein, sodass man hier unten im Keller glauben möchte, der ganze Ort müsste es hören. Becca hat gesagt, wenn Minas Flugzeug nicht den Kurs wechselt, tut sie Sophia etwas an. Aber Sophia scheint sicher hier bei mir – sofern man es sicher nennen kann, im Keller eingesperrt zu sein. Heißt das, Mina hat die Anweisungen befolgt? Ist Flug 79 entführt worden? Mir wird eiskalt vor Angst.

Ist die Maschine abgestürzt?

»Sophia, ich möchte, dass du schreist, hast du gehört? So laut, wie du kannst. Ich rufe auch, also halte dir lieber die Ohren zu, ja? Bereit? Eins, zwei, *drei!*«

Der Lärm ist ohrenbetäubend. Sophias schriller Schrei und mein zorniges *Becca!* hallen durch den Keller. Ich will nicht *Hilfe!* schreien, weil Sophia nicht mehr Angst bekommen soll, als sie ohnehin schon hat.

»Okay, jetzt, psst – horch.«

Doch wir hören nur »Rockin' Around the Christmas Tree«.

Das flackernde Licht kommt vom WLAN-Radio, wie mir jetzt klar wird. Becca muss es dicht vor die Kellertür geschoben haben. Das schwache fluoreszierende Licht der Küchenlampe ist dahinter. Ich versuche zu begreifen, warum Becca uns den fragwürdigen Trost des Radios gegönnt hat, als ich die Worte höre … *Jungfernflug nach Sydney.*

Erste Bedenken kamen auf, als die Flugsicherung die Piloten nicht erreichen konnte, obwohl eine Verbindung zur Maschine bestand. Die Piloten sind verpflichtet, der Flugsicherung zu melden, wenn sie einen Luftraum verlassen und in einen neuen kommen …

»Ich kann sogar noch lauter schreien«, sagt Sophia und reißt den Mund auf.

»Lass mich das nur kurz hören.«

Kurz nach dreiundzwanzig Uhr hiesiger Zeit wurde ein Tweet von einem Account der Climate Action Group gepostet, laut dem angeblich Mitglieder dieser Gruppe Flug 79 gekapert haben, um gegen den Klimawandel zu protestieren.

Klimawandel. *Massenaussterben.* Davon hatte Becca geredet. Mir fällt es schwer, das zu verstehen. Flugzeuge werden von Terroristen entführt. Die sind religiöse Extremisten, keine Umweltschützer.

Und dennoch …

»Die kommerzielle Luftfahrt ist die größte Umweltbedrohung«, heißt es in dem Tweet, »und die Regierungschefs dieser Welt müssen jetzt handeln.«

»Komm auf meinen Schoß, Soph.« Das hatte Becca damit gemeint, dass Mina nicht für die Sache kämpfen wollte. Keine Radikalisierung – zumindest keine religiöse –, sondern Druck ausüben, damit Flugzeuge am Boden bleiben, Leute nicht mehr fliegen, Airlines pleitegehen.

»Flug 79 ist Mummys Flugzeug.« Ihre Stimme zittert.

Soll ich sie anlügen? Ihr erzählen, es wäre nicht Minas, hätte nichts mit Becca zu tun oder der Tatsache, dass wir in unserem Keller eingesperrt sind? Nein, denn Sophia ist keine durchschnittliche Fünfjährige. Sie liest und schreibt weit über dem Klassenniveau, nimmt alles in sich auf und weiß ganz genau, wo Mina ist. Außerdem habe ich schon genug Lügen erzählt.

Die Climate Action Group hat eine Erklärung veröffentlicht, in der sie jede Beteiligung abstreitet. Der Erklärung zufolge wurde ihr Twitter-Account gehackt, und gegenwärtig prüft sie ihre Sicherheitsmaßnahmen. Wir halten Sie auf dem Laufenden, sobald neue Meldungen eintreffen.

Als wieder Musik anfängt, höre ich noch ein Geräusch aus der Küche. Stuhlbeine, die über den Boden schaben, als wäre jemand schnell aufgestanden.

»Becca!«

»Mummys Flugzeug ist Flug 79.«

»Weiß ich, Schatz. *Becca!*«, brülle ich lauter. Mir ist bewusst, dass ich Sophia Angst mache, aber was soll ich sonst tun? Minas Flugzeug wurde gekapert – dies hier sollte vorbei sein.

»Mummys Flugzeug ist eine Boeing 777. Da passen 353 Passagiere rein.«

»Stimmt genau. *Becca!*«

Noch ein Geräusch, diesmal näher, und ich weiß – weiß es einfach –, dass Becca da oben ist, auf der anderen Seite der Tür, ihr Ohr an das Holz gepresst. Ich zwinge mich, ruhiger zu sprechen.

»Becca, ich weiß, dass du da bist. Du hast bekommen, was du wolltest. Was Mina auch tun sollte, sie hat es gemacht – das Flugzeug wurde gekapert. Jetzt kannst du uns freilassen.«

Es gibt einen erstickten Laut, irgendwo zwischen einem Schniefen und einem Husten, dann antwortet Becca. Sie hört sich schrill an und spricht zu schnell. Es ist ganz anders als der berechnende, gemessene Ton, als sie mich unter Drogen gesetzt hat.

»Es hat den Kurs nicht geändert. Ich darf euch erst freilassen, wenn es den Kurs ändert.«

»Es ist entführt! Das haben sie im Radio gesagt. Becca, du musst uns freilassen.«

»Halt den Mund!«

»Du hast getan, was sie dir gesagt haben. Jetzt …«

»Ich habe gesagt, du sollst den Mund halten!«

»Daddy!«, ruft Sophia von der Treppe, und ich verkneife mir die Schimpfwörter, die Becca verdient hat, senke die Stimme und bemühe mich, so ruhig und liebevoll wie möglich zu klingen. »Komm her und setz dich zu mir, Schatz.«

»Warum ist Mummys Flugzeug im Radio?«

»Auf meinem Schoß ist es wärmer.«

Sophia weicht zurück. »Da essen mich die Mäuse.«

Nachdem wir beschlossen hatten, den Keller nicht zu einem nutzbaren Raum umzubauen, verboten wir Sophia, nach unten zu gehen. Die Treppe ist steil, und es gibt kein Licht – da war ein Unglück quasi vorprogrammiert. *Herr Maus knabbert an deinen Zehen, wenn du nach unten gehst,* erzählte ich ihr und knibbelte mit den Fingern an ihren Zehen. Sie quiekte vor Lachen.

»Hier sind keine Mäuse«, sage ich jetzt und hoffe, dass ich recht habe. Becca hat das Radio lauter gedreht, sodass es künstliche Fröhlichkeit durch die Tür pumpt. Von Becca ist nichts zu hören. Ist sie noch da und horcht?

Sophia steigt vorsichtig die Stufen herunter in den Keller. Unten macht sie sich ganz klein auf meinem Schoß, ist wohltuend schwer, und ich sehne mich danach, die Arme um sie zu legen. Mir fallen die unzähligen Male ein, die ich mich danach gesehnt habe, dass sie zu mir kommt, und sie stattdessen zu Mina ging.

Sie lehnt den Kopf an meine Brust und muss gähnen. Ich küsse sie aufs Haar.

»Das hier«, sage ich viel gelassener zu ihr, als ich bin, »ist eine doofe Situation, aber Daddy regelt das, okay? Daddy holt uns hier raus.«

Ich muss mir nur noch ausdenken, wie.

SECHSUNDZWANZIG

PASSAGIER 1G

Es gibt Menschen – ihr gewiss nicht –, die die Straßenseite wechseln, wenn sie einen Obdachlosen sehen, anstatt stehen zu bleiben und sich zu vergewissern, dass es ihm einigermaßen gut geht. Die keine Münze in seinen Becher werfen oder ihm ein Sandwich kaufen.

Ich verstehe solche Leute nicht, aber vermutlich sind das dieselben, die umschalten, wenn eine unappetitliche Werbung kommt – von verhungernden Kindern, geprügelten Hunden, handgegrabenen Brunnen, aus denen dreckiges Wasser kommt –, weil sie es nicht ertragen.

Wenn wir schon nicht ertragen, es zu sehen, wie muss es dann erst sein, so zu leben?

Wenn wir es nicht aushalten, sollten wir etwas dagegen tun, findet ihr nicht? Geld spenden, Petitionen unterschreiben, bei Demonstrationen mitlaufen.

Wenn solche Leute die Zeitung lesen, sehen sie die Artikel über überfüllte Gefängnisse, über die Verwüstungen, die eine Gleisschneise für Hochgeschwindigkeitszüge anrichtet? Überspringen sie die Artikel, weil sie ihnen nicht auffallen oder weil es ihnen egal ist? Schwer zu sagen, was schlimmer ist: Apathie oder Ignoranz.

Matthäus 9,36: Und als er das Volk sah, jammerte es ihn; denn sie waren geängstet und zerstreut wie die Schafe, die keinen Hirten haben.

Es ist unsere Aufgabe, die Hirten zu sein. Wir sind aufgerufen, diese Schafe zu hüten – seien sie apathisch oder ignorant –, damit sie die richtigen Entscheidungen treffen. Wir müssen die Leute bilden, denn ohne Bildung sind wir alle verloren.

2009 hatte ich eine Epiphanie. Ich schaltete die Nachrichten ein und sah ein Feuer im kalifornischen Wald wüten.

»Die Westküste verzeichnet die höchsten Temperaturen seit Beginn der Aufzeichnungen«, sagte der Nachrichtensprecher. »Wir haben mit Professorin Rachel Cohen an der University of California gesprochen, die in ihrer jüngsten Veröffentlichung den Zusammenhang zwischen den Waldbränden und dem Klimawandel untersucht hat.«

Ich hörte Cohen zu, während die Waldbrände in dem kleinen schwarzen Kasten über ihrem Kopf wüteten. Dann kehrten wir zu dem Nachrichtenticker zurück, um ein Update zum Kopenhagener Gipfel zu bekommen. Ich beobachtete, wie der UN-Umweltminister den Klimawandel zu einer der größten Herausforderungen der Gegenwart erklärte, und mein Adrenalinpegel stieg.

Ich war bei zahlreichen Demonstrationen mitgelaufen, um Randgruppen zu unterstützen, aber die meiste Zeit und Energie hatte ich in Tierschutz- und Umweltinitiativen gesteckt. Ein Tier hat keine Stimme; ein Wald ist stumm. Sie können nicht für sich selbst kämpfen, deshalb müssen wir es tun. Ich hatte jahrelang gekämpft, doch meine Strategie war falsch gewesen. Indem ich meine Zeit zwischen so vielen kleinen Protesten aufteilte, verschwendete ich meine Kraft.

Was nützt es, eine Wiese zu retten, wenn täglich hektarweise Regenwald zerstört wird? Was nützt es, den Erhalt eines Kinderzentrums durchzusetzen, wenn dieselben Kinder keinen Planeten mehr haben werden, auf dem sie leben können? Ich hatte Wasser aus einem Boot mit löchrigem Rumpf geschöpft.

Der Klimawandel hat tödliche Hitzewellen und verheerende Waldbrände verursacht. Wirbelstürme, Dürren und Überflutun-

gen. Verschmutzte Ozeane, schmelzende Polkappen. Die Ausrottung eines Drittels aller bekannten Tierarten. Der Klimawandel ist der größte Notfall, mit dem es die Welt zu tun hat, und nur das zählt.

Wenn man das einmal weiß, kann man nicht mehr die Straßenseite wechseln, oder?

SIEBENUNDZWANZIG

7 STUNDEN BIS SYDNEY | MINA

Ich habe darauf gewartet, dass das Flugzeug in den Sinkflug geht, die Flaschen in den Gestellen der Bordküche klappern, wenn wir nach vorn rauschen. Ich habe mich auf die Schreie der Passagiere gefasst gemacht, während wir in Richtung Boden rasen.

Nichts ist passiert.

Und immer noch geschieht nichts.

Durch einen Spalt in den Vorhängen sehe ich eine Handvoll Passagiere. Sie lesen, schlafen, sehen fern. Nachdem sie Finley verlassen hat, geht Cesca einmal durch die Maschine und unterhält sich leise mit den Passagieren, die noch wach sind. Keiner sieht zu mir. Keiner hat gesehen, was ich getan habe.

Ich kann mich nicht dazu bringen, in die Kabine zurückzukehren, stehe wie angewurzelt da. Schuldgefühle hämmern in meiner Brust, und in mein Gehirn hat sich Mikes Gesichtsausdruck eingebrannt, als er begriff, was los war. Er ist ein großer Mann, sieht fit aus. Sicher wird er sich nicht kampflos ergeben. Ein Schluchzen entfährt mir, purer Ekel vor dem, was ich getan habe und was jetzt gerade im Cockpit vorgehen muss.

Warum stürzt die Maschine nicht ab? Ich will, dass es vorbei ist, weil ich es nicht mehr aushalte.

Ich stelle mir vor, wie sie Sophia erzählen, was passiert ist, und Tränen laufen mir über die Wangen. Sie ist fünf Jahre alt. Wird sie sich später überhaupt an mich erinnern? Ich denke an die Nachricht, die ich ihr aufs Kissen gelegt hatte. Nie hätte ich erwartet, dass es die letzte wäre, die ich ihr hinterlassen würde, die letzte greifbare Verbindung zwischen uns. Mir war stets bewusst, dass die Nachrichten mir wichtiger waren als ihr, aber jetzt frage ich mich, ob sie das hastig gezeichnete Herz aufbewahren würde. Ob zumindest diese Nachricht besonders sein würde.

Die Tränen fließen schneller. Ich weine um die Tage, an denen sie aus der Schule kommen und mich brauchen wird, um den Rat, den sie sich wünschen wird, und die Umarmungen, die sie endlich zuzulassen anfing. Ich weine um ihren ersten Tag an der weiterführenden Schule, ihren Hochzeitstag und den, an dem sie selbst ein Baby bekommt.

Aber sie wird leben, ermahne ich mich streng. *Und sie wird noch ihren Vater haben.* Ich unterdrücke ein Schluchzen, als ich an Adam denke – nicht an den Mann der letzten zwölf Monate, der mit seinen Lügen unsere Ehe kaputt gemacht hat, sondern an den, in den ich mich verliebt hatte.

Und den ich noch liebe.

Können wir immer noch machen, hatte er gesagt – *die Woche vor Weihnachten gemeinsam verbringen, Geschenke kaufen, Glühwein trinken. Ein bisschen Zeit zusammen haben.* Und ich hatte Nein gesagt, hatte arrangiert, dass ich nicht da wäre – sondern auf diesem verdammten Flug. Nicht, weil ich nicht mit ihm zusammen sein wollte, sondern gerade weil ich es wollte. Denn ich liebe ihn bis heute, und es hätte mich zerstört.

Cesca kommt in die Bordküche, noch halb zu einem Passagier gewandt, der sie etwas gefragt hat. *Und ob – auf direktem Weg nach Hause!* Ich versuche, genügend Speichel zu sammeln, um zu sprechen, obwohl ich noch mit den Worten ringe, die ich sagen soll. Wie kann ich erklären, was ich getan habe? Jede Sekunde, seit ich den Brief geöffnet habe – sogar seit ich Sophias Foto fand –, habe ich an sie gedacht und daran, was von mir verlangt wird. Aber was jetzt, da ich es getan habe? Was geschieht jetzt mit uns?

»Niedlicher Junge. Er möchte wissen, ob du schon seine …« Sie sieht mich und zieht den Vorhang zu. »Was ist los?«

Ich kann weder sprechen noch mich rühren. Stumm stehe ich da, die Hände zu beiden Seiten an die Wände gestemmt, als wollte ich den Weg versperren, dabei muss ich mich bloß stützen, weil alles so unwirklich ist. Nichts hiervon fühlt sich real an.

Cesca muss etwas an meinem Gesichtsausdruck wahrnehmen. Ihre Züge verhärten sich, und sie schiebt mich energisch zur Seite, um den Code fürs Cockpit einzugeben. Wird der Entführer überhaupt in die Kamera blicken? Wird er die Panik in Cescas Gesicht sehen, wenn die Tür nicht aufgeht?

Hinter mir kommt jemand in die Bordküche – Erik, glaube ich.

»Verdammte Scheiße, Mike!« Cesca tippt den Code wieder ein und wartet auf das Klicken.

»Was ist los?«, höre ich Erik streng fragen, gefolgt von Carmels sanfterem Ton.

»Stimmt irgendwas nicht?«

Wir stehen zu viert vor der Cockpittür, und ich frage mich, was wir machen, wenn einer der Passagiere zur Toilette will oder sich ein Getränk holen. Es wird offensichtlich sein, dass hier etwas ganz und gar nicht stimmt.

»Mike lässt mich nicht rein.« Cesca murmelt einen Fluch, und ihre Fingerspitzen glitschen auf den Tasten. Ihr schneller, hörbarer Atem verrät, dass ihre Panik zunimmt. An ihrem Finger steckt ein schmaler Ehering. »Ist er krank, oder … Mike!« Sie ruft leise, aber dringlich – er würde nicht mal einen Schrei hören –, und ich versuche zu sprechen, aber mein trockener Mund bewirkt, dass kein Laut herauskommt. Wieder und wieder tippt Cesca den Code ein. Erik sieht mich an und weiß Bescheid. Er weiß es …

»Er hat Kinder«, sagt Cesca. »Warum sollte er …«

»Benutz den Notfallcode«, sagt Erik.

»Nein!« Es ist draußen, bevor ich es verhindern kann. Der Notfallcode wirkt auf die entgegengesetzte Weise: Der Pilot muss nicht einen Knopf drücken, um jemanden hereinzulassen, sondern einen, um das Öffnen zu verhindern. Dazu muss er allerdings wissen, dass der zweite Knopf existiert und wo er ist.

Alle starren mich an.

»Nicht«, sage ich leise.

Sie glauben, dass nur Mike im Cockpit ist. Dass es ihm schlecht geht oder er den Verstand verloren hat. Woher sollen sie wissen, dass wir gekapert wurden? Sie ahnen nicht, dass sie alle auch etwas abbekommen könnten.

»Sie war das.« Anklagend zeigt Erik auf mich.

»Ich …«

»Sie hat irgendwas gemacht.«

Alles dreht sich, als würde ich gleich ohnmächtig. Ich muss es erklären. »Meine … meine Tochter. Ich …«

»Sie verheimlicht schon seit dem Start etwas.«

Wo fange ich an? Ich schmecke Salz auf meinen Lippen und merke, dass ich wieder weine. Vielleicht hatte ich gar nicht aufgehört. Die Stimmen der anderen klingen wie bei einem Ferngespräch mit den typischen Verzögerungen zwischen dem Hören und dem Verstehen.

»Sie ist sehr lange auf der Toilette gewesen. Zu lange«, sagt Erik.

Sophia, sage ich mir. *Ich habe es für Sophia getan.*

»Sie hat eine Nachricht bekommen. Von einem Passagier.« Carmel wird ein wenig rot und meidet meinen Blick, als sie es Cesca erzählt. Die drei umringen mich, und ich wünschte, es würde jetzt passieren, das Flugzeug würde jetzt abstürzen und das Unvermeidliche endlich vorbei sein.

Wird man bei den Ermittlungen herausfinden, wie der Entführer ins Cockpit gelangen konnte? Werden die Leute von der unmöglichen Lage erfahren, in der ich mich befunden habe? Ich denke an die Schlagzeilen, die Fotos, die sie irgendwo ausgraben werden, um das Gesicht der Frau zu zeigen, die alle verraten hat. Wird Adam sie vor Sophia verstecken? Wird er ihr erzählen, dass ich es für sie getan habe, damit sie am Leben bleibt und sicher ist? Wird sie verstehen, dass ich sie so sehr geliebt habe, dass ich alles getan hätte, um sie zu schützen? Dass ich gestorben bin, um sie zu retten?

»Mina!« Cesca schüttelt mich grob bei den Schultern. »Wenn du Informationen zurückhältst, befehle ich dir, es mir auf der Stelle zu sagen.«

Ich öffne den Mund, doch im selben Moment knistert es aus den Lautsprechern. Alle erstarren.

Meine Damen und Herren, dieser Flug steht unter einem neuen Kommando. Mein Name ist Amazonas, und ich bin jetzt Ihr Pilot. Einzig volle Kooperation kann Ihre Sicherheit gewährleisten.

Die allgemeine Schockstarre wird von einem Angstschrei irgendwo hinten aus der Maschine durchbrochen. Er löst ein gigantisches lärmendes Durcheinander aus, als würde ein Damm einstürzen. Passagiere steigen über die Sitze und laufen durch die Gänge.

»Sagt den Leuten, dass sie sich hinsetzen sollen«, befiehlt Cesca, und Carmel eilt zum Mikrofon. Inzwischen drängt sich schon die Hälfte der Passagiere vor der Bordküche; jemand reißt den Vorhang auf und verlangt zu wissen, was vor sich geht. *Ist das ein mieser Witz? Werden wir entführt? Ist das ein Terrorangriff?* Am Ende der Business-Kabine, vor dem Eingang zur Bar, steht Hassan mit einem Geschirrtuch in der einen Hand und dem Glas, das er eben abgetrocknet hat, in der anderen. Hinter ihm hat die Crew aus der Economy ihre liebe Not, die Kontrolle zu behalten. Überall weinen Leute, klammern sich aneinander, und die Hysterie schwillt an wie eine Flutwelle.

Erik und Carmel übernehmen jeweils eine Kabinenseite, und ich höre ihre unterschwellige Angst, als sie den Leuten sagen, sie mögen sich bitte hinsetzen und versuchen, nicht panisch zu werden. Einige Passagiere haben die Brace-Position eingenommen, mehrere andere beten.

Ich finde meine Stimme wieder. »Der Entführer ist der Mann von Platz 7G.«

Cesca zieht mich außer Sicht und drückt mich gegen die Schließfächer. Ihre Finger sind wie Schraubzwingen an meinen Armen und pressen meine Handgelenke an die Metalltüren. »Woher weißt du das?«

Ich hole tief Luft und atme sie schluchzend aus. »Weil ich ihn ins Cockpit gelassen habe.«

»Arbeitest du mit ihm zusammen?«

»Nein!«

»Ich glaube dir nicht.«

»Er hat meine Tochter bedroht. Er hat Dinge über sie gewusst – auf welcher Schule sie ist. Er hatte ein Foto von ihr, aufgenommen heute Morgen, und etwas aus ihrem Rucksack. Er hat gesagt, wenn ich es nicht mache, stirbt sie. Was hätte ich denn tun sollen?« Meine Stimme wird lauter und geht in ein Flehen über, das in der Kabine zu hören gewesen wäre, würde da nicht schon solch ein Lärm herrschen.

»Du hättest Alarm schlagen können!« Speicheltropfen treffen mich ins Gesicht, als Cesca mich anschreit. »Du hast das Leben aller hier in Gefahr gebracht!«

»Er hat gesagt, wenn wir kooperieren …«

»Und das glaubst du ihm?« Cesca lacht verbittert. »Ich weiß nicht, ob du gefährlich bist oder bloß blöd, Mina.«

»Meine Tochter heißt Sophia«, sage ich leise.

»Interessiert mich nicht!«

»Sie ist fünf Jahre alt, gerade in die Schule gekommen. Sie ist richtig schlau, merkt sich alles. Sie ist unglaublich.« Ich rede so schnell, dass kein Platz zwischen den Worten bleibt, und ich sehe nicht Cesca, sondern Sophias wilde Locken und ihre großen braunen Augen. Ich fühle ihre weiche Hand in meiner, ihr Gewicht in meinen Armen. »Sie wurde von einer Frau geboren, der es egal war, ob sie lebte oder starb, und wir haben sie bekommen, weil es uns *nicht* egal war.« Tränen lassen mich stocken, aber ich rede weiter und spüre, wie sich Cescas Griff ein klein wenig lockert. »Und ich habe geschworen, dass ich sie beschütze, komme, was wolle.«

Cesca lässt mich los, weicht aber nicht zurück. Meine Handgelenke pochen.

»Hast du Kinder?«

Es entsteht eine Pause, dann nickt Cesca. »Drei.«

»Hättest du nicht dasselbe getan?«

Sie antwortet nicht, tritt einen Schritt zurück und atmet tief durch. »Wir müssen die Leute beruhigen. Mit Panik ist keinem gedient. Wir gehen in die Kabine und sprechen mit jedem einzeln, okay?«

Ich bejahe stumm.

»Wir sagen ihnen, dass wir alles tun, was wir können, damit sie sicher sind. Dass jemand ins Cockpit eingedrungen ist, wir aber versuchen, mit dem Entführer zu kommunizieren, um wieder die Kontrolle über das Flugzeug zu bekommen. Verstanden?«

»Ja.«

»Und Mina?« Cesca reckt das Kinn und sieht mich streng an. »Bleib da, wo ich dich sehen kann.«

Die Betten werden wieder zu Sitzen hochgeklappt, und Headsets baumeln unter Bildschirmen, auf die niemand mehr schaut. Decken und Kissen liegen auf dem Boden, während sich die Passagiere zu kleinen Gruppen zusammenfinden. Blanke Panik spiegelt sich in ihren Gesichtern. Finley ist auf den Schoß seiner Mutter geklettert und hat das Gesicht an ihrem Hals vergraben.

Vorn in der Kabine hält Leah Talbot ihr Baby. Sie schluchzt, und ihre Tränen färben die Babydecke dunkler. Ich hocke mich neben ihre Sitze und suche nach den richtigen Worten.

»Alles wird gut«, höre ich mich sagen. Es ist ekelhaft, dass ich sie anlügen muss.

Leah sieht mich an. Ihre Mundwinkel zucken, als sie zu sprechen versucht. »Zehn Jahre lang habe ich versucht, ein Baby zu bekommen.« Über ihr Kind gebeugt, wiegt sie sich vor und zurück.

Paul legt ihr eine Hand auf den Rücken. »Leah, nicht.«

»Wir können nicht – wir konnten nicht …« Sie weint, sodass ihre Worte stoßweise kommen. »Pauls Schwester hat Lachlan für uns ausgetragen. Wir haben seit der Geburt bei ihnen gewohnt.«

»Leah …« Ihr Mann ist den Tränen nahe, aber sie redet weiter.

»Als wir für diesen Flug eingecheckt haben, wir drei, dachte ich, ich platze vor Stolz. Endlich sind wir eine Familie. Endlich bringe ich ein Baby nach Hause.«

»Alles wird gut«, wiederhole ich und versuche, Festigkeit in meine Stimme zu legen. »Wir tun alles, was wir können, um das Flugzeug wieder unter unsere Kontrolle zu bringen.«

»Wir werden sterben, oder?«, fragt Leah. Sie sackt gegen Paul, der ihr den Rücken reibt und sich um beruhigende Worte bemüht, die aber nichts gegen den Horror dieser Situation auszurichten vermögen. Und als ich von ihnen weggehe, verändert sich etwas in mir.

Wir dürfen das nicht zulassen.

Jeder einzelne Mensch in dieser Maschine hat einen Grund, hier zu sein: Jemanden, den sie besuchen wollen und der um sie trauern wird, wenn unser Flugzeug nicht ankommt. Jeder Passagier hat seine Geschichte. Ein Leben zu leben. Ich habe das Einzige getan, was ich tun konnte, um meine Tochter zu schützen, aber jetzt müssen wir kämpfen.

Ich wische mir das Gesicht und zwinge mich, Abstand zu dem zu gewinnen, was ich getan habe. Wichtig ist, wie ich damit umgehe. Wichtig ist, dass ich nach Hause zu Sophia komme. Und alle anderen nach Hause bringe. Der Mann von 7G hat das Flugzeug nicht in dem Moment zum Absturz gebracht, in dem ich ihn ins Cockpit ließ, was bedeutet, dass sie etwas anderes vorhaben, ehe sie …

Diesen Gedanken beende ich nicht. Wenn sie uns irgendwo hinbringen, haben wir die Zeit auf unserer Seite.

Alice Davanti schreibt. Sie blickt auf, als ich mich ihr nähere, wendet sich aber wieder ihrem Notizbuch zu, bevor ich da bin. Ihr Stift bewegt sich gehetzt über die Seite.

»Sind Sie … bei der Arbeit?« Es scheint außergewöhnlich, aber die ganze Situation ist außergewöhnlich.

»Ein Brief«, sagt sie angespannt. »An meine Mutter.«

Ich erhasche einen Blick auf die erste Zeile – *Es tut mir so leid* –, bevor ich sie allein lasse, um mit dem nächsten Passagier zu reden, danach dem übernächsten. Die Leute sind wechselweise verängstigt, verwirrt und wütend. Manchmal alles zugleich. Derek Trespass, der Journalist mit dem schütteren Haar, steht auf dem Gang und spricht mit dem Paar, das durchbrennen will. Die beiden sind inzwischen so angetrunken, dass sie die Realität nur noch abgedämpft mitbekommen.

»Ma'en wir eben die Tür auf und hol'n den raus!«, schlägt Doug vor. »Kann *ich* auch machen!«

»Nicht dass du dir wehtust, Babe.« Seine Verlobte packt ihn am Arm. Ihr rinnen Mascaratränen über die Wangen.

»Ist aber verflucht verlockend«, sagt Trespass. »Wenigstens würden wir *irgendwas* tun.«

»Ich verstehe Ihre Sorgen, aber wir müssen wirklich ruhig bleiben. Bitte, setzen Sie sich wieder auf Ihre Plätze …«

»Ruhichbeiben?«, lallt Doug. »Wir werden entführt, heiliger Bimbam!«

Die wenigsten Passagiere sitzen auf ihren Plätzen und beherrschen ihre Angst. Doch alle recken sie die Hälse in Richtung Cockpittür. Was passiert da drinnen? Ist Mike tot? Ich denke an das, was Cesca gesagt hat – *er hat Kinder* –, und mir wird schlecht.

Eine alte Frau vorn in der Kabine steht auf und klatscht wie eine Grundschullehrerin in die Hände. »Verzeihung!« Ihre Stimme ist schrill und zugleich von einer Autorität, dass sich alle zu ihr umdrehen. »Panisch zu werden, ist unnötig und nicht hilfreich.« Es ist die Frau mit dem grau melierten Haar, die ihre Sachen lieber in allen möglichen Taschen und Fächern verstaute, als mir ihre Tasche für ein Schließfach zu übergeben.

Aus einer Ecke kommt ein genervtes Murmeln, doch der Rest der Kabine ist still. In der Krise brauchen die Leute eine Stimme der Vernunft, und oft sind sie eher bereit, jemandem aus ihrer Truppe zu vertrauen als den Leuten, die verantwortlich sind. Diese Frau könnte eine echte Hilfe sein. Ich versuche, mich an ihren Namen zu erinnern, aber da kommt nichts.

»Niemand kommt zu Schaden, solange Sie kooperieren.«

Ich fange an, einen Plan zu schmieden. Es wird andere Passagiere wie sie geben – autoritär, selbstbewusst. Sie können uns helfen, alle zur Ruhe zu bewegen, während wir …

Mein Verstand schaltet endlich und begreift.

Sie. Nicht *wir*.

»Das Flugzeug ist jetzt unter unserer Kontrolle.« Die Frau ist in den Sechzigern. Sie sieht wie eine Lehrerin aus, eine Sozialarbeiterin oder Krankenschwester; nicht wie eine Terroristin. Jetzt hält sie eine Hand hoch, als sich ein Mann zwei Reihen hinter ihr auf sie zubewegt. »Wir haben Waffen und werden nicht zögern, sie zu benutzen.«

Langsam sackt der Mann auf einen leeren Sitz.

»Mein Name ist Missouri«, sagt sie. »Und ich bin nicht allein.« Sie blickt sich in der Kabine um, und wir tun es auch. Mein Blick fällt auf einen Passagier nach dem anderen. Jason Poke, die Talbots, Finley und seine Mutter. Lady Barrow. Der nervöse Fluggast. Die zierliche Blondine, die beim Start geweint hat.

»Meine Freunde und Verbündeten sitzen unter Ihnen«, sagt Missouri. Ein kleines Lächeln umspielt ihre Lippen. »Wenn Sie irgendwas versuchen, wissen wir es.«

Mein Puls wummert. Ich hatte gedacht, dass ich einem Entführer helfe – einem Mann mit sehr kantigem Gesicht, der jetzt die Kontrolle über dieses Flugzeug hat. Aber hier sind mehr. Wir wissen nicht, wie viele. Nicht mal, wo sie sitzen.

Wir dürfen niemandem trauen.

ACHTUNDZWANZIG

PASSAGIER 1G

Ich ziehe es vor, allein zu arbeiten. Weniger Risiko (unachtsames Gerede und so) und keine lästigen Diskussionen, bei denen viel gefaselt wird, aber keine Taten herauskommen.

Manche Aufträge sind leider trotzdem zu groß für eine Person.

Im Laufe der Jahre habe ich schon Splitterorganisationen von Klima-Aktionsgruppen geleitet, in die ich eingetreten war, weil ich meiner Epiphanie folgte. Die hatten die Wucht und Energie einer politischen Bewegung, nur ohne die Hierarchie oder die restriktive Verfassung, und obwohl wir klein waren, engagierten wir uns leidenschaftlich dafür, den Planeten zu retten. Ich habe sehr darauf geachtet, wer sich uns anschloss: Einzelgänger, Außenseiter, einsame Wölfe. Ich wollte Teamplayer, Gefolgsleute, keine Anführer.

Und so habe ich mir langsam meine Schar aufgebaut.

Umweltschützer werden von den Medien zu Unrecht mit Stereotypen belegt. Die Medien assoziieren uns mit Dreadlocks, Bärten, bloßen Füßen und dreckigen Händen. Sie stellen uns als Sozialhilfeempfänger dar, die im Wald leben und Bäume umarmen. Machen sich über uns lustig und beeinflussen damit auf subtile Weise die Gesellschaft, auch unsere Themen zu belächeln. Wenn Umweltschützer ein Witz sind, muss es der Umweltschutz wohl auch sein.

Tatsächlich rekrutieren wir uns aus allen Schichten.

Eine meiner ersten Rekrutierungen war eine Hausfrau. Ich hatte eine Facebook-Seite eingerichtet, die damals »Household Hacks« hieß. Inhaltlich ging es schon lange darum, Einwegplastik zu meiden, und ich fing an, Tierbilder zu posten, weil sie in der Gruppe gut angenommen wurden. Bald änderte ich den Namen in »Climate Action« und verband die Seite mit der Hauptgruppe. Auf die Weise hatte ich eine Gemeinschaft von über hunderttausend Leuten weltweit zusammen.

Allein haben wir eine schwache Stimme; zusammen können wir brüllen.

Eine Frau hatte ein weinendes Emoji zu dem Bild eines verhungernden Eisbären gepostet.

Seit acht Tagen in meinem plastikfreien Monat, *schrieb sie.* Nicht einfach, gebe ich zu, aber das hier erinnert mich wieder dran, warum ich es mache!

Unter ihrem Post tauchte eine kleine Kommentarzeile auf.

Gut gemacht – weiter so!

Danke ☺ Mein Mann hasst das Wachspapier für seine Sandwiches. Irgendwelche Tipps?

Folie?

Natürlich! Ach – ich bin so blöd!

Sie erwähnte ihren Mann oft. Er mochte anscheinend alles auf eine bestimmte Art. Sie eingeschlossen.

Heute Morgen habe ich festes Shampoo ausprobiert – angeblich mache ich jetzt die Pferde scheu LOL!!!

Jeder für sich fielen ihre Posts kaum auf – wir waren über dreitausend Mitglieder, und die Themen wechselten ständig. Aber las man sie aufmerksam, wie ich es tat, entstand ein Bild.

Weiß vielleicht jemand, wie man Fett aus einer Krawatte bekommt? Bitte????

Ist es okay, Butter durch kalorienarmes Streichfett zu ersetzen?

Ihr Profilbild zeigte eine hübsche Blondine mit Wespentaille. Klickte man durch die Jahre zurück, schien sie geschrumpft zu sein, auf beinahe jedem Bild deutlich überragt von dem Mann an ihrer Seite, der besitzergreifend eine Hand auf ihrer Schulter hatte.

Ich schrieb ihr.

– Hi! Danke, dass du mit am meisten Beiträge auf Household Hacks postest! Ich wollte dir nur sagen, dass ich deine Posts und Kommentare wirklich mag.

Sie antwortete sofort.

– Wow, danke! Es ist so eine nette Gruppe – ich weiß nicht, was ich ohne sie tun würde!

– Hast du den Fettfleck aus der Krawatte bekommen?

– Nein. *Hierauf folgte ein trauriges Emoji, dem eine einzelne Träne über die Wange lief.*

– Ach, na ja, *schrieb ich.* Es gibt noch reichlich Krawatten auf der Welt!

– Sag das mal meinem Mann …

Wir chatteten fast täglich. Ich hatte bereits eine Vorstellung davon, wer diese Frau war und wie es in ihrer Ehe zuging. Trotzdem war ich geschockt, als ich einige Tage nichts von ihr hörte und sie dann schrieb, dass sie nach einem hässlichen Unterarmbruch im Krankenhaus gewesen war.

– Es war nicht seine Schuld, *schrieb sie.* Er hat richtig viel Stress bei der Arbeit gehabt.

Meine Finger schwebten über der Tastatur, bereit für eine kurze Plauderei, die nur ein wenig in Richtung Therapie gehen sollte, zogen sich dann aber zu Fäusten zusammen. Die arme Frau. Dieses Schwein von Mann.

– Hat er das schon mal gemacht?

Der Bildschirm blinkte mich an. Ich stellte mir ihr Zögern vor, wie sie tippte, es wieder löschte, erneut tippte und dann abermals löschte.

– Fast täglich, aber noch nie so schlimm.

Und als hätte ich einen Wasserhahn aufgedreht, kam alles heraus. All seine Entschuldigungen, seine Fehler. Ich suchte zwischen den Zeilen nach der Wahrheit und war entsetzt, was ich fand. Er hatte sie erfolgreich von ihren Freunden isoliert, kontrollierte ihre Finanzen, was sie machten, wohin sie gingen. Die Frau war vollkommen gefangen.

– Ich leite eine Umweltschutzgruppe, *erzählte ich ihr.* Wir sind Tausende, über den ganzen Globus verteilt, aber nur eine Handvoll, die alles hinter den Kulissen organisieren. Mach doch bei uns mit.

– Da wäre ich keine Hilfe. Ich könnte nicht mal Wasser aus einem Stiefel kippen, selbst wenn die Anleitung auf dem Absatz stünde, sagt mein Mann immer!

– In der Hacks-Gruppe fallen dir aber dauernd Lösungen ein. Du wärst eine wertvolle Bereicherung für das Team.

– Meinem Mann wäre das nicht recht.

– Dann erzähl es ihm nicht. Alles läuft online, und ich gebe dir ein Pseudonym. Es ist eine super Gruppe. Ich bin mir sicher, dass die anderen dich sehr mögen werden.

Das brachte es. Was sie mehr als alles andere auf der Welt brauchte, war so simpel. Sie brauchte einfach jemanden, der sie mochte.

– Na gut! Vielen Dank xxx

Später erzählte sie mir, sie danke ihren Glückssternen, *dass ich ihr* zufällig *schrieb, als sie dringend mit jemandem reden musste. Mit Glück, Schicksal oder Fügung hatte das nichts zu tun. Wir sind die Dirigenten unseres eigenen Orchesters und können auswählen, wer darin spielt.*

Dennoch fühlte ich mich für Sandra verantwortlich. Ich war die einzige Person, der sie von den Misshandlungen durch ihren Mann erzählt hatte – wie könnte ich ihr nicht helfen? Sie war zutiefst unsicher, doch unter dem mangelnden Selbstvertrauen erkannte ich eine aufmerksame, sensible Frau, der an der Umwelt lag. Ich sah eine Frau, die am Boden war und deren lähmende Selbstzweifel bewirkten, dass sie für jedes noch so kleine Lob dankbar war.

Eine Frau, die so daran gewöhnt war, den Gedanken eines anderen Vorrang vor den eigenen einzuräumen, dass sie zu genau dem Wesen geformt werden konnte, das ich brauchte.

Ich sah eine Chance.

Für den Hirten und seine Schafe.

NEUNUNDZWANZIG

6 STUNDEN BIS SYDNEY | MINA

Die Frau, die sich Missouri nennt, trägt einen handgestrickten Pullover aus grober grüner Wolle.

Meine pulsierende Angst lässt ein wenig nach – dies ist nicht die Terroristin, die ich erwartet habe. Sie ist jemandes Großmutter. Wir sind bei Weitem nicht sicher, aber wenn die anderen wie sie sind …

Doch dann hebt Missouri ihren grünen Pullover an, und alles ändert sich.

Die Passagiere weichen zurück. Unter dem Pullover sind vier Plastiktüten an einen breiten Gürtel geklebt, der auf ihrer Brust sitzt. Die Tüten sind schwarz und ihr Inhalt nachgiebig genug, dass sich die Ecken leicht biegen. Aus jeder ragen zwei dünne Drähte, die weiter oben unter der grünen Wolle verschwinden.

»Hinsetzen.« Missouri geht nach vorn und stellt sich vor den Eingang zur Bordküche. Langsam kehren alle auf ihre Plätze zurück. Die Stille wird einzig von Lachlans Schreien und den ängstlichen Stimmen der Passagiere weiter hinten unterbrochen, die nichts von der jüngsten Entwicklung wissen. Ich erkenne die Stimme eines Crewmitglieds, die jemandem versichert, dass *alles unter Kontrolle ist,* und Schweiß läuft mir über den unteren Rücken. Hier ist gar nichts unter Kontrolle.

Es ist eine Bombe an Bord.

Jeder beschwert sich über die Schlangen beim Sicherheitscheck. Die Leute stöhnen, wenn sie die Schuhe ausziehen müssen, und rennen zum Gate, weil sie nicht genug Zeit eingeplant haben. *Sehe ich wie ein Terrorist aus?,* fragen sie genervt, wenn sie für eine gründlichere Überprüfung zur Seite geführt werden. Aber Terroristen kommen in allen erdenklichen Erscheinungsformen daher, und diese trägt einen selbst gestrickten Pullover.

»Sie blufft«, flüstert Cesca. Wir sind im selben Gang wie Missouri, nur wenige Sitzreihen von ihr entfernt. Ich möchte, dass sie den Pullover wieder runterzieht, als würde die Gefahr gemindert, wenn der Sprengstoff nicht zu sehen ist.

»Kann sein. Willst du es riskieren?« Es ist eine rhetorische Frage. Keiner von uns will das. Die Sicherheitssysteme am Flughafen sind rigoros, aber kein System ist unfehlbar. Eine kleine Flasche Haarbleiche wird eingezogen, aber eine Flasche Duschgel in erlaubter Größe kann durchs Netz rutschen, obwohl sie mit Wasserstoffperoxid gefüllt ist. Man darf kein Messer bei sich haben, sehr wohl aber Stricknadeln, Nähscheren oder metallene Nagelfeilen. Es gibt genug Waffen, wenn man es drauf anlegt.

Carmel und Erik sind auf der anderen Seite der Kabine, und Carmel dreht nervös den Ring an ihrem Finger. Die zierliche Frau von Platz 5J – die blonde, die ich in der Bar flirten gesehen hatte – steht noch, und ich bedeute Erik, dass er ihr sagen soll, sie müsse sich hinsetzen. Als er sich ihr nähert, geht die Frau stattdessen in Richtung Bordküche und nimmt die gleiche Haltung wie Missouri ein. Sie blickt lächelnd zu ihr, bevor sie uns zunickt. »Sambesi«, sagt sie. Ich brauche einen Moment, um zu begreifen, dass sie sich vorstellt.

Sie ist puppenhaft klein und hat die Hände vor sich verschränkt wie eine Braut, die ihren Strauß halten sollte. Unwillkürlich mustere ich sie auf Anzeichen von weiterem Sprengstoff. Sie hat ein Kleid an, das locker von ihrem hervortretenden Schlüsselbein über den flachen Bauch fällt. Darunter werfen ihre schwarzen Leggings an den Knien Falten.

Sambesi. Missouri. Sie sind ein sehr ungleiches Paar und sehen kein bisschen wie Terroristinnen aus.

Missouri geht rückwärts in die Bordküche, ohne den Blick von der Kabine abzuwenden. Die Drähte an ihrer Brust müssen durch ihren Ärmel verlaufen, denn in ihrer linken Hand laufen sie in einem kleinen schwarzen Plastikding zusammen. Mit der rechten Hand nimmt sie das Mikrofon auf und spricht zum gesamten Flugzeug.

»Ich trage genug Sprengstoff, um das Leben von jedem in diesem Flugzeug auszulöschen.«

Das einzige Geräusch ist ein leises Schluchzen, so eindringlich, als käme es aus dem Innersten der Maschine.

»Sie alle haben Angst zu sterben, und dennoch vergeuden Sie Wasser, das dringend für die Landwirtschaft gebraucht wird. Sie erwärmen die Ozeane und vernichten die Ressourcen für Fische. Sie fahren Auto, wenn Sie zu Fuß gehen könnten, essen Fleisch, wenn Sie Gemüse anbauen könnten, fällen Bäume, um Häuser für die außer Kontrolle geratene Bevölkerung zu bauen. Sie ermorden den Planeten, und der Planet hat genau so viel Angst wie Sie jetzt.«

Das? Das ist der Grund, weshalb sie unser Flugzeug gekapert haben? Wofür sie meine Familie bedrohen? Der *Planet hat Angst?* Wut explodiert in mir, und ich habe große Mühe, sie im Zaum zu halten. Ich hatte mir religiöse Eiferer vorgestellt, nicht dies hier. So sieht Wahnsinn aus. Wie eine grauhaarige Frau in einem grünen Pullover mit Krähenfüßen und Altersflecken auf den Händen. Ich denke an die Nachrichtenbilder von protestierenden Umweltaktivisten und wie schnell ich den Sender wechselte, weil ich sie nicht ernst nahm. Ein bisschen verrückt vielleicht, aber nicht richtig wahnsinnig. Nicht *gefährlich.*

»Wollen und müssen sind zwei verschiedene Dinge«, fährt Missouri fort. Ihre Augen sind wie schwarze Knöpfe, und sie wirkt aufgeregt. »Keiner von Ihnen *braucht* diesen Flug. In Ihrem eigenen Land gibt es schöne Orte, auch in Ländern, die Sie per Zug oder Schiff erreichen. Sie können via E-Mail, Telefon und Video mit Firmen auf der ganzen Welt zusammenarbeiten – Sie *müssen* den Planeten nicht zerstören. Es ist egoistisch, es ist teuer, und es muss aufhören.«

Ich denke an Leah und Paul Talbot, die den kleinen Lachlan nach Hause bringen; an die Frau, die hofft, rechtzeitig in Sydney zu sein, um sich von ihrer sterbenden Freundin zu verabschieden. Ich denke an Pat Barrow, die vor ihrer Trauer flieht. Und ich denke an die zwanzig Crewmitglieder, die Hypotheken abzuzahlen und Kinder zu ernähren haben. Müssen ist relativ.

»Wie kommt es dann, dass Sie jetzt in einem Flugzeug sind?«

In der Kabine wird hörbar nach Luft gerungen, als sich alle nach der Quelle der Frage umschauen.

»Doug, nicht!« Ginny packt ihren Verlobten, der wie ein Betrunkener an einem Comedy-Clubabend gestikuliert.

»Der Erfinder der Glühbirne hat bei Kerzenschein gearbeitet«, sagt Missouri, die eher amüsiert als verärgert scheint. »Der Erfinder des Automobils ist mit Pferd und Wagen gereist. Wer von uns auf eine bessere Zukunft hinarbeitet, muss die Mittel nutzen, die zur Verfügung stehen, um neue zu entdecken.«

»Warum sind wir noch nicht abgestürzt? Das würde mich mal interessieren«, ertönt eine hysterische Stimme von einem Platz auf der anderen Seite der Kabine. Mit jedem Wort wird sie schriller. »Wenn wir schon sterben, bringen wir es hinter uns. Ich ertrage das nicht – ich halte das nicht aus!«

»Kann sie mal jemand zum Schweigen bringen!«, sagt Derek Trespass. »Sie haben sie doch gehört! Wenn wir kooperieren, passiert keinem was.«

»Sie hat eine Bombe!«

Wieder ist die Angst in der Kabine greifbar. Als ich zu der puppenhaften Sambesi sehe, umspielt ein Lächeln ihre Lippen. Sie genießt das hier.

Missouri hebt eine Hand, und wir alle verstummen. »Wir haben ein Statement vorbereitet, das in den nächsten Minuten auf den sozialen Medien veröffentlicht wird. Unter anderem fordern wir die Regierung auf, als Ziel null Emissionen bis 2030 festzusetzen und Strafen gegen Fluglinien zu verhängen, die sich nicht verpflichten, auf erneuerbare Energien zu setzen.«

Der Passagier in 2D – der Mann mit den langen Beinen, der mir gesagt hatte, ich solle mal fröhlicher sein – beugt sich vor und stützt die Ellbogen auf die Knie. Während die anderen Passagiere völlig verängstigt sind, nickt er zu Missouris Ansprache. Ich tippe Cesca mit dem Ellbogen an und nicke in die Richtung, damit sie meinem Blick folgt.

Amazonas, Missouri, Sambesi, und jetzt der Mann in 2D. Macht vier. Wie viele noch? Gibt es hinten in der Economy noch mehr? Auf einmal kommt mir ein Gedanke: *Sind welche in der Crew?*

»Wir nehmen nur ein paar Hundert Leute als Geiseln«, sagt Missouri. »Unsere Politiker haben die Zukunft der ganzen Welt in ihrer Gewalt.«

Im anderen Kabinengang hat Erik sich bewegt. Als ich das letzte Mal hinsah, stand er bei Carmel, jetzt ist er mehrere Sitzreihen näher an der Bordküche. Sambesi ist ganz auf Missouris Rede konzentriert, und Erik hat seinen Blick auf Sambesi gerichtet. Während ich hinsehe, bewegt er sich Schritt für Schritt auf sie zu. Ich halte den Atem an. Was hat er vor?

»Wir werden in der Luft bleiben, bis die Regierung unsere Forderungen erfüllt. Oder …«, Missouri macht eine Pause, »bis uns der Sprit ausgeht.«

Für einen Moment tritt Stille ein, weil uns allen die Vorstellung der Alternative die Sprache verschlägt. Ehe irgendwer etwas sagen kann, fährt Missouri fort: »Ich hege keinen Zweifel, dass wir unser Ziel erreichen werden. Absichtlich Hunderte von

Bürgern zum Tode zu verurteilen, wäre wohl eher wie ein Eigentor, meinen Sie nicht?« Sie scheint keine Antwort zu erwarten. »Bis dahin müssen Sie nur kooperieren.«

Wieder bewegt Erik sich. Langsam, sehr langsam. Ist er Nummer fünf? Mir fällt ein, wie er in unserer Ruhepause die Vorhänge um seine Liege zugezogen hatte und sich weigerte, bei unserem Tratsch und den Spielen mitzumachen. Er hatte gesagt, dass er schlafen will, aber hatte er vielleicht etwas zu verbergen?

»Und wenn wir es nicht tun?«, ruft Derek Trespass.

Missouri hebt ihren Arm, sodass der Ärmel bis zum Ellbogen rutscht. Die Drähte sprechen für sich. Jamie Crawfords Frau fängt an zu weinen, wobei sie so laut heult, dass alle nervös abwechselnd zu ihr und Missouri blicken. Die Leute befürchten, ihr Gefühlsausbruch könnte die Entführer zum Handeln provozieren. Plötzlich bewegt sich etwas in Richtung Bordküche. Es ist Erik, der nach vorn rennt, Sambesi packt und ihr den Arm auf den Rücken reißt. Schreie hallen durch die Kabine, und Carmel stürmt nach vorn.

Über den Lärm hinweg ruft sie: »Erik, nein, du bringst uns alle um!«

Alle sind aufgesprungen, weinen, rufen und eilen in unterschiedliche Richtungen. Missouri geht zur anderen Seite der Bordküche und taucht hinter Sambesi auf, um mit Erik zu ringen. Carmel zerrt hysterisch an seinem Arm, und inmitten all dessen schreit das Baby aus voller Kehle. Ich nehme den kürzesten Weg nach vorn, steige über die Sitze, habe allerdings keine Ahnung, was ich machen will, wenn ich dort bin. Es ist nicht mehr zu erkennen, wer wo ist und ihn wohin zieht. Ich weiß nur, dass jemand verletzt wird, wenn sie …

Noch nie habe ich so viel Blut gesehen.

Es spritzt im hohen Bogen über die Sitze und hinterlässt einen blutroten Streifen an der Wand. Jemand schreit ununterbrochen, holt nicht mal Luft zwischendurch. Der Mann mit dem ordentlich getrimmten Bart – seine Brille ist blutbespritzt – sagt: »Helfen Sie mir, sie auf den Boden zu legen!« Sein graues Sweatshirt ist blutgetränkt, und er drückt beide Hände auf eine Wunde, die sich nicht schließen will, egal wie fest er presst. Schreien. So viel Schreien.

Carmel. Zweiundzwanzig Jahre alt. Den Kopf voller Wandfarben und blassrosa Sofas, entlegenen Hotels und einem Freund, der in der City arbeitet. Fünfunddreißigtausend Fuß hoch in der Luft pulsiert ihr Blut durch die Finger eines Fremden und steckt ein Korkenzieher tief in ihrem Hals.

DREISSIG

PASSAGIER 1G

Ihr müsst verstehen, dass ich nie wollte, dass jemand verletzt wird. Doch wie es so schön heißt: Man kann kein Omelett machen, ohne Eier zu zerschlagen. Manchmal ist Gewalt die einzige Sprache, die die Leute verstehen.

Der Korkenzieher war eine Rückversicherung, denn ich brauchte eine Waffe, die unmittelbarer und gezielter eingesetzt werden kann als eine Bombendrohung. Ich hatte ihn in meiner Tasche verschwinden lassen, als ich früh auf dem Flug die Bar besichtigte. Eigentlich hatte ich nicht geplant, ihn zu benutzen, war aber froh, ihn zu haben, als ich sah, wie dieser Flugbegleiter meinen Plan torpedieren wollte. Das Metall drang mit einem dumpfen Geräusch in den Hals der jungen Frau ein, was ich eigenartig befriedigend fand. Das erste Mal, dass ich jemandem das Leben genommen habe. Blut an meinen Händen.

Ihr Tod war bedauerlich, wie es jeder Tod ist, aber von allen an Bord trifft die Kabinencrew die meiste Schuld. Stellt euch vor, was für ein starkes Statement es für die Welt wäre, würde sich Flugpersonal weigern zu fliegen! Wenn sie niedrigere Emissionen und erneuerbare Energie verlangten.

Truthähne stimmen nicht für Thanksgiving, oder?

Die junge Frau war ein Opfer, so wie der Mann in 1J, der gestorben ist, damit Mina begreift, wie wichtig unsere Forderungen sind. In der Bar hatte er seine Brieftasche aufgeklappt, stolz auf seine Familie, und ich sah seinen Vielfliegerausweis. Nicht so schuldig wie die Crew, aber auch nicht unschuldig. Er hatte sich entschieden, 5,8 Tonnen Kohlendioxid zu produzieren, indem er von Lon-

don nach Sydney flog. Er hatte sich entschieden, fünfzehn Quadratmeter Polkappe zu zerstören. Man erntet, was man sät.

Ich gab das Rohypnol in seinen Drink und erledigte ihn dann mit einer Überdosis Insulin. Es löste einen ziemlich heftigen Krampf und ein schnelles Koma aus, dicht gefolgt vom Tod. Insulin darf nämlich nicht im Laderaum transportiert werden, weil es auf einer konstanten Temperatur gehalten werden muss. Egal, ob man für eine Nacht oder sechs Monate verreist, man darf seinen gesamten Vorrat im Handgepäck mitnehmen; dazu braucht man nichts weiter als eine ärztliche Bescheinigung, die man beim Sicherheitscheck vorzeigt. Es scheint recht außergewöhnlich, dass ich meine Schuhe ausziehen musste, damit die Absätze auf Sprengstoff untersucht wurden, während lediglich ein flüchtiger Blick auf meinen Zweimonatsvorrat an Insulin und die zwanzig Rohypnoltabletten in der Paracetamolpackung geworfen wurde, bevor man mich durchwinkte.

Bescheidene Waffen, mag sein, doch viel leichter zu erklären als verbotenes Gift und höchst wirksam, wie man gesehen hat. Sicher, das Rohypnol hätte bei Adam Holbrook schneller wirken können, aber Wolga hatte nicht bedacht, wie groß und stark er war. Was soll's – am Ende ist er ja umgekippt.

Ach, Wolga … Eigentlich geschieht alles ihretwegen. Nicht dass ihr das zu der Zeit bewusst war.

Wir hatten bereits angefangen, die Luftfahrtindustrie ins Visier zu nehmen, und erfolgreich den größten Flughafen Großbritanniens mit nur ein paar Drohnen lahmgelegt. Die Pressereaktion war sensationell gewesen – endlich hörten die Leute zu –, und da wusste ich, dass wir noch Größeres erreichen könnten. Etwas so Großes, dass die Regierung zum Handeln gezwungen wäre.

Im Sommer darauf ging ich die Mitteilungen durch, als Wolga mir das ideale Vehikel präsentierte. Buchstäblich.

Wolga war schon seit einer Weile bei uns. Sie ging bei den De-

mos mit, schien eine Antenne für Chaos zu haben und sammelte nebenher eine Polizeiakte an. Sie war einer von diesen jungen Menschen, die sich als unbesiegbar wahrnehmen. Ihr Hang zu verschreibungspflichtigen Medikamenten machte es mir möglich, sie an die kurze Leine zu nehmen.

Ich kenne eine Frau, die über den WWF eine Schildkröte für ihre Tochter adoptiert hat, *schrieb sie.* Und zieh dir das rein: Sie ist eine beschissene Stewardess!

Die Unterhaltung hatte sich um die Art Mittelklasse-Sesselaktivisten gedreht, die laut tönen, sie würden nur Milch in »Retro«-Glasflaschen kaufen, sich aber nichts dabei denken, am Wochenende um den halben Globus zu jetten, um sich an einem Pool zu lümmeln.

Heuchlerin!, *folgerte Ganges ganz richtig.*

Im Dezember fliegt sie nonstop nach Sydney – könnt ihr euch die CO_2-Bilanz vorstellen?

Ich konnte mir sogar noch mehr vorstellen …

Ich googelte die Route. Es gab reichlich Artikel zu dem Flug, und die Klatschpresse spekulierte bereits, welche Promis wahrscheinlich an Bord wären, weil sie ihre Namen im Zusammenhang mit diesem historischen Flug lesen wollten.

Die Buchung war eben freigeschaltet worden.

Ich schrieb Wolga privat, presste ihr jedes bisschen Information ab und versprach ihr genug Opiate, damit sie bis Weihnachten glücklich war. Sie kannte diese Frau nicht persönlich, nur deren ukrainisches Au-pair. Ob sie wohl irgendwie mit ihr in Kontakt kommen könnte? Wenn sie es ins Haus schaffte, würde sie mehr über die Familie erfahren. Ich wusste, dass Wolga in den Zwanzigern war, und schlug vor, dass sie sich eventuell als jünger ausgab. Die Gesellschaft traut jungen Leuten nicht genug Intelligenz zu, als dass sie verdächtig sein könnten, habe ich festgestellt. Und diese vermeintliche Unschuld könnte nützlich sein.

Den Rest kennt ihr. Becca Thompson, siebzehn Jahre alt, Schülerin im letzten Jahr (Prüfungsfächer: Kunst, Geschichte, Französisch). Babysitter. Undercover-Aktivistin. Ich war zuversichtlich, dass sie trotz ihres Alters nicht die Nerven verlor. Schließlich hatte sie das Überraschungselement auf ihrer Seite.

Tatsächlich war meine einzige Sorge, dass sie ein wenig zu weit gehen könnte.

EINUNDDREISSIG

1 UHR | ADAM

Als ich das erste Mal mit Mina geflogen bin, waren wir gerade zusammengezogen. Wir fuhren zum Flughafen und verabschiedeten uns am Check-in, ohne zu wissen, ob wir uns in zwei Stunden oder drei Tagen wiedersehen würden.

»Toi, toi, toi.« Mina küsste mich, dann drehte sie sich zu dem Typen am Schalter um und faltete die Hände vor der Brust. »Was immer du tun kannst, ja? Ich mag den hier ziemlich.« Ich bemerkte ein freches Augenzwinkern, bevor ihr smaragdgrüner Mantel aufflog, als sie zur Sicherheitsschleuse eilte, den Rollkoffer hinter sich herziehend. Ihr Haar, das wenige Stunden zuvor auf meinem Kissen aufgefächert gewesen war, hatte sie nun zu einem ordentlichen Knoten im Nacken zusammengesteckt und mit einer halben Dose Haarspray fixiert, sodass man im Bad keine Luft mehr bekam.

Am Gate hielt ich meinen Pass bereit, als sich alle anstellten und durch den Tunnel verschwanden. Ich blickte durchs Fenster zur World-Airways-Maschine auf der Rollbahn und stellte mir vor, wie Mina die Passagiere begrüßte und ihre Boardingkarten prüfte.

»Letzter Aufruf für Passagier Williams.«

Nachdem die Ansage verklungen war, lauschte ich auf Laufschritte. Ich schaute mich zu den Leuten um, die noch saßen, wartete auf ein erschrockenes Aufhorchen von jemandem, der mit den Gedanken woanders gewesen war. *Tut mir schrecklich leid. Ich war irgendwie ganz weit weg … Kein Problem, Sir, gehen Sie einfach durch.* Ich versuchte, Blickkontakt zur Mitarbeiterin am Gate herzustellen, sie zu erinnern, dass ich hier war, doch sie war in ein Gespräch vertieft. In zehn Minuten sollte die Maschine starten.

Sollte ich nicht mitfliegen, würde ich die Jungs anrufen. Mal sehen, wer Zeit und Lust auf ein Bier hatte. Es war besser, als schmollend in der Wohnung zu sitzen. Es wäre witzig. Vielleicht sogar spaßiger als ein Wochenende in Rom.

»Letzter Aufruf für Passagier Williams – das Boarding ist abgeschlossen und die Maschine startbereit. Letzter Aufruf, Passagier Williams.«

Spaßiger? Wem machte ich etwas vor? Vor einem Jahr wären einige Biere und ein Kebab mit den Jungs von der Arbeit meine Vorstellung von einem idealen Abend gewesen, aber jetzt war ich bis über beide Ohren verliebt. Zum Teufel mit Rom – ich würde eine Woche auf Stand-by verbringen für eine Nacht in Skegness mit Mina.

»Adam Holbrook?« Diesmal kam es nicht über Lautsprecher, sondern wurde vom Schalter gerufen. Ich stand so schnell auf, dass ich über mein Handgepäck stolperte und mein Handy und die Zeitschrift fallen ließ, die ich mir für den Flug gekauft hatte. Die Frau am Gate lachte. »Ich wollte sagen, dass heute Ihr Glückstag ist, aber jetzt bin ich mir da nicht mehr so sicher.«

»Fliege ich?«

»Sie fliegen.«

Ich ging an Bord, wo mich wütende Blicke von zweihundert Passagieren empfingen, die mich für den verspäteten Williams hielten. Als Mina die Sicherheitshinweise vorführte, die sie mir schon einmal nackt und mit einem Glas Sekt in einer Hand vorgemacht hatte, grinste ich ihr zu. *Die Notausgänge befinden sich hier, hier und hier …*

Es war ein super Wochenende. Die Sorte Wochenende, die zu schnell vergeht und gleichzeitig ewig zu dauern scheint; an dem man nie aufhört, zu lachen und zu reden. Unsere ganze Beziehung fühlte sich so an.

Wo ist das hin?

Du hast es kaputt gemacht. Und jetzt siehst du sie vielleicht nie wieder.

Wüsste ich doch nur, was in diesem Moment mit Mina geschieht. Ich verfluche das Radio, weil es keine aktuellen Meldungen bringt. Warum ist es nicht das Einzige, worüber alle reden? Wie kann Rise FM Weihnachtslieder und Marks & Spencer-Werbung dudeln, wenn Hunderte von Menschen …

Nein! Sie sind nicht tot. Mina ist nicht tot.

Ich versuche, sie mir vorzustellen, den Horror in meinem Kopf durch etwas Hoffnungsvolles zu ersetzen. Aber es kommen nur Szenen aus Katastrophenfilmen. Waffen. Bomben. Explodierende Flugzeuge im Sinkflug oder in Gebäude schmetternd …

Ich kneife die Augen fester zu, doch die Szenen verschwinden nicht, und genauso wenig das Wissen, dass dies hier meine Schuld ist. Hätte ich mich nicht verschuldet und Mina belogen, würde sie mich noch lieben. Und liebte sie mich noch, wäre sie nicht in dem Flugzeug.

Ich hatte nicht spioniert. Mina hatte sich mit uns im Park getroffen, um Sophia abzuholen, und ich hatte sie überredet, noch gemeinsam Eis essen zu gehen. Sie hockte die ganze Zeit vorn auf der Stuhlkante, sah auf die Uhr und fragte Sophia, ob sie gleich aufgegessen hätte. Das Muster war immer dasselbe: Ich schindete Zeit, und Mina konnte gar nicht schnell genug wegkommen. Könnten wir nur den Tag zusammen verbringen … Aber das wollte Mina nicht mal in Betracht ziehen.

»Ich brauche Raum«, sagte sie dauernd.

»Wie wäre es, wenn wir nächsten Monat mal was machen?«,

fragte ich das letzte Mal, dass ich sie sah. »Wenn Sophia den ganzen Tag in der Schule ist. Ins Arboretum gehen vielleicht, sobald sich das Laub verfärbt. Du magst es dort.« Ich glaubte, Bedauern in ihren Augen zu erkennen, als sie ablehnte. Aber vielleicht war das auch bloß Wunschdenken.

Ich blieb beharrlich. »Oder Weihnachten. Es ist noch Monate hin, aber bald machen sie die Dienstpläne. Ich nehme mir die Woche vorher frei, und wir können über die Märkte ziehen, etwas Schönes für Sophia aussuchen.« Ich dachte, damit könnte ich sie herumkriegen, doch sie wimmelte mich mit der Antwort ab, sie würde darüber nachdenken.

Dann griff sie nach der Rechnung, kaum dass Sophia ihren Löffel hingelegt hatte, und ging zum Tresen, um zu bezahlen. Ihr Handy vibrierte auf dem Tisch. Instinktiv nahm ich es – so wie meine Finger immer noch automatisch zu den Wettseiten auf meinem Handy wischen. Ich sah aufs Display. Es war eine Nachricht von einem Ryan.

Tausch ist geklärt. Du fliegst nach Sydney. Ich glaube immer noch, dass ich den besseren Teil erwischt habe!

Es war nicht so sehr, dass ich es nicht verstand (obwohl ich es nicht tat), sondern eher, dass es mir nicht wichtig schien. Erst als wir aufbrachen, sagte Mina: »Oh, wegen der Weihnachtsmärkte, nimm dir nicht extra frei. Ich bin für den Flug nach Sydney eingeteilt und die ganze Woche weg.«

Plötzlich ergab Ryans Nachricht einen Sinn.

Als sie weggingen, war ich am Boden zerstört. So sehr gehasst zu werden, dass sie lieber zehntausend Meilen weit weg von mir war … Mein Fehler, das wusste ich. Trotzdem.

Ich denke an Mina, die jetzt den Flugzeugentführern ausgeliefert ist, und verfolge die Schuld zurück. Dabei verändere ich meine Sitzposition ein wenig, um wieder Gefühl in den Beinen zu bekommen, ohne Sophia zu wecken, die auf meinem Schoß eingeschlafen ist. Sie hatte an meiner Brust gelehnt, doch beim Einnicken war ihr Kopf zu einer Seite gerutscht, und da ich meine Hände nicht benutzen konnte, musste ich eine Schulter vorstrecken, damit sie nicht runterkippte. Zuerst war es eine komische Haltung, dann unbequem, und jetzt ist sie fast unerträglich. Dennoch ist es das Beste, wenn Sophia schläft, solange ich mir überlege, was ich tun soll und wie viel hiervon meine Schuld ist. Ich bin mir sicher, wäre ich nicht so abgelenkt gewesen – hätte nicht solche Schmerzen von den Fußtritten gehabt –, hätte ich niemals gegen jemanden wie Becca verloren.

Ich hätte Mina von Anfang an die Wahrheit sagen müssen, nur war nie eine Lüge geplant gewesen. Ein Rubbellos zu kaufen, mochte rein theoretisch Glücksspiel sein, auch wenn es niemand so nennt, bis es zum Problem wird. Und es war auch kein Problem, bis es zu einem wurde. Da war ich schon zu besorgt, habe mich zu sehr geschämt und wollte zu dringend meine Schulden abzahlen, ehe Mina etwas merkte.

Wasser rinnt von der Wand meinen Hemdrücken hinunter, und unwillkürlich erschaudere ich. Sophia rührt sich, und ich erstarre, aber es ist zu spät.

»Mummy!« Und noch einmal, lauter. »Mummy!«

»Schhh, Daddy ist hier.«

»Mummy!«

Ich wiege sie sanft, und meine Schulter schreit vor Schmerz. Sophia beginnt zu weinen. »Ich mag es hier nicht. Ich will zu Mummy. Mummy!«

»Wie wäre es mit einer Geschichte?«

»Nein, ich will zu Mummy!« Ihr Körper ist angespannt, und sie tritt mit den Füßen gegen meine Schienbeine.

»In dem großen grünen Zimmer war ein schwarzes Telefon.«

»Mummy.« Jetzt ist es ruhiger.

»Und ein roter Luftballon. Und an der Wand ein Bild von der …« Ich beende die Zeile als Frage.

»Spring-über-den-Mond-Kuh«, flüstert Sophia. Sie hört auf zu treten.

»Und an der andern Wand …«

»Drei kleine Bären auf Stühlen.«

Wie habe ich *Gute Nacht, lieber Mond* gehasst! Einmal hatte ich das Buch unter dem Läufer in Sophias Zimmer verschwinden lassen. Ich sagte mir, dass es gut für Sophia wäre, eine andere Einschlafgeschichte zu hören, diese lächerliche Routine und stete Wiederholung zu durchbrechen. Ich redete mir ein, es wäre sowieso keine gute Geschichte – es gäbe weit bessere. Ich kaufte einen Stapel Bücher bei Waterstones, linderte meine Schuldgefühle mit *Der Grüffelo* und *Für Hund und Katz ist auch noch Platz*. Ich bestellte eine Ausgabe von *Le Petit Prince* und schlug Mina vor, es Sophia auf Französisch vorzulesen. »Hat deine Mum mit dir Arabisch gesprochen, als du ein Kind warst?«

Mina grinste. »Nur, wenn sie sauer war.«

»Wir könnten einige klassische algerische Kinderbücher für Sophia suchen.«

»Sie mag *Gute Nacht, lieber Mond*.«

»Jeden Abend?«

Es war nicht bloß die Wiederholung, die mich störte, sondern die Tatsache, dass Sophia es ausschließlich von Mina vorgelesen haben wollte. Wenn Mina es las, stimmte Sophia mit ein. Sie zeigte auf die Bilder und hielt sich einen Finger an den Mund, wenn die alte Frau »Dideldumdei« flüsterte. Ich war immer der erbärmliche Ersatz, der Reservespieler in der Verlierermannschaft. »Gute Nacht, Sterne; gute Nacht, Luft; gute Nacht, ihr Geräusche nah und ferne«, beendete ich das Vorlesen, und Sophia setzte sich im Bett auf. »Wann kommt Mummy wieder?«

»Sie sagt das nicht, um dich zu kränken«, behauptete Mina, was den Schmerz kein bisschen linderte.

»Gute Nacht, Geräusche nah und ferne«, sage ich jetzt.

Sophia vergräbt ihren Kopf unter meinem Kinn. »Danke, Daddy.«

»Gerne, Spätzchen.«

»Mir ist so kalt.«

Ihr Körper an meiner Brust fühlt sich warm an, doch als ich den Mund auf ihre Stirn senke, ist sie eiskalt. Ich bewege den Oberkörper, sodass sie von einer Seite zur anderen kippt. »Na dann, hoch mit dir. Zeit für Sport.«

Sie steht auf, und ich schreie beinahe auf vor Schmerz, aber auch vor Erleichterung, weil ich die Schultern entspannen und die Beine anwinkeln kann. »Weißt du noch, wie Hampelmann geht?« Sie nickt. »Dann will ich zwanzig sehen. Und los!« Während sie springt, bewege ich mich so viel, wie meine Fesseln erlauben, und ein fieses Kribbeln fährt mir durch die Glieder, als die Durchblutung wieder einsetzt. Sophia ist fertig, außer Atem und lacht. »Jetzt auf der Stelle laufen. Los!«

Ich lasse sie turnen, wohl wissend, dass es nicht mehr lange dauert, bevor sie hungrig wird. Aber das ist immer noch besser als Unterkühlung. Sie widerspricht, als ich ihr sage, dass es genug ist, aber wenn sie zu schwitzen anfängt, kühlt sie noch mehr aus.

»Können wir ›Ich sehe was, was du nicht siehst‹ spielen?«

Ich blicke mich im Keller um. Inzwischen haben sich meine Augen an die Dunkelheit gewöhnt. Steine, Stufen, verschlossene Tür.

Ich sehe was, was du nicht siehst, ohne einen Ausgang …

»Ich habe eine bessere Idee. Wie wäre es, wenn du für mich siehst und wir auf Erkundungstour gehen?«

»Draußen?«, fragt Sophia hoffnungsvoll.

»Erst mal hier drinnen.«

Sie seufzt, stimmt aber verdrossen zu. »Okayyyy.«

»Fang in der Ecke an. Da drüben.« Artig hüpft Sophia in die andere Ecke des Kellers. »Jetzt streich mit den Händen über die Wände und erzähle mir alles, was du findest.«

»Ich habe Angst vor Mäusen.«

»Mäuse. Hier gibt es keine Mäuse, Süße. Das ist nur eine alberne Geschichte, die Daddy sich ausgedacht hat. Was fühlst du?«

»Steine.«

»Fühl auch auf dem Fußboden. Ist da irgendwas?« Ein loser Backstein, ein vergessenes Werkzeug. *Irgendwas.*

In der Ausbildung wurde uns beigebracht, ein Haus nach Drogen oder Waffen abzusuchen. Jeweils zwei Officers fingen in entgegengesetzten Ecken eines Zimmers an, und sobald sie sich in der Mitte trafen, übernahm einer den Bereich des anderen. Dabei teilten sie den Bereich in Quadrate, um sicherzugehen, dass alles doppelt geprüft wurde, bevor sie zum nächsten Raum wechselten.

»Spielen wir, dass du Polizistin bist«, sage ich jetzt, »die nach Hinweisen sucht.«

»Ich werde mal Pilotin.«

»Ist ja nur gespielt.«

Sie findet einen Nagel und eine Coladose aus der Zeit, bevor uns klar war, dass hier unten alles einen Schimmelfilm ansetzte, was wir zu lagern versuchten.

»Die können wir trinken.« Auf einmal will ich die Cola unbedingt, weil mein Hals wund ist und meine Lippen ausgetrocknet sind. »Meinst du, du kannst sie aufmachen?«

Es dauert ewig, bis ihre kleinen Finger mit dem Verschluss fertigwerden. Schließlich gelingt es ihr. Die Dose ist zwischen meinen Füßen eingeklemmt, und Cola schäumt mir auf die Socken. Sophia trinkt als Erste – ganz aufgeregt, weil dieses Getränk sonst für sie verboten ist. Dann hält sie mir die Dose zu schräg an den Mund, sodass klebrige Flüssigkeit über meinen Hals rinnt. Als wir ausgetrunken haben, lässt Sophia reinen Riesenrülpser los. Sie versucht, sich zu entschuldigen, was einen weiteren Rülpser zur Folge hat, und sie schlägt sich eine Hand vor den Mund. Mit weit aufgerissenen Augen erwartet sie eine Zurechtweisung und ist schockiert, als ich stattdessen ebenfalls rülpse.

»Daddy!«

Mir wird bewusst, dass ich sie immerzu schelte. Ich befehle ihr, ruhig oder artig zu sein, ordentlich zu essen oder nicht zu widersprechen. Ich schimpfe viel mehr mit ihr, als dass ich sie lobe. Ist es da ein Wunder, dass sie Mina lieber will?

Ich rülpse wieder. »Sophia!«

»Das warst du!« Sie springt auf mich, landet schwer auf meinen Beinen und legt mir beide Hände an die Wangen, um sie zusammenzudrücken. Sie lacht darüber, wie mein Gesicht aussieht, als ich lächle.

»Ich würde dich wirklich gern umarmen.«

Sophia zieht an meinen Armen.

»Die sind leider fest. Solange du keinen Schlüssel herbeizaubern kannst …« Wieder rüttle ich an den Handschellen.

Sophia gibt ein *Oh!* von sich, als hätte sie eine Idee. Sie klettert von meinem Schoß und holt den Nagel.

»Hübsche Idee, Spätzchen, aber das funktioniert nur in Filmen.« Sophia ist enttäuscht, also drehe ich mich ein wenig und zeige ihr das Schloss der Handschellen. »Na, dann probier's mal.« Ich beuge mich vor, damit sie mehr Platz hat, und frage mich, ob mich meine seltsame, wunderschöne Tochter mit einem verborgenen Talent fürs Schlösserknacken überraschen wird.

Wir müssen seit Stunden hier unten sein. Wie lange wird das noch so weitergehen?

Wieder rufe ich nach Becca, aber es kommt keine Antwort. Keine Ahnung zu haben, was sie mit uns vorhat, macht mir eine Angst, die nur noch von der um Mina übertroffen wird. In wenigen Stunden soll Flug 79 in Sydney landen, aber aus dem Radio wissen wir lediglich, dass das Flugzeug den Kurs nicht geändert hat und nicht abgestürzt ist.

Bisher.

ZWEIUNDDREISSIG

PASSAGIER 1G

Ein Flugzeug zu fliegen, ist nicht leicht.

Es war klar, dass wir dafür eine Pilotin oder einen Piloten brauchten. Aber jemanden von einer Airline von unserer Haltung zu überzeugen, wäre ein Kampf gewesen; und wir hätten riskiert, dass unser Plan schon scheiterte, bevor er überhaupt Form angenommen hätte. Deshalb suchte ich nach einem diskreditierten Piloten. Die sind allerdings nicht so leicht zu finden wie zum Beispiel in Verruf geratene Ärzte, deren Daten man überall einsehen kann.

Während meiner Recherche – hauptsächlich in Online-Foren – zeigte sich, dass die meisten Flieger die Liebe zu Flugsimulatoren teilten. Mir ist schleierhaft, wie jemand nach einer Woche im Cockpit seine Freizeit damit verbringen kann, ein gepixeltes Flugzeug über einen Bildschirm zu steuern, aber so ist es. Anscheinend sind die modernen Simulatoren so realistisch und reagieren so gut, dass es fast so ist, als würde man eine richtige Maschine fliegen.

Ich war es also völlig falsch angegangen. Warum sollte ich einen Piloten in unser Team holen, wenn ich einen der bereits vorhandenen Jünger zu einem machen *kann?*

Es gab zwei Möglichkeiten. Jangtse war unser IT-*Fachmann. Er hatte unser Forum im Darknet eingerichtet und dafür gesorgt, dass es sich selbst zerstörte, wenn das Flugzeug startete. Er hatte unsere zahlreichen Facebook-Seiten konzipiert, auf denen ich so subtil Anhänger köderte, dass sie es kaum merkten.*

Anders als bei den meisten anderen in der Gruppe hatte nicht ich Jangtse gefunden, sondern er uns. Wir operierten über ein simples Forum, das von einer Reihe vermeintlich komplizierter Pass-

wörter geschützt war. Eines Tages schaltete ich meinen Computer ein und sah einen grinsenden Totenkopf auf der Log-in-Maske. Als ich mich einzuloggen versuchte, löste sich das Bild vor meinen Augen auf, und die Farben wurden zu Pfützen am unteren Bildschirmrand. Ein »Ping« kündigte mir eine E-Mail an, die mich über den Zweck dieses schlauen Tricks aufklärte: Ich könnte tausend Pfund für die sichere Wiederherstellung meiner Website zahlen, oder er würde den Inhalt an die Polizei weiterleiten.

Die Frechheit brachte mich zum Lachen. Damals hatten sich unsere Aktionen bestenfalls am Rande der Legalität bewegt, folglich wäre es unerfreulich gewesen, hätte jemand die Polizei informiert, aber keine Katastrophe. Noch dazu schienen mir tausend Pfund eine merkwürdig geringe Forderung für einen Möchtegern-Erpresser, und ich antwortete mit einem alternativen Angebot. Wenn wir bedeutsamere Aktionen durchführen wollten, brauchten wir online ein sicheres Zuhause, und ich hatte die Person entdeckt, die es uns schaffen konnte.

Jangtse war ein eigenartiger Mann. Er hatte eine große Geldsumme von einem Großelternteil geerbt, was ihn gleichermaßen antriebslos wie überheblich machte. Wie ich herausfand, interessierte er sich nicht im Mindesten für die Ziele unserer Gruppe, sondern bloß für die Herausforderung, sie zu verstecken. Diese Kombination machte ihn zu einem Gewinn, aber auch zu einem Risiko, und ich würde ihm genauso wenig die Kontrolle über ein Flugzeug überlassen, wie ich ihm eine Waffe in die Hand drücken würde.

Amazonas war ebenfalls ein ziemliches Risiko, doch ihn hatte ich auf eine Weise zähmen können, wie es mir bei Jangtse nie gelungen war. Auch ihn hatte ich online gefunden und frühzeitig entschieden, dass die Gruppe von seinen Fähigkeiten profitieren konnte. Allerdings war er schwierig und hatte manische Schübe, die ihn ziemlich labil machten.

Die Kunst beim Rekrutieren besteht darin, Verlangen und Er-

füllung aufeinander abzustimmen. Zunächst mal geht es um das Gehalt – du brauchst £ 28 000 im Jahr; ich zahle dir £ 28 000 –, doch ein gerissener Arbeitgeber würde einen Schritt weitergehen. Fähige Headhunter würden die sozialen Medien nach den Schwachstellen ihrer Kandidaten durchforsten, bevor sie zum finalen Schlag ausholen. Wir haben eine exzellente hauseigene Kita, ein Fitnesscenter, Gesundheitsangebote … Jeden Freitag trifft sich das Team auf Drinks; es kann von zu Hause gearbeitet werden; unser Dresscode ist locker …

Amazonas' Schwachstelle war interessant.

Ich will einfach nur gamen!, *stand in der Online-Bio seines Profils. Ich sah mir den Rest seiner Feeds an. Die mangelnde Interaktion mit anderen, die Posts, die er teilte und dann löschte.* Nein, *dachte ich,* du willst Anerkennung. Du willst gemocht werden, deinen Eltern zeigen, dass du dein Leben nicht verschwendest. *Seine anderen Posts schaute ich mir auch an – die geteilten Bilder von ultrarechten »Patrioten« und Petitionen für alle erdenklichen Initiativen, die er unterzeichnet hatte. Da stand für mich fest, dass wir hier einen Mann hatten, dessen Wut und Frust sich in jede Richtung lenken ließen, die ich wollte.*

Ich schickte ihm einen Link zu meinem Grand-Theft-Auto-Profil. Ich rechnete damit, dass er keine Fragen stellen würde, und das tat er auch nicht; fügte mich an dem Nachmittag einfach nur zu seinen Spielern hinzu. Während wir spielten, streute ich meine Gedanken wie Samen aus.

– Dämliche Linke wollen die Leute davon abhalten, Mohnblumen zu tragen, glaubt man das?!

– Hast du diese Schlampe in der Zeitung gesehen? Lässt sich den ganzen Abend Drinks spendieren und schreit dann »Vergewaltigung«?!

– Internationaler Frauentag? Wann ist denn bitte Internationaler Männertag?!

Er sprang auf jede Nachricht an und machte mit, bestätigte meinen Verdacht, dass er gar keine eigenen Gedanken mehr fasste, weil ihn das jahrelange Gamen so abgestumpft hatte. Und das in einem Maße, dass er nun Meinungen eingeflößt bekommen musste wie ein Patient an einem Tropf. Nach und nach schlich ich den Inhalt ein, bis es nur noch um die Umwelt ging und er es war, nicht ich, der auf diese Aspekte hinwies.

Als ich sicher war, dass er einer von uns war, holte ich zum entscheidenden Schlag aus.

– Ein Freund von mir möchte Gamer einstellen – eine Software-Firma, die testen will, wie verlässlich ihre Systeme sind. Interessiert?

Natürlich war er es.

Ein Jahr lang »beschäftigte« ich ihn, gab ihm Hacking-Aufgaben, die Levels eines Ego-Shooter-Games zu knacken, schickte ihm dann genau dasselbe Spiel und erzählte ihm, die Sicherheit sei verstärkt worden.

– Du bist sagenhaft!, *sagte ich ihm, als er wieder das System knackte.* Ich weiß nicht, was ich ohne dich machen würde.

Es kostete natürlich Geld, aber unsere Einkünfte waren gut. Das Bild von dem verhungernden Eisbären – was für ein Hit auf unseren Household-Hacks-Seiten – sicherte uns einen steten Spendenfluss. Leute, die Geld »für die Umwelt« geben, fragen nicht nach, wie es eingesetzt wird.

Amazonas von Shooterspielen auf Flugsimulation zu lenken, war ein Kampf (Wo bleibt der Spaß, wenn man niemanden killen kann?), *aber bis dahin war er schon konditioniert, alles zu akzeptieren, was ich ihm anbot. Ich schickte ihn kreuz und quer durchs Land, richtige Flugsimulatoren ausprobieren, bis er sich in einem Cockpit genauso wohlfühlte wie auf seinem Stuhl vorm Computer. Dann buchte ich eine Reihe von Flugstunden für ihn in Kleinflugzeugen – nie zweimal am selben Flughafen.*

– Der Fluglehrer sagt, ich bin ein Naturtalent!, *schrieb er mir nach seinem ersten Versuch.*

Ich nahm mir einen Moment, um zu überlegen, wie weit er in solch kurzer Zeit gekommen sein konnte. Persönlich hatte ich Amazonas nie getroffen, stellte mir aber vor, dass er ein wenig aufrechter stand, seinen Kopf etwas höher hielt. Genauso war es mit Sambesi gewesen; sie war heute eine völlig andere, nicht mehr die geprügelte Ehefrau, die ich vom Boden aufgelesen hatte. Unsere wichtige, weltbewegende Arbeit veränderte auch Leben in unserer Nähe.

Man braucht ungefähr sechzig Flugstunden, um eine Privatpilotenlizenz zu bekommen, und Amazonas musste an die tausend Simulatorstunden allein in dem Jahr zusammengebracht haben. Als er an Bord von Flug 79 kam, hatte er eine Privatlizenz und konnte Dutzende von Stunden im Boeing-777-Simulator vorweisen. Mehr als genug für das, was mir vorschwebte.

Wie gut muss man denn schon ausgebildet sein, um vom Himmel zu fallen?

DREIUNDDREISSIG

5 STUNDEN BIS SYDNEY | MINA

Die Schreie sind einer mit Angst und Fassungslosigkeit beladenen Stille gewichen. Derek Trespass hatte alle Passagiere weg von Carmel auf die linke Seite der Kabine gescheucht. »Zeigen Sie etwas Respekt!«, hatte er gebrüllt, als zunächst niemand reagierte. Erik, Cesca und der Mann in dem grauen Sweatshirt hocken mit mir auf dem Boden. Zwischen uns liegt Carmel.

»Es wird weniger«, sagt Erik. Die Blutfontänen, die uns alle bedeckt haben, werden weniger rhythmisch und lassen an Kraft nach. Der Mann mit der Brille presst immer noch die Hände auf die Wunde an Carmels Hals, und das Blut schlägt Blasen an seinen Fingern. Der Korkenzieher stammt aus der Bar, eine schlichte Metallspirale mit Holzgriff. Es kommt mir barbarisch vor, ihn in ihr stecken zu lassen, doch würden wir ihn rausziehen, wäre das Loch nur noch größer und mit ihm der Blutverlust.

Die Entscheidung ist so oder so müßig.

»Es wird nicht langsamer«, sagt Cesca ernst. »Es hört auf.«

Wir beobachten, wie Carmels Leben verebbt, die Krämpfe nachlassen, als ihre Organe versagen und sie das Bewusstsein verliert. Ihre Augen rollen nach hinten, und die Haut drum herum ist klamm und bläulich verfärbt. Ihr Retter zieht die Hände von ihrem Hals und sackt auf seine Fersen zurück. Er nimmt seine Brille ab und wischt sich Schweiß und Blut von der Stirn, das Gesicht verzerrt vor Entsetzen.

Als ich seinen Arm berühre, zuckt er zusammen, immer noch in dem Albtraum gefangen, den wir eben erlebt haben.

»Sie haben alles getan, was Sie konnten.«

»Vielleicht hätte ich fester auf die Wund drücken sollen oder …«

»Sie haben getan, was Sie konnten«, wiederhole ich, wobei meine Stimme am Ende kippt.

»Dummes Ding.« Wie wir anderen auch ist Missouri mit Carmels Blut bespritzt, wirkt jedoch ungerührt.

Ich starre sie an. »Wie konnten Sie!«

»Das passiert, wenn Sie unsere Anweisungen missachten.«

»Sie hat nichts getan, und Sie haben sie ermordet!«

»Das war kein …«

Ich rapple mich auf. Bei ihren Ausflüchten wird mir schlecht. »Sie sind ein Monster.«

»Halt um Himmels willen den Mund, Mina!«, fährt Erik mich an.

Ich drehe mich zu ihm. »Du hast gut reden! Carmel wollte dich aufhalten. Das ist alles …« Ich breche ab, denn mein Gewissen verbietet mir, den Satz zu beenden. Es ist nicht alles Eriks Schuld, sondern meine. Das wissen wir beide.

Der Bärtige starrt nach wie vor Carmel an.

»Wie heißen Sie?«, frage ich ihn sanft.

Für einen Moment sieht er mich verständnislos an, dann schüttelt er sich. »Rowan. Wir sollten sie wegbringen. Sie kann nicht so auf dem Boden liegen bleiben. Das ist nicht richtig.« Er blinzelt hektisch, wischt sich vergeblich die Brille an seinem Sweatshirt ab und setzt sie wieder auf.

Cesca blickt zur Tür, die in den Ruhebereich der Piloten führt. »Könnten wir …«

»Wir legen sie auf einen Sitz«, sage ich rasch. Ben und Louis sind sicherer, wo sie sind – und die Hälfte der Kabinencrew ebenfalls. Warum sollten wir riskieren, dass sie zu Schaden kommen, solange noch eine Chance besteht, heil zu landen? Die

Piloten haben noch eine Stunde, bis sie unten sein müssen. Plötzlich wird mir klar, dass die Kabinenablösung schon vor einer Stunde hätte kommen sollen. Wo sind sie? Zwischen der Kabine und dem Ruhebereich übertragen sich keine Geräusche, aber könnte jemand von oben runtergekommen sein, um sich etwas zu trinken zu holen, die Tür einen Spalt weit geöffnet und gesehen haben, was los ist? Ich stelle mir vor, wie sich die Person lautlos zurückzieht und einen Plan schmiedet.

Cesca begreift anscheinend schnell, was ich denke. »Ja, machen wir das.«

»Sie kann auf meinen Platz«, sagt Rowan. Er zeigt zu dem Film, der stumm auf dem Bildschirm läuft. »Ich glaube nicht, dass ich den jetzt noch zu Ende sehe.«

Cesca drückt den Knopf, um den Sitz zu einem Bett auszuklappen, und gemeinsam heben wir Carmel vom Boden nach oben. Ich decke sie zu, wobei ich meine Tränen unterdrücke.

Es tut mir so leid, Carmel, so unendlich leid.

Könnte ich die Zeit zurückdrehen, was würde ich tun? Hätte ich jene Tür geöffnet, wenn ich geahnt hätte, wie viel Blut vergossen würde? Ich stehe auf, die Hand auf Carmels noch warmem Körper, und einen schrecklichen Moment lang zwinge ich mich, mir Sophia stattdessen hier vorzustellen. Ohne jeden Zweifel hätte ich es wieder getan.

Jede Mutter, jeder Vater würde das tun.

Die Atmosphäre in der Kabine hat sich verändert. Passagiere drängen sich verängstigt in Gruppen zusammen, sind nicht mehr auf ihren Plätzen, sondern alle auf der anderen Seite, wohin Derek sie getrieben hatte. Flüchtig sehe ich in die Bar. Jemand steht an der hinteren Tür und bewacht die Economy-Kabine, genau wie Missouri und Sambesi wieder ihre Positionen vor der Business-Kabine eingenommen haben. Die Koordination macht mich frösteln. Diese Leute müssen monatelang geplant haben. Welche Chance haben wir, sie zu überwältigen? Der Lärm aus der Economy ist verklungen, und ich bete, dass die Crew kooperiert. Ihnen ist hoffentlich klar, was geschieht, wenn sie es nicht tun. Ich wische mir die Hände am Rock ab, wo sie dunkle Streifen auf dem Stoff hinterlassen.

Dann gehe ich durch die Kabine. Ich muss wissen, dass Sophia in Sicherheit ist, dass all dies nicht für nichts gewesen ist. Missouri hebt eine Hand, als ich mich ihr nähere; der schwarze Plastikauslöser ist deutlich sichtbar in ihrer Faust. Panik regt sich in mir, doch ich gehe weiter, weil ich es wissen muss.

Als ich nahe genug bin, um etwas zu sagen, das nur sie hört, halte ich beide Hände offen in die Höhe. So signalisiere ich ihr, dass ich keine Bedrohung bin.

»Wo ist meine Tochter?«

Nichts.

»Sie haben versprochen, dass sie sicher ist, wenn ich tue, was Sie wollen. Bitte …« Es bleibt mir im Hals stecken, doch ich wiederhole es. »Bitte, geht es ihr gut? Hat sie jemand verletzt?« Es kostet mich Kraft, nicht zu weinen, aber ich will nicht noch mehr Schwäche zeigen. Missouri antwortet nicht, und an ihrer Miene lässt sich nicht ablesen, ob sie mich gehört hat. Ich werde wütend. »Sie haben es versprochen. Ich habe genau getan, was Sie verlangt haben!«

»Wie unhöflich von mir.« Ein grausames Lächeln erscheint auf ihrem Gesicht, und sie wird lauter, sodass ihre Worte durch die Kabine hallen. »Ich habe ganz vergessen, Ihnen zu danken, dass Sie diese Flugzeugentführung möglich gemacht haben.«

»Wie bitte?«, fragt Jason Poke entsetzt.

»Mina war äußerst hilfsbereit. Ohne ihre Unterstützung hätten wir dieses Flugzeug nie in unsere Gewalt bringen können.«

»Sie sind eine von denen?«

»Nein, ich …«

»Wusste ich es doch!«, sagt Jamie Crawford. »Hab ich es nicht gesagt, Caz, dass mit ihr was nicht stimmt? Sie verfluchte Schlampe! Woher sind Sie überhaupt? Engländerin sind Sie nicht.«

»Was hat das damit zu tun?«, fragt Derek Trespass.

»Sie sieht wie eine Muslimin aus, deswegen, und wir sind mitten in einer beschissenen Terrorattacke. Da würde ich sagen, dass es ziemlich viel damit zu tun hat, oder?«

»Die sind Umweltaktivisten, keine Dschihadisten, Sie Idiot.«

»Semtex ist Semtex, Alter, egal wo jemand her ist, und ich sage Ihnen: Sie ist eine verdammte Terroristin.« Er zeigt mit dem Finger auf mich, und ich weiche ruckartig zurück, obwohl uns mehrere Sitzreihen trennen.

Es ist nicht das erste Mal, dass man mich misstrauisch beäugt. Ich war auf dem Rückflug von Dubai, und alle waren besonders angespannt gewesen, weil es erst in der Woche zuvor eine Bombendrohung in Katar gegeben hatte. Unser Start hatte sich verzögert, und eine Gruppe von jungen Männern war schon angetrunken. Zwei Stunden später waren sie komplett besoffen. Ich hörte, wie sie sich gegenseitig aufstachelten und ihre Provokationen von Mal zu Mal schlimmer wurden, wenn ich an ihnen vorbeikam.

»*Allahu akbar!*«

»Was ist der Unterschied zwischen einer Terroristin und einer Frau mit PMS? Mit einer Terroristin kann man verhandeln.«

»Komm mal her, Süße. Ich habe was in der Hose, das hochgeht, wenn du es anfasst.«

In Heathrow wurden sie wegen Straftaten gemäß dem Terrorismusgesetz festgenommen. Ich zwang mich, ihnen in die Augen zu blicken, als sie von Bord geführt wurden, obwohl meine

Knie so heftig zitterten, dass ich mich an die Wand lehnen musste.

»Das war ein Witz, verdammt!«, zischte mir einer von ihnen zu.

Es gab genug empörte Passagiere mit hinreichend Aufnahmen auf ihren Handys, dass ihre Anwälte sie überzeugten, sich schuldig zu bekennen. Meinem Chef sagte ich, dass es mir gut ging, obwohl mir der Vorfall noch monatelang nachhing, und der Hass in den Augen des Fußballers jetzt wühlt alles wieder auf.

»Was ist mit Ihnen?« Crawford dreht sich zu dem arabisch wirkenden Passagier auf 6J um, der sofort die Augen weit aufreißt vor Angst. »Sind Sie auch einer von denen?«

»Jamie!«, sagt Caroline, die so entsetzt ist wie mehrere andere Passagiere um mich herum. »Sei nicht so rassistisch.«

Der Mann von 6J stützt seinen Kopf in die Hände. Ich schäme mich, weil ich ihm nicht geglaubt hatte, dass er ungern fliegt. Was für eine Katastrophe er auch immer befürchtet haben mochte, es kann kaum so schlimm sein wie die Realität.

»Kann man uns ja wohl nicht vorwerfen.« Crawford ist in Fahrt. Er schaut sich nach Unterstützern um, und ich bin froh zu sehen, dass er kaum welche findet. Die meisten Leute vermeiden es, ihn anzusehen. »Ihr seid das doch immer, oder?«

»Ihr?«, fragt Derek Trespass. »Passen Sie auf, was Sie sagen.«

»Mir ist schnurz, ob Sie Muslime, Hindus oder bescheuerte Zeugen Jehovas sind«, sagt die Frau, die Weihnachten mit ihrer sterbenden Freundin verbringen will. »Aber *sie*« – sie zeigt auf mich – »hat denen geholfen, also ist sie eine von ihnen, ganz einfach.«

»Sie haben meine Tochter bedroht«, erkläre ich und versuche, nicht zusammenzubrechen. »Sie haben gesagt, sie würde verletzt, wenn ich nicht tue, was sie sagen.«

»Und was ist mit *meinem* Kind?«, schreit Leah Talbot durch die Kabine. Alle sehen zu ihr. Tränen rinnen ihr über die Wangen, als sie weiterspricht, immer wieder von Schluchzen unterbrochen. »Wissen Sie, wie lange ich darauf gewartet habe, Mutter zu sein? Elf Jahre. Elf Jahre voller Fehlgeburten, Fruchtbarkeitsbehandlungen und Bescheiden, wir kämen nicht für eine Adoption infrage.« Sie reißt Lachlan aus Pauls Arm und hält ihn vor sich. »Zählt sein Leben nicht? Was macht ihn weniger wichtig als Ihre Tochter?«

Paul nimmt seinen Sohn und seine Frau in die Arme, als Leah weinend auf den Sitz sinkt. Ich zittere, erinnere mich daran, wie verzweifelt ich mir ein Kind gewünscht hatte, wie der Unterleibsschmerz jeden Monat in meinem Herzen widerhallte.

»Sie sind alle wichtig!« Lady Barrow ist aufgestanden, und trotz ihrer kleinen Statur strahlt sie Autorität aus. »All unsere Kinder. Was dieses junge Mädchen auch getan hat, viele von Ihnen hätten genauso gehandelt, stünde das Leben Ihres Kindes auf dem Spiel.« In jeder anderen Situation hätte ich gelacht, weil sie mich ein junges Mädchen nennt, doch ich schweige, als Pat die selbstgerechten Proteste einiger übertönt: »Schluss damit! Hören Sie auf, alle! Ich zumindest will die letzten Stunden …« Sie zögert eine Sekunde, bremst sich, ehe ihr um ein Haar *meines Lebens* herausrutscht. »… dieser Reise nicht mit Streiten verbringen.«

Alle verstummen. Und die ganze Zeit hat Missouri sich alles lächelnd angesehen. Mir wird mit einem Anflug von Ekel klar, dass sie dies hier genießt. Vielleicht hatte sie es sogar geplant, sich gewünscht, dass wir aufeinander losgehen anstatt auf sie.

»Der Mann da drinnen.« Alice Davanti zeigt zur Cockpittür und sieht Missouri an. »Ist der überhaupt ausgebildeter Pilot?«

»Denken Sie, wir würden unsere eigene Mission gefährden? Er kann die Maschine fliegen.«

»Das ist nicht dasselbe.«

Furcht verbreitet sich wie ein Lauffeuer, und das Murmeln wird lauter, hysterisch, als alle sich das Schlimmste ausmalen.

»Amazonas ist ein fähiger Pilot. Er bringt uns unbeschadet an unser Ziel, solange Sie sich an unsere Anweisungen halten. Falls nicht …« Missouri sieht zu Carmels Leiche, und alle schlucken ihre Angst herunter.

Mehrere Bildschirme laufen noch, und Headsets liegen nutzlos auf leeren Sitzen. Ich sehe Zac Efron stumm und wütend auf eine ebenso stumme und wütende Frau einreden. Langsam bilden sich wieder kleine Passagiergruppen. Die Leute beruhigen sich gegenseitig oder flüstern aufgeregt. Als die Aufmerksamkeit nicht mehr auf Missouri und mich gerichtet ist, frage ich sie erneut. Ich hasse mich dafür, wie flehend ich klinge.

»Bitte, sagen Sie mir nur, ob es ihr gut geht.«

Missouri seufzt, als sei ich eine Nervensäge. »Das ist nicht meine Abteilung.«

»Aber Sie haben es versprochen!« *Sie haben es versprochen.* Als ginge es um ein Eis oder ein neues Fahrrad. Ich hätte ihnen niemals glauben dürfen. Diese Leute sind Verbrecher, Terroristen. Meine Hände ballen sich von selbst zu Fäusten, und Cesca berührt meinen Arm, als ahnte sie, was ich tun könnte.

»Dürfen wir Wasser verteilen?«, fragt sie Missouri. »Es könnte helfen, die Passagiere zu beruhigen.«

Missouri überlegt kurz. »Na gut, aber schnell. Und machen Sie keine Dummheiten.« Lauter schickt sie Erik und Rowan auf die andere Seite der Kabine, sodass der Gang frei ist. Sie selbst geht in die Mitte des Flugzeugs.

Cesca lässt meinen Arm los. »Ihr geht es gut«, sagt sie leise, und obwohl sie es unmöglich wissen kann, versetzt sie mich so in die Lage, einen Schritt zurückzutreten. Meine Atmung wird stabiler, und ich blinzle die letzten Tränen weg.

Ich muss ruhig bleiben und mich konzentrieren.

Was meine Tochter betrifft, habe ich getan, was ich konnte, um sie zu retten; jetzt müssen wir uns selbst retten.

Ich habe Sophia versprochen, dass ich immer zu ihr zurückkomme.

Nun muss ich einen Weg finden, dieses Versprechen zu halten.

VIERUNDDREISSIG

2 UHR | ADAM

Sophias Bemühungen resultieren unter anderem darin, dass sie mir den Nagel in den Daumenballen rammt, was mir einen kleinen Schmerzensschrei entlockt, bevor es metallisch nach Blut riecht. Ich sage ihr, dass es nicht so wild ist, und presse die Wunde fest hinten auf mein T-Shirt. Gleichzeitig frage ich mich, wann ich meine letzte Tetanusimpfung hatte. Doch Sophia schreit bereits, als hätte sie bisher alles zurückgehalten und würde nun von Tränen, Heimweh und deplatzierter Wut überwältigt.

Ich gestehe freimütig ein, dass mich Sophias Ausbrüche seit jeher überfordern. Auch wenn mir die Psychologie dahinter bewusst ist – dass sie sich nicht absichtlich schlecht benimmt –, habe ich Mühe, mit diesen Anfällen umzugehen.

»Es ist, als würde man eine Sprudelflasche schütteln«, hatte die Therapeutin gesagt. »Jede neue Begegnung, jede Herausforderung schüttelt sie ein bisschen mehr. Und irgendwann fliegt der Deckel ab. Früher oder später schäumt sie über.«

Die Lösung, sagte die Therapeutin, bestünde darin, den Deckel sehr langsam aufzudrehen und Sophia eine Chance zu geben, auf kontrollierte Weise Dampf abzulassen. *Gehen Sie nach dem Kindergarten mit ihr in den Park, oder lassen Sie sie zehn Minuten auf dem Trampolin springen,* lautete der Rat. Im Prinzip klingt es vernünftig, nützt aber herzlich wenig, wenn sich ein Kind unvermittelt auf den Schulhof wirft, kaum dass man durch die Tür ist, und schreit, bis es sich erbricht.

»Sophia, das reicht!«, sage ich dann zu ihr, obwohl ich weiß, dass ich es so nur schlimmer mache. Trotzdem kann ich nicht anders.

»Komm, meine Kleine, ich trage dich«, bietet Mina in derselben Situation an, als wäre Sophia krank und nicht wütend. Und mein Frust und meine Hilflosigkeit lösen meistens einen Streit aus.

»Mummy!«, schreit Sophia jetzt. »Ich will zu Mummy!«

»Will ich auch!« Meine vehemente Reaktion lässt sie vor Schock verstummen. Eine Sekunde lang sehen wir einander an, bis ich begreife, dass ich weine. Ich senke den Kopf und wische mir mit den Schultern die Wangen. *Mina, Mina, Mina …*

Kurz nachdem Mina als Flugbegleiterin angefangen hatte, gab es bei einer anderen Airline einen Entführungsversuch. Damals hatten alle Angst. Jedes Mal, wenn sie flog, fühlte es sich an, als würde ich den Atem anhalten, bis sie wieder gelandet war. Und ich flehte sie an, sich eine andere Tätigkeit in der Branche zu suchen.

»Aber ich liebe meinen Job.«

»Und ich liebe dich. Deshalb würde ich gern darauf zählen können, dass du in einem Stück nach Hause kommst.«

Immer noch in einem Stück, schrieb sie mir danach immer, sowie sie gelandet war. Allmählich entspannten wir uns. Die Jahre lullten uns in eine trügerische Sicherheit, und als Sophia da war, dachte ich so gut wie gar nicht mehr über die Risiken nach. Es hatte seitdem keine weitere versuchte Entführung mehr gegeben, sodass die ganze Welt glaubte, dabei würde es auch bleiben. Tat es aber nicht.

Nun war es passiert.

Sophia zieht sich die Ärmel ihres Bademantels über die Hände und wischt meine Tränen weg. Sie flüstert, als fürchtete sie sich vor ihren eigenen Worten. »Ist Mummys Flugzeug abgestürzt?«

Ich hole tief Luft. »Nein, Schätzchen, ist es nicht.« Die Nachrichten kommen alle zwanzig Minuten, und jedes Mal wappne ich mich, um stets das Gleiche zu hören. *Kein Kontakt ... keine Abweichung von der geplanten Route ... keine neuen Informationen.* Ein Sprecher der Climate Action Group hat jedwede Beteiligung abgestritten. *Unser Ethos ist passiver Widerstand und ziviler Ungehorsam,* sagte er. *Gewalt und Verbrechen heißen wir weder gut, noch ermuntern wir zu solchen Taten.* Von Becca ist nichts zu hören, und ich stelle mir vor, wie sie über die Tracking-App gebeugt ist und wartet, dass das Flugzeug den Kurs ändert. Die Angst, die ich in ihrer Stimme gehört hatte, hat mich nicht beruhigt; ganz im Gegenteil. Ängstliche Verbrecher sind gefährlich. Sie sind unberechenbar.

»Geht es Mummy gut?« Sophia hockt neben mir, und ihr Gesicht ist so nahe, dass ich ihren Atem auf meiner Haut fühle. Ein Kloß bildet sich in meinem Hals, und ich merke, wie neue Tränen in meiner Nase kribbeln. Ich habe keine Ahnung, was ich tun oder wie viel ich ihr sagen soll.

Mina würde es wissen.

Mich durchströmt eine Woge der Liebe, die sich Bahn bricht in einem Heulen, das meinem Herzen wehtut und bei dem ich mich zusammenkrümme; ich muss an den Streit denken, die üblen Worte und die Verbitterung, die meine Lügen in diese Beziehung gebracht haben.

»Daddy?« Sophia berührt meinen Kopf, und mir ist bewusst, welche Angst sie hat. Dennoch kann ich nichts sagen, weil ich um Atem ringe und versuche, mich selbst in dieser Ruine von Mann zu finden, der wie ein Kleinkind flennt. Wie konnte ich es so weit kommen lassen? Hätte ich mich nicht verschuldet, wäre ich niemals zu Kredithaien gegangen. Katya wäre nie bedroht worden; es hätte keine Geheimnisse gegeben, die Mina und mich auseinanderrissen, keinen Schläger an der Haustür mit

Fäusten, denen egal war, was sie brachen. Becca hätte mich nicht unter Drogen setzen können, wäre gescheitert, bevor sie angefangen hätte, und Sophia und ich wären nicht in diesem Keller, ohne eine Chance, uns zu befreien. Dies alles ist meine Schuld. Becca mag den Schlüssel umgedreht haben, doch ich habe mich schon seit Monaten selbst eingesperrt.

»Daddy, ich hab Angst.«

Ich muss mich zusammenreißen.

Langsam bekomme ich meine Atmung in den Griff. Ich dehne alle Muskeln, die steif vor Kälte und Bewegungsmangel sind. Meine Finger fühle ich kaum noch.

»Und ich hab Hunger.«

»Ich auch.« Meine Stimme bricht, und ich huste, um es wiederholen zu können und mich wie auch Sophia davon zu überzeugen, dass ich nicht die Nerven verliere. Als könnte auf wundersame Weise Essen erscheinen, blicke ich mich im Keller um. »Wir müssen noch mal nach Becca rufen, okay?«

Sophias Unterlippe bebt.

»Sie ist die Einzige, die uns Essen bringen kann. Und sie kann dir nicht wehtun, da passe ich auf, hast du gehört?«

Ihr Schweigen nehme ich als Ja und rufe, so laut ich kann. »Becca! Becca! Becca!« Ich mache eine Pause, weil ich glaube, eine Bewegung zu hören, bin jedoch nicht sicher. »Becca? Wir brauchen Essen! Wasser!«

Wir horchen. Über uns sind Schritte, und ein Schatten fällt auf den schmalen Lichtstreifen unten an der Tür. Das Radio verstummt abrupt.

»Sophia braucht Essen und Wasser.«

Nichts. Aber zumindest bleibt der Schatten. Also versuche ich es wieder: »Nur ein bisschen Wasser, Becca, bitte.«

»Ich öffne die Tür nicht. Du wirst versuchen zu fliehen.« So angespannt, wie sie klingt, muss sie gestresst sein. Weil sie nicht weiß, was sie tun soll? Oder weil ihr bereits klar ist, dass sie zu weit gegangen ist? Sie muss ruhig bleiben. Wenn sie ruhig ist, kann ich sie vielleicht umstimmen.

»Ich kann mich nicht bewegen – wie soll ich denn fliehen?« Ich ziehe an dem Rohr hinter mir, und das Metall scheppert dumpf.

»Du versuchst irgendwas.«

»Bitte, Becca. Nur etwas Essen für Sophia.« Ich sehe meine Tochter an. »Na los, probier du es«, flüstere ich.

»Bitte, Becca, ich habe so Hunger!«

Der Schatten entfernt sich von der Tür. Einen Moment lang denke ich, sie ist weg, doch dann höre ich Geräusche aus der Küche – Schranktüren werden geöffnet, die Besteckschublade, der Kühlschrank. Das Radio geht wieder an. Der Refrainrest von »Last Christmas« ertönt, bevor es wieder losgeht mit den Hörerbeiträgen dazu, wie es ist, in *dieser besonderen Jahreszeit* allein zu sein.

Ich muss überlegen. Dies könnte unsere einzige Chance sein.

»Sophia, wir kommen hier raus.« Sie sieht mich forschend an, und ich frage mich, wie viel ich von ihr verlangen kann. »Wie schnell kannst du laufen?«

»Richtig, richtig schnell. Ich bin die Schnellste in der ganzen Schule.«

»Und kannst du auch ganz superleise sein?«

Sophia setzt sich in den Schneidersitz, verschränkt die Arme vor sich und presst die Lippen fest zusammen, so wie morgens in der Schule, wenn alle Namen aufgerufen werden.

Ich lächle. »Sehr gut! Wir spielen ein Spiel, okay? Zuerst wirst du superstill, dann rennst du, so schnell du kannst.«

Die Kellertür oben geht nach innen auf. Wenn Sophia sich an der Wand dahinter versteckt, kann Becca sie nicht sehen.

»Zieh deinen Bademantel aus und leg ihn da drüben hin.« Ich

nicke zur dunkelsten Ecke. »Wir tun so, als würdest du da auf dem Boden liegen.«

Sophia tut es, und ihre Zähne klappern schon vor Kälte, als sie den Bademantel auslegt. Es ist nicht perfekt, aber Beccas Augen werden sich nicht so schnell auf die Dunkelheit einstellen, und ich brauche sie nur wenige Schritte im Keller …

»Ich werde ihr sagen, dass dir schlecht ist«, erkläre ich Sophia. »Dass sie dir helfen muss. Sobald sie die Stufen runterkommt, rennst du in die Küche und direkt aus dem Haus, ja? Bleib nicht stehen, hast du gehört?«

»Und du auch?«

»Du musst das leider allein machen, Süße.« Ich blicke ihr in die Augen. »Du kannst es, das weiß ich.«

Das Licht unter der Tür flackert. Becca geht umher. Viel Zeit bleibt uns nicht.

»Geh hinter die Tür, Schätzchen. Mucksmäuschenstill.«

Sophia eilt die Treppe hinauf und drückt sich oben an die Wand. Das Licht ist zu schlecht, als dass ich ihr Gesicht sehen kann, aber ich weiß, dass sie mich ansieht, und ich wünschte, ich könnte für sie die Daumen recken. Stattdessen lächle ich ihr zu, auch wenn sie es vermutlich nicht erkennt. Oben knallt eine Tür. »Bereit?«, flüstere ich.

»Ja.«

Zu spät wird mir klar, dass ich Sophia nur gesagt habe, sie soll rennen, nicht, *wohin*. Mo wird um diese Zeit nachts nicht aufmachen, und das dritte Haus in unserer Reihe ist ein Ferienhaus, in dem selten jemand ist. Das nächstgelegene Haus in Vogelfluglinie ist durch den Park in der Wohnanlage. Selbst wenn Sophia es durch den Park schafft, bei wem wird sie klingeln? Irgendwo in der Anlage wohnt ihre Freundin Holly, doch selbst ich habe Mühe, die Adresse in dem Straßenlabyrinth zu finden. Was ist, wenn sie sich verirrt?

Was, wenn Becca sie einholt?

Ich will schon riskieren, ihr noch etwas zuzuflüstern, da höre ich ein Schaben und einen dumpfen Knall. Oben an der Treppe ist nichts zu sehen, kein Schatten, keine Bewegung auf dem dünnen Lichtstreifen. Plötzlich fühle ich einen Schwall kalter Luft, der von über mir kommt. Becca ist draußen an der alten Kohlenrutsche. Die ungefähr siebzig mal siebzig Zentimeter große Öffnung ist im Rasen an der vorderen Hauswand verborgen. Von unten befindet sie sich auf halber Höhe der Kellerwand, und die Rutsche selbst ist so steil, dass man nicht hinauf und nach draußen sehen kann. Die kalte Luft ist nahe genug, dass ich sie spüre, jedoch nichts sehe, und ich denke unwillkürlich, dass es für Mina gerade umgekehrt sein muss.

Etwas fällt von oben herunter, trifft mich an der Schulter und prallt auf den Boden. Ich höre, wie die Betonplatte wieder über die Öffnung gezogen wird, und die Luft verändert sich, als wäre ein Fenster geschlossen worden.

Zunächst bleibe ich still und lausche auf Becca, die zurück ins Haus läuft. Die Haustür knallt, und mich überkommt pure Verzweiflung. Unsere einzige Fluchtchance, und Becca hat verdammt gut dafür gesorgt, dass wir sie nicht ergreifen konnten. Ich rufe Sophia zurück.

»Aber ich muss hier sein, wenn sie die Tür aufmacht.«

»Das wird sie nicht, Schatz.«

Was mich an der Schulter getroffen hat, ist eine Supermarkttüte, deren Griffe zu einem Knoten geschnürt sind, den Sophia nicht aufbekommen kann. Sie reißt stattdessen an dem Plastik, nimmt eine Wasserflasche und zwei verpackte Sandwiches heraus, von denen sie mir eines reicht.

»Du wirst mich füttern müssen.«

»Wie ein Baby?«

»Leider ja.«

Sophia nimmt ein Sandwich in jede Hand und isst ihres schon, als sie mir das andere vor den offenen Mund hält. Es ist grob geriebener Käse ohne eine cremige Unterlage auf trockenem Brot, und der erste Bissen bleibt mir im Hals stecken. Für einen flüchtigen Moment habe ich Panik, dass ich daran ersticke, dann gleitet der Brocken nach unten, und ich kann wieder atmen. Sophia macht es mir nach, schluckt so übertrieben, dass sich ihr gesamter Körper bewegt, ehe sie noch einen Happen Sandwich abrupft.

»Besser?«

Sie nickt nur, weil ihr Mund zu voll ist, um zu antworten. Der deutlich ruhigere Nachtmoderator im Radio sagt, dass es *weitere Meldungen zur Topstory von heute* gibt, und ich bedeute Sophia mit einem Rucken des Kopfes Richtung Treppe, still zu sein.

Downing Street hat eine Notfallsitzung wegen der bestätigten Entführung der Boeing 777 durch Klimaaktivisten einberufen. Den aktuellen Meldungen nach werden wohl über 350 Menschen an Bord von Flug 79 als Geiseln gehalten, dem allerersten Direktflug von London nach Sydney. Die Entführer haben bekannt gegeben, dass sie die Maschine in der Luft halten werden, bis der Treibstoff aufgebraucht ist, es sei denn, die Regierung entspricht ihrer Forderung, die Kohlendioxidemissionen bis 2030 auf null zu bringen und gegen alle Airlines Bußgelder zu verhängen, die nicht nachweislich auf erneuerbare Energien umstellen. Vor wenigen Minuten kam eine Erklärung aus Downing Street …

»Daddy, das ist Mummys Flugzeug.«

Als sie zu einem Reporter vor Ort schalten, hören wir gedämpfte Geräusche von einer Menge – klickende Kameras, redende Journalisten – und das undefinierbare Knistern der Nachtluft. Ich stelle mir den Premierminister im Flutlicht der Downing Street vor, ihm gegenüber die Scharen von Medienvertretern, die aus den Betten geklingelt worden waren.

Sag einfach Ja, flehe ich ihn im Geiste an. *Was immer sie wollen – stimm einfach zu.* Er muss ja nicht Wort halten, oder? Diese Leute sind Verbrecher. Terroristen. *Sag einfach Ja.* Ich zerre an dem Metall an meinen Handgelenken, frustriert, zum Unbeteiligten in meiner eigenen Krise degradiert zu sein. Mit jedem Radio-Update fühle ich mich hilfloser.

»Ich möchte allen Familien der Passagiere und der Besatzung von Flug 79 mein Mitgefühl ausdrücken. World Airways nimmt persönlich Kontakt zu allen nächsten Angehörigen auf, um sicherzustellen, dass sie so gut wie möglich auf dem Laufenden gehalten werden.«

Mein Handy ist oben, und der Akku war schon fast leer, als ich Sophia abgeholt habe. Haben sie versucht, mich anzurufen? Andererseits bin ich vielleicht nicht mehr als Minas nächster Angehöriger verzeichnet. Ich stelle mir vor, wie sie der Personalabteilung schreibt und die Nummer einer Freundin oder ihres Vaters angibt … *Aufgrund meiner kürzlichen Trennung bitte ich Sie, meine Daten zu aktualisieren.* Prompt werde ich wütend, nicht auf Mina, sondern auf mich selbst. Meine Ehe ist um mich herum zerbröckelt, und ich hätte sie retten können. Ich war nicht Tausende von Meilen entfernt, habe nicht auf Radiomeldungen gelauscht und war nicht knapp zwei Meter unter der Erde an ein Rohr gefesselt. Ich war direkt neben Mina – ein Co-Pilot, kein Passagier – und habe nichts getan.

Der Premierminister fährt fort.

»Die indonesische Flugsicherung hat die entführte Maschine identifiziert und die Vollmacht für ein militärisches Abfangmanöver erhalten. Wir erkundigen uns gegenwärtig, welche Maßnahmen ergriffen wurden, seit kein Funkkontakt mehr zu Flug 79 besteht.«

Da er nun sauber jede Verantwortung von sich gewiesen hat, legt er eine Pause ein.

»Täuschen wir uns nicht.« Noch eine Pause. *»Dies ist ein Terroranschlag.«*

Ja. Ich habe weder ihn noch seine Partei gewählt, aber wenigstens nennt er es beim Namen. Keine Aktivisten, keine Umweltschützer oder lächerlichen Hippies, die den Verkehr mit Regentänzen aufhalten. Terroristen.

»Und wir lassen uns nicht von Terroristen erpressen.«

Was? Nein! Nein, nein, nein …

»Umweltverschmutzung ist ein zentrales Thema meiner Partei, und wir arbeiten unermüdlich daran, mit der Luftfahrtindustrie an niedrigeren Emissionen zu …«

Den Rest höre ich nicht mehr. In meinem Kopf dröhnt es. Ich sehe nur Mina; höre nur die Worte eines Mannes, für den nichts auf dem Spiel steht, der keine Angehörigen an Bord der gekidnappten Maschine hat. Jemand, der an die politischen Möglichkeiten denkt, wie er hiermit Wähler in der nächsten Wahl ködert.

Wir geben nicht nach.

Und was heißt das für Mina?

FÜNFUNDDREISSIG

PASSAGIER 1G

Ich fand es interessant zu sehen, wie die Passagiere aufeinander losgingen. Wie schnell jeder menschliche Anstand verpufft und roher Instinkt und Vorurteile übernehmen …

Ihr Gedankensprung zum islamistischen Terrorismus war normal, und tatsächlich hatte ich all solche Aktionen gründlich studiert und eine Menge über die Hingabe, Geduld und Methodik der Terroristen gelernt. Den Bombenanschlägen 2008 in Mumbai war beinahe ein Jahr Training und Planung vorausgegangen. Jene Leute motivierte ihr Glaube; uns die Wissenschaft. Die Fakten sind unstrittig, ob man sie hören will oder nicht.

Die Passagiere in der Businessclass sind still, seit sie gesehen haben, zu welch extremen Maßnahmen sie mich genötigt haben. Ich hatte nicht vorgehabt, Carmel umzubringen, doch ihr Tod hat unsere Machtposition gestärkt, und ich habe gespürt, dass es von da an leichter würde. Während die übrige Crew damit beschäftigt war, Wasser zu holen, nutzte ich die Gelegenheit, um der Economy-Kabine einen Besuch abzustatten. Auf dem Weg bemerkte ich eine Bewegung hinter der Bar. Ich blieb stehen.

»Wer ist da?«

Langsam stand ein Mann auf, dessen erhobene Hände so auffällig zitterten, dass es wie ein Tanz aussah.

»Wie heißen Sie?«

»H-Hassan.«

»Gehen Sie lieber nach hinten.«

Der Mann reagierte sofort, duckte sich unter der Tresenklappe durch und stolperte hektisch voraus in die Economy-Kabine, wo Niger den linken Gang bewachte.

»Schaff ihn zum Rest der Crew«, raunte ich ihm zu.

Niger nickte nur kurz, trat zur Seite, als Hassan vorbeihastete, und versetzte ihm einen Schubs, woraufhin der Mann durch den Gang eilte. Hinten am Eingang der Bordküche zogen mehrere Crewmitglieder den unglücklichen Barmann zu Boden. Niger hatte ihnen allen befohlen, sich auf den Gangboden zu setzen, wo er besser im Blick hatte, ob sich jemand bewegte. Mich beeindruckte seine Eigeninitiative. »Ist gut, ich geh wieder nach vorn«, sagte ich etwas lauter.

Das Leben auf der Straße hatte Niger einen Vorteil gegenüber den anderen verschafft und ihm eine Härte verliehen, die bedeutete, dass er sich nicht leicht einschüchtern ließ. Als ich ihn bei einer Demo gegen die globale Erwärmung kennenlernte, schmierte er Vaseline auf die Windschutzscheibe eines Mannschaftswagens, der in einer Seitenstraße parkte. Die Besatzung war derweil dabei, einen vollkommen friedlichen Protest zu verhindern. Unsere Blicke begegneten sich, als er eben von der Motorhaube rutschte. Er trug eine Balaklava; ich hatte eine Mütze auf und einen Schal vor den Mund gebunden, was es schwierig für ihn machte, meine Stimmung einzuschätzen.

»Verdammte Schweine«, sagte ich, möglicherweise zum einzigen Mal in meinem Leben.

Er nickte zustimmend. »Da ist noch einer in der Bridge Street.«

»Geh du vor.«

Dann grinste er und warf mir die Vaseline zu. Furchtlos und schlau. Seine Schwachstelle musste ich noch finden. Ich fing die Dose problemlos auf, und zusammen rannten wir los, vereint gegen einen gemeinsamen Feind. Am Abend hatte ich einen neuen Rekruten (wovon er zu dem Zeitpunkt nichts wusste), und er hatte einen Platz zum Wohnen, nachdem ich einige Gefallen eingefor-

dert hatte. Er hat seine Rolle in unserer Organisation nie mit jener zufälligen Begegnung in Verbindung gebracht – bei unseren Online-Chats nicht geahnt, dass wir uns bereits persönlich kannten –, und so war es mir auch am liebsten. Ich kannte jeden; keiner kannte mich.

Im krassen Gegensatz zu Niger war ich bereits beunruhigt, was Ganges betraf. Er war jung, noch in den Zwanzigern, und obwohl er einen Abschluss in Psychologie hatte und zu der Zeit in einem NHS-*Krankenhaus arbeitete, fand ich seine Einstellungen teils ziemlich verdreht. Ich beobachtete, wie er seine Position einnahm – er sollte den Eingang von der Economy zur Bar bewachen –, und sah, dass er vor Angst zitterte. Es war klar, dass er überlegt hatte, sich von uns zu trennen, und ich wusste, dass ich ihn im Auge behalten musste.*

Ich blickte mich im Flugzeug um und zählte die Teammitglieder; stimmte ihre Positionen mit den Namen ab, die Namen mit den Gesichtern. In der Economy-Kabine schienen die Leute folgsamer zu sein als in der Business, und ich fragte mich, ob die Passagiere vorn per se ein gewisses Anspruchsdenken hatten und deshalb so viel anstrengender waren. Vielleicht interpretierte ich auch bloß zu viel hinein. Möglicherweise bewirkten die engeren Sitze hier auch schlicht, dass sich alle eher in eine Geiselsituation fügten.

Mehrere Passagiere machten sich vergebens an ihren Handys zu schaffen. Vermutlich glaubten sie immer noch, das WLAN *wäre nur »vorübergehend gestört«, wie es zuvor geheißen hatte. Ich konnte sehen, dass sie verzweifelt auf Tasten und Displays eintippten, die Geräte sogar hoch über ihre Köpfe hielten, als könnte der Empfang dort besser sein.*

Natürlich spielte die Kommunikation bei der Operation eine entscheidende Rolle. Wir beschlossen, dass wir nicht versuchen würden, den Cockpitfunk zu hacken. Jangtse war ziemlich sicher, dass es ginge, und sogar unbedingt dafür, es zu probieren, aber es schien ein unnötiges Risiko. Sobald wir die Maschine übernommen hatten, wäre die Flugsicherung ohnehin weitestgehend machtlos, und es bestand die Gefahr, dass Jangtses Hack zu früh bemerkt würde und man die Behörden alarmierte.

Viel wichtiger war, das WLAN *in den Kabinen auszuschalten. Minas Rolle war wesentlich für den Erfolg unserer Mission und beruhte vor allem darauf, dass sie nicht mit Adam würde kommunizieren können. Natürlich war sie deswegen panisch, aber darum ging es ja gerade.*

Wie sich herausstellte, war es besser für sie, nichts zu wissen.

SECHSUNDDREISSIG

4 STUNDEN BIS SYDNEY | MINA

Als Cesca und ich in der Bordküche Kannen mit Wasser füllen, sehe ich zur Cockpittür. Was passiert da drinnen? Bisher gibt es keinen Hinweis darauf, dass die Maschine nicht von einem erfahrenen Piloten geflogen wird, und ich frage mich, ob der Mann, den sie Amazonas nennen, weiß, was er tut, oder ob wir immer noch auf Autopilot sind.

Könnte Mike noch am Leben sein?

Ich klammere mich an Strohhalme, ich weiß, aber wenn er noch lebt – bewusstlos geschlagen, gefesselt, aber *lebendig* –, schulde ich es ihm, das hier wieder in Ordnung zu bringen. Irgendwas muss ich tun. Missouri kann ich nicht sehen, aber die blonde Frau, Sambesi, beobachtet mich. Sie sieht abwechselnd zu Cesca, mir und den Passagieren in der Kabine. Sie ist nur etwas über einen Meter fünfzig groß und zierlich, steht jedoch wie eine Boxerin da, und ihre Miene zeigt nicht die geringste Spur von Nervosität. Vielmehr lächelt sie, als wolle sie sagen, *Na los, zeig mir mal, was du so draufhast.*

Der Langbeinige von 2D steht auf und streckt sich, als wolle er sich bloß die Beine vertreten, nicht ein Flugzeug kidnappen. Er geht in die Bordküche, lehnt sich an die Cockpittür und betrachtet das Bild vor ihm. Dann nickt er der Blonden zu.

»Jangtse.« Seine Mundwinkel zucken, als er sie von oben bis unten mustert. »Eine Frau, was?«

»Allerdings.«

Die Antwort klingt angespannt, und ich sehe zu Cesca, weil ich nicht verstehe, was hier vor sich geht. Sie ist offensichtlich genauso verwirrt wie ich. Dann versuche ich zu erkennen, ob der große Mann Sprengstoff trägt. Er hat ein T-Shirt an, und es sind weder verräterische Wölbungen noch Drähte zu sehen. Er bemerkt meinen Blick und zieht eine Augenbraue hoch. Ich wende mich ab, ehe er mir meinen Ekel ansieht.

»Kein Glas.« Sambesi zeigt zu Cesca, die ein Tablett mit den Weingläsern füllt, die wir in der Businessclass benutzen. Wortlos stellt Cesca sie zurück in den Schrank und holt einen Stapel Pappbecher hervor. Ich öffne bewusst langsam andere Schränke, hole Wasserflaschen und Brezeltüten heraus, während ich im Geiste den Inhalt der Bordküche nach einer möglichen Waffe durchgehe. Essen und Trinken, ein Herd, eine Kaffeemaschine, die Kühlfächer … nichts, was ich einfach nehmen und einsetzen kann.

Könnte ich ein Glas zerbrechen, wäre es denkbar, dass ich eine Scherbe irgendwo verstecke; nur, wie soll das gehen, wenn die beiden uns beobachten? Im Schrank sind Portweingläser – schmale Stiele, die leicht und leise durchbrechen. Würde es auffallen, wenn ich mir eines in die Tasche steckte? Ich schiebe eine Hand in meine Tasche, um die weißen Baumwollhandschuhe hervorzuholen, die wir laut Dindar möglichst immer tragen sollen, wenn wir Essen servieren.

»Mach schon.«

Meine Finger sind noch klebrig von Carmels Blut. Und ich ertaste die Nachricht, die ich bei Sophias Flapjack gefunden hatte. Zu gern würde ich sie mir kurz ansehen, ertrage jedoch den Gedanken nicht, dass die Entführer sie mir wegnehmen und diese fragile Verbindung zwischen meiner Tochter und mir zerreißen.

Für meine Mummy.

In der Tasche presse ich den Zettel an meine Hüfte und erinnere mich an Sophias Gewicht als Kleinkind, wenn ich sie halb schlafend vom Auto ins Haus trug. Wie ihre Beine zu beiden Seiten baumelten und ihr Kopf an meine Brust sackte. Ruhig atme ich aus.

Ich komme zu dir zurück, Sophia.

Das wiederhole ich im Geiste, als ich mit Cesca durch die Kabine gehe und unter den wachsamen Blicken der Entführer Wasser ausschenke. *Ich komme zu dir zurück.* Mit jedem Mal scheint es mir machbarer, werde ich zuversichtlicher, dass ich stark genug bin, dies hier zu überleben.

»Geht es?« Es ist Rowan, der Passagier, der mit Carmel geholfen hatte. Er hat sein blutgetränktes Sweatshirt ausgezogen und gegen ein beinahe identisches in einem etwas dunkleren Grau gewechselt. »Das durfte ich aus meinem Handgepäck nehmen.« Er sieht zu meiner bespritzten Uniform. »Möchten Sie sich umziehen? Ich habe immer einige Ersatzkleidung dabei, falls mein Gepäck verloren geht.«

»Danke, ist schon gut.« Carmels Blut auf meiner Kleidung fühlt sich wie eine Strafe an, die ich verdiene, und eine Erinnerung an das, was wir bereits verloren haben.

»Ich glaube nicht, dass die anderen Sprengstoff haben«, sagt Cesca leise, die Augen auf die Kabine fixiert. »Ich sehe nichts in ihren Händen.«

Die Entführer wandern in den Gängen auf und ab und schreien die Passagiere an, die Hände dort zu lassen, wo sie sie im Blick haben. Ich sehe sie mir nacheinander an, beobachte, wie sie ihre Arme schwenken. Es ist unmöglich zu erkennen, ob sie irgendwas unter ihren Sachen tragen, aber Cesca hat recht: Keiner hat eine Zündung in der Hand.

Könnten wir Missouri überwältigen und ihr den Auslöser abnehmen, bevor sie eine Chance hat, ihn zu betätigen? Die Erfolgschancen sind winzig, und wenn wir scheitern … Ich denke an die vielen Male, die Adam mit gewalttätigen Kriminellen gerungen hat und mir hinterher davon erzählte, als wäre es nichts gewesen. Bloß Fäuste, bloß Nadeln, bloß Messer. Er war auf leise Art mutig.

Ich komme zu dir zurück, wiederhole ich stumm mein Mantra, und diesmal denke ich nicht nur an Sophia.

Als Missouri zurückkehrt, merken wir alle auf. Der Anblick des Auslösers und der Drähte in ihrer Hand reicht, uns gehorsam zu machen.

»Ich will, dass Sie in die Economy gehen. Weg mit dem Wasser.« Sie dreht sich zur Kabine und klatscht auf diese verstörend altjüngferliche Art in die Hände, bevor sie den Befehl ruft: »Alle nach hinten. Los!« Das letzte Wort schreit sie, was ein panisches Eilen aus der Businessclass und durch die Bar zur Economy bewirkt.

»Planänderung«, höre ich Missouri zu Sambesi sagen, als wir an ihr vorbeigehen. »Ich will sie weiter weg von der Action.«

Im Barbereich teilen sie uns grob in zwei Gruppen und treiben uns in die beiden Gänge in der Economy. Ich werde zum rechten geschoben, zusammen mit Cesca, Rowan und den beiden Journalisten. Der arabisch aussehende Mann von 6J ist vor uns, bewegt sich aber nicht. Jeder Muskel an ihm ist angespannt, und als wir an ihm vorbeigehen, nehme ich eine säuerliche Note von abgestandenem Schweiß wahr. Hinten im Flugzeug sehe ich die restliche Crew auf dem Boden hocken. Die Tür zum Ruhebereich ist noch geschlossen. Wissen die anderen, was los ist, und verstecken sich?

»Hinsetzen. Sofort!«

Wir lassen uns zwischen den Sitzen nieder, und in der plötzlichen Enge bekomme ich Atemnot. Ich bin vorn im Gang, Cesca hinter mir, dann kommen Rowan, Derek Trespass und schließlich Alice Davanti.

»Hände an den Kopf!«

Hunderte Ellbogen ragen auf. Lachlan schreit wieder. Es ist das laute Jammern eines hungrigen Babys. Irgendwo anders in der Kabine breitet sich leises Schluchzen aus.

Der langbeinige Jangtse ist noch in der Bar. Er verneigt sich übertrieben vor Missouri und schlägt die Hacken zusammen. »Jangtse, melde mich zum Dienst.«

Sie kontert schlagfertig: »Hast dir Zeit gelassen.«

»Ich dachte, du hast alles im Griff.«

Missouri verzieht das Gesicht, als müsse sie sich entscheiden, ob sie sich geschmeichelt fühlen oder beleidigt sein soll, und auf einmal ergibt dieses seltsame Gespräch zwischen den beiden Entführern vorn in der Bordküche einen Sinn.

Eine Frau, was?

Allerdings.

»Die kennen sich nicht«, sage ich zu Cesca. »Sie sehen sich zum ersten Mal.«

Der arabische Mann steht noch und sieht sich hektisch in der Kabine um. Ich versuche, Blickkontakt zu ihm herzustellen, um ihm zu bedeuten, dass er uns alle in Gefahr bringt, da faucht Missouri ihn schon an.

»Verflucht noch mal, Ganges, reiß dich zusammen!«

Ganges?

Der Mann nickt und pflanzt sich in die Mitte, den Blick auf das hintere Ende der Kabine fixiert. Ein kalter Schauer läuft mir über den Rücken, denn ich hatte meinen Verdacht ignoriert, mich sogar für ihn geschämt.

Missouri wiederholt ihre Anweisungen gegenüber einem Mann auf der anderen Seite der Kabine. »Niger, bewach den Gang.«

Ganges. Niger.

Flüsse, wird mir endlich klar. Missouri ist die Anführerin. Sie steht mit der blonden Sambesi und dem langbeinigen Jangtse in der Bar. Ganges ist der junge Mann, dessen Füße nur Zentimeter von meinen Knien entfernt sind. Mittelgroß, dünn und mit dem weichen, ungesunden Teint von jemandem, der sich wenig bewegt. Er hat eine Metallrahmenbrille auf, und sein schwarzes Haar steht zu Berge, als wäre er sich eben mit den Fingern hindurchgefahren. Er tritt von einem Fuß auf den anderen, nestelt an seinen Taschen, seinen Knöpfen, seinem Kragen. Gleichzeitig kratzt er sich am Hals, nagt an seiner Unterlippe und blickt erst über den Gang, dann zurück zu den beiden Entführern hinten in der Kabine. Vielleicht spürt er, dass ich ihn ansehe, denn er schaut nach unten. Ich versuche zu lächeln, und er wird rot, sieht rasch weg und setzt sein nervöses Gehampel fort. In dem gegenüberliegenden Gang ist der Mann, den Missouri Niger genannt hat. Bisher habe ich ihn nur flüchtig gesehen, bevor wir uns auf den Boden hocken mussten.

Jetzt drehe ich mich um und flüstere den anderen zu: »Ich zähle sechs, einschließlich desjenigen, der die Maschine fliegt.«

»Denken Sie, es gibt noch mehr?«, fragt Derek. Er ist jünger, als ich gedacht hatte, wie ich nun feststelle. Sein Haar ist nur frühzeitig schütter geworden, und er hat Sorgenfalten auf der Stirn.

»Alle anderen haben die Hände an den Kopf gehoben.« Rowan kniet sich hin und blickt sich nach hinten um. Alle Passagiere sitzen, entweder auf ihren Plätzen oder auf dem Boden, und es ist unheimlich ruhig. Dann schaut Rowan wieder zu den Entführern und erschaudert. »Sich vorzustellen, dass sie die ganze Zeit bei uns gesessen haben, und wir hatten keinen Schimmer.«

»Einige von uns wussten Bescheid …« Alice Davanti sieht zu mir, doch niemand geht darauf ein. Wir müssen uns eine Strategie überlegen.

Kurz nachdem ich bei World Airways angefangen hatte, startete dort ein Trainingsprogramm, das uns alles Nötige für den Fall einer Entführung vermitteln sollte. Geleitet wurde das Programm von einem früheren Piloten und Kampfsportspezialisten, und es fand in einem Hangar auf einem Privatflughafen in Gloucestershire statt, in der vorderen Hälfte einer außer Betrieb genommenen Boeing 747. Wir fröstelten in unseren Mänteln, als wir auf Plastikstühlen neben der halben Maschine saßen und uns der Referent eine Einführung in Populärpsychologie und Verhandlungstaktiken gab. Nach dem Mittagessen wurden wir in zwei Gruppen aufgeteilt – Kabinencrew und Passagiere – und einer Truppe von Schauspielern vorgestellt, die andere Passagiere und die Terroristen spielen sollten. Ich erkannte einen Mann aus einer Soap und eine Frau aus einem Werbespot wieder.

»Das Szenario gleich kommt einer realen Situation so nahe, wie es geht«, sagte der Kursleiter. »Sie werden nicht physisch verletzt, könnten es aber als psychisch belastend empfinden. Falls Sie zwischendurch rausmüssen, blasen Sie in Ihre Trillerpfeife, und wir stoppen die Übung.« Wir lächelten uns nervös zu, und jeder hoffte, nicht der- oder diejenige zu sein, die den Spaß abbrechen musste.

Wir hatten gedacht, dass wir uns albern vorkommen würden, dass es uns peinlich wäre. Ich befürchtete, das Schauspielern könnte übertrieben ausfallen, weil ja alles nach Skript verlief, und am Anfang war das wohl auch ein bisschen so. Die Darsteller der Kabinencrew gingen als Erste an Bord. Wir begrüßten unsere Passagiere und überprüften die Boardingkarten, die sehr authentisch nachgemacht waren. Dann führten wir die Sicherheitsdemonstration durch, gingen zu den Notsitzen und »starteten«. Die Soundeffekte und ein leises Vibrieren erfüllten die Maschine.

Die Anschnallzeichen machten ihr »Ping«, wir begannen mit dem Getränkeservice, und überall in der Maschine wurde geplaudert, was sich sehr real anfühlte. Entsprechend erschraken wir, als es einen lauten Knall gab, dann einen Schrei, und ich aufblickte und einen Mann mit einer Balaklava und einer Waffe in der Hand sah. Ein zweiter Mann hielt einer Frau ein Messer an die Kehle, zerrte sie zur Cockpittür, und ein dritter warf vor mir etwas in den Gang. Ich schrie auf und duckte mich hinter den Wagen, den ich schob, als eine Rauchwolke über die Sitze quoll. Das Rufen und Schreien hörte gar nicht mehr auf, und ich kam überhaupt nicht dazu, mir zu sagen, dass alles bloß gespielt war.

Ich wünschte, ich könnte jetzt pfeifen.

Lachlans Schreien wird intensiver, und ein Mann hinten, der wie wir im Gang hockt, ruft, jemand solle *das verdammte Baby abstellen!*

»Halten Sie doch die Klappe!«, kontert Paul Talbot.

»Das schreit seit Stunden – was für eine Scheißrücksichtslosigkeit.« Es ist Doug, der jetzt nüchterner, aber noch genauso laut ist. Seine Verlobte beugt sich zu ihm und fleht ihn an, leise zu sein und keine Aufmerksamkeit auf sich zu lenken.

»Rücksichtslos? Wir werden sterben, und Sie reden von Etikette?« Paul lacht zynisch.

»Ich kann das nicht.« Doug steht auf und sieht sich um, als würde er sich aus der Maschine stürzen, könnte er denn zu einer Tür gelangen.

»Hände an den Kopf!«, brüllt ihm der Entführer hinten im Gang zu, doch Doug beachtet ihn nicht. Ginny zieht an ihrem Verlobten.

»Baby, setz dich hin! Nur so kommen wir hier durch.«

»Durchkommen? Wir kommen durch gar nichts. Wir werden sterben, Ginny.«

Um uns herum hallt Schluchzen, als sich die Hysterie in der Kabine ausbreitet. Wer noch nicht weint, beobachtet Doug und

Ginny, und ich frage mich, ob dies unsere Chance sein könnte, an Missouri vorbei und ins Cockpit zu gelangen. Ich sehe zu ihr, doch sie hält weiterhin ihre Position und lässt sich nicht von dem Nebendrama ablenken.

»Nein.« Ginny reckt das Kinn, entschlossen, zuversichtlich zu bleiben. »Wir sterben nicht. Wir kommen nach Sydney und heiraten und …«

»Ich kann dich nicht heiraten.«

Entsetzte Stille tritt ein, und trotz allem, was gerade geschieht, bricht es mir das Herz für Ginny.

»Wie meinst du das?«

Doug lässt die Schultern hängen. »Ich habe mich hinreißen lassen – alles ging so schnell, und du bist so aufgeregt gewesen, da wollte ich dir nicht wehtun. Aber …«

Er stockt, und Ginnys Ton wird strenger. »Was aber?«

»Ich bin schon verheiratet.« Er klingt, als sei er den Tränen nahe, während in den Mienen um ihn herum keinerlei Mitgefühl zu sehen ist.

»Du Schwein«, sagt jemand wenige Reihen hinter uns.

»Geniales Timing«, murmelt Derek. Ginny fängt zu weinen an, und eine Frau neben ihr legt die Arme um sie. Ich warte, dass einer der Entführer sie anschreit, sie solle die Hände wieder an den Kopf nehmen, aber entweder ist es ihnen egal, oder sie haben es nicht mitbekommen.

Ich sehe zu dem Entführer vorn in unserem Gang. Er wirkt fast so erschüttert von Dougs Geständnis wie die arme Ginny, und ich frage mich, ob es ihm gezeigt hat, dass wir Menschen sind, nicht nur Geiseln. Deshalb ringe ich mir ein Lächeln ab. »Wie heißen Sie?«

»Ganges.«

»Nein, Ihr richtiger Name.«

»Den müssen Sie nicht wissen.«

»Ich bin Mina. Es ist die Kurzform für Amina, aber eigentlich wurde ich immer schon von allen Mina genannt.« Daran erinnere ich mich von dem Debriefing nach der Übung: *Benutzt so oft wie möglich euren Namen. Erzählt ihnen von eurem Leben. Sie müssen euch als reale Person sehen.* Ich bemühe mich, Ganges' Blick zu halten, doch er sieht zur Seite. »Können Sie uns sagen, was passiert?«

Er schaut zum gegenüberliegenden Gang. Ich bin zu weit unten, um zu wissen, was er sieht, doch er ist eindeutig verunsichert. »Kooperieren Sie, und Ihnen geschieht nichts.« Da ist ein ganz leichter Akzent – diese kaum merkliche Intonation von jemandem, der schon sehr viel länger in einem anderen als seinem Heimatland lebt.

»Woher kommen Sie?«

»Das müssen Sie auch nicht wissen.«

»Wie kommt es, dass Sie alle sich nie zuvor begegnet sind?« Hierauf tritt eisernes Schweigen ein, aber ich bleibe hartnäckig. »Sie kennt Sie aber alle, oder? Missouri? Scheint mir unfair. Sie kennt Sie alle, aber Sie untereinander dürfen es nicht …«

»Sie kennt unsere Haltungen, das ist alles.« Seine Antwort ist gemurmelt, und sein Blick huscht kurz zur Seite, womit er sich vergewissern will, dass Missouri nicht zuhört. »Sie kennt unsere Namen von unseren Positionen her.«

»Verstehe. Also habt ihr bisher nur online geredet, stimmt's?«

Cesca rutscht ein Stück vor, bis sie rechts neben mir ist. »Es ist noch nicht zu spät auszusteigen«, sagt sie rasch. *Zu früh,* denke ich und versuche, ihr mit meinem Blick zu bedeuten, dass sie ruhig sein soll, denn ich bin mir sicher, dass ich etwas erreichen könnte. »Falls Sie es sich anders überlegen, könnten Sie uns helfen, und ich bin sicher, die Polizei würde …«

»Still!« Er hebt eine geballte Faust und lässt sie auf Cescas Gesicht niederschnellen, um einen Zentimeter davor abzubremsen.

Zu früh.

»Betrachten Sie das als Warnung.«

Cesca zieht sich zurück, und die anderen scharen sich um sie. Ich beobachte unterdessen Ganges' Gesicht. Dieser Anflug von Schrecken kam nicht, als Cesca redete, sondern als er mit der Faust ausholte. Er hatte nicht abgebremst, weil er sie bloß warnen wollte, sondern weil er es nicht über sich brachte zuzuschlagen. *Er will uns nichts tun.*

Wir sind ihm zu nahe, um über ihn zu reden. Das bedeute ich auch Cesca und den anderen, und wir fangen an, Platz zu schaffen. Derek kniet sich hin und streckt sich, die Hände noch brav am Kopf. Als er sich wieder setzt, ist er eine ganze Reihe weiter hinten. Alice wartet, bis Ganges wegsieht – was er alle paar Sekunden tut, als würde er woanders in der Kabine nach Antworten suchen –, dann rückt sie nach hinten auf die Stelle, die Derek frei gemacht hat. Auf diese Weise bewegen wir uns alle weiter nach hinten, und entweder merkt Ganges es nicht, oder er ist froh, dass wir ihm nicht mehr ganz so nahe sind.

Neben mir, in der dritten mittleren Sitzreihe, schluchzt eine schwangere Frau leise vor sich hin.

»Geht es Ihnen gut?«, frage ich, obwohl dem offensichtlich nicht so ist. Keinem von uns geht es gut.

»Mein Mann wollte nicht, dass ich fliege. Aber er arbeitet über Weihnachten, und das Baby soll erst in sechs Wochen kommen. Da dachte ich, es wäre schön, ein bisschen zu Hause bei meiner Mum zu sein, verstehen Sie? Und jetzt …«

Sie beendet den Satz nicht. Muss sie auch nicht. Ich frage mich, ob ihr Mann Bescheid weiß – oder überhaupt jemand von ihrer Familie. Sofern Missouris Pilot nicht erfahren genug ist, um die Kommunikation mit der Flugsicherung aufrechtzuerhalten, kann es nur eine halbe Stunde gedauert haben, bis jemand gemerkt hat, dass der Kontakt abgebrochen ist. Vielleicht ist es schon in den Nachrichten. Ich stelle mir Adam im Wohnzimmer vor, wie er geschockt auf den Fernseher starrt; und die Journalisten am Flughafen, wo die Massen von Urlaubsfliegern nicht zu der ernsten Meldung passen wollen.

»Das tut mir leid.«

»Es ist nicht Ihre Schuld. Sondern deren.« Dabei sieht sie zur Bar, wo Missouri mit den anderen Entführern redet. »Die sind wahnsinnig. Und der Klimawandel, um Gottes willen! Von allen dummen, dämlichen Gründen …«

»Übrigens gibt es den Klimawandel gar nicht.« Der Mann auf dem Platz hinter ihr lehnt sich vor. »Das ist bewiesen. Es ist nur ein natürlicher Zyklus – hundert Jahre noch, dann stöhnen alle, dass wir eine neue Eiszeit kriegen.«

»Was soll das werden, ein Debattierclub? Dies hier ist real!«

»Versuchen Sie, ruhig zu bleiben«, sagt der Mann. »Erhöhter Blutdruck ist nicht gut für das Baby.«

Die Schwangere starrt ihn an. »Wie oft sind Sie schon schwanger gewesen?«

»Na ja, logischerweise nicht selbst, aber …«

»Dann halten Sie die Klappe.« Sie steht auf und tritt auf den Gang. Ich erhebe mich ebenfalls halb, als sie sich Ganges nähert, weil ich unsicher bin, ob sie helfen will oder uns behindern.

»Ich muss mal pinkeln.«

»Halten Sie es an. Hinsetzen.«

»Mir drücken sechs Pfund Baby auf die Blase – mein Beckenboden hält gar nichts.«

Ganges läuft rot an. Er geht rückwärts in die Bar, ohne die Frau aus den Augen zu lassen, und murmelt Missouri etwas zu. Sie verdreht die Augen, tritt einige Schritte vor und packt den Ärmel der Frau, um sie in die Toilette zu schieben. Sie bleibt an der offenen Tür stehen, und ich sehe, dass ein Mann in der ersten Reihe den Blick abwendet, um der armen Frau ein wenig Privatsphäre zu gönnen.

Ich wende mich um. Die Ablenkung ist eine kleine Chance für uns zu reden. »Wir müssen etwas tun.«

»Was zum Beispiel?«, fragt Rowan.

»Uns nach vorn kämpfen.«

»Was?« Derek lacht. »Wir fünf gegen sechs Terroristen, von denen mindestens eine Person Sprengstoff trägt? Und wer weiß, wie viele noch von denen an Bord sind.«

»Derek hat recht.« Alice sieht mich unglücklich an. »Selbst wenn wir es an Missouri und den anderen vorbeischaffen, was würde das nützen? Die Tür zum Cockpit ist verriegelt, oder nicht?«

»Es gibt einen Notfallcode«, sagt Cesca. »Der überschreibt alles.«

Wir schauen alle nach vorn, und ich knie mich hin, um einen besseren Blick zu haben. Dreieinhalb Meter trennen uns von Ganges, und hinter ihm in der Bar steht Missouri, die ihr Team überwacht. Hinter den beiden erstreckt sich die Länge eines Tennisplatzes bis zur Cockpittür. Wie weit könnten wir kommen, bevor Missouri den Knopf drückt?

Ganges blickt wieder zu seinem Mitverschwörer auf der anderen Kabinenseite. Ich folge seinem Blick und richte mich vorsichtig weiter auf, wobei ich darauf achte, niedriger als die Passagiere zu bleiben. Meine Arme schmerzen, und ich verschränke die Finger über dem Kopf, um die Anspannung zu lindern.

»Und Sie kennen den Code?«, fragt Rowan Cesca.

»Klar. Ich weiß nur nicht, wie wir nahe genug kommen können, ohne dass sie die Bombe zündet.«

»Hinsetzen!«, herrscht Ganges mich an. Brav sinke ich zurück auf den Boden. Vorher hatte ich aber den Mann gesehen, von dem Missouri als Niger spricht. Und ich habe ihn an der weiten

Tarnhose, den schweren Stiefeln und dem engen T-Shirt über den kräftigen Muskeln wiedererkannt. Ich bin mir so gut wie sicher, dass ich etwas über ihn weiß, von dem Missouri keine Ahnung hat.

Die Frage ist nur, wie es uns helfen könnte.

SIEBENUNDDREISSIG

3 UHR | ADAM

»Wollen wir mal zusammen backen, wenn das hier vorbei ist?« Ich rede mit vollem Mund, aber ich denke mal, dass die normalen Regeln nicht gelten, wenn man versucht, seine fünfjährige Tochter von der Tatsache abzulenken, dass man in einem Keller eingesperrt und der Gnade einer zunehmend labilen Irren ausgeliefert ist.

Nachdem Becca die Kohlenschütte geschlossen hatte, hörte ich sie zurück ins Haus rennen und die Tür zuschlagen, wie es der Teenager tun würde, der zu sein sie vorgegeben hat. Jetzt höre ich sie im Haus umherlaufen und spüre die aufgeladene Atmosphäre bis hier. Es macht mir Angst vor dem, was sie als Nächstes tun könnte.

»Daddys backen nicht.« Die Worte sind fast unverständlich, als würde sie wieder zu weinen anfangen. Habe ich das Falsche gesagt – sie vielleicht an Mina erinnert?

»Eine Menge Daddys backen. Und sicher könnte ich es mal versuchen. Aber keinen Löwenzahn, bäh. Dumme Becca. Wer will denn Unkraut essen?« Je mehr ich mich bemühe, Sophia zum Lachen zu bringen, desto stiller wird sie. Sie hält sich die Hände an die Wangen.

»Daddy!« Es ist kaum ein Flüstern.

»Wir sehen Mummy bald, Spätzchen, versprochen.« Mir bricht die Stimme ebenfalls, weil es sich zu sehr wie eine Lüge anfühlt. Sicher ist es möglich. Es muss eine Chance geben, dass sie lebend aus der Nummer rauskommt. Ich ertrage den Gedanken nicht, sie zu verlieren.

»Da…« Sophias Finger flattern vorn an ihrem Hals, und plötzlich wird mir klar, dass es nicht ihre Gefühle sind, die ihre Stimme versagen lassen, sondern Panik. Ihre Augen sind weit aufgerissen, sie schüttelt den Kopf, und ich sehe, wie ihre Lippen anschwellen, als sei sie von einer Biene gestochen worden. Der Elefant fällt neben ihr auf den Boden.

»Was war auf deinem Brot?«

Ich wiederhole es lauter, weil sie erstarrt ist und mich voller Angst ansieht. »Sophia, was war auf deinem Brot? Lass es mich mal probieren – sofort!« Ich zerre an meinen Handschellen, als könnten sie wie durch einen Zauber auf einmal aufgehen.

Sophia bückt sich nach den Kanten, die sie ordentlich auf dem Fußboden aufgehäuft hat, und kaum sind sie an meinen Lippen, rieche und schmecke ich es.

Erdnussbutter.

»Eigentlich sollten wir die gar nicht im Haus haben«, sagte Mina, als wir mit der dreijährigen Sophia vom Arzt zurückkehrten. Die Kleine ahnte nichts von der möglicherweise fatalen Diagnose, die man ihr gerade gestellt hatte.

»Ihre Allergie ist nicht *so* schlimm.« Der Arzt hatte uns erzählt, dass es Menschen gab, die nicht mal im Umkreis von drei Metern von einer Nuss sein konnten und deren Lippen anschwollen, wenn jemand in einem Pub eine Tüte aufriss.

»Aber was ist, wenn sie die aufmacht? Sie ist zu jung, um zu begreifen, welchen Brotaufstrich sie essen darf und welchen nicht.«

»Ich stelle sie ganz oben in den Kühlschrank. Da sieht sie die nicht mal.« Erdnussbutter war mein Laster. Ich löffelte sie vor einem langen Lauf aus dem Glas oder strich sie mir sonntags morgens auf den Toast.

Seit der Diagnose hatte Sophia nur eine allergische Reaktion gehabt, als eine Mutter ihr bei einem Elternfrühstück im Kindergarten einen Keks gab, ohne Mina vorher zu fragen.

»Es war Furcht einflößend«, sagte Mina hinterher. Sie schüttelte den Kopf, als wäre eine Fliege darin gefangen. »Ich habe den Pen benutzt, aber dann dachte ich, *was ist, wenn er nicht funktioniert?* Du weißt schon, wir haben diese Pens und gehen davon aus, dass sie's tun, aber was ist, wenn wir ein Fehlexemplar bekommen haben? Ein Montagsprodukt, den einen Pen, der nicht funktioniert?«

»Er hat aber funktioniert«, erinnerte ich sie, weil sie so aufgewühlt klang und zu vergessen schien, dass Sophia mit ihren Töpfen in der Puppenküche herumschepperte und die Aufregung längst hinter sich gelassen hatte.

»Ja, doch …«

Ich nahm sie in die Arme, um ihre Panik zu lindern. »Er hat funktioniert.«

Als Sophia älter wurde, lernte sie, von niemandem außer uns etwas zu essen anzunehmen. Sie gewöhnte sich daran, auch bei Ausflügen ihr Mittagessen von zu Hause mitzubringen und bei Partys zu fragen, ob in einem Kuchen Nüsse waren. Wir entspannten uns. Wurden gelassen. Und das Glas mit der Erdnussbutter blieb außer Reichweite ganz oben im Kühlschrank.

»Bleib ruhig. Versuch, langsam zu atmen.«

Sie atmet beinahe gar nicht. Ich weiß, dass sie ein Engegefühl in der Brust hat, als würde jemand auf ihr sitzen, und ihr Hals ist so angeschwollen, dass jedes Einatmen ein Kraftakt ist. Sie bewegt die Lippen, aber es kommt nichts heraus. Ihre Lider sind bereits so dick, dass nur noch schmale Schlitze bleiben.

»Becca!« Mein lauter Ruf nach Essen ist nichts, verglichen mit dem jetzt. Ich knie mich hin, als könnte dieser kleine Höhenunterschied den Laut verstärken, und knalle meine Handschellen immer wieder gegen das Metallrohr. »Hilfe!«

An einem anaphylaktischen Schock zu sterben, kann Minuten bis Stunden dauern. Beim ersten Mal waren wir direkt zu ihrer Praxis gefahren, wo man uns eilig an der Schlange vorbei zu einem Arzt brachte, der einen Epi-Pen zückte und gleichzeitig den Notruf wählte. Im Krankenhaus bekamen wir unseren eigenen Pen.

»Was passiert, wenn sie kein Adrenalin bekommt? Wir schlimm wäre die Reaktion?«

»Das lässt sich unmöglich sagen. Finden wir es lieber nicht auf die harte Tour heraus.« Die Ärztin war jung und verständnisvoll, sah uns mitfühlend an. »Am besten besorgen Sie noch einen Ersatzpen.«

Insgesamt haben wir fünf: einen in der Schule, einen in Sophias Schultasche, einen in Minas Handtasche, einen in meinem Wagen und einen bei den Ersatzschlüsseln, losen Batterien und drei Jahre altem Spielzeug aus »Happy Meal«-Packungen in der Küchenschublade.

»Hilfe!«

In der Küche geht das Radio mitten in »Fairy Tale of New York« aus.

Ich warte nicht, bis Becca etwas sagt.

»Ich brauche Sophias Epi-Pen. Du hast ihr Nüsse gegeben, du bescheuerte …«

»Ich habe *dir* Nüsse gegeben! Es war nicht genug Käse da, deshalb.«

»Schnell! Es ist keine Zeit. Sie könnte sterben, Becca!« Ich bereue die Worte in der Sekunde, in der ich Sophias Gesicht sehe, angeschwollen und panisch. Inzwischen kämpft sie um das bisschen Luft, das sie noch bekommt. »Es stimmt nicht, Süße«, sage ich leise. »Ich habe das bloß gesagt, weil wir deinen Pen wirklich brauchen.«

Oben sind Geräusche zu hören. Da ist das Klimpern von Schlüsseln, und ich stelle mir vor, wie der Schubladeninhalt auf den Boden fliegt. Wieder zerre ich an meinen Handschellen;

Angst und Frust verleihen meinen steifen Armen neue Kraft. Was tue ich, wenn Sophia zu atmen aufhört? Wenn ihr Herz stehen bleibt?

»Beeil dich!«

»Ich finde ihn nicht!«

Mina muss ihn woanders hingelegt haben. Ein ungerechter Anflug von Wut überkommt mich, weil sie es mir nicht gesagt hat, weil wir nicht darüber gesprochen haben. *Ich dachte, dass er in der Diele/im Bad/im Schrank vielleicht besser aufgehoben ist,* hätte sie zum Beispiel sagen können.

»In Sophias Schultasche!«, brülle ich. Becca stößt einen Laut irgendwo zwischen Schluchzen und Schrei aus.

»Da ist er nicht. Er ist im Flugzeug. Ich habe ihn gestern Abend mitgenommen. Ich sollte ihn bei einer Bank im Park lassen, und jemand wollte ihn da abholen.«

»Er ist w…« Es bleibt keine Zeit für Fragen. »Mein Auto!« Sophia gibt einen erstickten Laut von sich, der *Daddy* sein könnte, und unwillkürlich reiße ich wieder an meinen Fesseln, weil ich nach ihr greifen will. »Im Handschuhfach!« Ich bin heiser vom Brüllen, höre Becca aber nach draußen rennen, gefolgt vom Piepen meiner Zentralverriegelung. Dann wird eine Autotür geöffnet.

»Alles gut, Schätzchen. Alles wird gut.«

Wieder Schritte, das Scharren der Steinplatte über der Kohlenrutsche und ein Klappern, als der Pen nach unten in den Keller purzelt.

»Heb ihn auf, Spätzchen. Nimm die Kappe ab. So ist es gut. Lass sie einfach fallen. Und jetzt in deinen Oberschenkel.«

Sophia sieht mich an, rührt sich nicht, und Tränen laufen ihr über das geschwollene Gesicht.

»Na los, Süße. Ich kann es nicht machen. Siehst du den Action Man auf deinem Pyjama? Da, über deinem Knie – höher, höher, *ja, da*. Pike den Pen da rein und lass ihn drin, bis ich dir sage, dass du ihn rausziehen kannst.«

Ich habe immer gewusst, dass meine Tochter Mumm hat. Sie weint nicht, wenn sie sich das Knie aufschürft oder nachts mit Fieber aufwacht. Auf dem Spielplatz ist sie furchtlos, hängt kopfüber vom Klettergerüst oder rennt zur »Großenrutsche«. Doch wie mutig sie tatsächlich ist, geht mir erst auf, als ich sehe, wie sie die Faust mit dem Epi-Pen hebt und ihn sich in den Oberschenkel rammt. Ich unterdrücke ein Schluchzen, beobachte ihr Gesicht, ob es ihr gut geht, doch es schwillt noch weiter an, und sie japst nach Luft. Ihre Faust umklammert den Epi-Pen fest, und ich kann nicht erkennen, ob sie es richtig macht, ob der Pen funktioniert und die Nadel an der richtigen Stelle ist.

Ich weiß nicht, ob es genügt, um sie zu retten.

ACHTUNDDREISSIG

3 STUNDEN BIS SYDNEY | MINA

Ich presse die Finger auf den Zettel in meiner Tasche. Dabei stelle ich mir Sophia vor, die bäuchlings in ihrem Zimmer liegt, die Zungenspitze vorgestreckt, während sie sorgfältig jeden Buchstaben malt und achtgibt, den Schwung des Ypsilons unter der Linie richtig hinzubekommen, wie ich es ihr gezeigt habe.

Für meine Mummy.

Es ist nicht das erste Mal, dass Sophia mir etwas Selbstgebackenes in meinem Gepäck versteckt hat. Als ich letzten Monat in New York auspackte, fand ich ein Stück Bananenkuchen in eine Serviette gewickelt in einem meiner Schuhe. Doch es ist das erste Mal, dass sie einen Zettel dazugelegt hat. Die Nachrichten, die ich ihr aufs Kissen lege, scheint sie kaum wahrzunehmen, sodass ich mich oft frage, ob sie sich die überhaupt ansieht. Aber vielleicht lernt sie etwas daraus, dass ich sie ihr dort lasse. Vielleicht machen wir endlich Fortschritte.

Für einen Moment schließe ich die Augen und schöpfe Kraft aus dem Gedanken und dem Zettel in meiner Tasche. Im Geiste murmle ich Beteuerungen, lege meine gesamte Energie hinein, als würden sie allein dadurch wahr. *Sie ist in Sicherheit. Du hast deinen Teil erfüllt, und das war die Abmachung. Adam wird nicht zulassen, dass ihr etwas passiert.*

Prompt fallen mir all die Dinge ein, die ich an meinem Mann liebe; alles, was ich seit unserer Trennung vermisse. Vor Katya war es gut. Er hätte alles für mich getan und ich für ihn. So ist es, wenn man jemanden liebt.

So ist es …

Ich sehe an Ganges vorbei und zu Jangtse, der sich nun an der Cockpittür postiert hat. Allmählich entstehen erste Skizzen eines Plans in meinem Kopf. Ich bin mir ziemlich sicher, dass ich etwas über die Entführer weiß, von dem Missouri keinen Schimmer hat, und es könnte uns ins Cockpit bringen. Ich male mir aus, wie Cesca auf den Pilotensitz schlüpft und ihre mittlerweile vertraute Stimme über die Lautsprecher erklingt, wie sie der Kabinencrew sagt, sie möge sich zur Landung bereitmachen. Und mein Herz schlägt schneller, weil ich weiß, dass ich nach Hause komme.

»Ich habe WLAN!«, wird irgendwo auf der anderen Seite der Kabine gerufen. In der Eile stehe ich linkisch auf, vergesse vorübergehend die Entführer, denn wichtiger als mein Überleben ist mir in diesem Augenblick, mit Adam zu sprechen. Ich sehe einen aufragenden Arm, in der Hand ein Mobiltelefon. »Seit dem Start versuche ich es schon, und endlich habe ich eine Verbindung!«

Überall bricht Hektik aus: Passagiere kramen unter den Sitzen nach ihren Taschen, öffnen ihre Gurte und wühlen in den Gepäckfächern oben. Befremdlich heitere Töne sind zu hören, als Geräte eingeschaltet werden und die Displays Gesichter beleuchten. Ich sehe zu den Entführern, wie sie diese Nachricht aufnehmen, doch Missouri guckt selbst auf ihr Telefon, runzelt die Stirn und tippt wild mit beiden Daumen auf das Display ein.

»Sie haben es wieder eingeschaltet«, sagt Rowan.

»Warum?«

Er zuckt mit den Schultern. »Um ihre Forderungen durchzugeben vielleicht?« Wir schauen beide zur Bar. Neben uns ist die schwangere Frau, die mit ihrem Mann auf FaceTime ist. Tränen rinnen ihm über die Wangen, als er sein Display berührt.

»Ich liebe dich so sehr«, sagt er.

»Ich dich auch.«

Ich muss schlucken und wende mich ab, weil es zu qualvoll mit anzusehen ist, wie sich jemand anders verabschiedet. Der Lärmpegel in der Kabine steigt, als immer mehr Leute ihre Lieben erreichen. Wir hören Nachrichten, die auf Mailboxen gesprochen werden, Liebeserklärungen, Entschuldigungen. *Falls ich es nicht schaffe, sag den Kindern, dass ich sie liebe …*

Cesca schreibt eine Textnachricht, und ich sehe, wie sie die Tränen unterdrückt, die ihre so stoische Fassade zu durchbrechen drohen. Zu gern würde ich nach meinem Handy greifen, aber das ist in meiner Tasche vorn in der Bordküche, und ich frage mich, wie lange es noch eine Verbindung gibt, wenn so viele Leute zu Hause anrufen.

Meine Mutter hatte mich am Tag vor ihrem Tod angerufen. Es war nicht mal ein Jahr, nachdem ich die Pilotenausbildung abgebrochen hatte, und ich wollte nicht noch ein Gespräch darüber durchstehen, dass ich es wieder versuchen sollte; konnte mit ihren sanften, aber beharrlichen Fragen nicht umgehen, was an dem Tag in der Luft vorgefallen sei. Also leitete ich sie auf die Mailbox, als ich ihren Namen auf dem Display sah. Ich wollte sie später anrufen oder am nächsten Tag.

Was ich jedoch nicht tat, und das werde ich mir niemals verzeihen.

Bilder blitzen in meinem Kopf auf. Adam, der am Altar steht und sich zu mir umdreht, als ich durch den Mittelgang schreite. Wie wir Sophia kennenlernen. Sie nach Hause mitnehmen. Wie wir Bademonster spielen, sie zur Schule begleiten, Adam und ich jeweils eine Hand von ihr in unserer, und sie schaukeln. Meine Mutter hat nicht mehr miterlebt, wie ich Adam geheiratet habe. Sie hat Sophia nie kennengelernt, mich nie als Mutter gesehen. Das will ich nicht für Sophia. Ich will für sie da sein – das hatte ich ihr an dem Tag versprochen, an dem wir sie in ihr neues Zuhause holten.

Ich werde dich nie verlassen. Du bist nie wieder allein.

»Hier.«

Ich drehe mich um. Rowan hält mir sein Handy hin. Ich greife danach, noch während die Höflichkeit gebietet, dass ich sage: »Ich kann doch nicht – Sie wollen sicher erst mal …«

»Sie zuerst. Rufen Sie Ihren Mann und Ihre Tochter an.«

»Danke.« Jetzt muss ich erst recht schlucken.

Adams Handy ist ausgeschaltet, deshalb versuche ich es auf dem Festnetzanschluss. Ich stelle mir vor, dass Adam aufschreckt und sich fragt, wer um diese Zeit anrufen mag. Wie er nach unten stolpert und durch die angelehnte Tür in Sophias Zimmer sieht, ob sie auch nicht aufgewacht ist.

Hier ist die Familie Holbrook. Leider können wir gerade nicht rangehen …

Ich drücke das Gespräch weg und auf Wahlwiederholung. Wo sind sie? Ich habe alles getan, was die Entführer wollten. Für Sophia, damit sie sicher ist – wo ist sie?

Hier ist die Familie Holbrook. Leider können wir gerade nicht rangehen, also hinterlasst bitte eine Nachricht, und wir rufen so bald wie möglich zurück.

»Adam? Falls du da bist, nimm ab. Adam!« Ich ermahne mich, nicht zu weinen, kann aber nichts gegen das Schluchzen tun, das sich in meine Worte schleicht. »Das Flugzeug ist entführt worden. Sie haben gesagt, sie tun Sophia was, wenn ich nicht … Oh, Gott, Adam, wenn du da bist und nichts passiert ist, bring euch bitte irgendwo in Sicherheit. Sie sagen, dass sie dem Flugzeug den Sprit ausgehen lassen, und …« Ich rede so schnell, dass sich meine Worte überschlagen, und hacke auf das Display, um das Gespräch zu beenden, wütend, weil ich die Nerven verliere.

Rowan legt mir eine Hand auf die Schulter. »Atmen Sie mal durch.«

Hinter Rowan tippt Alice fiebrig auf ihr Handy ein.

Ich atme tief ein. »Darf ich es noch mal versuchen?«

»Natürlich.«

… hinterlasst bitte eine Nachricht, und wir rufen so bald wie möglich zurück.

»Adam? Falls ich es nicht schaffe, sag Sophia, dass ich sie liebe. Sag ihr, dass sie mutig, wunderschön und klug ist und dass ich sie jeden Tag bewundere. Sag ihr, dass ich alles getan habe, was ich konnte, damit sie sicher ist. Ich habe ihr versprochen, dass ich sie nie verlasse, und sie muss wissen, dass es mir leidtut. Es tut mir leid, dass ich mein Versprechen gebrochen habe. Sie wird so vieles in ihrem Leben tun, und obwohl sie mich nicht sehen wird, werde ich immer noch da sein und ihr zuschauen. Ich liebe sie so sehr! Und – ich liebe dich auch.« Ich schlucke, und dann werde ich lauter, mit jedem Wort energischer. »Aber das musst du ihr nicht sagen, denn ich komme nach Hause, Adam. Ich komme nach Hause!«

Ich warte einen Moment, stelle mir vor, wie der Anrufbeantworter in der leeren Küche läuft. Und dann lege ich auf und atme durch. *Ich komme nach Hause.*

»Alles okay?«

Stumm nicke ich Rowan zu. Wie kann es okay sein? Wie kann es für irgendeinen von uns okay sein?

»Was passiert, wenn uns der Treibstoff ausgeht?«, fragt Derek leise. Wir sitzen in einem Kreis beisammen – Cesca, Rowan, Derek, Alice und ich –, eingeklemmt zwischen den Sitzen der Passagiere. Alice tippt immer noch auf ihrem Handy. Um uns herum sind Fetzen von Abschiedsanrufen voller Angst und Trauer zu hören. Ich denke an die sechs Entführer, die ich gezählt habe, und frage mich, wie viele von ihnen sich noch zu erkennen geben werden. Derek wirkt, sofern das überhaupt möglich ist, noch zerzauster als vorher; sein Hemd ist knittrig, und seine Brille sitzt schief, als hätte jemand sie zur Seite geschlagen.

Cesca zögert. »Wir stürzen ab«, sagt sie ruhig.

»Aber was passiert?«, hakt Derek nach. »Wie fühlt es sich an?«

Ich fröstle.

»Nicht.« Alice kneift die Augen zu.

»Die Motoren fallen aus. Einer, dann der nächste, innerhalb von Minuten – vielleicht Sekunden. Das Flugzeug wird zum Segelflieger.«

»Wir stürzen also nicht sofort ab?«, fragt Derek.

Alice verzieht wieder das Gesicht. Ihre Augen sind nach wie vor auf das Display gerichtet, und ihre Finger bewegen sich schneller, als ich ihnen folgen kann. Mir kommt eine Erinnerung in den Sinn, und mein Puls beschleunigt sich. Das Dröhnen in den Ohren versetzt mich zurück in die Ausbildung, in das zu warme, zu gedrängte Cockpit der Cessna 150. Ich zähle beim Ausatmen von zehn rückwärts, grabe meine Fingernägel in die Handflächen, bis ich mich wieder im Griff habe. Cesca redet immer noch.

»Eine Boeing 777 hat eine Gleitzahl von, ich weiß nicht … vielleicht siebzehn zu eins? Das heißt, wir verlieren pro siebzehntausend Fuß an die tausend Fuß an Höhe.«

»Wie hoch sind wir?«

»Circa fünfunddreißigtausend Fuß«, antworte ich leise. Es tritt Stille ein, als wir alle nachzurechnen versuchen.

»Es ist keine exakte Wissenschaft. Die Gleitzahl variiert mit den Wetterbedingungen, der Höhe, dem Gewicht …« Cesca verstummt.

»Aber letztlich stürzen wir ab«, sagt Derek.

Er klingt sachlich, als wäre es ihm egal. Beinahe so, als wollte er, dass es geschieht.

»Im Moment fliegt die Maschine noch auf Autopilot«, fährt Cesca fort. »Jeder könnte im Cockpit sein, und hier merkt es niemand. Die Landung ist etwas anderes. Dafür muss das Flugzeug konfiguriert werden, je nachdem, ob es landet oder notwassert …«

»Notwassert?«

»Im Wasser landet.«

»… und die Nase muss möglichst lange oben gehalten werden. Gehen wir in einen Sturzflug«, hier bricht Cesca abrupt ab und beißt sich auf die Unterlippe. »Tja, aus dem ist schwer rauszukommen.«

Es folgt ein längeres Schweigen.

»Aber Menschen können einen Flugzeugabsturz doch überleben, oder?« Alice sieht mich an, ihre Finger immer noch über der Tastatur. »Bei diesen Sicherheitsvorführungen, die Sie immer machen und bei denen wir alle nicht aufpassen – das ist es doch, was wir machen müssen, oder?« Sie nickt eifrig, als wolle sie ihre Frage selbst beantworten.

»Die in den Sitzen vielleicht«, sagt Derek. Alice blickt sich in der Kabine um, wo die Economy-Passagiere alle ihre Gurte angelegt haben. Mehrere von ihnen lehnen sich zueinander und drehen sich so weit, wie es ihre Gurte zulassen, die Hände über den Köpfen verschränkt. »Der Rest von uns fliegt durch die Gegend wie Stoffpuppen. Wir werden tot sein, bevor wir unten aufschlagen.«

Ich sehe zu der schwangeren Frau auf. Sie weint stumm, und Tränen quellen über ihre unteren Wimpern. Cesca wirft Derek einen wütenden Blick zu. »Wollen Sie eine Massenpanik auslösen?«

»Alice hat recht«, sage ich. »Je nachdem, wie und wo wir landen, besteht die Chance, es zu überleben. Doch wenn wir nicht auf unseren Plätzen sind, ist das Verletzungsrisiko deutlich größer.«

»Dann brauchen wir Sitze.« Alice' Stimme ist etwas schriller geworden. Sie reckt sich auf die Knie und schaut sich um wie ein Erdmännchen auf Ausguck. »Irgendwo habe ich gelesen, dass es hinten im Flugzeug am sichersten ist, also ist es schon gut, dass wir hier sind.«

»Die Maschine ist voll«, sage ich.

»Aber wir haben mehr bezahlt!« Sie sieht uns reihum an, scheint unsere ungläubigen Mienen nicht zu verstehen. »Wir haben mehr für unsere Plätze bezahlt. Wenn sie uns nicht zurück in die Businessclass lassen, ist es nur logisch, dass wir ...«

»Nein!« Rowan hebt eine Hand, als könne er Alice physisch bremsen, mehr zu sagen. »Hören Sie auf.« Sie funkelt ihn böse an und tippt weiter. Ich frage mich, von wem sie sich verabschiedet, als sie aufhört, für einen Moment aufs Display sieht und eine letzte Taste drückt.

»So«, sagt sie und atmet langsam aus. »Gespeichert.«

Derek starrt sie an. »Wollen Sie mich verarschen?« Er blickt zu uns, doch wir können nicht folgen. »Sie hat es für die Zeitung zusammengeschrieben.«

»Seien wir doch ehrlich«, entgegnet Alice. »Sie hätten dasselbe gemacht, wenn Sie auf die Idee gekommen wären. Ich wette, das hat es noch nie gegeben. Einen Geiselbericht direkt aus einer laufenden Entführung.«

Alle sind perplex. Wie lange wird es dauern, bis Alice' Artikel online geht? Würde Adam ihn vielleicht lesen?

»Wir könnten um die Schwimmwesten aus der Businessclass bitten«, sagt Derek. »Das wäre zumindest etwas.«

Cesca und ich wechseln einen Blick, sagen aber nichts. Wir sind etwas über zwei Stunden von Sydney entfernt – über Nordaustralien. Wenn wir jetzt abstürzen, sind Schwimmwesten ungefähr so nützlich wie ein Löffel in einem Messerkampf.

»Sicher«, sage ich. In den Sitzen um uns herum ist bereits

leuchtendes Gelb zu sehen. Ich bemerke, wie Alice die Schwimmweste am nächsten bei ihr beäugt, die ein aschfahler Teenager trägt. Und ich stelle mir vor, wie sie ihm das Ding herunterreißt, weil sie sich berechtigt fühlt, wegen ihres teureren Tickets ihre eigenen Überlebenschancen zu erhöhen.

»Ich gehe«, sagt Rowan.

»Nein!«, widersprechen Cesca und ich im Chor, befeuert vom selben Pflicht- und Verantwortungsgefühl.

»Das ist meine Aufgabe«, sage ich schlicht, stehe zittrig auf und hebe beide Hände. *Und meine Schuld.*

Langsam gehe ich die wenigen Schritte von der dritten Reihe zu Ganges. Er schwitzt heftig und tritt von einem Fuß auf den anderen.

»Ich würde gern die Rettungswesten aus der Businessclass holen«, sage ich.

»Keiner verlässt diesen Teil der Maschine.«

»Es würde helfen, die Passagiere ruhig zu halten.« Er zögert, schüttelt aber doch den Kopf, denn er hat klare Anweisung von Missouri. Ich versuche es mit einer anderen Taktik. »Wer wartet zu Hause auf Sie? Sind Sie verheiratet?«

»Ich wohne bei meinen Eltern.« Sofort erschrickt er, als wäre es ihm versehentlich rausgerutscht. Ein Muskel neben seinem linken Auge zuckt.

»Die müssen stolz auf Sie sein.«

Jetzt erscheinen rote Flecken hoch auf seinen Wangen. »Werden sie. Sie werden stolz sein, weil ich für das eintrete, woran ich glaube.«

»Indem Sie Hunderte zum Tode verurteilen?«

»Niemand wird sterben!«

»Ist aber schon geschehen.« Ich denke an Carmel, der innerhalb von Sekunden das Leben aus dem Körper wich. Nicht noch jemand, denke ich. Es darf nicht noch jemand sterben.

»Das war …«, stammelt Ganges. »Das war ein Unfall. Wenn Sie kooperieren, wird niemand verletzt. Die Regierung wird unsere Forderungen erfüllen, und Amazonas landet das Flugzeug sicher.«

»Sie kommen ins Gefängnis.«

»Wir werden den Planeten gerettet haben.«

Ich schüttle den Kopf. »Wie alt sind Sie? Fünfundzwanzig? Achtundzwanzig? Sie haben noch Ihr ganzes Leben vor sich, und man hat Ihnen das Gehirn gewaschen, damit Sie Ihr Leben wegwerfen.«

»Der Klimawandel ist die größte …«

»Bedrohung des Planeten, ich weiß. Aber das hier ist nicht die Antwort.«

»Was dann? Reden? Meetings? Worte bringen keine Veränderungen, nur Taten. Sie dürfen Teil des Problems sein, wenn Sie wollen, aber ich bin stolz darauf, Teil der Lösung zu sein.«

»Hinsetzen!«

Es kommt nicht von Ganges – der nun so schwer atmet, als wäre er auf den letzten Metern eines Marathons –, sondern von Missouri. Sie sieht mich wütend an, während ich auf den Boden sinke, und schreit Sambesi an: »Bleib bei ihm!«

Sambesi verdreht die Augen, gehorcht aber. Hinter ihr geht Missouri nach vorn. Ich sehe zwischen Ganges' und Sambesis Beinen hindurch, wie sie an die Cockpittür klopft.

Sie öffnet sich, und Missouri verschwindet.

Was passiert da drinnen?

Der Mann, der die Maschine fliegt – der, der sich Amazonas nennt –, weiß genug, um Missouri reinlassen zu können, aber kennt sich einer von ihnen mit dem Notfall-Zugangscode aus?

»Wie ich gehört habe, bist du früher geflogen.« Cesca ist zu mir gerückt und hockt in der gleichen Pose wie ich neben mir.

Ich sehe sie misstrauisch an. »Wer hat dir das erzählt?«

»Jemand von der Kabinencrew, irgendwann im Herbst. Ich hatte erwähnt, dass ich London–Sydney fliege, und er hat gesagt, er war auch für den Flug eingeteilt, hat aber getauscht. Angeblich warst du ganz *verrückt danach.*« Grinsend macht sie Ryans Akzent nach.

»Stimmt.« Ich entspanne mich ein wenig. Ryan kennt nicht die ganze Geschichte, nur, dass ich mit der Ausbildung angefangen, sie dann aber abgebrochen hatte. Und natürlich musste er das winzige bisschen Tratsch sofort weitererzählen. »Ich hatte meine erste Stunde in einer Piper Warrior. Ein Geschenk von meinen Eltern. Später als Teenager bin ich noch ein paarmal geflogen, hauptsächlich Cessnas 150.«

»Er hat gesagt, dass du eine Pilotenausbildung angefangen hattest.« Sie wirkt neugierig, aber nicht unfreundlich, und ich erwäge, ihr alles zu erzählen. Wie würde ich mich fühlen, wenn ich nach so vielen Jahren alles gestehe? Wie bei einer Beichte, kurz bevor der Tod naht.

Die Entscheidung wird mir abgenommen, denn es knackt in den Lautsprechern, als eine Ansage aus dem Cockpit kommt.

»Hier spricht Ihre Pilotin.«

Das ist Missouri.

»Warum fliegt sie die Maschine jetzt?«, fragt Cesca.

Ich sehe zu Ganges auf, doch seine verwirrte Miene sagt mir, dass er es auch nicht weiß. »Kann sie das?«

»Weiß ich nicht«, flüstert er. Ich stelle ihn mir zu Hause bei seinen Eltern vor; sein Zimmer voller Erinnerungen an Schul- und Jugendfreunde, zu laute Musik. Sambesi neben ihm blickt zum gegenüberliegenden Gang, und ich denke: *Ja, ich habe recht. Ich habe es richtig erkannt.* Und langsam nimmt mein Plan Form an.

Missouri fährt fort.

»Leider muss ich Ihnen mitteilen, dass die britische Regierung unseren Forderungen nicht entsprechen will, Bußgelder gegen Airlines zu verhängen, die nicht auf erneuerbare Energien umstellen wollen.«

Ich drehe mich um, wechsle entsetzte Blicke mit Cesca und den anderen. Was bedeutet das?

Lange müssen wir nicht warten, bis wir es erfahren.

»Wir bleiben auf Kurs nach Sydney«, sagt Missouri. »Dort werden wir der Regierung die wahren Auswirkungen ihrer Handlungsverweigerung zeigen und direkt ins Sydney Opera House fliegen.«

Ganges sieht erschrocken zu Sambesi, deren entsetzter Gesichtsausdruck dem der anderen Entführer gleicht.

Sie hatten keine Ahnung. Das gehörte eindeutig nicht zum Plan.

Mir wird übel.

Ein Mann auf einem Fensterplatz steht auf und hält sein Mobiltelefon in der Hand. »Sie haben Kampfjets losgeschickt! Steht überall auf Twitter.«

»Das ist die Air Force!«, ruft jemand von der anderen Kabinenseite. »Sie kommen uns retten!« Jubel bricht aus – trotzig und mutig –, und ich sehe zu Cesca. Sie ist blass und sichtlich angespannt. Mein Magen krampft sich zusammen. Da Missouri weg ist, nehmen die Leute ihre Arme herunter und reiben sich die steifen Muskeln.

»Was werden diese Jets tun?«, fragt Derek, dem unsere Sorge nicht entgeht.

»Sie könnten uns zwingen, nach Brisbane auszuweichen«, antwortet Cesca. »Oder sie eskortieren uns zum Flughafen von Sydney und bleiben bis zur Landung in der Nähe.«

Rowan beugt sich zu uns, sodass kein Platz mehr für Alice

bleibt, sich in unsere kleine Gruppe zu drängen. »Und wenn Missouri versucht, ins Opernhaus zu fliegen, wie sie gesagt hat?«

»So weit lassen sie es nicht kommen.« Cesca stockt und senkt die Stimme, sodass nur wir sie hören können, denn in der Kabine muss es ruhig bleiben, was ausgeschlossen wäre, könnten die anderen Passagiere sie verstehen. »Sie werden uns abschießen.«

NEUNUNDDREISSIG

4 UHR | ADAM

Minas Stimme ist wunderschön. Sie spricht so, wie Linguisten es oft tun, samtig und mit dem genauen Wissen, welchen Weg jeder Satz einschlagen soll. Sie betrachtet Englisch als ihre Muttersprache, weil sie hier geboren und aufgewachsen ist, doch Französisch beherrscht sie genauso fließend, weil es die Sprache ihres Elternhauses ist. Arabisch, behauptet sie, spricht sie nicht, obwohl sie es versteht, und dennoch flicht sie hier und da ein, zwei Worte ein, die sich »nicht ins Englische übersetzen lassen«.

»Alles lässt sich übersetzen«, habe ich dann immer gesagt. Das war vor Sophia. Vor unserer Ehe.

»*Ishq*«, erwiderte sie sofort.

»Was heißt das?«

»Liebe, nur …«

»Siehst du, es lässt sich übersetzen!«

»Aber es ist viel mehr als das. *Ishq* ist deine größte Leidenschaft, deine andere Hälfte. Das Wort für ›Efeu‹ hat denselben Stamm – *Ishq* ist eine so große Liebe, dass man sich aneinanderklammert.« Sie lächelte mich an. »*Ishq* ist das, was wir haben.«

Ishq denke ich, als ich Minas Stimme auf dem Anrufbeantworter höre. Sie klingt nicht zuversichtlich – nicht samtig –, sondern ängstlich, und ihre Tränen lassen alle Worte zu einem angsterfüllten Fluss zusammenlaufen.

»Sag ihr, dass sie mutig, wunderschön und klug ist und dass ich sie an jedem einzelnen Tag bewundere.«

Ihre Worte erklingen zu Mariah Careys enervierendem *All I want for Christmas, is ...*

»Und – ich liebe dich auch.«

Der Knoten in meiner Brust zieht sich fester zusammen. Es hat nie eine andere als Mina gegeben. Freundinnen, ja, bevor ich sie kennenlernte, doch in dem Moment, in dem sie da war, verblasste alles Vorherige so sehr, dass mir kaum mehr Namen einfielen. Ich hatte gewartet, so einfach war das. Gewartet auf Mina.

Sophia liegt auf dem Boden, den Kopf auf meinem Schoß, und mein Blick ist auf den kaum wahrnehmbaren Puls an ihrem Hals gerichtet. Ein leises Raspeln begleitet jeden ihrer flachen Atemzüge, ihr Gesicht ist bis zur Unkenntlichkeit angeschwollen. Ich möchte sie so dringend in den Armen halten, ihr übers Gesicht streichen, ihre Wangen mit meinen Händen bedecken!

»Geht es ihr gut?«

Sogar durch die Kohlenrutsche höre ich die Panik in Beccas Stimme. Ich will ihr sagen: *Nein, es geht ihr nicht gut.* Ich will, dass sie denkt, sie hätte Sophia ermordet, damit sie wenigstens einen Bruchteil des Schmerzes durchmacht, den ich erlebt habe, als ich hilflos zusah, wie meine Tochter in einen anaphylaktischen Schock geriet. Stattdessen lasse ich die Stille für mich sprechen. Mein Fokus gilt allein Sophias geschlossenen Augen, dem Gewicht ihres Körpers auf meinem Schoß. Der Haut an meinen Handgelenken, die blutig gescheuert ist von meinen Versuchen, mich loszureißen, dem Schweiß und Schmutz an meinen Fingern.

»Ich dachte, du siehst nach.« Beccas Stimme hallt von den Blechwänden der Rutsche wider. »Sonst guckst du doch immer nach!«

Während ich Becca zwei Meter über mir höre, beobachte ich, wie das Adrenalin wirkt, und ich schicke ein stummes Dankgebet gen Himmel, als Sophias Körper das Gift so schnell abstößt, wie er es aufgenommen hat. Licht vorn aus dem Haus leuchtet halb in die Rutsche und erhellt meine ausgestreckten Füße auf der Pfütze am Boden.

»Hier ist es stockduster!«, brülle ich. »Wir waren am Verhungern. Nichts ist wie sonst!« Meine Stimme prallt zu mir zurück. Auf einmal atmet Sophia tief ein, und mir zerreißt es das Herz. Ich hätte sie verlieren können. Könnte es noch.

»Ich werde dafür sorgen, dass du erfährst, wie es ist, eingesperrt zu sein.« Ich blicke nach oben zu dem Lichtstreifen, und es kommt mir vor, als würde ich die Götter anschreien; Götter, die wahllos zuschlagen und ein Kind strafen, das nichts getan hat, um ihren Zorn zu verdienen. »Ich werde sämtliche Strippen ziehen, die ich kann, damit du die Höchststrafe bekommst.«

»Der Planet stirbt wegen Leuten wie Mina.«

»Du bist wahnsinnig. Mina hat doch wohl nichts zu tun mit dem Klima…«

»Sie hat sehr wohl was damit zu tun! Würden alle Piloten und Flugbegleiter die Arbeit einstellen …«

»Kämen andere, um ihren Platz zu übernehmen!«

»… könnten keine Flugzeuge fliegen, und wenn keine Flugzeuge fliegen, schmelzen die Polkappen nicht. Verstehst du denn nicht? Es ist noch nicht zu spät, das Gleichgewicht wiederherzustellen. Das ist ja das Schlimme: Wir wissen, welchen Schaden die Fliegerei anrichtet, trotzdem machen wir weiter so. Es ist, als hätte man erfahren, dass man Lungenkrebs hat, und raucht einfach weiter!«

Etwas an Beccas Ton ist mir unheimlich. Da ist dieses Zittern, das ich von Straßenpredigern oder Fanatikern kenne, die von Tür zu Tür ziehen. Ihre Inbrunst verrät mir, dass sie wirklich glaubt, was sie sagt. Wenn sie das tut, wozu ist sie dann noch fähig?

»Begreifst du denn nicht, dass du manipuliert wirst? Diejenigen, die hier die Fäden ziehen, sind es nicht, die ins Gefängnis gehen. Denen bist du egal – sie schicken dich vor, damit du es bist, die sich schuldig macht. Du bist Kanonenfutter, Becca, mehr nicht – ein Bauer im Spiel von jemand anderem. Man hat dir eine Gehirnwäsche verpasst.«

»Du irrst dich. Du weißt nicht, wie sie sind.«

»Wie wer ist?«

Eine Sekunde lang denke ich, sie will mir einen Namen geben, doch sie schluckt. »Unsere Führung.«

Unsere Führung, als handele es sich um eine Sekte.

»Ist dir bewusst, was sie mit Leuten wie dir im Gefängnis machen? Leuten, die Kinder verletzen?«

Ich warte lange genug, dass der Gedanke wirken kann. Und ich denke an die Male, die ich im Verhörraum Dieben, Mördern und Vergewaltigern gegenübergesessen habe. Doch ganz gleich, wie schrecklich ihre Verbrechen waren, wie sehr mich ihre Taten anwiderten, so wie jetzt habe ich mich nie gefühlt. Nie zuvor waren meine Muskeln so angespannt von dem Drang zu kämpfen. Nie zuvor wollte ich jemanden zu Boden drücken und bezahlen lassen. Nie zuvor wollte ich jemanden töten.

Andererseits hat auch noch nie jemand das Leben meiner Tochter bedroht. Und das meiner Frau. Ich versuche, mir vorzustellen, was an Bord von Flug 79 vor sich gehen mag, aber in meinem Kopf taucht nur das Bild von einem Flugzeug auf, das in ein Gebäude kracht. Es spielt in einer Endlosschleife: Feuer, Schreie, verbogenes Metall.

»Wie soll ich ins Gefängnis kommen«, erwidert Becca, »wenn niemand weiß, dass ich überhaupt existiere?« Da schwingt Spott in ihren Worten mit, was mich umso wütender macht. Frisches Blut rinnt mir über die Finger, als ich an meinen Handschellen zerre.

»Wir finden dich. *Ich* finde dich.«

»Du kennst nicht mal meinen richtigen Namen.«

Sophias Atmung ist jetzt gleichmäßiger, und als sie vor lauter Erschöpfung von dem anaphylaktischen Schock einschläft, klart mein Verstand auf, weil ich nicht mehr fürchten muss, dass sie stirbt. Ich verdränge das Bild vom Flugzeugunglück aus meinem Kopf und erinnere mich, wer ich bin und was ich gut kann.

»Deine Mutter fährt einen roten Mini mit Pompons am Rückspiegel.«

Beccas Schweigen bestätigt, dass ich recht habe, und es verleiht mir neuen Mut. Ich hatte gerade Dienstschluss gehabt, als ich Becca im Tesco-Markt sah. Ich hatte Mina versprochen – und mir selbst auch, direkt nach Hause zu fahren, doch der Spieldrang war zu stark. Also fuhr ich in die entgegengesetzte Richtung, zu einem großen Supermarkt am Rand des nächsten Orts, wo es weniger wahrscheinlich war, dass ich Bekannte traf. Ich hatte eine Tasche voller Kleingeld, und irgendwie schien es deshalb okay. Was war denn schon ein Rubbellos? Tausende von Leuten kauften die. Ich wollte mich nicht in meinen Online-Account einloggen, nicht mehr als zehn Pfund ausgeben, kein weiteres kaufen, wenn das erste Los eine Niete war …

So viele Versprechen, so viele Deals mit mir selbst.

Fühlten sich Alkoholiker so? *Ein Bier darf ich ruhig. Bier ist ja kein Wodka. Und ein halbes Pint ist okay – ist schließlich kein ganzes. Es ist völlig in Ordnung, wenn ich mit Freunden zusammen bin, es nach fünf ist, in dem Wochentag ein A vorkommt …*

Ich leerte meine Tasche auf den Tresen, ohne den Kassierer anzusehen, falls der Mann mich sofort durchschaute. Und dann saß ich dreißig Meilen weit weg von zu Hause in meinem Wagen und schabte die Silberfolie von sieben Nieten. *Der erste Schritt ist die Einsicht, dass du ein Problem hast,* sagt jeder. Nur erzählt einem keiner, was der zweite Schritt ist.

Wäre ich direkt nach Hause gefahren, hätte ich sie verpasst.

Aber ich saß noch ein oder zwei Minuten in meinem Wagen, kämpfte gegen den Schweiß, die Schuldgefühle, die Scham und das Verlangen nach mehr, die auf meiner Haut kribbelten. Im Handschuhfach fand ich ein Pfund und einige Zwanzigcentmünzen im Aschenbecher, die auf eine Parkuhr warteten. Als ich genug für zwei weitere Lose zusammengekratzt hatte, stieg ich aus. Ich hasste mich dafür, tat es aber trotzdem. Diesmal würde ich andere Lose bekommen. Die mit drei gleichen Symbolen. Ich würde mir die Kassenschlangen ansehen und versuchen, zu einem anderen Kassierer zu gehen. Sollte ich bei demselben landen, würde ich ihn reumütig anlächeln. *Die Frau sagt, ich hätte die falschen gekauft,* würde ich sagen. Sollte er ruhig denken, dass ich unter dem Pantoffel stand. Lieber das als die Wahrheit.

Und auf dem Weg nach drinnen kam ich an Becca vorbei. Sie sah auf ihr Handy und ging zu einem Wagen, der auf einem Behindertenparkplatz stand. Die Frau auf dem Fahrersitz hatte die gleiche gerade Nase, den gleichen Schwung der Oberlippe. Schwestern, dachte ich zuerst, bis ich die grauen Ansätze im blonden Haar und die Falten um den Mund herum bemerkte. Ich sah weg, weil ich nicht in ein Gespräch verwickelt werden wollte. Ich wollte gar nichts, außer etwas, irgendwas gewinnen, um mein Handeln zu rechtfertigen.

»Was redest du denn?«, fragt Becca jetzt, doch es ist zu spät. Ihre Pause hatte mir bereits alles gesagt. Ich schließe die Augen und versetze mich zurück in den überdachten Gang vom Supermarkt zum Parkplatz. Becca hatte mich nicht gesehen – hatte nicht hingesehen – und war geradewegs an mir vorbei und zum Wagen ihrer Mutter gegangen. Ich war unkonzentriert gewesen, denn mich interessierten nur die Rubbellose; wie ich, wenn ich einen Fünfer für einen Dreiertreffer bekam, nur noch mit vier Pfund im Minus wäre. Ein Teil von mir war jedoch immer im

Arbeitsmodus. Ich weiß noch, dass ihr Haar zurückgebunden war – die wenigen Male, die sie als Babysitter bei uns gewesen war, hatte sie es immer offen getragen. Und sie hatte eine Kapuzenjacke mit irgendeinem Logo vorn angehabt. Dazu dunkle Jeans.

Nein, keine Jeans. Eine Stoffhose. Dunkelblau. Welcher Teenager trägt dunkelblaue Stoffhosen? Ein Teil fügt sich ins andere. Becca, die Mina aus heiterem Himmel anruft; Mina, die so froh ist, dass sie es nicht infrage stellt.

Sie ist eine Freundin von Katya – die haben zusammen gejobbt. Anscheinend hatte Katya ihr erzählt, dass wir vielleicht nach jemandem suchen, der nach der Schule auf Sophia aufpasst.

»Du arbeitest bei Tesco«, sage ich.

Sollte ich falschliegen, habe ich verloren. Keine Oberhand mehr, keine Verhandlungsbasis.

Sie sagt nichts.

Ich habe recht.

»Selbst wenn du ihnen einen falschen Namen und eine falsche Adresse gegeben hast, muss ich bloß die Überwachungsvideos vom Supermarkt anfordern und das Kennzeichen deiner Mutter überprüfen lassen. Ich nehme an, du stehst da im Wählerverzeichnis, oder?« Ich rede weiter, immer schneller und sicherer, falle zurück in den Job, den ich tagein, tagaus mache. »Damit hätten wir deinen vollen Namen und dein Geburtsdatum. Ach, und natürlich haben wir auch eine Aufzeichnung darüber, wann du auf unserem Grundstück gewesen bist. Ich lasse mir vom Provider die Daten aller Geräte geben, die zu den entsprechenden Zeiten hier eingeloggt waren.«

Für mich ist es Teil meines Seins. Ermittler. Vater. Zwei Hälften, die sich auf die furchtbarste und zugleich ideale Weise verquicken. In diesem Moment bin ich mir sicher, dass wir hier rauskommen und ich Becca aufspüre – wer auch immer sie in

Wahrheit sein mag – und sie bezahlen lasse. Nicht mit meinen Fäusten, in denen es danach juckt, sondern mit den Mitteln, die mein Broterwerb vorsieht.

Laufschritte unterbrechen meine Gedanken.

»Becca?«

Jetzt kommt ein Geräusch aus dem Haus. Ich sehe einen Schatten über den Lichtstreifen unter der Kellertür huschen – erst in die eine, dann in die andere Richtung. Ich rufe nach ihr, immer wieder. Mir ist bewusst, dass ich sie zu weit getrieben habe, hoffe aber, dass es noch nicht zu spät ist. Die Haustür knallt zu, und Schritte rennen den Weg hinunter. Dann schwingt die Gartenpforte auf, gefolgt von dem metallischen Scheppern, als sie wieder ins Schloss fällt, und dem Knirschen von Stiefeln auf dem Schnee, die immer schwächer werden, bis sie ganz verklingen.

Ich horche auf Geräusche im Haus, aber es sind nur die üblichen zu hören. Die ächzenden Wasserleitungen; das Tropfen von schmelzendem Schnee in den Kellerschächten; das leise Brummen des Kühlschranks.

Sophia regt sich. Sie öffnet die Augen, die immer noch sehr geschwollen sind, und fährt sich mit der Zunge über die rissigen Lippen. »Wo ist Becca?«

»Sie ist weg.«

Ich zerre an meinen Handschellen. Becca ist weg.

Und keiner weiß, dass wir hier sind.

VIERZIG

PASSAGIER 1G

Ich würde lügen, wenn ich behauptete, dass ich sterben wollte. Korrekter wäre es zu sagen, dass ich dazu bereit war. Ich hatte gehofft, die Politiker würden einsehen, dass ihnen keine Alternative zur Annahme unserer Forderungen bliebe, dass die Uhr tickte, was unseren Treibstoff anging, und sie sich entsprechend konzentrierten. Doch anscheinend sind für unsere Regierung ein paar Hundert Leben entbehrlich. Unangenehm vielleicht, doch bald von dringenderen Angelegenheiten aus den Schlagzeilen vertrieben. Dann sind die schlechten Nachrichten ebenfalls tot und begraben.

Was die anderen angeht, müsst ihr verstehen, dass ich es ihnen nicht sagen konnte. Sie hätten vielleicht gekniffen oder mitten in den Vorbereitungen einen Rückzieher gemacht. Oder sie hätten – unwillentlich oder nicht – ihre nächsten Angehörigen mit tränenreichen Abschieden alarmiert. Vielleicht wäre ihnen sogar gegenüber einem der Passagiere etwas rausgerutscht, was die Sorte Spontanreaktion losgetreten hätte, die uns zu einer Bruchlandung auf dem Meer gebracht hätte. Es ist besser für die Passagiere, dass sie glauben, sie hätten eine Chance, gerettet zu werden.

– Niemand wird sterben, *hatte ich den anderen gesagt, als ich unseren Plan erklärte.* Die Regierung muss glauben, dass wir warten, bis dem Flugzeug der Treibstoff ausgeht, also werden sie unsere Forderungen ernst nehmen. Die Passagiere müssen glauben, dass sie sterben werden, damit wir die Kontrolle behalten. Aber natürlich ist das nicht der Plan!

Es war nicht alles gelogen, rein theoretisch nicht. Das war nicht der Plan.

Genauso wenig wie der, den sie kennen.

– Amazonas ändert den Kurs in Richtung eines Orts tief in der Gibson-Wüste in Westaustralien, *hatte ich ihnen erzählt,* wo die Kameraden von Climate Action mit Jeeps warten. Wir evakuieren die Maschine und verschwinden; die Passagiere bleiben zurück, sodass sie gerettet werden können. Wir lassen unsere falschen Identitäten hinter uns und entkommen unerkannt.

Wäre das der echte Plan gewesen, er wäre in Fetzen gerissen worden. Der Entdeckung entkommen? Wenn die halbe australische Armee losgeschickt wird, um uns zu umzingeln? Aber es war ja nie ein Plan, sondern reine Fantasie, ausgeschmückt mit allem, was ich brauchte, um die Sorgen meiner ach-so-treuen Gefolgsleute zu zerstreuen. Jedes Problem, das sie mir zuwarfen, parierte ich sofort mit einer Antwort, die ihre Zweifel abwürgte.

– Wir werden die Helden der Klimarettung sein! *Lautete Ganges' Post. Und es kam jede Menge virtueller Jubel.*

Ich bezweifle, dass mich viele meiner Jünger auf diese Mission begleitet hätten, wären ihnen meine wahren Absichten bekannt gewesen. Ein oder zwei vielleicht – die labileren, die fanatischeren Umweltaktivisten, die anderen nicht. Die waren hier – und dazu gehörten Sambesi und Kongo ganz ohne Frage –, weil ihnen ein neues Leben versprochen wurde.

Kongo mochte ich. Ich fand ihn bei einem Open-Mic-Abend in einem Comedy Club, der zugunsten von Greenpeace veranstaltet wurde. Es war viel los, und es wurde richtig viel dazwischengerufen, und bis Kongo sich auf die Bühne gehievt hatte und wieder zu Puste gekommen war, waren schon zwei seiner zugeteilten fünf Minuten um. Gelächter baute sich auf. Es kam der unvermeidliche Chor von »Wer hat die ganzen Pasteten gefuttert?«, als unser Comedian endlich das Mikro aus dem Ständer rupfte.

»Hau ab!«, rief jemand.

Sein Material war schwach, sein Timing schlecht; jeder Witz en-

dete in einem pfeifenden Husten. Doch er gab nicht auf. Und als das lahme Klatschen anfing, wurde er nicht rot, stotterte nicht. Stattdessen blickte er durch den Saal und tat sie alle ab mit einem »Fickt euch, ihr Fotzen – ich könnte euch alle essen und hätte immer noch Platz für ein Kebab«. Dafür erntete er die lautesten Lacher des Abends.

Ich folgte ihm zum Taxistand, fasziniert davon, wie er einen Fuß vor den anderen setzen konnte – wenn auch schmerzlich langsam –, da seine Oberschenkel gegeneinander um die Vorherrschaft kämpften und seine Knöchel gruselig über den Turnschuhen herausquollen. Er kaufte sich einen Hamburger an einem Stand und nahm ihn mit in eine Seitengasse, wo er ihn mit drei Bissen vernichtete. Dabei wischte er sich die ganze Zeit die Tränen ab, die im Schein der Straßenlaterne glänzten. Noch nie habe ich einen so unglücklichen und zugleich so tapferen Mann gesehen.

Auf seiner Website unter »Auftritte« stand nichts, doch in seinem Blog war reichlich Material. In den letzten Jahren war er vorsichtiger geworden – vielleicht, als er anfing, sich als Stand-up zu sehen –, doch seine frühen Posts waren ehrlich und unverschnörkelt, traurige Geschichten von Mobbing und Schikane. Er war ein überzeugter Umweltschützer – daher sein Auftritt bei der Spendenveranstaltung – und schrieb voller Leidenschaft über den Klimawandel.

– Ich habe deinen Gig heute Abend gesehen, *schrieb ich ihm.* Du bist witzig.

Ich gab mich als blonde Fünfundzwanzigjährige aus einem Ort aus, der weit genug weg war, damit ich sicher war. Single. Interessiert. Meine Interessen passte ich dem an, was ich in seinem Blog fand, und gab mich entzückt, als er fand, wir hätten so vieles gemeinsam. *Ich stellte ihn der Gruppe vor und ermunterte ihn, sich aktiv in unsere Pläne einzubringen.*

- Du bist fantastisch. So mutig und klug. Du bist ein echter Gewinn.

Er wollte mich treffen. Natürlich wollte er das.

- Hinterher, *antwortete ich ihm.* In Australien.

Online habe ich nie meinen richtigen Namen benutzt, sondern mir die Identität eines Schülers geliehen, der sich vor vielen Jahren mitten im Winterhalbjahr das Leben genommen hatte. Sashas Familie lebte im Ausland, und als ich meine Habe einpackte, kam mir der Gedanke, dass eine Ersatzgeburtsurkunde und ein Pass praktisch wären. Bisher konnte ich es vermeiden, meine Fingerabdrücke und meine DNA *der Polizei zu liefern, doch je mehr ich politisch aktiv wurde, desto größer wurde das Risiko. Da schien es mir besser, dass der arme Sasha eventuelle Vorstrafen übernahm.*

Ich legte mir mehrere Online-Pseudonyme zu und versorgte jeden Rekruten mit einem passenden Mentor. In einer Kostümierung hatte ich auch meinen Bruder durch Polizeigewalt verloren. In einer anderen liebte ich Computerspiele. Für Sambesi war ich die verlässliche Freundin; für Kongo die große Liebe. Ich schlüpfte mühelos in die Rollen, gab jedem, was er oder sie brauchte, und spielte sie gegeneinander aus.

Ich ließ meine Marionetten miteinander streiten; hatte die Mehrheit gegen einen Kritiker hinter mir und verteidigte meine Pläne. Einmal inszenierte ich einen Rauswurf, um den anderen zu demonstrieren, dass vorlautes Gebaren für jeden ein schlimmes Ende nähme. Sofort wurden alle brav.

Meine Rekruten waren keine Individuen mehr, sondern eine homogene Masse, die ich in jede beliebige Richtung lenken konnte. Aber ich wusste, dass ihr Gehorsam seine Grenzen hatte. Ein Hund kann eine Schafherde meilenweit treiben, ohne ein einziges Tier zu verlieren, doch wenn ein Fuchs auftaucht, stieben sie trotzdem auseinander. Ich konnte ihnen nicht die Wahrheit sagen, auch wenn sie uns die Schlagzeilen bringen würde, die wir alle wollten.

Zweitausend Leute waren auf dem Weg zum Sydney Opera House zu einem großen Chorfestival. Drei Monate lang hatten sich fünfzig einzelne Chöre in Kirchen, Büros, Pubs und Privathäusern getroffen, um dieselben zehn Lieder einzuüben. Ich stellte mir die Sängerinnen und Sänger vor, die sich erstmals backstage begegneten, alle in Schwarz. Das einzige Unterscheidungsmerkmal waren die bunten Rosetten, die für ihre jeweilige Heimatstadt standen. Ich malte mir die Besucher aus – die Prominenten, die Journalisten, die »Freunde des Opernhauses« –, die für diesen besonderen Genuss ihre Cocktails ausfallen ließen.

Warum das Opernhaus?

Leute.

Ein Terrorist bombardiert kein leeres Gebäude, keinen geschlossenen Laden, keine stillgelegte Fabrik. Ein Amokschütze läuft nicht am Wochenende durch eine Schule oder in den frühen Morgenstunden durch ein Einkaufszentrum. Herzen werden von Menschen gewonnen, nicht von Bauten, in denen die Menschen wohnen, und es müssen die richtigen Menschen sein.

Glaubt ihr, eine ausgeraubte Alleinerziehende in einer heruntergekommenen Sozialsiedlung erfährt dieselbe Resonanz wie die Schnösel in den Stadtvillen? Guckt euch an, wie viel Presseaufmerksamkeit ein vermisstes Kind bekommt, wenn es hübsch und weiß ist, und dann seht euch an, ob es die Leute genauso brennend interessiert, wenn es hässlich, behindert oder dunkelhäutig ist.

Ich musste dafür sorgen, dass es sie kümmerte. Die Politiker auf der ganzen Welt sollten aufmerken und denken, wir müssen etwas wegen des Klimawandels unternehmen. *Sie sollten sagen:* Weitere Menschen werden sterben, wenn wir unsere Herangehensweise nicht radikal verändern. *Eigentlich sollte es reichen, dass der Planet stirbt, doch ich hatte schon längst erkannt, dass es nicht genügte.*

Als die Cockpittür zuging, sprach ich ein Gebet. Nicht zu Gott, sondern zu Mutter Erde. Ich dankte ihr für ihre Segnungen, dass sie uns weiter versorgte, obwohl wir das Privileg missachteten und mehr nahmen, als wir brauchten. Ich fühlte das Vibrieren des Flugzeugs unter mir, als wäre es ebenfalls in meinem Team.

Natürlich hatte ich Angst. Hättet ihr keine? Habt ihr euch noch nie vor einer Karussellfahrt gefürchtet, obwohl ihr freiwillig eingestiegen seid? Ich atmete mich durch die Angst, nahm sie an. Statt Schmerz, Panik und Furcht visualisierte ich die Schlagzeilen und die Gipfeltreffen. Ich stellte mir die Gespräche vor, die überall auf der Welt geführt würden – Gespräche, die schon beginnen würden, während Leute in den Trümmern lagen, ihre Rosetten abgerissen und zerfetzt. Jene Menschen würden die Welt für künftige Generationen verändern. Sie wären Helden.

Der Gedanke war erhebend. Ich erlaubte mir, mich klarer auf das zu konzentrieren, was geschehen musste, damit ich mein Ziel erreichte. Ich dachte an den »Sturzflug« auf unser Zielobjekt. Ich dachte an verbogenen Stahl, geborstenes Glas, die berühmten Segel des Opernhauses, zu Staub zermahlen. Die gebrochenen Gliedmaßen, die starrenden Augen, die Stille. Sie nahmen der Erde Leben weg, und die Erde würde sich Leben zurückholen.

Die Symmetrie war ziemlich schön, findet ihr nicht?

EINUNDVIERZIG

2 STUNDEN 30 MINUTEN BIS SYDNEY | MINA

Als Missouri fertig ist und die Lautsprecher verstummen, holen alle Luft. Dann schreit jemand.

Der erste Schrei löst einen zweiten, danach einen dritten aus, und nun erbebt die Maschine unter der Panik von 353 Passagieren, die mit dem sicheren Tod konfrontiert sind. Neben mir krümmt sich ein Mann auf seinem Sitz zusammen und stößt ein hohes, angsterfülltes Heulen aus. Ich drehe mich um und sehe Cescas entsetzte Miene. Rowan sackt gegen die Sitze zurück und packt mit einer Hand Dereks Arm, der ältere Mann jedoch versucht, ihn abzuschütteln.

Alice zerrt am Sicherheitsgurt einer Frau auf einem Sitz am Gang, wild vor Verzweiflung. »Raus da – raus!«

Die Frau umklammert ihre Gurtschnalle und schlägt nach Alice' Händen.

»Meine Zeitung hat sechstausend Pfund für einen Platz bezahlt!«

Die Frau rammt Alice den Ellbogen ins Gesicht, und die Reporterin stolpert rückwärts. Blut rinnt ihr aus der Nase. Cesca zieht Alice weg; ich will helfen, doch da sinkt sie schon gegen Cesca.

»Ich habe für einen Sitz bezahlt«, schluchzt sie.

»Das haben alle.« Cesca lässt Alice los, die auf dem Gang zu Boden fällt und sich unten an dem Sitzgestänge festhält, als könnte sie so verhindern, aus dem Flugzeug geschleudert zu werden.

Wir können nichts tun.

Mit einer kontrollierten Landung im Wasser oder auf ungeeignetem Boden könnte ich umgehen. Das ist schließlich unser Job, auch wenn wir hoffen, nie in solch eine Situation zu kommen. Rettungswesten, Notausgänge, Rutschen … Ich könnte das alles blind.

Aber wenn Missouri uns ins Sydney Opera House steuert, kann ich nichts tun, um die Passagiere vor der Wucht zu schützen, mit der die 350 Tonnen schwere Boeing 777 in Australiens berühmtestes Gebäude krachen wird.

Die Schwangere hält die Hände über ihren Bauch, und Tränen rinnen aus ihren geschlossenen Augen. Hinter ihr sehe ich die Talbots, die sich, ihren kleinen Sohn in der Mitte, in den Armen halten. Auf einmal wird mir bewusst, wie viele Kinder auf diesem Flug sind, von Kleinkindern, die kaum Laufen gelernt haben, bis hin zu verängstigten Teenagern. Missouri beendet Leben, die eben erst begonnen haben.

»Ich wollte mich in Australien umbringen«, sagt Derek plötzlich.

Wir anderen sehen uns an. Er redet weiter, schnell, als hätte er Sorge, keine Zeit mehr zu haben, als müsse er alles ausspucken, was an ihm nagt. »Ich habe keinen Auftrag für diese Nummer, müssen Sie wissen. Mein Ticket habe ich selbst bezahlt. Mein Bruder lebt in Sydney, und ich dachte, ich buche den Flug und versuche, ein Feature in einer der Reisebeilagen unterzubringen. Aber die haben alle abgelehnt, eine nach der anderen.« Seine Stimme bricht, und Cesca drückt seine Schulter. Ich sollte ihn ebenfalls trösten, aber ich werde nicht schlau aus ihm – kann diese gebrochene Fassade nicht mit dem Mann in eins bringen, von dem ich glaubte, ihn in ihm erkannt zu haben. Ich nehme Finleys Kopfhörer aus der Tasche und beginne, die Knoten zu lösen, um so die Anspannung in meinem Kopf wegzubekommen. Alice, die angefangen hatte, auf dem Handy herumzutippen, sieht hoch und starrt Derek entsetzt an, als könnte das ansteckend sein, was immer er hat.

»Ich habe meinen Job letztes Jahr verloren. Mein Verleger meinte, ich hätte den *Biss* verloren. Mein Reporterinstinkt wäre nicht mehr scharf genug, um mit den Jüngeren mitzuhalten. Ich habe es freiberuflich versucht, aber als ich meine Ideen rausschickte, machten die das alle schon selbst im Haus oder hatten kein Budget; ob ich vielleicht was für die Website schreiben wolle? Jemand schlug vor, dass ich einen Blog anfange.« Sein Lachen klingt hohl.

Rowan knufft ihn mit der Faust in den Oberarm, doch Derek ignoriert es, wendet sich ab. Es ist offensichtlich, dass ihn seine Erfahrung verbittert und misstrauisch gemacht hat, und ich fühle mich schlagartig solidarisch mit ihm. Unsere Reaktionen werden von den Menschen um uns herum geprägt, von ihrem Verhalten uns gegenüber. Ich denke an Adam und all die Verbitterung, die ich empfunden habe, und merke, wie sie zu bröckeln beginnt. Ich weiß nicht, ob ich vergeben kann, aber ich denke, ich kann vergessen.

Wenn ich die Chance bekomme.

»Harte Zeiten«, sagt Rowan ein wenig unsicher. Er sieht zu mir, und ich nicke diskret zum Zeichen, dass ich es verstehe – dass er einfach nur helfen will. Allerdings glaube ich nicht, dass irgendjemand Derek noch helfen kann: Er ist entschlossen, seine Geschichte zu erzählen, seinen Abstieg an einen Punkt zu schildern, an dem das Leben nicht mehr lebenswert war.

Derek blickt zu Cesca. »Ich kam mir schlicht … nutzlos vor, verstehen Sie? Nein, nicht bloß nutzlos. *Sinnlos.*«

Alice ist wieder an ihrem Handy, gelangweilt von der Story.

»Also beschloss ich, trotzdem zu fliegen und meinen Bruder in Sydney zu besuchen. Und dann wollte ich mich mit so viel

Schnaps und Pillen, wie ich runterbringen konnte, in einem Hotelzimmer einschließen. Das wäre es dann gewesen. Auf eine komische Art hatte ich mich sogar darauf gefreut.«

»Und jetzt …« Ich beende den Satz nicht, aber er bejaht stumm und mit einem zynischen Lächeln.

»Was für eine Ironie, oder? Ich schätze, es schärft das Denken, mit dem Tod konfrontiert zu sein. Wie sich herausstellt, finde ich die Idee wohl doch nicht so toll.«

»Tut keiner von uns«, sage ich ernst. Ich stehe auf, schaue zu Ganges und Sambesi und werde lauter, damit sie mich hören. »Sie haben es nicht gewusst, oder? Sie hatten keine Ahnung, dass sie das geplant hat.«

Ganges blickt über die Schulter zum Cockpit, dann hinüber zu Niger, der die Hände hebt, um einen Passagier zu stoppen, der von seinem Sitz aufgestanden ist. Trotz der neuen Wendung der Ereignisse macht er noch seinen Job. Mir wird klar, dass sie alle radikalisiert wurden – so effektiv, dass sie nicht einmal jetzt gegen Missouri aufbegehren wollen.

Ich sehe, wie Paul Talbot seiner Frau das Baby in den Arm legt und sie zu dem freien Sitz drängt. Bevor sie sich rühren kann, hechtet Jason Poke auf den Sitz, schnallt sich an und geht in die Brace-Position.

»Wir müssen etwas tun«, sage ich, mehr zu mir selbst.

»Was?«, schreit ein Passagier in der vorderen Sitzreihe mit angstverzerrtem Gesicht. »Wir können nichts tun!«

Ganges tritt einen Schritt zurück und wieder vor. Er ist unsicher, wohin er soll, weil seine Anführerin weg ist. Dies dürfte unsere Chance sein. Ich drehe mich zu Cesca und den anderen um. »Wir müssen ins Cockpit.«

»Aber der Sprengstoff …«, beginnt Rowan. »In dem Moment, in dem wir uns ihr nähern, wird sie …« Er ballt eine Faust und spreizt die Hand wieder, um eine Explosion anzudeuten.

»Und wenn wir es nicht tun«, sagt Derek, »kracht sie ins Opernhaus.«

Die schwangere Frau hört zu. »Wir sind so oder so im Arsch.«

»Wenn sie jetzt die Bombe zündet.« Ich schlucke, weil ich kaum aussprechen kann, was ich denke. »Dann sind es nur wir. Das Flugzeug wird durchbrechen, und, ja, es könnte Opfer am Boden geben, aber nicht zwangsläufig. Wenn wir aber das zulassen, was sie vorhat, *wissen* wir, dass Menschen sterben werden.«

»Sie hat recht.« Cesca steht auf. »Jetzt gerade sind Tausende von unschuldigen Menschen auf dem Weg zum Opernhaus – wir dürfen nicht …«

»Was ist mit den Unschuldigen in diesem Flugzeug?«, unterbricht sie jemand von der anderen Kabinenseite. Mehrere andere stimmen zu, und wütend rufen die Leute durcheinander. Rowan sieht mich an, und zwei Falten an seiner Nasenwurzel vertiefen sich.

»Sie denken, dass wir aufgeben sollten«, sage ich.

Für einen Moment schließt er die Augen, als müsse er in seinem Innern Kraft finden. Dann sieht er mich wieder an, und seine Augen sind dunkel vor Verzweiflung. »Nein, ich denke, wir haben schon verloren.«

Weiter hinten in der Kabine steht eine Frau in einem pinken Top auf, als wolle sie jemandem ihren Sitz anbieten. Ich mache mich auf mehr Geschrei und Streit gefasst, doch nun erkenne ich, dass es die Ärztin ist, die auf unseren Hilferuf reagiert hatte. Sie legt die Hände auf die Kopflehne vor ihr, was an einen Priester auf der Kanzel erinnert. Ich frage mich, wie es sich anfühlt, ein Leben nicht retten zu können. Ob es sie belastet oder sie schon genug Leute hat sterben sehen, um abgestumpft zu sein.

»Das ganze Gerede!« Sie wirkt wütend, und die anderen in der Kabine verstummen. Ich erinnere mich, wie ungern sie mit mir reden wollte und wie ich rot wurde, als ich mich für die Störung entschuldigte. »Sollen wir das Cockpit stürmen; sollen wir hierbleiben …« Sie spricht in einem weinerlichen Tonfall, um unsere Überlegungen grausam zu verhöhnen, und mir wird unbehaglich. »Machen Sie es einfach. Sie bringt uns sowieso um!«

»Sie haben gut reden«, erwidert Jamie Crawford. »Sie haben die Sprengstoffweste nicht gesehen, die sie umhat. Die ist dicht bepackt.«

Die Ärztin wirft den Kopf in den Nacken und lacht. Es klingt wahnsinnig, und langsam dämmert mir die Wahrheit. Ich war beruhigt gewesen, eine Ärztin an Bord zu haben, und dachte, sie könnte uns helfen, Leute zu retten, die Verletzten schützen und ihr Bestes für die Sterbenden tun.

»Haben Sie eine Ahnung, wie schwer es ist, Sprengstoff an Bord eines Flugzeugs zu bekommen?«, fährt sie fort.

Ich blicke auf die Uhr. Noch zwei Stunden bis zur geplanten Ankunft in Sydney. In der Kabine starren alle die Ärztin an, hoffen auf einen rettenden Plan.

»Die Weste ist nicht echt, ihr Idioten«, sagt sie. »Wir haben keinen Sprengstoff. Das sind nur Drähte und Plastiktüten. Es gibt keine Bombe.«

Wir haben keinen Sprengstoff.

Sie ist eine von ihnen.

Es bleibt keine Zeit zu überlegen, was das heißt – wer sonst noch unter uns sitzt und die Wahrheit verbirgt.

Missouris Bombe ist eine Attrappe.

Wenn wir ins Cockpit gelangen, können wir sie überwältigen, und Cesca kann uns sicher nach unten bringen.

Noch haben wir eine Chance.

Noch kann ich mein Versprechen an Sophia halten.

ZWEIUNDVIERZIG

5 UHR | ADAM

Ich habe es vermasselt. Mal wieder. Eben sah es noch so aus, als könnte es nicht mehr schlimmer werden, als könnte ich meiner Familie – und mir – nicht noch mehr Schaden zufügen, da baue ich noch größeren Mist.

»Kommt Becca wieder?« Sophia setzt sich auf. Ihre Stimme ist jetzt fester. Sie ist bei Weitem nicht so wie sonst, aber wie sollte man das hier unten auch sein?

»Nein, Schatz, das glaube ich nicht.« *Mist, Mist, Mist.* Ich verfluche mich, weil ich den Mund zu voll genommen habe. Natürlich wollte ich Becca Angst machen und ihr zeigen, dass sie leicht zu finden wäre, damit sie zur Vernunft kam und uns rausließ. Und es fühlte sich gut an, dass ich wieder klar war und meinen Job machte. So wie damals, bevor ich nur noch Schulden und meine gescheiterte Ehe im Kopf hatte. Vage war mein altes Ich wieder da gewesen, und ich redete drauflos. Womit ich alles noch schlimmer gemacht habe … viel, viel schlimmer.

Ich frage mich, wohin Becca gelaufen ist. Sie könnte einen Wagen außer Sichtweite geparkt haben. Uns hatte sie erzählt, sie könne nicht fahren, aber sie hat uns ja eine Menge erzählt. Ich stelle mir vor, wie sie nach Hause kommt und sich nach oben in ihr Zimmer schleicht, um ihre Eltern nicht zu wecken. Wie sie sich auf die Tagesdecke ihres Bettes legt, vollständig angezogen, und wartet, dass ihr Puls langsamer wird.

Vielleicht ist sie aber auch gar nicht mehr so kindlich, wie ich glaube. Eventuell wohnt sie nicht bei ihren Eltern. Ihre Arbeit bei Tesco könnte ein Ferienjob gewesen sein – sogar eine Tarnung. Ich stelle sie mir in ihrem eigenen Zuhause vor – einem schäbigen Zimmer in einer WG –, wo sie ihre paar Habseligkeiten in einen Rucksack stopft. Wo will sie hin? Wohin gehen diese professionellen Protestler normalerweise? Ich entsinne mich, etwas über einen großen Geschäftsmann gelesen zu haben, der so wütend auf das Europa-Referendum war, dass er alles hinschmiss und nach London ging. Er verkaufte seinen gesamten Besitz, übernachtete bei Freunden auf dem Sofa und verbrachte die nächsten drei Jahre damit, vor dem Parlament in ein Megafon zu brüllen.

Ich verstehe es nicht. Es ist nachvollziehbar, dass Leute bestimmte Themen sehr ernst nehmen, dass sie Gerechtigkeit fordern – ich wäre kein Polizist, würde es mich nicht scheren. Aber diese Leute widmen ihr Leben ihren Überzeugungen, gehen für sie ins Gefängnis.

Die Flugzeugentführer müssen wissen, dass sie sterben werden. Sie nehmen Hunderte von Menschen mit sich, und wahrscheinlich ist es für sie in Ordnung – eine kleine verlorene Schlacht inmitten eines Krieges. Ich kann mir nicht vorstellen, wofür ich mich jemals derart engagieren würde.

Doch, kann ich.

Sophia.

Für Sophia würde ich kämpfen. *Werde* ich kämpfen.

Nur wie? Ich habe schon so wild an meinen Handschellen gezerrt, dass praktisch keine Haut mehr an meinen Handgelenken ist, und das Rohr an der Wand rührt sich nicht. Könnte ich mich befreien und die Tür oben an der Treppe aufbrechen, wäre es leicht …

Eine Nachrichtenmeldung unterbricht die Musik, und ich spüre, wie Sophia sich genauso anspannt wie ich. *Bitte,* flehe ich stumm. *Lass sie nicht auf diese Weise vom Tod ihrer Mutter erfahren.*

Wir haben soeben eine aktuelle Information über Flug 79 erhalten. Die Reisereporterin des Telegraph, *Alice Davanti, hat exklusiv Szenen aus dem entführten Flugzeug geschildert.*

Vor lauter Erleichterung, dass die Maschine nicht abgestürzt ist, verpasse ich die ersten Worte von Davantis Bericht und merke erst auf, als ich Minas Namen höre.

»Mummy!«

… viele Menschen werden sie dafür verdammen, dass sie die Sicherheit ihrer eigenen Familie über das Leben Hunderter Passagiere an Bord von Flug 79 gestellt hat. Während ich dies hier schreibe, bin ich umgeben von Eltern, Großeltern, Kindern. Die Angehörigen dieser Passagiere werden sich zweifellos schwer damit tun, zu verstehen, warum das Leben ihrer geliebten Menschen weniger wert sein soll als das Kind einer Frau.

Es wird zurück zum Moderator geschaltet, der *mehr in Kürze* verspricht, und Sophia setzt sich mühsam auf.

»Daddy, was hat die Frau über Mummy gesagt?«

Ich koche vor Wut. Das tue ich Sophia nicht an. Sie darf sich nicht schuldig fühlen, und genauso wenig soll sie schlecht über Mina denken, die getan hat, was alle Eltern, die ich kenne, getan hätten.

»Sie hat gesagt …« Ich muss schlucken, um nicht zu schluchzen. »Sie hat gesagt, dass Mummy dich mehr liebt als alles andere auf der Welt.«

Von draußen ist Motorengeräusch zu hören. Unser Weg führt nirgends hin. Niemand kommt hier entlang, der nicht in einem der Häuser wohnt, und das sind nur wir, Mo und die Frau, die einige Wochenenden im Jahr hier verbringt. Ist das ihr Wagen? Warum sollte sie um diese Zeit ankommen? Mein Zeitgefühl ist eher vage, doch es müsste kurz vor Sonnenaufgang sein.

Eine Sekunde lang schöpfe ich Hoffnung. Vielleicht hat Becca sich umbesonnen. Vielleicht haben meine Worte ins Schwarze getroffen, und sie hat begriffen, dass die Polizei ihr früher oder später auf die Schliche kommt …

Nur ist der Motor, den ich höre, kein Diesel, was bedeutet, dass es wahrscheinlich kein Polizeiwagen ist.

Beccas Eltern? Oder einer von den anderen Aktivisten vielleicht? Falls sie kommen, um uns irgendwo hinzubringen, wo sie es für sicher halten, haben wir eine Fluchtchance. Sie müssen mich von dem Rohr losmachen. Also muss ich bereit sein. Ich stelle mir vor, wie ich zum Schlag aushole auf die Person, die kommt – rechter Haken, linker Haken, was immer zuerst geht. Ich schlage sie bewusstlos und ziehe Sophia die Treppe hinauf, durch die Küche und die Diele und raus.

Schritte nähern sich dem Haus. Leise und vorsichtig. Sie schreiten die Hausfront ab. Linst jemand durchs Fenster, um sich zu vergewissern, dass niemand da ist, abgesehen von uns im Keller. Dass uns keiner schreien hört?

Wohin wollen wir, wenn wir fliehen können?

Becca hatte meine Autoschlüssel benutzt, um den Epi-Pen zu holen. Falls sie die wieder an den alten Platz gelegt hat, kann ich sie mir auf der Flucht aus dem Haus schnappen und zur Polizeizentrale fahren – wo ich arbeite und wo rund um die Uhr Leute sind.

Aber sie könnte die Schlüssel auch woanders hingelegt haben. Oder sie noch in der Tasche haben. Die Schlüssel zu suchen, würde zu viel Zeit kosten. Dann lieber laufen. Vielleicht durch die Hintertür, wo sie es nicht erwarten. Über den Zaun und durch den Park, denn da können sie uns nicht mit dem Auto folgen. Es ist womöglich besser so. Keine Zeit mit der Schlüsselsuche vergeuden. Nur raus.

Ich beginne, meine Finger zu beugen und zu strecken. Sie sind seit Stunden in dieser Position, und ich fühle die Spitzen fast nicht mehr. Abwechselnd krümme und spreize ich sie, und langsam bekommen sie wieder Gefühl. Ich rolle die Schultern vor und zurück, denn strecke ich die Füße und ziehe die Knie an die Brust.

»Was machst du, Daddy?«

»Sport. Willst du mitmachen?«

Sophia rutscht auf ihrem Po, bis ihr Rücken an der Wand ist. Sie schiebt die Hände hinter sich, als wären sie auch fixiert, und gemeinsam heben wir die Beine, neigen die Köpfe von einer Seite zur anderen. In der Eile hat Becca die Steinplatte nicht wieder über die Kohlenschütte geschoben, und ich bin dankbar für das Licht vom Eingang und die frische Luft, obwohl sie kalt ist. Hier unten war es zu muffig und stickig. Natürlich ist der Keller nicht luftdicht abgeschlossen, dennoch kam es mir vor, als könnte uns hier der Sauerstoff ausgehen.

»Jetzt machen wir ein Dreieck, einverstanden? Schieb deinen Po ein bisschen vor, ja so, dann streck die Beine und heb sie an. Versuch mal, ob du deine Zehen berühren kannst. Halte den Rücken gerade – ja so.« Ich forme zwei Seiten meines Dreiecks, Sophia alle drei, und mir geht das Herz über. »Das ist fantastisch. Wie lange kannst du …«

Wir beide sehen uns erschrocken an, als es klingelt.

»Da ist jemand an der Tür.«

»Ich weiß, Schätzchen.«

»Wir müssen hingehen.«

Warum läuten sie? Etwas ist falsch. Wenn Becca zu den anderen gegangen ist, um Hilfe zu holen – oder eine Gewissenskrise hatte –, wissen sie, wo wir sind und dass wir schlecht die Tür aufmachen können.

Wer ist das?

Die Antwort lässt nicht lange auf sich warten. Es wird an die Tür gehämmert, dass das ganze Haus zu erbeben scheint.

»Mach auf, Holbrook!«

Sophia sieht mich an, und bei ihrem Nachnamen erhellt sich ihr Gesicht. Warnend schüttle ich den Kopf, flüstere *psst* und überlege, was passiert, obwohl meine Übelkeit es bereits verrät.

Der Schuldeneintreiber.

Er hämmert wieder an die Tür. »Ich weiß, dass du da drin bist. Ich kann das Radio hören.«

»Daddy!« Sophia kniet sich neben mich und rüttelt an meiner Schulter. »Ruf! Hier ist jemand. Der kann uns helfen!«

»Süße, dieser Mann wird uns nicht helfen. Er wird …« Was? Uns verlassen? Mich zusammenschlagen? Sophia verletzen? Diese Vorstellung ist zu schrecklich.

Mit Textnachrichten fing es an – *deine Zahlung ist überfällig* –, dann kamen WhatsApp-Fotos von meinem Wagen, meinem Haus, Sophias Kindergarten. Ich bemühte mich zu zahlen, aber es war schwierig, weil Mina nicht wusste – nicht wissen durfte –, wofür ich das Geld brauchte.

»Es ist kaum noch Geld auf dem Gemeinschaftskonto«, sagte sie. »Kannst du ein paar Hundert überweisen?« Sie würde dasselbe tun, und ich schwitzte tagelang, gab vor, es vergessen zu haben, wann immer sie nachfragte. Schließlich beantragte ich eine neue Kreditkarte. Ich verdiente mehr als Mina. Anfangs, als wir die erste Hypothek aufnahmen, hatten wir ein System erarbeitet, nach dem wir jeder denselben Prozentanteil unseres Gehalts für den Haushalt gaben. *Sind wir erwachsen, was?*, scherzten wir.

Der erste Besuch erfolgte sechs Monate nach den WhatsApp-Fotos. Ich kam vom Dienst, und als ich mich in Richtung der Bushaltestelle fürs Park & Ride wandte, merkte ich, dass mich jemand beobachtete. Ein Mann, der in seiner schwarzen Bomberjacke wie ein Rausschmeißer aussah, hob eine Hand. Es war kein Winken, sondern eine Warnung. *Ich weiß, wo du arbeitest und dass du ein Bulle bist.*

Man sollte meine, als Polizist ist es leicht, sich Ärger vom Hals zu schaffen. Ich kenne ja die richtigen Leute und die passenden Gesetze, nicht wahr?

Falsch.

Schulden – erst recht solche, wie ich sie habe, ohne Verträge oder Bonitätsprüfung – machen Polizisten zu einem Sicherheitsrisiko. Sie machen uns anfällig für Bestechung, empfänglicher für Angebote aus der Unterwelt. Sie liefern uns genau den Leuten aus, die wir verhaften sollen. Dass ich mich in diese Lage gebracht habe, ist an sich noch kein Kündigungsgrund. Dass ich meinen Vorgesetzten nichts gesagt habe, sehr wohl.

Danach hielten sie sich nicht mehr zurück. Ich sah in den Rückspiegel und erkannte, dass sie mir folgten; ich hörte ihre Schritte, wenn ich durch die Seitengasse zum Bus ging. Es waren drei – zumindest die, die ich bemerkt habe –, und sie taten nie etwas, hoben lediglich die Hand und drehten wieder ab. Es war eine Botschaft, mehr nicht. *Wir wissen, wer du bist, wer deine Familie ist, wo du wohnst, wo du arbeitest.*

Dem Kredithai liegt nicht daran, dass man seine Schulden zu schnell begleicht. Für ihn ist es günstiger, wenn man mehr und mehr anhäuft, jeden Tag weitere hundert Pfund, bis man sie unmöglich abzahlen kann. Und die ganze Zeit macht sich ihre Einschüchterungstaktik bezahlt. Nach weiteren sechs Monaten hätte ich alles getan. Fast alles.

»Du musst eine Kleinigkeit für mich erledigen«, hatte die Stimme am Telefon gesagt.

»Was für eine Kleinigkeit?«

»Einer meiner Jungs ist für etwas dran, das er nicht getan hat. Du musst die Beweise verschwinden lassen.« Die Stimme war tief und raspelnd gewesen. War es derselbe Mann, der mir das Geld gegeben hatte? Im Treppenaufgang in dem schäbigsten Haus in der miesesten Gegend? Könnte sein.

»Das kann ich nicht machen.« Schweiß lief mir über die Stirn. An dem Tag hatten sie Katya bedroht. Sie hätten mich zusammenschlagen können, doch stattdessen waren sie Katya und Sophia gefolgt. Sie wussten, dass es mehr Eindruck machen würde als ein blaues Auge oder eine gebrochene Nase.

»Er hat gesagt, du schuldest ihm Geld«, erzählte Katya hinterher, nachdem sie aufgehört hatte zu weinen und ich Sophia endlich überzeugt hatte, dass die *bösen Männer* weg waren und nicht wiederkommen würden. »Viel Geld.«

»Stimmt.«

»Und woher weißt du, dass er nicht wiederkommt?«

»Weiß ich nicht.«

Sie hatte zu große Angst, um zu bleiben. Ich erzählte Sophia, es wäre nichts, und sagte ihr, sie solle Mummy nichts verraten, weil *sie sich Sorgen machen würde, und das wollen wir doch nicht, oder?* Ich hasste mich dafür.

Drei Tage später rief derselbe Mann an.

»Ich bin vor deinem Haus, Holbrook. Hast du mein Geld?«

»Das besorge ich, habe ich doch gesagt.« Ich war bei der Arbeit, im CID-Büro. Gerade gab es eine Vernehmungspause, und ich ging davon aus, dass der Anwalt seinem Mandanten riet, die Aussage zu verweigern.

»Besorgen ist nicht haben.«

Mehr sagte er nicht. Anstelle von Worten hörte ich das Geräusch eines Feuerzeugs. Das Zischen von Gas, das Klicken des Feuersteins. Ich griff mir die Schlüssel eines Dienstwagens und rannte los, rief immer wieder Mina an, als ich zum Haus fuhr. Sie nahm nicht ab.

Als ich hinkam, war das Haus dunkel. Ich konnte keinen Rauch riechen, kein Feuerflackern sehen. War es eine leere Drohung gewesen?

Das Licht im Schlafzimmer ging an, und ich rief wieder Minas Handy an. Ich musste wissen, dass es Sophia und ihr gut ging. Sie drückte das Gespräch weg, und ich stand auf dem Sandweg und fragte mich, ob ich zurück zur Arbeit fahren sollte.

Aber was, wenn es keine leere Drohung war?

Sie öffnete die Tür, als ich den Weg zur Haustür hinaufging. Kein Feuer. Nur Mina – misstrauisch, wütend, unverletzt – und die benzingetränkte Fußmatte.

»Holbrook! Wenn du da drin bist, mach die Scheißtür auf.« Erneutes Hämmern.

»Daddy«, flüstert Sophia jetzt. »Ist es wieder der böse Mann?«

»Ich glaube ja.«

»Dir wurde gesagt, Mitternacht! Hast du es oder nicht?«

Sophias Gesicht verzerrt sich, und ihr Oberkörper beginnt zu zittern. Solange ich lebe, werde ich mir nie verzeihen, dass sie dies hier durchmachen muss.

»Das nehme ich als Nein«, brüllt der Mann.

»Wir müssen leise sein, Schätzchen. Er darf nicht wissen, dass wir hier sind.«

Sie nickt, und ich möchte sie dringend in die Arme nehmen. Diese verfluchten Handschellen. Wieder und wieder ziehe ich an dem Rohr, freue mich über das Blut und den Schmerz, denn das habe ich verdient.

Als ich einen Motor höre, halte ich inne. Ich sehe Sophia an. War es das? Hat er tatsächlich so leicht aufgegeben?

»Ich glaube, er …«, hebe ich an, da rieche ich etwas. Ein säuerlicher Gestank löst Panik in mir aus, und abermals zerre ich an den Handschellen.

Rauch. Ich kann Rauch riechen.

Das Haus brennt.

DREIUNDVIERZIG

2 STUNDEN BIS SYDNEY | MINA

Die Weste ist nicht echt. Es gibt keine Bombe. Diese Worte hallen mir durch den Kopf und finden in den Stimmen um mich herum ein Echo, als würden wir alle das, je häufiger wir es hören, umso mehr glauben. *Wir haben keinen Sprengstoff. Die Weste ist nicht echt.*

Oder ist sie es doch?

Können wir dieser Frau, dieser Pseudoärztin, vertrauen, die eher ein Leben nehmen als eines retten würde? Woher wissen wir, dass es nicht Teil des Plans ist, der uns antreiben soll, unseren eigenen Tod herbeizuführen?

Ganges läuft seitlich Schweiß übers Gesicht und tränkt seinen Kragen. Er atmet schnell, wippt auf den Fußballen, doch um ihn sorge ich mich nicht – er wird umfallen, sobald man ihn anstupst. Hinter ihm, am Eingang zur Businessclass steht Sambesi, und ihr gegenüber wartet Niger, der sämtliche Muskeln anspannt. Ich beobachte ihn und weiß, er wird sich in dem Augenblick bewegen, in dem wir uns rühren. Aber das kann ich verhindern. Dafür habe ich einen Plan. Diese Leute stehen zwischen mir und meiner Tochter, als könnte ich sie hinter ihnen sehen, und nichts wird verhindern, dass ich zu ihr komme. Vor elf Jahren habe ich einen furchtbaren Fehler gemacht, und seither lebe ich damit. Ich sollte nicht hier sein, doch ich bin es, und das muss für etwas gut sein.

»Was hat sie euch erzählt?«, frage ich Ganges, der mir am ehesten antworten wird.

»Nur, was wir wissen mussten.« Er weicht aus, so wie Adam,

wenn er erst Stunden nach Schichtende nach Hause kam und mir erzählte, er hätte noch einen Kumpel besucht, im Stau gesteckt oder ein Problem mit dem Auto gehabt. Ich weiß, wie eine Lüge aussieht.

»Uns hat Missouri erzählt, das Flugzeug würde in der Luft bleiben, bis die Regierung euren Forderungen nachgibt oder uns der Sprit ausgeht. Wenn das stimmt, habt ihr alle gewusst, dass ihr eventuell sterbt, aber so wirkt ihr jetzt nicht. Ihr hättet niemals gedacht, dass ihr sterben würdet, oder?«

Ganges antwortet nicht. Sein Blick huscht hin und her, und seine Kiefer arbeiten, als würde er Kaugummi kauen. Ich frage mich, wie viele Kampfjets da draußen sind, ob sie alle gleichzeitig feuern werden – so wie ein Erschießungskommando – oder ob eine Person mit dem Wissen leben muss, dass sie ein voll besetztes Flugzeug abgeschossen hat. Wie wird es sich anfühlen? Wird es schnell gehen, besser oder schlimmer sein, als in ein Gebäude zu krachen? Ich stelle mir den Himmel vor, der um mich herumwirbelt, die wachsende Panik, wenn wir an Höhe verlieren. Doch das ist nicht meine Fantasie, sondern eine Erinnerung, und …

Ich fange mich. *Hör auf. Konzentriere dich aufs Jetzt. Aufs Hier.*

Hier sind Hunderte Passagiere. Ein halbes Dutzend Entführer. Wir können das hinkriegen.

Andererseits.

Die meisten Passagiere kauern noch auf ihren Plätzen, klammern sich an ihre Lieben, schreiben hektisch Nachrichten an alle zu Hause. Kann ich mich darauf verlassen, dass sie mitmachen, wenn wir sie brauchen? Ich denke an Carmel, deren Leben auf grausame Weise endete. Sprengstoff ist nicht die einzige Form zu morden.

»Sie hat uns belogen!« Der Ruf kommt ungefähr aus der Mitte

der Kabine, wo ein sehr übergewichtiger Mann aufsteht. Er füllt den Gang aus, hat große Schweißflecken unter den Achseln und einen dunklen Halbmond unter der Brust. »Sie hat gesagt, der Plan war ein Bluff – niemand würde verletzt.«

»Du dämlicher Scheißgorilla!«, sagt Niger. »Keiner darf …«

»Den Plan verraten?«, fällt der andere ihm sarkastisch ins Wort. »Tja, dann pass mal gut auf, du Hirni. Es gibt gar keinen beschissenen Plan!«

»Wir müssen Missouri vertrauen.« Niger blickt sich zu seinen Kameraden um. »Wir müssen ihr folgen. Es ist das, worauf wir hingearbeitet haben. Denk dran, wofür wir kämpfen!«

Sambesi nickt eifrig und sieht abwechselnd zu Niger und der geschlossenen Cockpittür. Die anderen Entführer schauen jetzt auch zu ihm, und ich spüre, dass wir sie verlieren. Wenn sie Niger als ihren Ersatzanführer betrachten, solange Missouri nicht da ist, haben wir keine Chance, die Maschine wieder unter unsere Kontrolle zu bringen.

Wir müssen handeln. Erfahren die Behörden, was Missouri vorhat, geben sie den Kampfjets den Befehl zum Abschuss.

»Bleibt ruhig«, sagt Niger. »Und haltet eure Positionen.«

»Wollt ihr auf ihn hören?«, frage ich und sehe so viele von ihnen an, wie ich kann. »Er hat euch belogen.«

»Was zur Hölle soll das …«

»Er hat sie hinter euer aller Rücken getroffen.« Ich zeige auf Sambesi, die Hilfe suchend zu Niger sieht, während sie ihren Mund bewegt, ohne dass ein Mucks herauskommt. Sobald ich ihn richtig sah, fiel mir ein, wie die beiden in der Bar gestanden hatten, ihr Daumen vertraut in seine Tasche gehakt. Mir war es komisch vorgekommen, dass zwei Leute, die sich eindeutig gut kannten, in getrennten Kabinen reisten, und ich hatte mich gefragt, ob mein Instinkt nachließ – ob die Erinnerungen an die frühen Verabredungen mit Adam meine Wahrnehmung beeinflussten.

»Keiner von uns hat sich vorher getroffen«, erwidert Kongo mit einem verwirrten Kopfschütteln. »Ich bin Kongo. Hat das irgendeiner von euch gewusst?«

Ganges springt ihm bei. »Wir durften gar nicht. Missouri will nicht …«

»Zur Hölle mit Missouri!«, schreit die Ärztin auf einmal, die sich durch den Gang nach vorn drängelt. »Du Stück Scheiße, Niger. Hast mit mir Schluss gemacht, weil es die Operation gefährdet, und die ganze Zeit hast du *das* gevögelt!«

»Lena …«, beginnt Niger, doch Sambesi stößt einen wütenden Laut aus, verlässt ihren Posten und stellt sich neben ihn. Ich drehe mich zu den anderen um, denn sollte es jemals einen richtigen Moment geben, ist es zweifellos …

»Jetzt!«, sage ich und renne los. Die plötzliche Bewegung neben mir verrät mir, dass zumindest Cesca mit mir kommt. Jangtse blockiert die Cockpittür, aber Rowan und Derek kommen ebenfalls mit, packen den jüngeren Mann bei den Schultern und reißen ihn aus dem Weg. Er ist groß, jedoch nicht sehr kräftig, sodass er schon zu Boden geht, während er noch zum Schlag ausholt. Wir haben nichts mehr zu verlieren, und dieses Wissen gibt uns allen Kraft.

Cesca tippt den Notfallcode ein.

Ich halte den Atem an. Unter normalen Umständen würde der Pilot jetzt in die Kameras sehen, und beim ersten Anzeichen, dass etwas nicht stimmt, könnte er die Tür blockieren; es ist allerdings gut möglich, dass Missouri nicht weiß, wie …

Klick.

Wir sind drin.

Die Sonne geht auf und verleiht den endlosen, schwindelerregend dahinziehenden Wolken um uns herum einen Goldschimmer.

Hier, ich zeige es dir …

Falls Lena gelogen hat, ist dies das Ende. Es endet mit dem Drücken eines Zünders und einer gewaltigen Explosion. Mit Feuer, Schrapnell und zu vielen Knochen- und Metallsplittern, um sie jemals wieder zusammenzusetzen. Mein Brustkorb fühlt sich eng an, und mein Puls rauscht so laut in meinen Ohren, dass er das Maschinengeräusch übertönt.

Hier, ich zeige es dir …

Ich verdränge die Erinnerung, kann mich aber immer noch nicht bewegen, weil mich der Anblick von Mikes Leiche auf dem Boden lähmt – ebenso wie der des zusammengesackten Entführers mit dem zu kantigen Gesicht, Amazonas – auf dem linken Sitz. Beide Männer sind tot und haben identische Schürfmale am Hals. Unweigerlich denke ich, wie einfach es ist, eine Waffe an Bord eines Flugzeugs zu bringen; ein simples Stück Schnur aus dem oberen Verschluss eines Beutels oder der Kapuze eines Sweatshirts.

Missouri sitzt auf dem rechten Platz, die Hand auf dem Steuerhorn. Eine kleine schwarze Fernbedienung baumelt aus ihrem Ärmel. Cesca und ich setzen uns gleichzeitig in Bewegung, doch im Cockpit ist es eng, und Cesca tritt versehentlich auf Mikes Arm, der quer über den Boden hingestreckt ist. Sie stolpert, schreit auf vor Entsetzen, und ich will sie zurückziehen …

Zu spät.

Es gibt ein schauriges Geräusch – ein kehliger, primitiver Schrei. Einen Sekundenbruchteil lang steht Cesca aufrecht, und Blut strömt aus einer Wunde seitlich an ihrem Kopf. Dann kippt sie um.

Missouri hat die Feuerwehraxt, die in einer Halterung hinter ihrem Sitz eingeklinkt war. Sie ist scharf genug, um sich durch ein Wrack zu hacken, also allemal ausreichend, einen Schädel zu spalten. Sie legt die Axt auf ihren Schoß.

Nein.

Ich sage es laut, schreie es für dieses Mal, das letzte Mal und all die Male, die ich es hätte tun sollen. Sonnenstrahlen scheinen durchs Glas und bilden einen Regenbogen, der das Cockpit zweiteilt, die Toten von den Lebenden trennt. Alles verlangsamt sich, bis mir jeder Atemzug, jede Regung bewusst wird, und als Missouris Hände wieder das Steuerhorn umfangen, greife ich in meine Tasche.

Hier, ich zeige es dir …

Nein, denke ich. *Ich* zeige *dir* jetzt etwas.

Finleys Kopfhörerkabel schließt sich um Missouris Hals, die Enden um meine Fäuste geschlungen. Missouri krallt die Finger um das Kabel und versucht, es zu lockern, doch ich ziehe fester, sacke zu Boden und stemme die Beine gegen die Rückenlehne des Sitzes. Ich nehme den metallischen Geruch von Cescas Blut wahr, fühle die Gliedmaßen der Toten unter mir, aber ich ziehe weiter. Ich versuche, mir Missouris vorquellende Augen vorzustellen, ihre geschwollene Zunge, nur, dass ich jetzt nicht sie sehe, sondern einen Mann. Einen anderen Piloten.

Plötzlich tritt ein Gefühl von Schwerelosigkeit ein, als das Kabel reißt, und ich falle nach hinten. Hastig rapple ich mich auf. Meine Arme schmerzen von der Kraftanstrengung, doch Missouri rührt sich nicht. Habe ich sie umgebracht? Ist es vorbei? Der Raum um mich herum fühlt sich gleichzeitig zu klein und zu groß an, und die Wolken bewegen sich so rasant, dass es mir scheint, als wäre ich die, die nicht stillhalten kann. Mir ist bewusst, dass Rowan und Derek nahe bei mir sind; sie ziehen Mike und Amazonas nach draußen. Alle Geräusche erreichen mich nur gedämpft, als wären meine Ohren verstopft, und zugleich gewinnt die Szene vor mir eine Klarheit wie nie zuvor. Ich knie mich zu Cesca, die regungslos daliegt. Derek reicht mir ein Tuch, das ich fest auf ihre Kopfwunde presse.

»Bleib bei uns, Cesca«, flüstere ich. Tränen brennen in meinen Augen. Wir sind dem Ziel so nahe. So nahe. Ich blicke auf zu Rowan, der vor mir steht. »Oben«, sage ich zu ihm. »Da sind noch zwei Piloten.« Ich nenne ihm den Code für die Ruheräume.

Cescas Augäpfel regen sich unter den geschlossenen Lidern, in denen winzige Adern zu sehen sind.

»Helfen Sie mir, sie in die Bordküche zu bringen«, bitte ich Derek. »Da ist ein Erste-Hilfe-Kasten in dem großen Schrank neben dem Kühlschrank.«

Halb tragen, halb ziehen wir sie aus dem Cockpit, da fliegt die Tür zum Ruhebereich mit einem Knall auf. Ich unterdrücke ein erleichtertes Schluchzen. Alles wird gut. Ich kann Adam und Sophia eine Nachricht schicken, sie wissen lassen, dass ich mein Versprechen halte. Dass ich nach Hause komme.

Nur stehen nicht Ben oder Louis in der Tür.

Rowan sieht zwischen Derek und mir hin und her, scheint keine Worte zu finden.

»Die beiden Piloten«, sagt er schließlich und schüttelt den Kopf, als wollte er selbst nicht glauben, was er uns mitteilen muss. »Sie sind tot.«

Das Rauschen in meinem Kopf setzt von Neuem ein.

Mike, Ben und Louis sind tot.

Cesca ist bewusstlos.

Wir haben die Kontrolle über das Flugzeug, aber keinen an Bord, der es fliegen kann.

VIERUNDVIERZIG

6 UHR | ADAM

Über uns knistert und knackt das Feuer wie Schritte auf trockenem Laub. Schweiß rinnt mir durch die Handflächen, über den Rücken und die Stirn.

»Daddy?« Sophia sieht mich mit einer Mischung aus Neugier und Sorge an, und ich versuche, beruhigend zu lächeln. Irgendwo im Haus gibt es einen Rums. Der Garderobenständer? Ein Bild, das von der Wand gefallen ist? In der Diele liegt Teppichboden, und da ist der dicke Vorhang vor der Haustür, der die Zugluft abhält. Zu viele Mäntel und Jacken auf zu wenigen Haken. Jede Menge leicht brennbares Material.

»Daddy, was ist denn?«

Ich habe solche Brände schon gesehen. Von Feuerzeugbenzin, Benzinkanistern oder fettgetränkten Lappen genährt. Ich habe Autos ausbrennen sehen, bis nur noch der Stahlrahmen übrig war, ähnlich einem Skelett, an dem die Aasfresser alles andere beseitigt hatten. Hochhäuser, die hartnäckig weiterbrannten, obwohl unablässig gelöscht wurde, und ich habe nach einem Brandanschlag in der Leichenhalle gestanden, vor mir den Körper eines Kindes, das eine Minute zu lange im oberen Stockwerk gefangen gewesen war. Ich muss das oben nicht sehen, um zu wissen, was geschieht.

Meine Worte wähle ich mit Bedacht. »Ich denke, es brennt oben.« *Ich denke.* Als bestünde noch ein Zweifel. *Feuer*. Wie das im Wohnzimmer mit den glühenden Metallkohlen; oder unser Lagerfeuer, das wir gemacht hatten, um Marshmallows zu rösten. Ein kleines Feuer, weiter nichts. Oben. Eine ganze Treppe entfernt.

Ich höre das beharrliche Piepen des Rauchmelders und denke an Mina, die auf einem Stuhl steht und mit einem Holzlöffel auf das Ding drückt, damit es still ist. *Mir ist wieder das blöde Toastbrot verbrannt. Wenigstens wissen wir jetzt, dass die Dinger funktionieren.*

»Dann müssen wir hier weg!« Sophia zerrt an meinem Ärmel.

»Ja.« Die Kluft zwischen meinen Worten und meinen Gedanken ist so riesig, dass ebenso gut jemand anders sein könnte, der da spricht. Ich muss ruhig bleiben. Um Sophias willen und weil ich uns sonst niemals hier rausbekomme.

Das Feuer wird nach oben wandern. Flammen, die auf dem Teppich züngeln, erst auf der einen Stufe, dann der nächsten, dann der übernächsten. Am Treppengeländer entlang und um die Türrahmen. Die sich aufteilen, sich in die leeren Zimmer schleichen, um dort aufzulodern und alles mit sengender Hitze zu erfüllen, von der die Wandfarben schwarz werden und die Vorhänge zusammenschmelzen. Trennend und erobernd.

»Daddy!«

Das Knistern schwillt zu einem lauten Fauchen an. Das gebrauchte Sofa, die Kissen, die Mina auf den Boden stapelt, um sich beim Fernsehen daran zu lehnen. Kisten mit Legosteinen, die zu einer bunten Masse zusammenschmelzen. Der Küchentisch, die Stühle, der Familienkalender mit einer Spalte für jeden von uns.

»Daddy!« Sophia legt beide Hände an meine Wangen, und ich zucke zusammen, als hätte sie mich geschlagen. Wir müssen hier raus.

Nicht das Feuer wird uns umbringen, aber der Rauch. Ich sehe bereits Fahnen davon unter dem Türspalt. Erst mal wird er an die Decke steigen, und eine Weile noch wird es möglich sein, durch die Küche zu kriechen, sich dicht am Boden zu halten. Doch sobald mehr Rauch da ist, gelangt auch mehr in den Keller.

»Ich bringe dich hier raus«, sage ich.

»Was ist mit dir?«

»Dann kannst du Hilfe holen, und die können mich rausholen.« Es klingt überzeugter, als ich bin.

Sophia macht einen tiefen Atemzug. »Ich klopfe bei Tante Mo. Sie ruft neun-neun-neun, und dann kommt die Feuerwehr und …

»Nein«, unterbreche ich sie, denn ich sehe vor mir, wie Sophia an die Tür klopft, während Mo drinnen alles verschläft und unsere Häuser abbrennen.

»Findest du es zu abgelegen?«, hatte Mina gefragt, als uns der Makler die Prospekte für das Haus schickte.

»Es ist friedlich«, hatte ich geantwortet. »Wenige Nachbarn, aber wir können noch zu Fuß zum Pub.«

Jetzt sehe ich meine verängstigte Tochter an. »Du weißt, wo die Polizeiwache ist, stimmt's?«

»Nein, ich …«

Wieder knallt oben etwas. »Doch weißt du!« Sophia zuckt, und ich wiederhole es behutsamer. »Weißt du, Schatz. Du weißt, wo sie ist. Die Buchhandlung, der leere Laden, dann der Makler, wo Häuser verkauft werden. Danach der Schlachter, dann Sainsbury's …« Die letzte Silbe ziehe ich in die Länge, damit Sophia übernimmt.

»Dann der Schuhladen, dann der Obst- und Gemüseladen.« Sie klingt unsicher, und ich beeile mich, ihr Mut zu machen.

»Sehr gut! Und danach kommt die Polizeiwache. Da wird jetzt keiner sein, aber an der Tür ist ein gelbes Telefon. Du musst nur den Hörer abnehmen – nicht mal eine Nummer wählen. Sag ihnen, dass es bei uns brennt. Wie ist die Adresse?«

»I-ich weiß nicht.«

»Doch, weißt du.« Ich zwinge mich, Ruhe zu bewahren. Inzwischen schmecke ich den Rauch bitter auf der Zunge. »Nummer zwei …«

»Farm Cottages.«

»Prima! Und wie heißt der Ort?«

»Hardlington.«

»Sag es einmal im Ganzen.«

»Nummer zwei, Farm Cottages, Hardlington.«

»Und noch einmal!«

Sie wiederholt es, diesmal sicherer. Sollte sie in Panik geraten und es vergessen, werden sie einen Streifenwagen zur Wache schicken, um nach ihr zu sehen, aber keine Feuerwehr alarmieren, solange sie ihr nicht die Adresse entlockt haben. Je nachdem, wie lange das dauert … Na ja, wenigstens wäre einer von uns in Sicherheit.

Am liebsten würde ich es noch einmal mit ihr durchgehen, nur bleibt keine Zeit. Ich muss mich auf sie verlassen. »Erzähl ihnen, dass dein Dad drinnen gefangen ist, damit sie schnell jemanden reinschicken.«

»Ich sage, dass du Polizist bist«, antwortet sie ernst, und ich muss trotz allem schmunzeln. »Ich sage ihnen, dass du ein richtiger Polizist bist und eine Nummer hast, die aber nicht auf deiner Uniform steht, und die ist acht drei neun.«

Ich sehe meine Tochter an und denke an die vielen Male, die ich zugehört habe, wie sie Nummern von Flugzeugtypen aufsagte; an all die Male, die sie mir Minas Routen und die Abläufe aufgesagt hat. Und an die kleinliche Eifersucht, die ich jedes Mal empfand. »Du kennst meine Dienstnummer.«

»Du bist Detective Sergeant 839 und arbeitest beim CID und hast früher einen Vauxhall Astra mit Blaulicht gehabt, aber jetzt hast du ein blaues Auto ohne Blaulicht und mit einem Wendekreis wie ein verdammter Panzer.«

»Sophia Holbrook, du erstaunst mich immer wieder.« Ich hole tief Luft. »Zeit zu gehen, Schatz. Weißt du noch, wie du mit Mummy Flugzeug spielst?«

Sie nickt.

»Und du kannst so toll auf Mummys Füßen balancieren, als würdest du fliegen.«

Noch ein Nicken.

»Das machen wir jetzt auch, und du wirst richtig mutig sein, in Ordnung?«

Ihre Augen sind sehr dunkel, und das Licht aus der Kohlenrutsche macht es nur noch offensichtlicher. »Ich habe Angst«, haucht sie, wobei ihre Unterlippe bebt.

»Ich auch.«

Die Kohlenluke ist hoch, zu hoch für Sophia, um sie zu erreichen, wenn ich sitze und sie auf meinen Schultern steht. Und da meine Hände fixiert sind, kann ich nicht aufstehen. Also drehe ich mich so, dass ich mit dem Rücken auf dem Boden liege, die Beine ausgestreckt an der Wand. Es ist eine schmerzliche Erinnerung daran, dass Mina dasselbe eines Abends nach der Arbeit getan hat. *Mein Rücken bringt mich um.*

Ich rutsche zurück zur Wand, bis meine Schultern dem Stein so nahe sind, wie es geht, und meine Füße so weit nach oben ragen, wie es meine Lage erlaubt. »Bereit, Flugzeug zu spielen?«

»J-ja.«

Ich beuge die Beine und halte die Fußsohlen horizontal. »Kannst du dich auf meine Füße knien? Und mach dir keine Sorgen, du tust mir nicht weh.«

Sie kommt zu mir und drückt sich auf meinem Gesicht ab, als sie auf meine Füße klettert, ihren Elefanten fest in einer Hand. Rauch verfängt sich hinten in meiner Kehle, und ich habe meine liebe Not, Sophia nicht nach oben zu katapultieren. »Bereit? Wir fliegen gleich!«

Langsam, damit sie nicht fällt, strecke ich meine Beine. Meine Oberschenkelmuskeln tun sich schwer mit der ungewohnten Bewegung. Sophia klammert sich an meine Füße, und als sie sich zur Seite neigt, muss ich kämpfen, sie im Gleichgewicht zu halten.

Ich drücke meine Knie zusammen. »Kannst du aufstehen?« Zwar kann ich die Kohlenluke nicht sehen, aber ich weiß auch so, dass wir nicht hoch genug sind. Noch nicht.

»Das ist ganz wackelig!«

»Oh, Spätzchen, du musst trotzdem aufstehen. Meinst du, du kannst es versuchen?«

Einen Augenblick lang denke ich, sie wird es nicht machen. Kann es nicht. Ich denke, es ist vorbei, und ich muss sie wieder nach unten lassen, und wir bleiben hier. Wir sterben hier – in diesem Betongrab.

Doch dann fühle ich, wie sie sich bewegt. Langsam. Vorsichtig. Ein winziger Fuß, auf meinen gestemmt. Sie findet das Gleichgewicht, dann ist ihr anderer Fuß auf meinem. Ich krümme die Zehen um ihre Hausschuhe, als könnte es sie vor einem Sturz bewahren.

»Kannst du die Schütte sehen?«

»Die ist vor meinem Kopf.«

Wieder hole ich tief Luft. »Super, Schatz, dann krabble jetzt mal raus und hol Hilfe.« Es ist keine hohe Schütte. Wenn sie mit den Füßen am unteren Ende ist, kann sie sich durch den Schacht nach oben strecken und …

Sie ist fünf Jahre alt!

Was tue ich bloß?

Mir bleibt keine Wahl. Wenn sie bleibt, stirbt sie. Draußen ist es eiskalt, verschneit, und Sophia ist in Pyjama und Hausschuhen. Seit Jahresbeginn ist sie täglich die Strecke zur Schule abgewandert, kennt jede Biegung, jeden Laden auswendig, aber schafft sie das allein? Im Dunkeln?

Selbst wenn nicht, ist sie weg von dem Feuer und dem Qualm. Sie wird in Sicherheit sein.

Plötzlich verschwindet das Gewicht erst von meinem einen, dann vom anderen Fuß, als Sophia sich nach oben zieht und das Licht blockiert. Sie krabbelt nach draußen. »Nicht rennen!«, rufe ich ihr nach. »Sonst fällst du!«

Vielleicht kann sie rechtzeitig Hilfe herrufen. Vielleicht nicht.

Es ist das größte Glücksspiel meines Lebens.

FÜNFUNDVIERZIG

PASSAGIER 1G

Ich darf nicht eingesperrt werden. Verhaftet, verhört, in eine Zelle geworfen. Ich könnte nicht auf einer Anklagebank sitzen und mir anhören, wie mein Lebenswerk in Fetzen gerissen wird. So durfte es nicht enden.

Es würde keinen Prozess geben, keine Anwälte, keine Fotos von mir in der Zeitung. Keine Handschellen, keine Verhaftung.

Nie habe ich an so was wie Schicksal geglaubt, aber anscheinend war ich dem ausgeliefert. Mich erwartete ein anderes Ende, und ich nahm es gern an.

Ich war bereit.

SECHSUNDVIERZIG

90 MINUTEN BIS SYDNEY | MINA

»Sie ist tot.« Derek nimmt seine Finger von Missouris Hals.

»Sind Sie sicher?«

Er nickt.

Ich habe sie umgebracht.

Mich überkommt eine erdrückende Verzweiflung angesichts des vielen Blutvergießens, des unerträglichen Tuns, zu dem wir getrieben wurden. Doch unter all dem – als würde ein Teil von mir wissen, dass es nicht da sein sollte –, ist eine unheimliche Ruhe. Elf Jahre lang habe ich meine Schuld mit mir herumgeschleppt, anstatt sie wirklich auf mich zu nehmen. Sie ist mir zu einer zweiten Haut geworden. *Ich habe sie ermordet.* Da gibt es nichts zu deuteln.

Diesmal.

Rowan und Derek ziehen Missouri grob vom Pilotensitz und aus dem Cockpit. Für einen Moment bin ich allein, und um mich herum ist der Raum so riesig wie beklemmend. Sonnenlicht färbt den Himmel draußen in allen erdenklichen Goldtönen, und es sollte schön sein, unglaublich.

Hier, ich zeige es dir …

Ich fange an zu zittern, und es wird so heftig, dass meine Zähne klappern. Das breite Instrumentenbrett schrumpft vor meinen Augen, bis ich nur noch den künstlichen Horizont sehe, und ich erinnere mich daran, wie ich den Blick so lange auf diese Linie fixiert habe, bis ich es nicht mehr ausgehalten habe und die Augen schließen musste …

»Mina!«

Erschrocken drehe ich mich um, den Mund schon zu einem Schrei geöffnet, und erkenne Derek und Rowan. Auf dem Boden der Bordküche liegt Missouris Leiche, und ich empfinde ein ungeheures Bedauern, dass sie keinen Prozess bekommen wird, keine unendlichen Jahre im Gefängnis. Meine Panik wächst immer noch, droht mich zu überwältigen, aber ich darf sie nicht gewinnen lassen. Ich muss mich auf das konzentrieren, was wichtig ist: nach Hause kommen.

»Jemand muss nach der Ablösung sehen.« Ich denke an die Ruhekabine über uns, mit Bens und Louis' Leichen, und habe entsetzliche Angst vor dem, was in den Crew-Ruhezonen weiter hinten sein mag.

»Was machen wir?«, fragt Derek, der mich ansieht, als hätte ich die Lösung für alles. Dabei weiß ich gar nichts.

»Was ist hinten los?«

»Die Economy-Crew hält die Entführer auf der anderen Seite der Bar, aber ich weiß nicht, wie lange sie das noch schaffen. Ohne Missouri wissen die anderen nicht, was sie tun sollen. Jetzt gehen sie aufeinander los.«

»Und Cesca?«

»Hält sich noch. Ihr Kollege ist bei ihr. Erik, oder?« Rowan blickt zu den Instrumenten im Cockpit. »Haben Sie schon jemandem gesagt, was passiert ist?«

Benommen schüttle ich den Kopf. Ich habe mich nicht von der Stelle gerührt, bin wie versteinert.

»Erik hat mit dem Rest der Crew gesprochen«, sagt Derek. »Hier gibt es niemanden mit Flugerfahrung.«

»Man wird uns anleiten«, erwidere ich. Meine Stimme klingt, als hätte ich heute noch gar nicht gesprochen. »Die Bodenkontrolle führt uns durch die einzelnen Schritte mit dem Ziel, uns sicher nach unten zu bringen.«

»Mit dem Ziel?« Derek sieht mich an. Ich sage nichts. Ich

weiß nicht, wie viele Versuche es schon gab, ein Flugzeug über Fernanleitung zu landen, und wie viele davon erfolgreich waren. Aber ich weiß, dass in der Luft zu bleiben der leichte Teil ist; das Landen verlangt nach einem fähigen Piloten.

Rowan drängt sich an mir vorbei und setzt sich auf den rechten Sitz. »Ist das hier der Funk?«

»Sie wollen nicht ernsthaft versuchen, diese Maschine zu landen, oder?«, fragt Derek.

»Jemand muss das wohl.«

»Jemand, der weiß, was er tut! Mina, Sie müssen doch wissen …«

Rowan dreht sich zu ihm. »Finden Sie nicht, dass sie schon genug durchgemacht hat? Es ist nicht fair, ihr das auch noch aufzuhalsen.«

»Aber Sie können doch eine Maschine fliegen, oder nicht?« Er wartet nicht auf eine Antwort. »Ich habe gehört, wie Sie mit Cesca darüber geredet haben. Sie haben eine Pilotenausbildung gemacht.«

»Ich hatte sie *angefangen!* Ich habe wochenlang in einem Klassenraum gesessen und danach … bin ich kleine Maschinen geflogen, Cessnas, Pipers, sonst nichts …«

»Das kann nicht so anders sein.«

»Es ist vollkommen anders!« Ich zeige auf die Instrumente, die sämtliche Oberflächen im Cockpit füllen; zwischen diesen und den zwei Dutzend Kontrollschaltern eines Kleinflugzeugs liegen Welten. Derek runzelt die Stirn. Seine Nervosität erhöht den Druck auf mich, denn ich weiß, dass er recht hat und ich auf diesen Sitz muss, aber …

Hier, ich zeige es dir.

»Sie hat eine Art Panikattacke«, höre ich Rowans ruhige Stimme. »Bringen Sie sie zurück in die Kabine, damit sie sich hinsetzen kann. Und sie sollte etwas essen – vielleicht ist ihr Blutzucker zu niedrig. Ich versuche mal, ob ich aus dem Funk schlau werde.«

Sie hatte eine Panikattacke …

Ich erinnere mich, wie ich mit wackligen Beine und benommen von der Cessna wegging. Vic Myerbridge hatte den Arm um mich gelegt, stark und zuversichtlich. *Mach dich deswegen nicht fertig, Mina. Der Trick ist, so bald wie möglich wieder aufs Pferd zu steigen – was passiert ist, darf nicht die Oberhand gewinnen.*

Ich schüttle Dereks Arm ab. »Ich mache es.«

Rowan will widersprechen. »Ich finde wirklich nicht …«

»Lassen Sie sie. Von uns allen ist sie am besten geeignet.«

Stumm starren sich die beiden Männer an, bis Rowan beide Hände hebt und nachgibt. Er lächelt mir aufmunternd zu, und als ich auf den Pilotenplatz steige, klammere ich mich an das winzige bisschen Selbstvertrauen, das mir dieses Lächeln gibt, und schiebe meine Erinnerungen beiseite. Hinter mir kann ich Derek spüren. Er ist kein großer Mann, aber in der Enge des Cockpits empfinde ich seine Präsenz als erdrückend.

»Können Sie vielleicht in der Bordküche bleiben?«, bitte ich ihn und sehe mich zu ihm um. »Und die Tür schließen?«

Er wirft Rowan einen erbosten Blick zu, tut aber, worum ich ihn gebeten habe, und schlagartig geht es mir besser, weil mir niemand mehr über die Schulter blickt. Ich denke an Dereks Suizidgeständnis, und mich beunruhigt, dass ausgerechnet er unbedingt wollte, dass ich das Steuer übernehme. Denkt er, dass ich scheitere? Will er es?

Meine Hände zittern, doch ich setze das Headset auf und bin froh über all die Male, die ich den Piloten Kaffee gebracht und mitbekommen habe, wie sie über Funk sprechen, sodass ich zumindest weiß, wie ich eine Meldung an die Flugsicherung absetze.

»Mayday, Mayday, Mayday. Hier ist World Airways 79.«

Zunächst kommt nichts, als wäre man am anderen Ende zu verdutzt, um zu sprechen. Dann höre ich: »World Airways 79, wie ist Ihre Situation?«

Ich atme auf. Als ich das letzte Mal ein Flugzeug geflogen bin, hatte ich eine Kette von Ereignissen in Gang gesetzt, und ich würde alles tun, um das rückwirkend zu ändern.

»Unsere Maschine ist gekapert worden. Wir haben wieder die Kontrolle über das Cockpit, aber drei unserer Piloten sind tot und die vierte ist schwer verletzt. Wir haben sonst kein technisches Personal an Bord. Ich wiederhole: Wir haben kein technisches Personal an Bord.« Meine Stimme wird zum Ende höher, und ich schlucke.

»Sie machen das großartig«, flüstert Rowan, doch ich bin atemlos vor Angst und habe das Gefühl, ein Band um meinen Brustkorb würde sich zusammenziehen und jeden rationalen Gedanken aus mir herauspressen.

»Wie ist Ihr Name, World Airlines 79?«

»Mina. Ich gehöre zur Kabinencrew.«

»Verstanden«, sagt die Frau am anderen Ende. »Warten Sie kurz, World Airways 79.«

Es dauert eine Ewigkeit. In der Ferne kann ich knapp die Küste ausmachen, obwohl die Linie im goldenen Dunst sehr verschwommen ist. Nach unten oder hinten kann ich nicht sehen. Ich denke an die Air Force Jets, die bereit sind zum Abfangmanöver, und Schweiß kitzelt mir im Nacken. Sie wissen nicht, dass ich keine Entführerin bin oder nicht unter Druck gesetzt werde. Soweit sie wissen, könnte direkt neben mir ein Entführer sitzen, der mir befiehlt, was ich sagen soll. Eine falsche Bewegung und sie schießen uns ab …

»World Airways 79, hier ist der Tower von Brisbane.« Die neue Stimme ist männlich und kommt so klar aus dem Headset, als befände sich der Sprecher neben mir. Ich fange wieder an zu zittern und schiebe die Hände unter meine Oberschenkel, um sie stillzuhalten. »Mina, mein Name ist Charlie. Ich bin ein 777-Pilot und helfe Ihnen, sicher nach unten zu kommen.«

Ich blinzle die Tränen weg. »Okay.«

»Fangen wir mit dem Wichtigsten an: Wie viel Treibstoff haben Sie noch? Sehen Sie die beiden Glasdisplays genau vor Ihnen – gleich in der Mitte?« Ich blicke zu dem breiten Instrumentenbrett, einem Meer von Hebeln, Knöpfen und Monitoren.

Hier, ich zeige es dir …

»Mina?«

»J-ja.«

»Oben rechts sind ungefähr acht Knöpfe. In der Mitte ist einer, auf dem FUEL steht.«

Rowan zeigt in dem Moment drauf, als ich ihn finde, und sieht mich fragend an.

»Drücken Sie den«, sagt Charlie. Ich nicke Rowan zu. »Jetzt lesen Sie die Zahl unten auf den beiden Monitoren vor.« Ich befolge seine Anweisung. Die Zahlen sagen mir nichts, und die Stille hält lange genug an, dass ich bereits fürchte, die Verbindung verloren zu haben.

»In Ordnung«, sagt er schließlich. »Das reicht noch für ein paar Stunden.«

»Ist das genug?« Ich wechsle einen panischen Blick mit Rowan, der auf seine Uhr schaut.

»Das Nächste ist sehr wichtig, Mina. Ungefähr bei Ihrem rechten Knie ist ein Drehschalter mit der Aufschrift *Autobrake*. Sobald wir am Boden sind, hält der die Maschine an. Sehen Sie ihn?«

Einmal hatte ich Adam bei der Arbeit angerufen, als ich den Rasen mähen musste und beim besten Willen nicht herausfinden konnte, wie der neue Mäher funktionierte. *Ich sehe es nicht,* sagte ich immer wieder, und er führte mich geduldig noch einmal von Anfang an durch die Schritte. In exakt dem Ton spricht Charlie jetzt mit mir: langsam und klar, geduldig, aber nicht bevormundend.

»Ja, sehe ich.« Mir wird bewusst, dass Charlie meine Frage zum Treibstoff nicht beantwortet hat.

»Drücken Sie den und drehen Sie ihn auf drei. Sagen Sie mir Bescheid, wenn Sie es gemacht haben.«

»Habe ich.«

»Super. Jetzt haben wir noch ein wenig Zeit, bevor wir mit der Landung beginnen, also führe ich Sie durch die Instrumente, die Sie brauchen werden – nachher wird es ein klein wenig hektisch.« Er erklärt mir, wie ich die Landeklappen ausfahre, die Geschwindigkeit ändere und wo der Hebel für das Fahrwerk ist. Jedes Mal berühre ich das entsprechende Instrument und bemühe mich, es mir einzuprägen. Es ist so anders als in einem Kleinflugzeug; als hätte man auf einem Motorrad das Fahren gelernt und würde in ein Auto steigen. Ich blicke zu Rowan, der nickt und sich ebenfalls zu merken scheint, wo welche Schalter sind.

Als ich nach draußen sehe, schwirrt mir der Kopf, und ich schließe die Augen, um die Übelkeit zu unterdrücken.

»Alles okay?«, fragt Rowan leise.

Ich nicke, obwohl es alles andere als wahr ist.

»Soll ich übernehmen?«

»Es geht schon.«

Er berührt meinen Arm. »Ihrer Tochter passiert nichts. Da bin ich mir sicher.«

»Das können Sie nicht wissen!«, entgegne ich mit einem Schluchzen. Alles, was ich im Zaum zu halten versucht habe, drängt an die Oberfläche. Ich habe versucht, nicht an Sophia und Adam zu denken, mich auf die sichere Landung zu konzentrieren. Und ich darf nicht daran denken, wie sehr ich sie liebe –

sie brauche –, ehe ich nicht sicher bin, dass wir hier lebend rauskommen.

»Tut mir leid, ich …«

»Bitte! Seien Sie einfach …« Ich kneife die Augen weiter zu und drücke die Fingerspitzen an meinen Kopf, als könnte ich so ändern, was in mir abläuft. Rowan verstummt. Ich atme langsam aus, dann drücke ich wieder den Funkknopf. »World 79.«

»Was gibt es, Mina?«

»Wir brauchen bei der Landung sofort einen Krankenwagen. Unsere Pilotin ist sehr schwer verletzt.«

»Krankenwagen, Feuerwehr, Polizei, Militär – Sie bekommen die ganze Kavallerie, Mina.«

»Wir haben auch mehrere Tote an Bord. Zwei Entführer, einen Passagier und vier Mitarbeiter.«

Die kaum merkliche Pause verrät mir, dass meine Informationen angekommen sind. »Alles klar.«

»Charlie?«

»Nur zu, Mina.«

Ich schlucke. »Die Entführer hatten meine Familie bedroht.«

Ich lasse den Satz so stehen und warte, dass Charlie darauf einsteigt, mir sagt, dass er Bescheid weiß, dass Adam und Sophia in Sicherheit sind, seit ich getan habe, was mir gesagt wurde. Dass ich das Richtige getan habe.

»Hätte ich ihre Forderungen nicht erfüllt«, ergänze ich, als offensichtlich wird, dass Charlie mehr hören will, »haben sie gedroht, meiner Tochter etwas zu tun. Ich muss … ich muss …«

Ich lasse den Funkknopf los, lehne den Kopf nach hinten und schließe erneut die Augen, weil ich nicht weinen will.

»Sie müssen wissen, dass es ihr gut geht.« Mein Nicken kann er nicht sehen, und eine Sekunde später fügt er hinzu: »Wir kümmern uns darum.« Ich atme tief durch. »Jetzt müssen Sie die Frequenz ändern – ich schicke Sie rüber zu Approach …«

»Bitte gehen Sie nicht!«

Mir entgeht nicht, dass ich hysterisch klinge, aber Charlie bleibt ruhig. »So schnell werden Sie mich nicht los. Ich gehe nur von einem Schreibtisch zum anderen, und wenn Sie meine Stimme wieder hören, kann ich Sie auf dem Radar sehen.«

Es ist ein wohltuendes Versprechen, und ich folge seinen Anweisungen, um den Kanal zu wechseln. Trotzdem sind es die längsten dreißig Sekunden meines Lebens – als wäre mein Haltetau gekappt und ich würde aufs offene Meer treiben.

»Bereit zum Landeanflug?«

Vor Erleichterung lächle ich. »Bereit.«

Er führt mich durch jeden einzelnen Schritt, und wir gehen erst auf fünfundzwanzigtausend Fuß, dann auf fünfzehntausend. Charlie dirigiert mich zu einem Schalter mit der Aufschrift IAS MACH, und ich drossle unsere Geschwindigkeit auf zweihundertfünfzig Knoten. Meine Atmung halte ich ruhig, kann aber nicht nach draußen sehen, und jedes Mal, wenn Rowan sich bewegt oder Charlie etwas sagt, galoppiert mein Puls.

Im Cockpit riecht es nach Kaffee und Putzmitteln, Schweiß und Plastiksitzen. Meine Sicht verschwimmt, schwarze Punkte tauchen am Gesichtsfeldrand auf, und mir ist schwindlig.

Elf Jahre sind vergangen, seit es passiert ist.

»Was meinst du mit ›du brichst ab‹?« Mein Vater war wütend, meine Mutter verwirrt. »Du hast in der Grundausbildung lauter Bestnoten bekommen und bei den letzten Prüfungen als Klassenbeste abgeschnitten.«

»Ich will es eben nicht mehr machen.«

Ich sagte, dass ich ihnen das Geld zurückzahlen würde, doch selbst wenn ich es gekonnt hätte, war das Haus, das sie meinetwegen verkauft hatten, längst weg.

Ich hasste mich, weil ich aufgab. Nachgab. Und ich sagte mir, dass Flugbegleitung die zweitbeste Wahl war, auch wenn es mir eher wie eine Strafe vorkam, nicht wie ein Trostpreis. Eine konstante Erinnerung an meine Entscheidung.

»Mina?«, ertönt Charlies Stimme in meinem Ohr; Rowan zupft an meinem Ärmel. Beide Männer sprechen mit mir, aber ich kann die Worte nicht hören. Vor mir verschwimmen die Instrumente zu einer graubraunen Masse, und die Stimmen gehören zu einem anderen Mann in einer anderen Zeit.

Vic Myerbridge.

Ich lernte ihn im White Hart kennen. Er war ganz nett, doch nicht mein Typ. Zum einen war er alt genug, um mein Vater zu sein, zum anderen besaß er ein Selbstbewusstsein, das allzu oft an Arroganz grenzte. Wir unterhielten uns übers Fliegen, er brachte mich zum Lachen, und es war ein angenehmer Abend, nachdem mich eine Freundin versetzt hatte.

»Ich bringe dich nach Hause«, sagte er. Die Bar war nahe der Flugschule – theoretisch öffentlich, aber eigentlich fast ausschließlich von angehenden oder fertigen Piloten besucht; Letztere hatten ihre eigenen Flugzeuge hier eingemietet, und ich schätzte, dass Vic einer von ihnen war, auch wenn er es nicht gesagt hatte.

»Willst du mich nicht nach drinnen bitten?«, fragte er, als wir vor meinem Zimmer ankamen.

Ich lachte. Warum habe ich gelacht? Vermutlich hat mich die Situation verunsichert. »Es ist ein bisschen spät. Danke für den netten Abend.«

Er versuchte, mich zu küssen, und ich lachte nicht mehr. Ich rammte mein Knie nach oben, und da lachte er auch nicht. Dann schloss ich meine Tür ab, schenkte mir einen Drink ein und nahm mir vor, den Pub die nächsten Tage zu meiden, bis er sich anderweitig orientiert hatte.

Zwei Wochen später wurden wir den Ausbildern für unsere ersten Flüge zugeteilt.

Er sagte nichts, weder als wir uns vorgestellt wurden, noch als wir uns die Hand gaben. Auch nicht, als wir raus zu den Cessnas gingen, die dort aufgereiht warteten. Nicht, als wir alles überprüften oder zur Startposition rollten. Vielleicht hatte er es vergessen oder erkannte mich nicht wieder – oder ihm war sein Verhalten peinlich, und er wollte es hinter sich lassen.

In neuntausend Fuß Höhe sagte er, ich solle mich mehr darauf konzentrieren, wie die Maschine auf meine Befehle reagiert, solle es *fühlen*.

»Jede Aktion löst eine Reaktion aus. Hier, ich zeige es dir.« Er griff herüber und legte mir seine Hand auf die Brust.

Ich erstarrte.

Er umkreiste meine Brustwarze, ehe er sie fest mit Daumen und Zeigefinger drückte. »Fühlst du die Reaktion?« Seine Stimme in meinem Headset war so nahe, dass ich glaubte, seinen feuchten Atem zu spüren.

»Nein.«

»Ich glaube doch.« Wieder drückte er, als wäre die Tatsache, dass meine Brustwarze hart war, ein Beweis für meine Lüge. Meine Hände zitterten am Steuerknüppel, und in dem Moment schien mir ein Absturz die bessere Option. Als er seine Hand zwischen meine Beine bewegte, sagte ich mir, dass es jemand anderem passierte. Das Cockpit einer Cessna 150 ist nicht einmal anderthalb Meter breit, sodass die Sitze sehr dicht nebeneinander sind und man von ihnen aus beide Seiten der Kabine berühren kann, ebenso wie die Front, die Rückseite und die Decke. Man kann nicht ausweichen. Ich hielt meinen Blick starr auf den künstlichen Horizont gerichtet, bis ich vor Tränen nichts mehr sehen konnte. Da schloss ich die Augen und ließ ihn übernehmen.

»Mina?« Rowan rüttelt an meiner Schulter.

Elf Jahre zu spät schreie ich: »Finger weg!«

Verwirrt schreckt er zurück, und obgleich ich weiß, dass er nichts mit alldem zu tun hat, kann ich nicht mit Rowan im Cockpit sein – mit niemandem –, wenn ich dieses Flugzeug heil landen will.

»Sie müssen rausgehen«, sage ich.

»Mina, beruhigen Sie sich.«

»Sagen Sie mir nicht, ich soll mich beruhigen!« Ich reiße mir das Headset herunter. Rowan streckt die Hände nach mir aus, doch ich schlage sie weg, weil es nicht hilft. Es dröhnt in meinen Ohren. Das Cockpit der 777 ist nicht so eng wie das einer Cessna, und Rowan ist nicht Vic, aber … »Raus hier! Raus! Raus!« Immer noch schlage ich wild nach ihm und höre erst auf, als er seinen Sitz zurückschiebt, die Arme erhoben, um meine Fäuste abzuwehren, und ruft: »Ist ja gut, alles okay, alles ist okay!«

Ist es nicht.

Alles ist nicht okay.

Das ist es erst, als Rowan draußen und die Cockpittür zu ist; als ich endlich allein bin. Doch kaum verklingt das Dröhnen in meinem Kopf, tritt etwas anderes an seine Stelle. Ein Alarm geht los – das Piepen eines Warnsignals, begleitet von blinkenden Lichtern auf dem Instrumentenbrett.

Abermals werde ich panisch, als ich die Meldung auf dem Monitor lese.

Wir sind nicht mehr auf Autopilot.

SIEBENUNDVIERZIG

Nicht rennen, sonst fällst du hin.

Vorbei am Park, den Hügel hinauf. Auf das grüne Männchen warten, noch nicht, noch nicht …

Jetzt!

Katze im Fenster. Wie eine Statue. Nur die äußerste Schwanzspitze bewegt sich. Zuck, zuck, zuck.

Noch eine Straße überqueren. Kein grünes Männchen und keine Schülerlotsin – die muss doch hier sein.

Sieh nach rechts, links, wieder rechts. Noch nicht, noch nicht …

Jetzt!

Nicht rennen, sonst fällst du.

Briefkasten, Laternenpfahl, Bushaltestelle, Bank.

Große Schule – nicht meine Schule. Noch nicht.

Buchhandlung, leerer Laden, der Makler, wo Häuser verkauft werden.

Jetzt der Schlachter, wo Vögel am Hals im Fenster aufgehängt sind. Ich kneife die Augen zu, damit ich nicht sehe, wie sie mich anstarren.

Tot. Alle tot.

Es sind Tote in dem Flugzeug – das hat der Mann im Radio gesagt. Daddy hat so geredet, dass ich es nicht höre, aber ich habe es doch gehört. Wirklich. Und jetzt gucken die Vögel – ich habe kurz hingesehen, und sie starren mich an, als ich näher komme. Und mir ist egal, was Mummy sagt, ich muss die Augen zumachen und so schnell rennen, wie ich kann, weil da die Vögel sind und die bösen Menschen und Daddy im Keller und …

Aua!

Hingefallen.

Ganz doll. Es tut weh. Ich weine, im Schnee ist Blut.

Der Makler, dann der Schlachter, dann … dann …

Wohin dann?

Es ist alles anders, dunkel, voller Schnee, und da sind Schatten in den Ladeneingängen, an denen ich nicht vorbeigehen will. Sie starren mich immer noch an, die Vögel mit ihren schwarzen Knopfaugen, wie wenn Tinte in ihren Kopf gelaufen ist. Da sind auch tote Kaninchen – ich habe sie gesehen. Und die drei kleinen Schweinefüße. Alle beobachten mich. Warten auf mich.

Schnee ist in meinen Hausschuhen und auf mir, meinem Bademantel und meinem Pyjama.

Es ist so, so kalt.

Wohin jetzt?

ACHTUNDVIERZIG

30 MINUTEN BIS SYDNEY | MINA

Das Flugzeug beginnt, in Schräglage zu gehen, und das Warnsignal ist so laut und beharrlich wie meine Panik, die mir sagt, dass es das war. Dies ist das Ende. Ich bekomme keine Luft. Meine plötzliche, überwältigende Klaustrophobie wird noch verschlimmert durch den verlockenden, endlosen Himmel draußen.

Piep piep piep. Es hört nicht auf, bohrt sich in meinen schon übervollen Kopf. Elf Jahre Verbitterung, Wut und das Gefühl beschämenden Versagens, die nicht weggehen wollten. Hätte ich doch nur nicht den Flug mit Ryan getauscht; wäre ich nur nicht wieder arbeiten gegangen, als Sophia da war; wäre ich an jenem Tag vor elf Jahren doch nur nicht erstarrt. Ich hätte mir und meinem Instinkt vertrauen müssen. Hätte mich offiziell beschweren müssen, für mich einstehen. Hätte. Dann wäre dies hier nie passiert.

Piep piep piep. Vor mir müssen an die hundert Schalter sein, deren winzige weiße Beschriftungen unentzifferbar für mich sind. FLIGHT DETENT. STAB TRIM. VERT SPD. F/D ON. Einer davon ist der Autopilot, aber welcher? Ich versuche, systematisch vorzugehen, eine Reihe nach der anderen, aber mein Blick huscht wild umher, und ich verliere immer wieder die Reihe, in der ich war. Ich kann ihn nicht sehen. Er ist nicht da.

Ich setze das Headset auf. »Charlie!« Es bleibt keine Zeit für Funketikette, und das Piepen ist laut genug, um für mich zu sprechen.

»Ich höre Sie, Mina – das ist der Autopilot.« Ebenso gut könnte er mir sagen, das Wasser kocht, so ruhig, wie er klingt. »Schauen Sie zu der obersten Instrumentenreihe, direkt unter dem Blendschutz.«

»Charlie, wir verlieren an Höhe.« Vor mir ist ein großer Bildschirm mit einem künstlichen Horizont. Langsam sinken wir nach links; die Anzeige auf dem Höhenmesser rechts fällt stetig. *Neuntausendachthundert, neuntausendsiebenhundert* … Vor uns breitet sich Sydney aus.

»Rechts in der obersten Reihe …«

Neuntausendsechshundert.

»VERT SPD, V/S, HOLD.« Ich lese die weißen Buchstaben vor, und die ganze Zeit warte ich, dass das Flugzeug mit der Nase voran in den Sturzflug geht, aus dem wir nie mehr herauskämen. »A/P ENGAGE?«

Neuntausendfünfhundert.

»A/P ENGAGE. Da sind drei Knöpfe – Sie brauchen den linken. L CMD. Drücken Sie den.«

Ich drücke ihn. Prompt verstummt das Warnsignal, und die Lichter erlöschen. Immer noch traue ich mich nicht zu atmen.

»Alles in Ordnung, Mina?«

»I-ich glaube, ja.« Meine Hände zittern. »Ich weiß nicht, was ich getan habe, Charlie.«

»Ist okay.«

»Ich hatte eine Panikattacke – ich wollte den nicht ausstellen, habe nicht gedacht …« Ich lasse den Funkknopf los, weil meine Worte so wirr sind wie meine Gedanken. Ich erinnere mich nicht, was ich berührt hatte, nur, dass ich allein sein musste, Rowan aus dem Cockpit haben musste.

»Hey, es ist vorbei. Jetzt ist alles gut.«

Nachdem ich die Pilotenausbildung abgebrochen hatte, habe ich weiter auf ihre Website gesehen, weiter Nachrichten von dem kleinen Privatflugplatz gegoogelt, den sie betrieben. So erfuhr ich, dass ein Pilotenteam die Kontrolle über ein Kleinflugzeug verloren hatte. Ein Anwohner sah die Maschine abstürzen, doch bis die Notdienste vor Ort waren, brannte sie bereits lichterloh. Es gab keine Überlebenden.

Der Fluglehrer war Vic Myerbridge. Seine Schülerin war eine junge Frau namens Cass Williams.

Als man die Funkaufzeichnungen bei der gerichtlichen Anhörung durchging, wurde offensichtlich, dass es eine Art Kampf an Bord gegeben hatte, und obwohl der Coroner auf Unfalltod befand, genügte es, dass die Schule stillschweigend den hymnischen Nachruf auf Myerbridge von ihrer Website nahm.

In den darauffolgenden Monaten ließ mir der Gedanke keine Ruhe, dass ich durch meine Untätigkeit einst mein Leben gerettet hatte, aber indirekt mit schuld war, dass Cass ihres verlor. Ich war verschont geblieben, empfand jedoch keinen Funken von Euphorie, weil es für mich noch glimpflich ausgegangen war. Vielmehr wurde ich zur Geisel meiner Schuldgefühle. Selbst ohne mich zu wehren – ohne mein Leben aufs Spiel zu setzen –, hätte ich etwas tun, es jemandem erzählen können. Es hätte eine Untersuchung gegeben, Myerbridge wäre suspendiert worden, und Cass wäre nie mit ihm in jenem Flugzeug gewesen.

Stattdessen hatte ich zugelassen, dass Myerbridge seinen Arm um mich legte und mich wie eine Invalidin vom Flugfeld führte. Ich ließ zu, dass er über meinen Kopf hinweg anderen erzählte, ich hätte *eine Art Panikattacke* gehabt. Ich erlaubte ihm, meine eigene Erinnerung anzuzweifeln.

Adam habe ich es nie erzählt, weil ich es nicht ertragen würde, von ihm verurteilt zu werden. Mein eigenes Urteil über mich wog schon schwer genug.

»Mina«, ruft Charlie. »Wir sind bereit für den Landeanflug.«

Ich denke an die Passagiere hinten in der Kabine – an die schwangere Frau, die mit ihrem Ehemann auf FaceTime ist; an Lachlan und seine Eltern; an Lady Barrow; an die arme Ginny und ihren nun Ex-Verlobten. Meine Finger schweben über der Schaltung für den Lautsprecher, weil ich den Passagieren etwas sagen muss, mir aber nicht zutraue, so beruhigend zu sprechen, wie es für sie nötig ist.

Ich drücke den Knopf und bemühe mich, möglichst sicher zu klingen. »Hier spricht Ihre Pilotin.« Sollten sie ruhig denken, dass ich alles im Griff habe. Sie sollten zumindest *glauben*, wir würden sicher landen. »In Kürze beginnen wir unseren Landeanflug auf Sydney. Bitte kehren Sie auf Ihre Plätze zurück und schnallen Sie sich an.« Die Ansage ist wohltuend vertraut, und als ich das Mikro wieder hinlege, blicke ich auf den weiten Himmel vor mir. Ich kann das hier. Ich denke an die verzweifelten Anrufe, die ich in der Kabine gehört habe – an die Versprechen, die Geständnisse, die Liebeserklärungen –, und ich weiß, dass ich es den Menschen schulde, sie heil nach unten zu bringen. Ich schulde es Sophia, der ich versprochen habe, dass sie nie wieder ohne Mutter sein würde. Ich schulde es Cass Williams, die nicht gestorben wäre, hätte ich die Kraft gehabt, mich zu wehren.

Ich schulde es mir selbst, mir zu beweisen, dass ich fliegen kann.

Charlie klingt aufmunternd. »Mina, können Sie uns auf fünftausend Fuß runterbringen?«

Für einen Moment herrscht Leere in meinem Kopf, dann fällt mir der ALT-Knopf wieder ein, und ich reduziere erst die Höhe, dann die Geschwindigkeit. »Okay – erledigt.«

»Suchen Sie nach dem Knopf HDG – den brauchen wir für die Kurve.«

Ich sehe ihn schon, ehe er ausgeredet hat – unter dem Blendschutz, links vom Autopiloten – und drehe ihn auf hundertachtzig Grad, bevor ich ihn wie angewiesen drücke. Fast sofort beginnt die Maschine, einen Bogen zu fliegen.

»Gut gemacht, Mina. Wissen Sie noch, wo der Hebel für die Landeklappen ist?« Ich greife danach. »Heben Sie den an und führen Sie ihn eine Rastermarke tiefer.« Es gibt ein knarrendes Geräusch und ein dumpfes Pochen, als die Landeklappen einrasten. Normalerweise finde ich es beruhigend. Ich stelle mir vor, wo ich wäre, wenn dieser Flug nach Plan verlaufen wäre: Ich würde durch die Kabine gehen und überprüfen, ob alle Sitze aufrecht sind und die Tabletts hochgeklappt. Und ich würde mich auf mein Hotelzimmer und einen Spaziergang durch Sydney freuen. Jetzt will ich einfach nur sicher am Boden sein.

»Viertausend Fuß.«

Ich tue, was Charlie sagt, wiederhole seine Anweisungen zur Bestätigung. *Gehe auf null-sieben-null. Dreitausend Fuß. Klappen. Gehe auf null-drei-null.* Mit jeder neuen Ansage geht das Flugzeug in eine weitere Kurve, bis ich den Flughafen vor uns sehe.

»Suchen Sie den Knopf APP«, sagt Charlie. »Das ist unser Knopf für den Landeanflug – damit erfassen Sie den Leit- und den Gleitstrahl, die uns per vollautomatischem Landesystem sicher nach unten bringen.«

Ich brauche eine Weile, bis ich ihn gefunden habe – gleich über dem Autopilotknopf –, und als ihn drücke, kommt schon Charlies nächste Anweisung: das Fahrwerk ausfahren. Der Hebel ist in mittlerer Position, und ich ziehe ihn und führe ihn nach unten. Der Luftzug verursacht ein rumpelndes Geräusch.

»Mina, haben Sie APP gedrückt? Leuchtet der Streifen darunter?«

Ich sehe hin. Nichts leuchtet.

»Ich habe ihn gedrückt, aber …«

»Sie haben den Empfang verpasst. Wir müssen noch eine Runde drehen. Wie viel Treibstoff haben wir noch?« Ich finde den richtigen Knopf und lese die Zahlen unten auf dem Display vor. Dabei male ich mir Charlie aus, der an einem Computer in Brisbane sitzt und beobachtet, wie sich ein LED-Licht über den Bildschirm bewegt. Es folgt eine längere Pause, und als er wieder etwas sagt, wirkt sein ruhiger Tonfall forciert. »Okay, Mina, versuchen wir es noch mal.«

»Haben wir genug Treibstoff?«

Stille. Ich schließe die Augen, denke an Sophia und Adam. Charlie hat mir nicht gesagt, ob es ihnen gut geht, und ich weiß nicht, ob er es nicht weiß oder weiß, dass es nicht so ist.

»Ich will nicht lügen, Mina. Es wird eng.«

Ich hole tief Luft. Es muss reichen. Wir können nicht so nahe dran sein und scheitern.

»Gehen Sie auf null-neun-null.«

»Null-neun-null«, wiederhole ich, sobald ich die Schleife vollführt habe. Wir fliegen auf dreitausend Fuß, und die Luft unter uns ist klar. Das Meer ist dunkelblau mit winzigen weißen Gischtkronen auf den Wellen. Es kommt mir undenkbar vor, dass wir erst gestern aus London losgeflogen sind, weil in den letzten zwanzig Stunden so viel passiert ist. Meine Müdigkeit ist wie ein schwerer Mantel, der auf meine Schultern drückt, und meine Aufmerksamkeit lediglich ein von Furcht getriebener Trug, ähnlich dem Energieschub nach einem Kaffee.

»Eins-acht-null.«

»Eins-acht-null.«

»Drei-eins-null.«

Ich gehe in den endgültigen Anflug, und die Nase des Flugzeugs bewegt sich langsam auf den Flughafen zu. Ich fliege diese Maschine weniger, als dass ich sie führe, und staune über die technische Meisterleistung, die uns erlaubt, mehrere Hundert

Tonnen Metall von einem Land zum anderen durch die Luft zu bewegen.

»Drücken Sie jetzt den APP-Knopf.«

Ich drücke ihn kräftig und lasse erst los, als der Balken darunter aufleuchtet. Wenige Augenblicke später spüre ich, wie sich das Flugzeug etwas neigt und sich auf die Landebahn ausrichtet, denn endlich haben wir den Leitstrahl erfasst. Ich atme auf.

»Jetzt die Landeklappen ganz raus, Mina.«

Charlie nennt mir unsere Endgeschwindigkeit, und die Nase geht nach unten; jetzt fliegen wir entlang eines Gleitstrahls, der uns zur Landebahn führt. Ich setze mich auf meine Hände, weil ich weiß, dass die kleinste Berührung der Instrumente das ILS ausschalten könnte.

Die parallel verlaufenden Landebahnen ragen in die Botany Bay wie eine zweizinkige Gabel, und als wir nach unten gehen, sehe ich, dass die linke Landebahn geräumt ist und die dort wartenden Maschinen auf das angrenzende Rollfeld umgeleitet wurden. An ihrer Stelle wartet eine ganze Flotte an Notfallfahrzeugen.

Der automatisierte Countdown beginnt. *Fünfzig, vierzig, dreißig …*

Ich war noch nie ein religiöser Mensch, ganz gleich, wie sehr meine Mutter mich bat, sie zum Sonntagsgottesdienst zu begleiten. Doch als uns die Landebahn mit dem blauen Ozean zu beiden Seiten entgegenrauscht, sehe ich nur auf die Mittellinie und bete.

NEUNUNDVIERZIG

7 UHR | ADAM

Wie viel Zeit ist vergangen?

Ich versuche, die Minuten im Blick zu behalten, indem ich die Sekunden zähle, aber mit jedem Krachen von oben komme ich aus dem Takt, und es fühlt sich an, als wäre Sophia seit Stunden weg. Die Elektrik gibt den Geist auf, und der Lichtstreifen unter der Tür flackert zweimal, bevor er verschwindet; das Radio verstummt mitten in den Nachrichten.

Als sich Flug 79 Sydney näherte, hat der Tower mit einem Crewmitglied Kontakt aufgenommen. Bisher ist nicht bestätigt, ob das Flugzeug noch von den Entführern kontrolliert wird. Alle Notfalldienste stehen am Flughafen von Sydney bereit.

Im Keller ist es komplett finster, und die Dunkelheit ist so dicht wie drückend. Ich kann den Rauch nicht sehen, aber fühlen. Ihn schmecken. Er legt sich hinten in meine Kehle, bringt mich zum Husten, bis ich würge und die Krämpfe wieder an meinen Handschellen reißen. Meine Hände und Füße fühle ich nicht mehr. Sogar diese Mischung aus Kribbeln und Kälte ist weg. Und mein Kopf ist so schwer wie vor Stunden, nachdem Becca mich unter Drogen gesetzt hatte, wobei ich nicht sagen kann, ob es der Rauch oder bloße Erschöpfung ist.

Sophia müsste inzwischen im Ort sein. Ich sage mir ihren Weg innerlich vor und rate, wo sie langgeht. *Buchhandlung, leerer Laden, dann der Makler, wo Häuser verkauft werden.* Ich stelle sie mir vor der leeren Polizeiwache vor, atemlos vom Laufen. Über ihr die blaue Lampe, die noch aus viktorianischen Zeiten übrig geblieben ist. In den alten Zellen sind jetzt Schließfächer, und die Wache ist nur an drei Tagen die Woche besetzt, aber das Telefon draußen ist eine Direktverbindung zur Zentrale, und sie muss bloß den Hörer abnehmen …

Mach schon, mach schon!

Noch ein Krachen von oben. Die Treppe? Der erste Stock? Ich denke an Mo nebenan, die immer noch tief und fest schläft, unmöglich irgendwas hören kann, ehe es zu spät ist. Der Postbote kommt gegen acht, aber es dringt kaum Licht durch die Kohlenluke, also muss es noch früh sein.

Alles hängt an Sophia, und es könnte so viel schieflaufen. Selbst wenn sie sich an den Weg erinnert, muss sie Straßen überqueren. Und dann gibt es wohlmeinende Passanten – von den anderen ganz zu schweigen. Was ist, wenn sie nicht an den Hörer herankommt oder er nicht funktioniert? Ich stelle mir meine tapfere, wunderschöne Tochter vor, in ihrem Action-Man-Pyjama und ihrem Einhornbademantel, ihren vom Schnee durchnässten Hausschuhen, und mir rinnen Tränen über die Wangen.

Zuerst denke ich, dass ich mir das Sirenengeheul einbilde.

Es ist mal leiser, mal lauter, und ich schließe die Augen, weil ich denke, dass ich es mir bloß allzu inständig herbeisehne. Aber da ist es wieder: das schrille Heulen der Feuerwehr, daneben das rhythmische eines Streifenwagens. Oben kracht es wieder, aber die Sirenen werden immer lauter, und jetzt kann ich nicht mehr das Fauchen der Flammen hören, nur noch den Lärm der Hilfe.

Sophia muss ihnen genau gesagt haben, wo ich bin, denn der Schein einer Taschenlampe fällt durch die Kohlenluke herein, direkt vor meine Füße.

»Hier drinnen!«, will ich rufen, aber meine Kehle macht nicht mit, und von dem beißenden Rauch muss ich würgen. Die Kohlenrutsche ist zu klein für einen Erwachsenen, und ich merke, wie ich Panik bekomme. Was ist, wenn sie mich nicht rausholen können? Das Knarzen und Krachen, das ich von oben gehört habe ... stürzt das Haus ein? Ich stelle mir vor, unter einem Haufen Trümmern begraben zu sein, denn solange ich an die Wand gefesselt bin, gibt es kein Entkommen.

»Adam? Halte durch, Mann. Wir kommen.«

Da ist ein Lichtschimmer nahe der Kellertreppe oben. Ich ziehe die Knie an und ducke den Kopf dazwischen, als ein ohrenbetäubendes Krachen durchs Haus hallt. Staub und Putz quellen in den Keller. Dann fühle ich eine Hand auf meiner Schulter – eine andere, die meinen Kopf anhebt und etwas darüberstülpt. Plötzlich ist die Luft sauberer – verfängt mein Atem sich nicht mehr in meiner Kehle –, und meine Augen hören auf zu brennen. Zwei Feuerwehrleute sind im Keller. Eine von ihnen reckt den Daumen, und ich nicke ihr zu; dann bedeutet sie mir, dass ich mich vorbeugen soll. Der andere sieht sich bereits die Handschellen an, und ich lehne mich so weit nach vorn, wie ich kann, um ihnen Platz zu machen. Funken sprühen, und auf einmal höre ich ein Fräsen, mache mich schon auf eine Verletzung gefasst, doch es gibt einen Ruck und ich kippe vorwärts, endlich frei.

Sie haben das Rohr zersägt, nicht die Handschellen, und ich schwanke, als ich mich aufzurichten versuche, weil meine Hände nach wie vor auf dem Rücken gefesselt sind. Meine Knöchel knicken ein, weil sie steif sind nach so langer Zeit ohne Bewegung. Als ich mich frage, wie ich gehen soll, geschweige denn laufen, werde ich kurzerhand oben und unten gepackt und auf eine Trage gehoben, wo sie Gurte über meiner Brust und meinen Beinen festzurren.

Sie ziehen mich die Treppe hinauf – die Rollen der Trage schlagen gegen jede Stufe – und durch die Trümmer der Kellertür. Bevor wir in der Diele sind, kann ich kurz die Küche sehen und die Flammen, die an der Tapete nach oben in den ersten Stock züngeln. Überall ist Wasser. Dann sind wir draußen. Blaulicht blinkt in sämtliche Richtungen, als ich durch den Schnee gezogen werde. Ein Sanitäter kommt zu mir gelaufen. Noch während er mir die Fluchthaube abnimmt, rufe ich: »Sophia – wo ist Sophia?« Keiner hört mir zu.

»Eins, zwei, *drei.*« Mit einem Ruck werde ich hochgehoben und in einen Krankenwagen geschoben.

»Ich muss meine Tochter sehen.«

»Er ist in Handschellen – die sehen nach Polizei aus. Kannst du jemanden mit einem Schlüssel herschicken?«

Sie sprechen über mich hinweg. Erschöpft schließe ich die Augen und lasse sie ihren Job machen. Wieder wird mein Kopf angehoben, und man setzt mir eine Sauerstoffmaske auf. Dann drehen sie mich auf die Seite, sodass der Sanitäter meine blutenden Handgelenke untersuchen kann.

»Ihr braucht einen Handschellenschlüssel?«, dringt eine Frauenstimme durch den Nebel in meinem Kopf. Ein Ziehen geht durch meine Unterarme, bevor sie frei sind. Auf das kurze Hochgefühl folgt intensiver Schmerz, sobald ich meine Hände zu bewegen versuche. Die Frau redet noch, und ich erkenne ihre Stimme, kann sie aber nicht zuordnen.

»… vollkommen verzweifelt, das arme Ding. Ist es okay, wenn ich sie herbringe?«

»Sophia!« Ich versuche mich aufzusetzen, als ein dunkler Lockenkopf zur Tür hereinschaut, begleitet von DI Naomi Butler.

Sophia starrt mich mit großen, angsterfüllten Augen an, und ich nehme die Sauerstoffmaske ab, damit sie mein Gesicht sehen kann. Sie trägt Butlers Bikerjacke, deren Ärmel bis zum Boden hängen. Der Reißverschluss ist geschlossen, und unter Sophias Kinn lugt der Elefant hervor.

»Ich bin hingefallen«, sagt sie. Ihre Unterlippe bebt.

»Du hast das großartig gemacht, Schätzchen.«

»Ein Teenager hat sie gefunden.« Butler hebt Sophia in den Krankenwagen. Sie kommt zu mir gelaufen und schlingt die Arme um mich. »Sie wohnt neben dem Schlachter. Anscheinend hatte sie Sophia gestern Abend im Park getroffen. Ein kluges Kind – hat uns direkt angerufen.«

»Mein Pyjama ist zerrissen.«

»Ich gehe einen neuen mit dir kaufen.«

»Mummy auch?«

Mein Herz schlägt schneller. Ich öffne den Mund, weiß aber nicht, was ich sagen soll, also sehe ich DI Butler an. Lächelnd reicht sie Sophia ihr Handy.

»Möchtest du es deinem Dad zeigen?«

Sophia strahlt. »Mummy hat das Flugzeug geflogen!« Sie tippt das Display an, presst ihre Wange an meine, und gemeinsam sehen wir, wie Mina Flug 79 sicher in Sydney landet.

FÜNFZIG

HEILIGABEND | MINA

Ich bin nervös«, sage ich und sehe zu Rowan auf. »Ist das nicht albern?« Wir stehen am Gepäckband in Gatwick, wie ich es schon Hunderte Male zuvor getan habe, und beobachten, wie dieselben Koffer eine Runde nach der anderen drehen. In der Mitte steht ein Weihnachtsbaum, der mit kleinen Pappkoffern geschmückt ist.

»Wegen der Presse?«

»Ja«, antworte ich, obwohl ich nicht an die Presse gedacht habe. Meine Nervosität ist der Aussicht geschuldet, dass ich gleich Adam treffen werde. Die letzten sechs Tage haben wir täglich telefoniert, und die schlechte Verbindung half nicht gerade, die komische Stimmung zwischen uns zu entkrampfen. Ich blickte in sein Gesicht auf dem Display, und es war derselbe Adam, dabei ist so viel geschehen, seit wir uns zuletzt gesehen haben.

Er hat mir alles erzählt. Von dem Glücksspiel, dem Kredithai, den schwindelerregenden Zinsraten. Von den Lügen, die er bei der Arbeit erzählt hat, und dass er vielleicht seinen Job verliert. Als er zu dem Mann kam, der Katya bedroht hatte, und ich mich erinnerte, dass in jener Woche Sophias Albträume angefangen hatten, konnte ich nicht mehr. Ich legte auf und schaltete mein Handy aus. Danach saß ich in der Hotelbar, wo meine Gefühle mit jedem Kaffee weiter hochkochten.

Sie hatten die Crew im selben Hotel untergebracht wie die Passagiere. Ein ganzer Erdgeschossflügel war abgesperrt worden, in dem man Räume für die Befragungen hergerichtet hatte.

Wir bewegten uns wie ferngesteuert durch die Restaurants und Lounges, wurden zu Ärzten, Polizisten und Journalisten geführt – und, sofern nötig, auch zu Psychiatern.

»Ihr Verhältnis zu den anderen Crewmitgliedern und den Passagieren wird kompliziert sein«, sagte die erste Psychologin. Sie sprach im Konferenzraum des Flughafens in Sydney mit uns allen und gab uns Tipps, wie wir *die nächsten Tage durchstehen* – für den Fall, dass wir glaubten, wir hätten das Schlimmste hinter uns. »Es kann sein, dass Sie einander hassen, weil Sie der bloße Anblick der anderen an das Geschehene erinnert«, sagte sie. »Oder Sie fühlen sich einander näher als Ihrer eigenen Familie. In den letzten zwanzig Stunden sind Sie durch die Hölle gegangen. Was immer Sie jetzt empfinden, ist normal. Das kann ich Ihnen versichern.«

Ich fühle mich alles andere als normal. Meine Schuldgefühle fressen mich auf. Sie sind da, wenn ich morgens aufwache, und bleiben, bis mir abends vor lauter Erschöpfung nach den Befragungen, der Nervosität und dem Druck, immer wieder alles Schritt für Schritt durchzugehen, die Augen zufallen. Das Hotel ist voller traumatisierter Passagiere, die sich in der Lounge treffen. *Ich muss immer wieder daran denken, wie …* Jeden Tag kommen Touristengruppen an, und wir sehen sie und fragen uns, wie es sich anfühlen muss, zum Urlaub in Sydney zu landen, mit nichts als einem Jetlag aus einem Flugzeug zu steigen.

Adam ließ mir Zeit. Ich aß abends mit Rowan und Derek und wünschte, Cesca wäre bei uns. Die Axt hatte ihr Gehirn um Millimeter verfehlt. Noch war ihr Zustand kritisch, sagten die Ärzte, und man müsse abwarten, welche Langzeitschäden sie davontragen würde, aber sie würde überleben. Sie behielten sie auf der Intensivstation im St. Vincent, bis es vertretbar war, sie zurück nach England zu fliegen. Ich wollte sie besuchen, das Bild vom letzten Mal, als ich sie sah, aus meinem Kopf bekommen – das viele Blut in ihrem Haar. Doch sie erlaubten keinen Besuch, ehe sie nicht stabiler war.

Wir fanden in eine Routine, ähnlich Urlaubern auf einer Kreuzfahrt, trafen uns zu den Mahlzeiten und verschwanden wieder auf unseren Zimmern. Niemand verließ das Hotel. Ich nahm – zu Recht oder irrtümlich – eine Feindseligkeit mir gegenüber beim Rest der Crew wahr, und fand, dass ich sie verdient hatte. Trotzdem war ich froh, von einigen Passagieren sanfte Unterstützung zu erfahren. Solange ich lebe, werde ich nicht mit dem fertigwerden, was ich getan habe.

»Jeder hätte so gehandelt«, sagte Rowan. Wir saßen bei einem Drink nach dem Abendessen, und Derek hatte sich bereits zurückgezogen. Ich sollte auch schlafen, fürchtete mich jedoch vor dem Alleinsein und meinen Träumen.

»Hat aber keiner. Nur ich.« Carmels Blick und die sinnlosen Tode von Mike, Ben und Louis verfolgten mich. So viele verlorene Leben.

»So viele *gerettete* Leben.« Rowan war Lehrer – *Mathe, zur Strafe für meine Sünden!* –, und ich erkannte, dass er gut sein musste. Wenn er lächelte, kräuselten sich seine Augenwinkel, und er hatte eine Art, Dinge zu erklären, die sie plötzlich sonnenklar machte. Ledig. Nicht, dass es für mich eine Rolle spielte. »Ich habe nie die Richtige gefunden«, sagte er grinsend. Dann wurde er ernst, und mir stockte der Atem. Wir sahen gleichzeitig weg und fragten uns laut, ob wir lieber zu Bett gehen sollten. Dann machten wir uns auf den Weg die verschiedenen Korridore hinunter zu unseren Zimmern. Ich lag wach, zu müde zum Einschlafen, und überlegte, ob sich je wieder irgendetwas wie früher anfühlen würde.

Am nächsten Tag rief ich Adam an. Mein Wunsch, ihn zu sehen, war größer als die Wut, weil er unsere Tochter in Gefahr gebracht hatte. Ich dachte an die Jahre, in denen ich ihn – jeden – darüber belogen hatte, warum ich meinen Traum vom Fliegen aufgegeben hatte. Was machte eine Lüge schlimmer als eine andere?

»Ihr fehlt mir«, sagte ich.

»Du fehlst uns auch.«

Ich wollte dringend nach Hause. Adam versicherte mir, dass es Sophia gut ging, und ich glaubte ihm. Doch jenes Band, das zwischen mir und meiner Tochter bestand, machte die Sehnsucht nach ihr umso größer. *Noch einen Tag Befragungen,* sagten sie uns immer wieder. *Nur ein Tag, dann dürfen Sie nach Hause.*

World Airways stellte die Direktverbindung, *als Zeichen des Respekts,* bis auf Weiteres ein, sodass wir in Shanghai umsteigen mussten. Der Börsenwert fiel um zweiundvierzig Prozent, und ich fragte mich, wie lange es dauern würde, den Schaden zu beheben, den Missouri und ihr Team angerichtet hatten. Ich schätze, das heißt wohl, sie haben in gewisser Weise gewonnen.

Dindar reservierte die gesamte Businessclass für unsere Heimflüge und ließ die Sitze frei, die wir nicht brauchten, so wie es sonst aus Sicherheitsgründen gehandhabt wird, wenn die Queen fliegt. Hier saß nun die gesamte Crew zusammen mit den Passagieren, die nach der Tortur ihre Urlaubspläne geändert hatten. Die schwangere Frau beschloss, nach Hause zu ihrem Mann zu fliegen, der wegen der außergewöhnlichen Umstände über Weihnachten freibekommen hatte. Doug flog ebenfalls zurück, sodass Ginny allein ihre Wunden in dem Fünf-Sterne-Resort leckte, das er für ihre »Flitterwochen« gebucht hatte.

Rowan war auf dem Weg zu einer Tagung in Sydney gewesen, doch zu einer Teilnahme kam es nicht. »Es ist Quatsch, jetzt noch zu bleiben«, sagte er, als die Rückflugtickets angeboten wurden. Keiner von uns konnte sich vorstellen, noch ein bisschen Sightseeing in Sydney zu machen.

Jason Poke kehrte auch mit nach England zurück, zusammen

mit einer Handvoll anderer Passagiere; einschließlich einer Familie mit Economy-Tickets, die sich die Chance, ein Mal Business zu fliegen, nicht entgehen lassen wollte. Ich war nicht die Einzige, die sich nach einem Weihnachten zu Hause sehnte.

Finley und seine Mutter hatten Plätze nebeneinander. Ich gab ihm kurz vor dem Abflug ein kleines Geschenk, und als er das Papier aufriss, leuchteten seine Augen.

»AirPods! Genial!«

»Ich dachte, die würden dir gefallen«, sagte ich schmunzelnd und beobachtete, wie er sich die kabellosen Kopfhörer in die Ohren steckte.

»Danke, das ist sehr freundlich von Ihnen«, sagte seine Mutter. Während des gesamten Flugs ließ sie ihren Sohn keine Sekunde aus den Augen. Als er einschlief, lag sie auf der Seite, die Abtrennung zwischen ihnen heruntergefahren, und schaute ihn an.

Ich sorgte mich um Derek. Als ich am Flughafen in Sydney saß, erinnerte ich mich an seinen verzweifelten Ton bei dem Suizidgeständnis auf dem Gangboden in der Economy. Er hatte es sich anders überlegt, aber hatte das nur für die Situation gegolten? Weil sie sich seiner Kontrolle entzogen hatte? Am Tag der Pressekonferenz hatte er einen Twitter-Link zu einem Blog gepostet. Es war eine Reihe von Abschieden aus dem Flugzeug, ergreifend und gespickt mit schwarzem Humor, und mich rührte es zu Tränen. Hatte er sich wieder umbesonnen? War das ein Abschiedsbrief?

Dann, Minuten vor dem Boarding, kam er mit einem Handgepäckkoffer und einer Zeitung zum Gate gelaufen. Ihm war eine Kolumne in der *Times* angeboten worden. Er gab sich lässig, doch seine Schultern waren ein wenig straffer, seine Miene heiterer. Ich war froh, dass für ihn etwas Gutes hierbei herausgekommen war.

Auf dem Flug bekamen wir die Luxusbehandlung mitsamt psychologischem Beistand und einem Arzt, der mir eine Schlaftablette gab, weil ich nicht wagte, die Augen zu schließen. Als ich schwitzend und weinend aufschrak, beruhigte Rowan mich wieder.

Ich war nicht die Einzige, die im Schlaf schrie oder unkontrollierbar zitterte, als der Pilot ansagte, dass wir *ein Gebiet mit leichten Turbulenzen durchfliegen, also schnallen Sie sich bitte an.* Und nicht bloß ich schaute mich immer wieder um, ob ich auch alle anderen Passagiere erkannte und sich keiner von Missouris Team eingeschlichen hatte.

Mein Koffer kommt, und ich trete vor, doch Rowan ist schneller. »Ich mach schon.«

Als wir um die Ecke in die Ankunftshalle kommen, ist der Lärm ohrenbetäubend. Kameras blitzen mit schwindelerregender Intensität auf, und ich bin froh, dass Rowan vorgeschlagen hatte, Sonnenbrillen aufzusetzen. Ich war mir albern vorgekommen – wie ein Möchtegern-Promi –, aber der Ansturm ist beängstigend, und ich möchte mich verstecken. Rowan lotst mich zum Ausgang, seine Hand unten auf meinem Rücken. Da sind Rufe, *Hier drüben!*

Ich sehe Alice Davanti in ihr Handy sprechen. Sie eilt an den Reportern vorbei zum Ausgang. Vermutlich fährt sie direkt in die Redaktion, um die Story über die Flugzeugentführung des Jahrzehnts auf den Weg zu bringen. *Während die ersten Passagiere wieder in Großbritannien landen …*

»Mina, werden Sie angeklagt?«

Der Raum um mich herum verschwimmt, ein Meer von Gesichtern, die mal klarer, mal unschärfer sind. Ich fühle, wie ich falle. Ich bin wieder in der Maschine, öffne die Cockpittür, sehe Mike …

»Sanitäter!«

Eine Ohnmacht zur rechten Zeit, wird in einem der gehässigeren Blätter stehen. *Überwältigt von ihrer heroischen Landung,* heißt es in einer anderen Zeitung. Ich hätte ihnen andere Schlagzeilen anbieten können: *Verängstigt. Gequält. Schuldig.*

Rowan hilft mir auf, und ich winke dem eifrigen Sanitäter ab, der zu mir gerannt kommt. Denn ich habe etwas gesehen inmitten der Chauffeure mit ihren Schildern und der Journalisten mit ihren Aufnahmegeräten. Das ist die einzige Medizin, die ich brauche.

Es ist ein buntes Pappschild mit Sophias sorgfältig in Rot gemalten und mit Glitzer verzierten Buchstaben.

WILLKOMMEN ZU HAUSE MUMMY.

An die Ränder sind Blütenblättern gleich lauter kleine Zettel geklebt. Es sind die Nachrichten, die ich Sophia jedes Mal aufs Kissen gelegt hatte, bevor ich losflog. Sie hat alle aufgehoben.

Ich lasse meinen Koffer los und renne, so schnell ich kann, auf das Schild zu, auf meine Tochter, mein Zuhause.

»Mummy!«

Ich hebe sie hoch, drücke sie fest und weine in ihr Haar, wobei ich den Duft ihres Shampoos und ihrer Haut inhaliere. Sie weint auch, und dann fühle ich einen Arm, der sich um mich legt. Ein so vertrauter Arm.

»Was hat denn so lange gedauert?«, fragt Adam sanft.

Ich kneife die Augen zu und verdränge den Horror von Flug 79. Stattdessen konzentriere ich mich auf die Umarmung meines Mannes und den weichen kleinen Körper zwischen uns. Dies ist meine Familie, mein Leben.

»Entschuldige die Verspätung.«

EINUNDFÜNFZIG

DREI JAHRE SPÄTER | ADAM

Lass dich mal ansehen.« Mina beugt sich zu Sophia, und mir wird mit Schrecken bewusst, dass sie sich nicht mehr hinhocken muss, um mit ihr auf Augenhöhe zu sein. Sophia ist so groß geworden. »Du siehst perfekt aus.«

»Daddy hat mein Haar gemacht.«

»Und das sehr gut.«

Da Sophia so beharrlich war, habe ich mir das Frisieren mittels einiger YouTube-Videos beigebracht. Heute habe ich einen Bauernzopf versucht, bei dem immer mehr Strähnen hinzugeflochten werden. Die fransigen Enden stehen unter ihren Ohren vor, eines dick, das andere dünn.

»Ist super geworden.« Mina grinst mir zu, trinkt ihren Kaffee aus und stellt den Becher in die Spüle. Sechs Monate hatte es gedauert, bis wir hier wieder einziehen konnten. Zum Glück hat die Versicherung alles bezahlt, und als wir endlich wieder durch die Tür traten, war keine Spur mehr von dem zu erkennen, was hier passiert war. Die neue Küche war anders, und wir schoben eine Anrichte vor die Kellertür, hinter der sie vollständig verschwand. Überall glaubte ich, Becca zu sehen, aber wir drei hatten so viel Zeit mit dem Aussuchen der Einrichtung fürs Erdgeschoss verbracht, dass ich jetzt nur noch mein Zuhause sah.

Butler gab mir damals an Weihnachten frei – *angesichts der Umstände* –, und wir fuhren vom Flughafen zu Minas Dad, der uns sauber gefaltete Handtücher auf das Gästebett gelegt hatte, wie ihre Mum es früher immer tat. Für Sophia lag eine Luftmatratze auf dem Boden.

»Ich mache mal Kaffee«, sagte Leo, und Mina und ich blieben mit unserem Gepäck zwischen uns allein im Gästezimmer.

»Ich habe ihm nie erzählt, dass wir uns getrennt haben«, sagte sie.

»Sophia kann mit dir im Bett schlafen. Ich nehme die Luftmatratze.«

»Nein, ist schon gut.« Sie zögerte. »Das heißt, wenn es für dich okay ist.«

Mein Herz stolperte. »Du meinst …«

Sie nickte.

Wir schliefen unruhig, und Sophia legte sich wie ein Komma zwischen Mina und mich, was uns einen Vorwand bescherte, nicht zu reden. Für zwei Leute, in deren Jobs sich alles darum dreht, mit Leuten zu reden, waren wir verblüffend schlecht im Kommunizieren.

In den nächsten Tagen sprachen wir doch immer mal wieder miteinander. Und als Leo mit Sophia an den windgepeitschten Strand ging, wobei er sich mehrmals zu uns umdrehte, fragte ich mich, ob er es trotzdem gewusst hatte.

Ich wurde nicht suspendiert. Stattdessen kam ich wieder zu den Uniformierten, mit strikter Anweisung von DI Butler – *kriegen Sie sich wieder in den Griff, und dann kommen Sie in Ihren alten Job zurück.* Ich wurde zum Sozialdienst geschickt und zur Therapie sowie einer Schuldnerberatung. Was ich über die Kredithaie sagen konnte, führte zu mehreren Verhaftungen wegen Organisierter Kriminalität und brachte mir eine lakonische *Gute Arbeit*-E-Mail von Butler ein.

Mina wurde nicht wegen ihrer Rolle bei der Flugzeugentführung angeklagt, obwohl Alice Davantis Zeitung eine veritable Hexenjagd auf sie veranstaltete. Nach einem Jahr schlafloser Nächte und Überlegungen, wie es werden sollte, wenn sie ins Gefängnis musste, erschienen endlich zwei dezent gekleidete Männer und erklärten, laut Staatsanwaltschaft sei es nicht *im öffentlichen Interesse,* sie zu verurteilen, weil sie die Cockpittür geöffnet hatte. Die Entscheidung linderte ihre Schuldgefühle nicht. Rowan nannte ihr einen Freund, der auf PTBS-Fälle spezialisiert war, und langsam verarbeitete sie, wozu sie gezwungen gewesen war.

Noch langsamer trat zutage, was während ihrer Pilotenausbildung passiert war. Am liebsten hätte ich auf etwas – oder jemanden – eingeschlagen, als sie mir von Myerbridge erzählte.

»Wir sollten uns bei der Schule beschweren. Oder bei der Luftfahrtbehörde.«

»Was würde das bringen?« Mina konnte das Ganze besser hinter sich lassen als ich. »Damals war es eine andere Welt. Heute haben sie klare Regeln – das habe ich überprüft.« Sie ließ es hinter sich, also tat ich es auch.

»Aber keine Geheimnisse mehr«, sagte ich. »Für keinen von uns.«

»Keine Geheimnisse mehr«, bestätigte sie.

Erstaunlicherweise schien Sophia als Einzige von uns relativ unversehrt. Wir gingen mit ihr zur Therapie, aber sie war vollkommen pragmatisch, was Becca und das Feuer betraf, und stolz auf die polizeiliche Belobigung, die sie erhielt. Ihre Erfahrungen als Säugling hatten ihr eine Resilienz beschert, die mich gleichzeitig stolz und traurig machte, und ich hoffte, dass sie jene Erinnerungen eines Tages ganz verlor.

»Bereit?«, fragt Mina jetzt. Ich sehe zu Sophia, und sie nickt.

»Bereit.« Ich nehme die Autoschlüssel.

»Mein Name ist Sandra Daniels, und als ich an Bord von Flug 79 gegangen bin, habe ich mein ganzes Leben hinter mir gelassen.«

Die Frau auf der Anklagebank ist winzig – keine eins sechzig groß – und fast nicht wiederzuerkennen von dem Foto in der Zeitung, wo man sie als Entführerin »Sambesi« führte. In der monatelangen Untersuchungshaft ist ihre Sonnenbräune verschwunden, und ihr Haar ist dunkelbraun, bis auf blonde, spröde Spitzen. Ich spüre, wie sich Mina neben mir anspannt. Daniels ist die erste Angeklagte, die vor Gericht aussagt. Der Prozess ist vorläufig auf mindestens weitere zwei Wochen angesetzt. Heute Morgen wurden die letzten Zeugen aufgerufen, einschließlich Sophia.

Sie durfte ihre Aussage per Video machen, und auf dem Monitor sehen ihre Augen riesig aus. Sie blickte direkt in die Kamera, und lediglich ein kleines Zucken, als sie innen auf ihre Unterlippe beißt, verrät ihre Nervosität.

»Wie lange bist du in dem Keller gewesen, Sophia?«

Sie runzelte die Stirn. »Weiß ich nicht.«

»Lange?«

»Ja.«

»Eine Stunde oder länger?«

Sophia blickte zur Seite, suchte nach Hilfe, die ihr die gerichtliche Begleiterin Judith mit dem grauen Bob und den Süßigkeiten für hinterher nicht geben konnte. Mina hatte Sophias Hand gehalten, als sie mit Judith durch ein Labyrinth von Korridoren zum Zeugenraum gingen. Während Sophia ihre Aussage machte, saß Mina auf einem Plastikstuhl im Flur und ich drüben im Old Bailey, wo ich zuschaute, wie meine fast neunjährige Tochter verhört wurde.

»Viel länger als eine Stunde.«

Wir wollten Sophia nicht im Gerichtssaal. Ihre Aussage war nie angezweifelt worden, und auch wenn die sechs überlebenden Entführer auf *nicht schuldig* plädierten, hatte Becca sich kampflos ergeben. Man hatte sie bei ihrer Mutter gefunden, wo sie panisch versuchte, ihren Suchverlauf von einem Laptop zu löschen, der sie ganz klar mit dem Handschellenkauf in Verbindung brachte.

»Es tut mir leid«, hatte sie den Officers gesagt, die sie verhafteten. Zu gern wäre ich derjenige gewesen, der ihre Handschellen strammzog.

Der Ankläger hatte Sophia als Zeugin aufgerufen. »Sie kann sich sehr gut ausdrücken«, hatte er gesagt, als wäre uns das neu. »Ich denke, sie wird einen guten Eindruck auf die Geschworenen machen.«

Sophia wurde nicht in den Zeugenstand gerufen, um Beweise zu bestätigen, sondern damit die Geschworenen bei ihren ernsten Antworten und ihrer unschuldigen Art dahinschmolzen. Sie wurde aufgerufen, um zu zeigen, welchen menschlichen Preis die Flugzeugentführung gefordert hatte. Und das, obwohl der Plan letztlich scheiterte.

»Keine weiteren Fragen.«

Sophia verzog keine Miene, aber das Zucken an ihrer Unterlippe hörte auf, und ich konnte endlich wieder atmen. Sie hatte eine Menge Unterricht versäumt, weil sie zum Gericht gerufen wurde, um dann doch den ganzen Tag nur zu warten, weil ihre Aussage ein ums andere Mal verschoben wurde. Bald wechselten wir uns im Saal ab, damit Sophia die Wartezeiten in den Parks und Cafés in Gerichtsnähe verbringen konnte, begleitet von Mina oder mir; wenn wir beide bei Gericht sein mussten, waren Rowan, Derek oder Cesca bei ihr, die Sophia anhimmelte.

Für Cesca hatte es lange auf der Kippe gestanden, doch inzwischen war sie vollständig genesen. In Sydney hatte man sie als Erste auf einer Trage von Bord gebracht, und als der Krankenwagen wegfuhr, war die bewaffnete Polizei in die Maschine gegangen. Die Entführer wurden einzeln in gepanzerten Fahrzeugen weggebracht.

Wochen nach Minas Rückkehr ertappte ich sie dabei, wie sie sich den Fernsehbericht ansah. Winzige Gestalten marschierten über ihr Handy-Display. »Es fühlt sich so unwirklich an«, sagte sie. Langsam benannte sie jede einzelne Person in Handschellen. *Ganges, Niger, Jangtse, Sambesi, Kongo, Lena.* Dann folgten die Passagiere, aschfahl und zitternd, danach die Crew, die im hellen Sonnenschein von Sydney blinzelte. Nicht ganz die Ankunft, die Dindar geplant hatte.

»Das reicht«, sagte ich zu Mina, aber sie schüttelte den Kopf.

»Ich muss das sehen.«

Sie weinte bei den Bildern, wie die Leichensäcke aus der Maschine getragen wurden. Roger Kirkwood, Mike Carrivick, Carmel Mahon, Ben Knox, Louis Joubert. Namen, die heute jeder auf der Welt so gut kannte wie die ihrer Angreifer. Die Autopsien ergaben, dass die beiden ablösenden Piloten die gleiche Droge wie Roger Kirkwood bekommen hatten, der erste Mann, der starb. Man ging davon aus, dass einer der Entführer ihnen das Mittel in die Getränke getan hatte, die Carmel für die Piloten vorbereitet hatte, auch wenn wir das nie mit Sicherheit wissen werden. Da Missouri tot war und ihren Mitverschwörern nur verraten hatte, was sie wissen mussten, blieben eine Menge Fragen offen. Die zweite Kabinencrew war steif, dehydriert und verängstigt, doch zum Glück unverletzt in ihrem Ruhebereich vorgefunden worden – die Tür hatte einer der Entführer von außen blockiert.

Die Fotos von den neun Tätern – die acht aus dem Flugzeug plus Becca – füllten eine volle Seite in der *Daily Mail,* darüber ihre richtigen Namen und auf der anderen Seite eine Weltkarte mit Pfeilen zu den Flüssen, nach denen sie sich benannt hatten. Der *Guardian* widmete dem Zustand der jeweiligen Flüsse mehrere Tage und bat um Spenden, damit sie die Leser weiterhin über den Klimanotstand informieren könnten.

Bis zum Prozess vergingen fast drei Jahre, und zwei Stunden dauerte allein das Verlesen der Anklagepunkte, während die Beschuldigten in zwei Reihen in einem Glaskasten seitlich saßen.

Vorbereitung eines Terroranschlags, Spendenbetrug, Besitz von Anschlagsmaterialien, Mord, Verschwörung, Entführung ... Die Liste ging immer weiter, bis hin zu Dokumentenfälschung – die Pässe, die Missouri ihrem Team besorgt hatte.

Der Prozess selbst zog sich über fünf Monate hin. Wir haben schon so lange mit den Nachwirkungen der Ereignisse gelebt, dass ich manchmal unsicher bin, ob wir auch anders sein können; ob wir noch fähig sind, über anderes als die Zeugenaussagen der Woche zu reden.

Sandra Daniels' Verteidigung – sie habe nicht gewusst, wie weit die Gruppe zu gehen plante – wird im Kreuzverhör zunichtegemacht, weshalb sie letztlich auf mildernde Umstände wegen jahrelanger Misshandlung in der Ehe plädiert. In den zwei Wochen danach hören wir ähnliche Ausflüchte von den anderen Angeklagten – Versprechen, die gemacht wurden, geplante Fluchtrouten –, und es entsteht ein Bild von Manipulation und Radikalisierung durch eine einzige Frau.

Missouri.

Alle Fäden laufen bei ihr zusammen, und obwohl sie ihre Spuren so gut verwischt hatte – der Darknet-Chat der Gruppe wurde nie gefunden –, entdeckte die Polizei bei ihr zu Hause Papiere, die sie mit jedem der Komplizen in Verbindung brachten.

Es ist der letzte Verhandlungstag, und wir werden alle zur Urteilsverkündung hereingerufen. Ich blicke mich im Saal zu den Menschen um, die mir in den letzten Monaten so vertraut geworden sind wie meine eigene Familie. Derek trägt heute einen Anzug – er muss später noch ein Interview führen. Er hat nahtlos den Übergang von den Printmedien ins Fernsehen geschafft, ganz im Gegensatz zu Alice Davanti, deren Karriere sich in Wohlgefallen auflöste, nachdem das Video eines Passagiers an die Öffentlichkeit kam, auf dem sie versuchte, einer anderen Passagierin den Sitzplatz wegzunehmen.

Jason Poke hatte es besser gemacht. Er entschuldigte sich öffentlich für all die *unsensiblen Witze,* die er früher gemacht hatte, und schwor, Abbitte zu leisten, weil er sich in der Maschine einen Sitz gesichert hatte, der ihm nicht zustand. »Wenn man den Tod vor Augen hat«, sagte er bei *Good Morning Britain,* »läuft das ganze Leben vor einem ab – und was ich da gesehen habe, hat mich nicht stolz gemacht.« Er ist zu *dem* Moderator für Katastrophen-Dokus geworden und reist um die Welt, um die *menschliche Geschichte* hinter den Tsunamis, den Erdbeben und den Waldbränden aufzuspüren … »Woke Poke« hat ihn die Klatschpresse getauft. Ein wiedergeborener Empath.

Caroline und Jamie Crawford sind nicht zur Urteilsverkündung gekommen. Jamie war direkt nach seiner Zeugenaussage verschwunden; Caroline blieb lange genug, um die Gründung der Crawford Youth Sports Foundation zu verkünden. Ihre Scheidung ist anscheinend sehr schmutzig gewesen. *Rote Karte für zu viele Auswärtsspiele,* titelte ein Boulevardblatt und schrieb, wie viele Millionen Jamie der Wohltätigkeitsorganisation seiner Frau überschrieben hatte, bevor sie ihm den Laufpass gab.

Ich dachte, die Medien wären den Fall irgendwann leid, aber sie berichteten endlos darüber. Da die Entführer in Untersuchungshaft saßen, verlegten sie sich auf die Passagiere, um Ausgaben zu verkaufen, von *Australisches Paar bekommt nach Entführungshölle Zwillinge – ein Wunder,* bis hin zu den ausgezehrten Gesichtern von Carmels Eltern: *Wir werden unsere Tochter rächen.*

Der Richter verurteilt sie alle zu lebenslänglichen Haftstrafen von mindestens vierzig Jahren. Ich drücke Minas Hand. Sogar Becca (in meinem Kopf heißt sie nach wie vor so, obwohl ihr richtiger Name in sämtlichen Zeitungen steht), die jüngste Angeklagte, wird in den Sechzigern sein, wenn sie rauskommt. Sie wird keine Kinder haben, keine Karriere, kein Leben.

Wir jubeln nicht, fühlen uns überhaupt nicht euphorisch, als wir den Gerichtssaal verlassen. Die Prozessdauer hat uns ausgelaugt. Es ist bloß eine überwältigende Erleichterung da, weil es endlich vorbei ist.

»Das war es dann.« Derek sieht fast enttäuscht aus. Er klopft mir auf den Rücken, woraus eine linkische halbe Umarmung wird, bevor er Mina auf die Wange küsst. »Tapferes Mädchen.«

Nur sehr wenigen Menschen würde Mina erlauben, sie als Mädchen zu bezeichnen, und Derek ist einer davon. Er ist Teil unseres Lebens geworden, beinahe wie ein zusätzlicher Onkel, und ich hoffe, dass er uns auch als seine Familie sieht.

»Cesca ist mit Abendessen dran, oder?«, fragt er.

»Oh, ja«, sagt sie. »Ich schicke eine Rundmail.«

Das monatliche Dinner hatte als einmaliger Anlass wenige Wochen nach Cescas Entlassung aus dem Krankenhaus begonnen. Es war Minas Idee gewesen, Sophia und mich mit Cesca, Rowan und Derek bekannt zu machen. Anfangs war die Unterhaltung hölzern gewesen. Wir alle bemühten uns um Small Talk, damit wir ja nicht über das sprechen mussten, was uns zusammengeführt hatte.

Schließlich brach Sophia das Eis. »Was passiert mit den Kidnappern?«

»Die wandern ins Gefängnis«, antwortete ich.

»Die sollten sie in eine Maschine setzen und ihnen sagen, dass sie abstürzt, damit sie genau solche Angst haben wie ihr. Und danach sollte man sie in einen eiskalten Keller sperren und ihr Haus in Brand stecken. Mal sehen, wie ihnen das gefällt.«

Nach dieser kleinen Ansprache trat Stille ein. Ich war mir nicht sicher, ob ich dem Gerechtigkeitssinn meiner Tochter applaudieren oder mich sorgen sollte, dass ich eine Psychopathin großzog. Doch als ich Mina ansah, lachte sie. »Dem stimme ich voll und ganz zu.« Sie erhob ihr Glas. »Auf Sophia.«

»Auf Sophia!«, antworteten wir anderen.

»Vielleicht solltest du Richterin werden, wenn du groß bist«, sagte Rowan, aber Sophia schüttelte den Kopf.

»Ich werde mal Polizistin.« Sie lächelte mir zu und blickte zu Mina. »Und Pilotin.«

»Eine viel beschäftigte Frau«, folgerte Derek.

»Und Umwelt…«, Sophia zögerte, »…schützerin.«

Ebenso gut hätte sie in einem Zimmer voller Schauspieler »Macbeth« sagen können. Derek zuckte zusammen, Cesca kniff die Augen zu, und Rowan – der für gewöhnlich unerschütterlich ist – verlor seine Augenbrauen irgendwo unter dem Haaransatz.

»Das haben sie in der Schule gehabt«, erklärte Mina. »Die Polkappen, Plastikmüll, solche Sachen.« Ihren entschuldigenden Ton verstanden wir alle.

»Ich bin fürs Recycling in der ganzen Schule zuständig!«

»Und sie hat den Milchstand überredet, auf biologisch abbaubare Strohhalme umzustellen.«

Drei Augenpaare starrten Sophia an. Wir waren daran gewöhnt. Stolz darauf, schätze ich, als wären allein wir für die Gene verantwortlich, die unserer Tochter die intellektuellen Fähigkeiten eines doppelt so alten Kindes verliehen. Und wenn die Blicke hin und wieder eher misstrauisch als fasziniert ausfielen, konnten wir auch damit umgehen. Wir liebten Sophia wegen ihres besonderen Wesens, nicht ihm zum Trotz.

»Tja«, sagte Rowan plötzlich und schlug mit der Faust auf den Tisch. »Ich für meinen Teil finde das bemerkenswert.« Er blickte zu Cesca und Derek. »Fünf Jahre alt und …«

»Fast sechs«, korrigierte Sophia.

»Fast sechs Jahre alt und verändert schon die Welt.«

»Bravo, Sophia!«, ergänzte Derek. »Künftige Pilotin, Polizistin und Umweltschützerin!« Abermals erhoben wir unsere Gläser, ehe Sophia zum Zähneputzen geschickt wurde.

»Liest du mir was vor …«

Mina stellte schon ihr Glas hin.

»… Daddy?«

Ich konnte meine Freude nicht verbergen, sah aber nach Anzeichen von Eifersucht bei Mina, als Sophia sich von unseren Gästen verabschiedete. Immerhin wusste ich, wie es sich anfühlte, die zweite Geige zu spielen. Aber da war nichts. Im Laufe der Wochen begriff ich, dass ich alles falsch gesehen hatte. Ich hatte Fairness gewollt – gleiche Teile Liebe und Aufmerksamkeit, gleichen *Status* bei meiner Tochter. Ich hatte nur daran gedacht, was ich von meiner Tochter brauchte, nicht, was sie von mir brauchte. Von uns beiden. Manchmal möchte Sophia, dass ich ihr vorlese, manchmal Mina. Manchmal greift sie nach meiner Hand; dann wieder zieht sie sich zurück, will meine Nähe nicht. Bindungsstörungen heilen nicht über Nacht, doch langsam machen wir Fortschritte.

Das erste Dinner wurde zu einem monatlichen Treffen, und im darauffolgenden Sommer zu gelegentlichem Schlagballspielen oder Mittagessen in sonnigen Pubgärten. Außenstehende würden wohl nicht mal ein Zehntel von dem verstehen, was wir durchgemacht hatten, und es war so viel einfacher, es nicht erklären zu müssen. Auch für Sophia war es gut zu sehen, dass wir alle es überstanden hatten und sogar Erwachsene hin und wieder Rückschläge erlitten. Es war schön, sie ins Gespräch mit Cesca oder Rowan vertieft zu sehen und zu beobachten, wie sie loslachte, wenn das Ernste zum Absurden wurde. Ja, es tat uns allen gut.

Jetzt gehen wir vom Old Bailey weg, eine seltsame Gruppe auf einem zu schmalen Gehweg, und holen unsere Handys aus dem Reisebüro, das als Gepäckaufbewahrung für das Gericht fungiert. Sophia redet mit Cesca und zeigt auf die Bilder im Schaufenster.

»Athen. Das ist in Griechenland. Rom ist in Italien. Barbados ist … in Afrika?«

»In der Karibik.«

Sophia runzelt die Stirn – ob über Cesca oder ihren Fehler, ist nicht klar.

»Ein kluges Kind«, bemerkt Rowan.

»Sie ist mir haushoch überlegen«, sage ich grinsend. »Hat Mina erzählt, dass sie letzten Monat an unseren Abgeordneten geschrieben hat? Ganz allein. Und er hat ihr eine Antwort geschickt.«

»Unglaublich. Ich würde wetten, dass sie in die Politik geht, du nicht?«

Rowans Miene ist unschuldig, dennoch verkrampfe ich mich. »Ach, ich wette nicht«, antworte ich. Ich weiß nicht, ob Mina den anderen von meinem Spielproblem erzählt hat, und will es auch gar nicht wissen. Bis heute gehe ich zu den Treffen, und abgesehen von einem winzigen Rückfall, nachdem wir das Ausmaß des Brandschadens erfahren hatten, habe ich seit annähernd drei Jahren nicht mehr gewettet. Die Chance, dass wir drei mit dem Leben davonkamen, war so niedrig, wie sie nur sein konnte. Das verspiele ich nicht.

An der Ecke trennen wir uns. Cesca muss zu ihrem Zug, Derek hat ein Treffen mit seinem Redakteur in der Stadt. Sophia beendet ihre ernste Unterhaltung mit Rowan und zieht eine Papiertüte aus ihrem Rucksack.

»Die sind für dich.«

Rowan linst in die Tüte. »Kekse? Vielen Dank!«

»Sie hat das ganze Wochenende gebacken«, sagt Mina. »Ehrlich, ich werde noch kugelrund.«

Ich will Mina schon sagen, dass sie ziemlich fantastisch aussieht, da schüttelt Rowan den Kopf und erwidert: »Du bist wunderschön.« Mein Lächeln sieht hoffentlich nicht so erzwungen aus, wie es ist. Wenn ich jetzt noch irgendwas sage, wirkt es blöd.

»Bis dann«, verabschiede ich mich von Rowan. Mina sieht mich fragend an, aber Rowan reicht mir die Hand und findet den abrupten Abschied anscheinend nicht kränkend. Ich frage mich, wo er jetzt hingeht – wem er von dem Urteil erzählt. Zwar ist er gut mit Mina befreundet – und irgendwie auch mit Sophia –, doch ich habe das Gefühl, dass ich ihn nicht besser kenne als vor drei Jahren. Und ich kann nicht mal sagen, ob Rowan auf Abstand bleibt oder ich. Jedenfalls sind wir vorsichtig miteinander, als wären wir Gegner, keine Freunde.

Es gibt noch mehr Händeschütteln, Schulterklopfen, und Rowan umarmt Mina. Seine Hand verharrt noch unten auf Minas Rücken, nachdem er sie losgelassen hat, und ich muss mich zusammenreißen, nicht den Arm um sie zu legen. Es wäre leichter, wäre Rowan weniger sympathisch. Wäre er arrogant, bigott oder enervierend schleimig. Er ist nichts von alldem, und ich brauche keinen Therapeuten, der mir erklärt, dass meine Wachsamkeit nichts mit Rowans Verhalten zu tun hat, sondern allein mit meinen eigenen Unzulänglichkeiten. Rowan war da, als ich es nicht war. Während ich im Keller an ein Rohr gekettet war und mich von meiner Fünfjährigen retten lassen musste, hatte er mit meiner Frau das Cockpit gestürmt. Unmittelbar danach unterstützte ich Mina via Video; er aß mit ihr in dem Hotel in Sydney zu Abend und hielt ihre Hand, als sie auf dem Heimflug weinte.

Mina ist stets ehrlich gewesen, was ihre gemeinsame Zeit anging. »Ich weiß nicht, was ich ohne ihn gemacht hätte. Und ohne Derek und Cesca«, fügte sie um meinetwillen hinzu, was uns beiden bewusst war.

»Ich bin froh, dass sie für dich da waren«, sagte ich, und es war ernst gemeint.

»Alles Gute für die Arbeit«, sagt Cesca jetzt zu Mina und küsst sie auf die Wange. Dindar war nach der Entführung sehr gut zu ihr. Er hatte sie bei voller Bezahlung für sechs Monate beurlaubt, damit sie Zeit mit Sophia verbringen konnte, bevor sie eine Verwaltungsstelle weg vom Flughafen antrat. Die neuen Arbeitszeiten ließen sich bestens mit Sophias Schulzeiten vereinbaren, denn wir waren beide nicht bereit, wieder einen Babysitter zu engagieren. Dennoch wusste ich, dass ihr das Fliegen fehlte.

»Ich glaube, ich möchte wieder zurück«, hatte sie gesagt. »Nach dem Prozess.«

»Dann geh zurück.«

Sie lächelte und sagte, ich erinnere sie an ihren Vater. »Natürlich habe ich ein bisschen Angst.« Sie hatte immer noch Albträume von Missouri und den anderen. »Aber man darf sie nicht gewinnen lassen, oder?«

»Wie wäre es mit Fish & Chips, wenn wir zu Hause sind?«, frage ich nun, als Rowan um die Ecke ist und wir drei unter uns sind.

Sophia strahlt. »Ja! Aber der Fisch muss …«

»Nachhaltig gefangen sein, ich weiß.« Meine Tochter ist von jeher außergewöhnlich klug für ihr Alter, und die letzten drei Jahre haben sie noch weiser gemacht. Hier und da steuern wir gegen, ermuntern sie zu spielen, albern zu sein, ein Kind zu sein. Doch ich bin stolz auf unser kluges, leidenschaftliches, aufmerksames Mädchen.

Ich winke ein Taxi heran und denke an den Tag, als wir von der Schule nach Hause gingen und sie sich weigerte, meine Hand zu halten; als sie Becca wollte, nicht mich. Es hatte höllisch wehgetan, doch seitdem sind wir ein ganzes Stück weitergekommen. Heute bin ich Sophia erheblich näher. Was passiert ist, würde ich meinem ärgsten Feind nicht wünschen, aber was Silberstreifen am Horizont angeht, ist das jedenfalls einer.

»Ich liebe dich«, sage ich inbrünstiger als beabsichtigt. Ein Taxi hält neben uns, und ich öffne die Tür, um die beiden zuerst einsteigen zu lassen.

»Ich dich auch.« Mina drückt meine Hand.

Zwischen uns seufzt Sophia glücklich. »Und ich euch.«

ZWEIUNDFÜNFZIG

PASSAGIER 1G

Lebenslänglich. Ich gestehe, dass ich damit nicht gerechnet habe. Es ist ein Standardurteil für Terrorismus, ja, aber ist es Terrorismus, die Erde zu schützen? Ist es Terrorismus, den Menschen die Augen zu öffnen und ihnen klarzumachen, welche Zerstörung sie auf der Welt anrichten?

Das Gericht sagt, ja.

Sie erkennen den Unterschied zwischen unserer Sache und religiösem Wahn nicht; zwischen der Rettung des Planeten und dessen Vernichtung. Sie sind blind, sehen die Wahrheit nicht, die für uns, denen an der Zukunft für uns und unsere Kinder liegt, so offensichtlich ist.

Vierzig Jahre, bis eine bedingte Entlassung auch nur in Betracht kommt. Wer weiß, ob ich dann überhaupt noch lebe. Vierzig Jahre hinter Gittern, ohne Kontakt zur Außenwelt. Es ist barbarisch. Unmenschlich. Wäre der Tod nicht vorzuziehen?

So gesehen hat Missouri gewonnen. Sie ist entkommen. Hat das System besiegt, indem sie starb.

Ihr hattet nicht gedacht, dass es Missouris Plan war, oder? Dass sie die komplizierten Abläufe im Griff hatte, die für solch ein gewaltiges, solch ein bedeutsames Projekt erforderlich sind?

Ich würde es euch nicht mal verdenken, falls ihr das geglaubt habt. Schließlich hatte sie sich ja auch als Anführerin gesehen, nicht als Teil der Gefolgschaft, und es war ein Leichtes, ihr die Illusion zu lassen. Missouri sah sich als Hirtin, während sie die ganze Zeit eines meiner Schafe war. Sollte irgendwas schiefgehen, war auf die Weise sichergestellt, dass sämtliche Wege zu ihr zurückfüh-

ren würden und ich sauber blieb. Unsere Online-Unterhaltungen waren gut verborgen, deshalb hielt ich alles säuberlich auf Papier fest: jeden Kontakt, jede Entscheidung. Und ich fuhr zu ihr, als sie zum Flughafen unterwegs war, um den Ordner in ihrem Arbeitszimmer zu deponieren.

Ich bin wahrlich nicht der Erste, der sich einen Sündenbock zulegt, und werde gewiss nicht der Letzte sein. Wir sehen sie überall, die sich anbietenden Sündenböcke, ob in der Geschäftswelt oder der Politik. Und wir beobachten, wie sie zu Fall gebracht und verbrannt werden, wenn ihre Zeit gekommen ist. Um sie herum ziehen die CEOs mit blütenreiner Weste weiter und investieren in neue Unternehmen oder schwören Politiker der nächsten Marionette Loyalität. Die wahren Anführer stehen nicht auf der Bühne. Sie ziehen die Fäden.

Die anderen haben Missouri respektiert – oder vielmehr die Person, die sie in ihr sahen. Sie hörten auf die Worte, die ich ihr in den Mund legte, und auf den Plan, den ich ihr erlaubte als ihren eigenen darzustellen. Ich kann nicht gut reden, *erzählte ich ihr.* Bei dir klingt es besser. Dir hören die Leute zu. Du bist die geborene Führungspersönlichkeit.

Menschen sehen, was sie sehen wollen. Glauben, was sie glauben wollen. Missouri war es gewohnt, durch die Welt zu reisen und hohe Honorare für Vorträge über Ungerechtigkeit zu bekommen. Sie war es gewohnt, dass die Leute an ihren Lippen klebten. Ihr Ego hat sie umgebracht und mich im Verborgenen gelassen.

Aber vierzig Jahre.

Würde ich es noch mal tun, wenn ich wüsste, dass wir scheitern? Dass die Zellentüren zuknallen und so viel Zukunft wegschließen?

Allein in meiner Lebenszeit hat sich die Zahl der großen Naturkatastrophen verdreifacht. Inselstaaten versinken wegen des steigenden Meeresspiegels. Bienen – diese bescheidenen Bestäuber, denen wir so vieles verdanken – verschwinden. Erschreckende zweitausend Spezies sind wegen des Klimawandels vom Aussterben bedroht. Die Welt stirbt.

Also, würde ich es wieder tun?

Sofort.

Und ich werde *es auch tun.*

Weil ich nicht so blöd war, mich schnappen zu lassen.

Natürlich gab es Momente, in denen ich mir Sorgen machte. Augenblicke, in denen ich – vorübergehend – die Kontrolle verlor und riskierte, mich als der wahre Kopf hinter dem Plan zu enttarnen. Als ich neben der jungen Flugbegleiterin kniete und meine Hände auf ihre Halswunde presste, raste mein Puls. Ich wartete auf die Hand auf meiner Schulter, die Anschuldigung, die Wahrheit. Sie zu töten, war unbedacht gewesen – einer von den Passagieren hätte meine Hand an dem Korkenzieher sehen können. Doch alle hatten nur zu Missouri gestarrt. Bis sie zu mir blickten, versuchte ich, das Leben des Mädchens zu retten. Ein Held, keine Bedrohung.

Die Ermittlungen waren ausufernd. Sämtliche Passagiere wurden unter die Lupe genommen, und ich spürte bereits den heißen Atem der Antiterroreinheit in meinem Nacken. Aber es geschah nichts. Ich hatte meine Spuren mit einer Expertise verwischt, die ich über Jahre perfektioniert hatte. Rowan Fraser ist ein mustergültiger Bürger.

Selbstverständlich war es nicht das Ende, das ich mir gewünscht hatte. Ich wollte, dass wir alle dramatisch ins Opernhaus krachen. Ich wollte, dass unsere Aktion – das wichtigste politische Statement aller Zeiten – über Jahrzehnte präsent bleibt, auf allen Kontinenten, in jedem Haushalt, jeder Schule, jeder Institution. Ich wollte »Eilmeldung«-Schlagzeilen, ein Scheinwerferlicht auf den Klimawandel, so hell, dass niemand es ignorieren konnte. Missouri wollte das auch. Sie war es leid, um Gerechtigkeit für ihren Bruder zu kämpfen – gleichfalls ein Umweltaktivist. Sie war es leid, den Leuten dieselbe Botschaft nahezubringen, die vor über zwei Jahrzehnten zu seinem Tod geführt hatte. Ein letzter Akt, sagte sie. Für ihn.

Es amüsierte mich, wie die Passagiere vor Missouris lächerlicher Kostümierung zurückwichen. Das verdanken wir den Dschihadisten, denke ich mal, denn ihretwegen bricht angesichts von ein paar Drähten und Plastik prompt Hysterie aus. Ihre »Bombe« war nichts weiter als Socken in Hundekotbeuteln an einem elastischen Gepäckband und mit den bunten Drähten aus Kopfhörern. Sämtliche Einzelteile gingen problemlos durch den Röntgenapparat an der Sicherheitskontrolle und ließen sich auf der Flugzeugtoilette zusammenfügen.

Hätte Lena nie erfahren, dass der Sprengstoff unecht war, hätte es vielleicht genügt, um die Crew im Griff zu behalten … Im Nachhinein ist man ja immer schlauer, nicht?

Ich gab mein Bestes, um Mina von der Erstürmung des Cockpits abzuhalten. Wie sollte ich denn mit ihrem lächerlichen Drang rechnen, die vorherigen Ereignisse »wiedergutzumachen«? Ich hätte sie neutralisieren können. Vielleicht sogar Mina und Cesca. Aber Mina, Cesca und Derek? Als offensichtlich wurde, dass wir diese komplett ungeplante Rettungseinheit bildeten, begriff ich, dass, mich ihnen anzuschließen und mit ihnen ins Cockpit zu gelangen, meine letzte Chance war, für die Schlagzeilen zu sorgen, die wir brauchten.

Ich gebe zu, dass ich einen emotionalen Zusammenbruch bei Mina erwartet hatte. Ich sah, wie er losging, und versuchte, ihn zu verstärken. Ich erinnerte sie an ihre Familie, nutzte diejenigen ihrer Schwächen, die ich kannte, als sie sich dringend zusammenreißen musste. Fast gehörte das Cockpit mir, war die Mission erfüllt.

Hatte ich sie zu weit getrieben? Ihre Reaktion war extrem, ein Schreianfall, der so gar nicht meinem Verhalten entsprach, weshalb ich nur vermuten kann, dass sie hysterisch war. Da gab ich auf. Selbst die härtesten Kämpfer wissen, wann es Zeit zum Rückzug ist. Sich sammeln. Lieber leben, um erneut zu kämpfen. Besser zu kämpfen.

Wir haben kleine Schlachten inmitten eines verlorenen Krieges gewonnen. Im Nachgang schaffte die britische Regierung die Bonusmeilen ab; ein kleiner, aber wesentlicher Schritt, die Leute vom Fliegen abzuhalten. Sie führte Steuervergünstigungen für Unternehmen ein, die ihre Waren per Schiff anstatt per Flugzeug versenden, und erhöhte die Mehrwertsteuer auf den Kauf von neuen Flugzeugen.

Das haben wir *erreicht, sage ich mir in meinen finsteren Momenten.*

Und jetzt sage ich es euch. Wir haben das erreicht. *Das ist die Macht des Protests. Denkt niemals, dass ihr keine Veränderungen bewirken, nichts bewegen könnt. Für die Welt. Eure Kinder zählen auf euch.*

Trotzdem wird es Zeit für einen neuen Ansatz. Proteste haben sich verändert, seit meine Mutter mich mit zum Greenham Common nahm; die Gesetzgebung und die Technologie haben sich verändert. Wir können klüger sein, stiller, mächtiger.

In den Jahren seit unserer Flugzeugentführung ist mir eine grundlegende Veränderung aufgefallen, was die Haltung zum Klimawandel betrifft. Das müsst ihr auch gesehen haben. Es wird mehr in den Zeitungen berichtet, es gibt mehr Dokumentarfilme, und mehr Prominente melden sich zu Wort, als man zählen kann. Das Blatt wendet sich, und jetzt ist die Zeit gekommen, die Geschichte weiterzuschreiben.

Aber das werde nicht ich tun.

In dieser konsumorientierten Welt dreht sich alles um Markenimage und soziale Medien, und es war noch nie mein Stil, mich ins Rampenlicht zu stellen. Es braucht jemand Jüngeren, Leidenschaftlichen, von einer strahlenden Reinheit, die für die ganze Welt sichtbar ist.

Jemanden wie dich.

Ich weiß, dass du hierfür bereit bist. Du hast dir meine Version der Geschichte angehört und verstehst die Probleme. Du begreifst, dass es um die Sache geht, nicht um die Menschen.

Es ist Furcht einflößend, ich weiß. Aber ich werde in der Kulisse sein. Ich helfe dir, deine Reden zu schreiben und dich auf die Meetings vorzubereiten. Ich bringe dir bei, wie du Leute mit deiner Energie und deiner Unschuld gewinnst, bis sie jedes Wort aus deinem Mund glauben. Ich werde hinter dir stehen, aber du erntest die Lorbeeren. Die ganze Welt wird dich kennen, du wirst Staaten aufmerken lassen, weil du die Stimme der Vernunft bist. Die Stimme der Zukunft.

Betrachte es fürs Erste als eine Lehre. Ich rede, und du lernst. Unterdes eroberst du Herzen, damit die Leute, wenn die Zeit gekommen ist, dir dahin folgen, wo du sie haben willst. Ich zeige dir, wie das geht.

Deine Eltern?

Ach, Sophia, sie sind nicht deine Eltern. Sie sind Betreuer, mehr nicht, und genauso wenig Teil deiner Familie wie deine Lehrer. Es ist ihr Job, für dich zu sorgen. Weiter nichts. Adam und Mina wollten ein Kind, irgendeines – sie haben dich nicht gewählt. Nicht so wie ich.

Ja, das stimmt. Ich habe dich ausgewählt.

Ich habe dich gewählt, während die anderen den Prozess beobachteten.

Warum?

Weil ich dein Potenzial erkenne. Weil wir zusammen die Welt verändern werden, und ich weiß, dass du stark genug bist, diese Veränderungen nicht bloß anzustoßen, sondern auch mit dem Blutvergießen auf dem Weg dahin fertigzuwerden. Ich wähle dich als meine rechte Hand, damit du die Zukunft meiner Kampagne bist.

Ich wähle dich. Und? Was sagst du?

Braves Mädchen. Du triffst die richtige Entscheidung.

Sie sehen uns an – ich muss gehen. Erzähle ihnen nicht, was ich gesagt habe, ja? Es ist unser kleines Geheimnis. Verhalte dich still und sag kein Wort. Sei die, die sie sich wünschen. Fürs Erste.

Ich lasse es dich wissen, wenn es so weit ist.

EPILOG

SOPHIA

Ich sitze eingeklemmt zwischen Mum und Dad im Taxi. Es ist, als wäre ich das Netz in der Mitte eines Tennisplatzes, und die Worte von beiden fliegen über mich hinweg. Hin und her.

Über meinen Kopf. Zu hoch für mich.

Das sagen Leute, wenn sie etwas nicht verstehen. *Das ist mir zu hoch.* Wie die Wasseroberfläche, wenn man ertrinkt.

Erwachsene denken, alles, was sie sagen, ist mir zu hoch. Sie glauben, weil ich klein bin, höre ich nicht, was sie sagen. Dass ich nichts verstehe. Ich habe einmal Dad gehört, als er mit Derek geredet hat. Und Derek hat gesagt, *Etwas ist mit ihm,* und Dad hat gesagt, *Mina duldet kein schlechtes Wort über ihn.* Als sie mich sahen, sind sie plötzlich still geworden, und Derek hat dann gesagt, *glaubst du* – und Dad hat geantwortet, *keine Sorge, das ist zu hoch für sie.*

War es nicht.

Sie haben über Rowan geredet.

Ich bin nicht dumm. Ich höre richtig gut zu. Die ganze Zeit. Und wenn ich irgendwas nicht verstehe, finde ich heraus, was es bedeutet. Meistens frage ich Mum und Dad, aber manchmal … manchmal frage ich Rowan.

Rowan findet nicht, dass ich zu klein bin, um Sachen zu verstehen. Er erzählt mir alles über den Klimawandel und warum der Premierminister nichts taugt und schlimme Sachen passieren, wie Kämpfe und Kriege. Viele Erwachsene verändern ihre

Stimme, wenn sie mit Kindern reden, Rowan nicht. *Du bist ein kluges Mädchen,* sagt er. *Ich will dich nicht bevormunden.*

Ich weiß nicht, ob ich klug bin. Mich interessieren Sachen. Ich finde Sachen heraus, und dann erinnert sich mein Gehirn an sie. Wie, bevor Becca uns in den Keller gesperrt hat, als wir gegessen haben und Dad davon geredet hat, dass er mit mir backen will. Und Becca hat gesagt, dass man Kekse aus Löwenzahn backen kann. *Da gibt es haufenweise Websites,* hat sie gesagt.

Mum lässt mich im Internet nach Rezepten gucken, also habe ich nachgeguckt. Becca hatte recht. Das nennt sich Nahrungssuche, und es heißt, dass man Unkraut isst. Man kann ganz viel Unkraut essen, Nüsse, Beeren, Brennnesseln … ganz viel. Ich habe Eichel-Muffins gemacht. Mum und Dad haben gesagt, die sind lecker, aber dann habe ich gehört, wie Dad gesagt hat, sie schmecken, als hätte jemand einen Hamsterkäfig geputzt, und ich war so wütend, dass ich fast geplatzt bin.

Es gibt Brennnesseln im Park, gleich hinter unserm Haus, auch Brombeeren und Blumen, die man essen kann, wie Veilchen, die gemeine Nachtviole und Malven.

Fingerhut nicht. Fingerhut ist giftig.

Aber woher soll ich das wissen? Ich bin ja erst neun …

Rowan hat mir richtig viel beigebracht. Wie man Dinge im Internet findet, ohne dass jemand sieht, dass man sie gesucht hat. Wie ich es mache, dass Mum und Dad nicht denken, dass ich irgendwas vorhabe.

Er kann auch richtig gut was vorspielen. Mum mag ihn wirklich, aber Dad nicht, obwohl sie sich die Hände schütteln wie Freunde. Rowan sagt, bald wird Dad wieder Lotto spielen, und *du weißt ja, was letztes Mal passiert ist.*

Als Mum das erste Mal gesagt hat, dass sie wieder fliegen will, habe ich gedacht, dass Rowan etwas sagt – er war so wütend –, aber er hat sie geküsst und gesagt: *Sehr gut! Ich weiß, was für eine große Entscheidung das ist.* Danach sind wir in den Park gegangen, und er hat gesagt, Mum hätte gegen den Klimawandel protestieren können. Und dann haben alle Zeitungen nur über die *mutige Flugbegleiterin* geschrieben, die zurück zur Arbeit geht.

»Du musst es ihr sagen«, habe ich gesagt, aber er hat den Kopf geschüttelt.

»Ich arbeite an einem besseren Plan.«

Er wollte mir nicht verraten, was für ein Plan, dabei habe ich immer wieder gefragt. Er hat bloß gesagt, dass er ein großes Geheimnis hat – ein riesiges Geheimnis, das ich keinem verraten darf. Nicht Derek, nicht Cesca und vor allem nicht Mum und Dad.

Er ist das alles gewesen. Die Entführung, Becca, alles. Das mit dem Keller tut ihm leid, hat er gesagt. Ich muss verstehen, dass alles *für die gute Sache war.* Als der Prozess anfing, sind Mum und Dad oft den ganzen Tag im Gericht gewesen, und Rowan und ich haben im Café gewartet und Kakao getrunken. *An der Geschichte ist noch mehr,* hat er gesagt. *Und ich denke, du wirst das Richtige tun.* Jeden Tag hat er mir ein Kapitel erzählt, wie Gutenachtgeschichten.

Ich sage dir Bescheid, wenn es Zeit wird, hat er gesagt.

Er hat vergessen, was er darüber gesagt hat, als *er* das Gesetz gebrochen hat. Als er einen Stein nach einem Polizisten geworfen hat. *Mein Alter hat mich entlastet,* hat er gesagt. Ich musste ihn fragen, was das heißt. Es heißt, dass er neun war. Zu jung, um verhaftet zu werden.

So alt wie ich.

Und ich darf nicht warten, oder?

An dem Wochenende habe ich die Kekse gebacken. Mum war *froh über die Ablenkung,* hat sie gesagt, und froh, dass mir *der Prozess nicht zu viel* wurde. Dad ist in die Küche gekommen, als ich die Blumen reingestreut habe. »Was wird das hier?« Ich hatte vier Rührschüsseln, eine für jeden Geschmack.

»Shortbread«, habe ich gesagt. »Mit essbaren Blumen.« Auf einmal war mir ganz heiß, und ich dachte, sie können meine Gedanken lesen. Fühlte Rowan sich so, als er den Stein nach dem Polizisten warf?

»Sieht sagenhaft aus«, sagte Dad.

Ich verzierte meine Kekse mit kleinen Blütenstücken, die ich in die Oberseite des Shortbreads drückte. Mal gelbe Stiefmütterchen, mal blaues Gurkenkraut und zuletzt rosa Rosen.

Und beim allerletzten Blech ein winziges Stückchen violette Fingerhutblüte.

Das ist auch was, das Rowan mir beigebracht hat: Verstecke deine Geheimnisse da, wo alle hinsehen.

Hinterher wird die Polizei es herausfinden. Ich bin nicht dumm. Es wird eine Untersuchung geben, und sie werden Bluttests machen und Fingerhut finden. Sie werden wissen, dass ich ihn in meine Kekse gemischt habe, ziemlich viel sogar, und es wird verdächtig aussehen, wenn in meinen anderen drei Blechen die richtigen Blüten waren, der Fingerhut aber nur in dem einen.

Sie werden wissen, dass ich es war. Aber sie dürfen mich nicht verhaften. Weil ich erst neun bin.

Unser Taxi rückt ein Stück vor und hält wieder. Dad stöhnt. »Zu Fuß wären wir schneller.«

»Sophia ist erschöpft«, sagt Mum. Das Fenster ist offen, und ich kann die schmutzigen Abgase der Autos um uns herum riechen. »Wenn wir den Zug verpassen, essen wir auf jeden Fall. Ich bin am Verhungern.«

»Ich habe meine Kekse«, sage ich, als wäre es mir eben eingefallen, und hole die Papiertüten aus meinem Rucksack. Eine für jeden.

»Was würden wir nur ohne dich machen?« Dad grinst. Ich

grinse auch, aber mein Herz pocht wie verrückt. Ich frage mich, wie lange es dauert, bis man an einer Fingerhutvergiftung stirbt und wie weh es tut.

Wir essen die Kekse, und unser Taxi bewegt sich ein winziges Stück vorwärts.

Es ist erledigt.

Jetzt fühle ich mich besser. Manchmal muss man schlimme Dinge tun, um noch schlimmere zu verhindern. So wie Rowan es gemacht hat.

»Diese Blüten schmecken super«, sagt Mum. Sie beugt sich rüber, um zu sehen, welche Sorte Dad und ich haben. »Aha, du hast Rowan deine Lieblingssorte gegeben.« Lachend sieht sie Dad an. »Ich durfte nicht mal einen naschen!«

»Na, es war doch nett von ihm, dass er beim Prozess auf mich aufgepasst hat«, sage ich. »Und er hat mir ganz viele interessante Geschichten erzählt. Er wohnt allein, und ich glaube, er hat niemanden, der ihm Kekse backt. Und ich wollte wirklich, dass er die violetten bekommt.«

Meine Eltern wechseln einen gerührten Blick, und ich weiß, dass sie denken, wie sehr sie mich lieben. Was für ein braves Mädchen ich bin.

»Das ist sehr nett von dir.« Dad legt einen Arm um mich und drückt mich an sich. Ich sehe beide mit meinem niedlichsten Lächeln an.

»Ist schon gut. Ich finde, er hat sie verdient.«

ANMERKUNGEN DER AUTORIN

Manchmal schwebt die Idee zu einem Buch lange im Raum, bis sie fertig ist, ähnlich einem Samen, der in der Erde keimt und auf die richtige Mischung aus Sonne und Wasser wartet. Wie viele andere Autoren auch habe ich ein Notizbuch, in dem ich Ideen sammle, von denen viele nie Wurzeln schlagen. Auf den ersten Seiten dieses Notizbuchs steht eine Handvoll Einträge. *Flugbegleiterin. Entführungsdrohung. Kind oder Maschine retten?*

Einige Zeit, nachdem ich das notiert hatte, las ich einen Artikel über die Vorbereitungen zum ersten Direktflug von London nach Sydney. Bis dahin hatte mein längster Flug dreizehn Stunden gedauert, und die Vorstellung, sieben Stunden länger in einer Maschine zu sitzen, war für mich der blanke Horror. Unwillkürlich musste ich an Agatha Christies *Mord im Orientexpress* denken, in dem die Passagiere mit einem Mörder in ihrer Mitte in einem eingeschneiten Zug festsitzen. Den Gedanken, in fünfunddreißigtausend Fuß Höhe zu sein und sich nirgends verstecken zu können, finde ich schaurig, also habe ich selbstverständlich beschlossen, ein Jahr lang darüber zu schreiben.

Ich reise für mein Leben gern und habe das große Glück, dass ich es beruflich oft muss. In jüngster Zeit jedoch mache ich mir zunehmend Gedanken über die ökologischen Auswirkungen der Flüge, die ich antrete. Deshalb erwäge ich bei jeder Reise gründlich, ob sie aus geschäftlichen Gründen wirklich nötig ist. Wann immer es geht, nehme ich den Zug, und ich bemühe mich, durch zahlreiche kleine Veränderungen zu Hause einen Ausgleich zu schaffen. Jede Kleinigkeit hilft. Oft sitze ich in einer

Flughafen-Lounge, beobachte die anderen Passagiere und spekuliere über ihre Reisegründe. Ob ein Flug »notwendig« ist oder nicht, ist eine subjektive Frage, und während ich dieses Buch schrieb, wollte ich mir einige der Wahrnehmungen und Urteile über Flugreisen und Umweltschutz genauer ansehen. Parallel schlug Covid-19 zu, und langsam machten die Länder dicht. Flugzeuge blieben am Boden, das Flugpersonal wurde beurlaubt oder entlassen. Der Himmel klarte auf. Vorletztes Jahr habe ich dreizehn Länder bereist; seit dem letzten Jahr ist mein Kalender leer. Es war gleichermaßen beunruhigend und inspirierend, über eine Antiflug-Bewegung zu schreiben, während die Branche fast zum Erliegen gekommen ist, und ich war erstaunt, wie schnell die positive ökologische Auswirkung spürbar wurde. Niemand kann sagen, wie die Welt in Zukunft aussehen wird, aber ich bin mir ziemlich sicher, dass sich unsere Art zu reisen für immer verändert hat.

Mir ist bewusst, dass die Umweltaktivisten in meinem Roman – um es vorsichtig zu formulieren – keine Helden sind. Sie sind Fundamentalisten, und die sind selten sympathisch. Warum also über Extremisten schreiben und nicht über die unzähligen Wissenschaftler und Ökologen, die auf besonnene, vollkommen legale Weise wertvolle Arbeit leisten? Die kurze Antwort lautet: Das wäre ein sehr langweiliger Krimi. Die längere Antwort hat ihren Ursprung in Oxford, als ich am Anfang meiner Polizeilaufbahn stand. Ich war zu einer Zeit zur Polizei gekommen, als es praktisch täglich Proteste gegen Tierversuche gab, weil die Universitäten viele Labore betrieben. Als Polizistin musste ich meine persönlichen Überzeugungen von den beruflichen Anforderungen trennen. Egal, wie ich über Tierversuche dachte, ich musste die Wissenschaftler, die in der Schusslinie standen, schützen. Die große Mehrheit der Demonstranten hielt sich an das Gesetz und machte von ihrem Recht auf freie Meinungsäußerung Gebrauch. Einige laute hingegen gaben weniger auf das Gesetz. Mich faszinierte, dass jemand Tiere so sehr mag, dass er sein Leben ihrem Schutz widmet, zugleich aber so wenig auf Menschen gibt, dass er das Haus einer Familie in Brand steckt. Ist es in Ordnung, einen Menschen zu töten, wenn man dadurch ein Tier rettet? Und wie sieht es aus, wenn es um einen Wald oder einen Fluss geht?

Später arbeitete ich als Verbindungsbeamtin zwischen der Polizei und den Aktivisten. Ich setzte mich mit Vertretern von der English Defence League, Unite Against Fascism oder Fathers for Justice zusammen und versuchte, eine gemeinsame Basis inmitten unserer sehr unterschiedlichen Ziele zu finden. Es war eine spannende Arbeit, die mich viel über die Psychologie des Protests lehrte.

Als ich am ersten Entwurf dieses Buches saß, hielt ein Protestierender eine Maschine am Boden fest, die von London nach Dublin fliegen sollte, und sprach über den Klimawandel, während die Kabinencrew versuchte, ihn aus dem Flugzeug zu bekommen. Ich denke, wir werden mehr Demonstrationen an Flughäfen und in Flugzeugen sehen, je schlimmer die Auswirkungen der Erderwärmung werden: Umweltschützer, die extreme Aktionen unternehmen, um sich Gehör zu verschaffen. Wie immer Sie zu Protesten stehen, man kann schwerlich mit der Wissenschaft streiten (obwohl überraschend viele Leute es gern tun). Wir müssen jetzt handeln, um den Planeten für künftige Generationen zu bewahren. Zug fahren, keine Einwegplastikverpackungen nutzen, weniger Fleisch essen … Es gibt hundert kleine Veränderungen, die man heute für ein erheblich besseres Morgen vornehmen kann.

Und schließlich möchte ich noch alle mit einem Hang zur Nervosität beruhigen, die nach der Lektüre dieses Buches in kein Flugzeug mehr steigen wollen. *Es ist alles erfunden!* Die

Wahrscheinlichkeit, dass Sie in einem entführten Flugzeug sitzen, ist zehnmal geringer als die, dass Sie vom Blitz getroffen werden. Und sofern Sie nicht die Angewohnheit haben, das Wetter von der Mitte eines freien Feldes aus zu beobachten, ist das Risiko wirklich sehr gering.

Danke, dass Sie dieses Buch gelesen haben. Und allzeit gute Reise.

Clare Mackintosh

DANKSAGUNG

Wie immer schulde ich vielen Leuten, ohne die dieses Buch nicht zustande gekommen wäre, großen Dank. Zwei LeserInnen haben an eine wohltätige Organisation gespendet, um einen Namen ihrer Wahl auf diesen Seiten zu sehen. Mein Dank geht an Tanya Barrow, deren Schwiegermutter Patricia eine wahrhafte schottische Lady ist, und an Mike Carrivick, einen ehemaligen Qantas-Mitarbeiter, der 1989 auf dem allerersten Flug von London nach Sydney dabei war. Dein fiktiver Tod war würdevoll, Mike. Ihre großzügigen Spenden unterstützen Aerobility, eine großartige Organisation, die Menschen mit Behinderung das Abheben gen Himmel möglich macht. Ihre Arbeit ist wirklich bahnbrechend, und es war ein Privileg, ihnen beim Spendeneinwerben zu helfen.

Ich danke Rhonda Hierons, die mir ihre Erfahrungen mit Bindungsstörungen schilderte, und den Freunden, die mit mir darüber sprachen, wie es ist, ein Kind zu adoptieren. Die Auswirkungen eines Lebensbeginns voller Vernachlässigung oder Missbrauch reichen tief und sind langanhaltend, und ich habe Hochachtung vor Eltern, die solchen Kindern ein sicheres und glückliches Zuhause geben.

Gewiss werden mir viele Piloten, Luftfahrtingenieure und Crewmitglieder sagen wollen, was ich bei der Beschreibung der Kabine, der Schichtpläne, des Landevorgangs und vielem mehr falsch gemacht habe. Sie alle möchte ich höflich an die (fiktive) Kundenbetreuung bei World Airlines verweisen, die sich mit Freuden ihrer Beschwerden annehmen wird. Ich bin derweil Charlotte Anderson unendlich dankbar, ihres Zeichens Fluglotsin, und der Crew-Ausbilderin Gillian Fulke (Emirates), die mir mit Rat und Tat zur Seite standen, wie auch Tony und Athena von Emirates Aviation Experience, bei denen mein Sohn Josh und ich eine Boeing 777 unter exakt den gleichen Bedingungen wie Mina am Flughafen von Sydney landen durften. Mehrere Piloten aus der ganzen Welt haben mir bei meiner Recherche geholfen, und ganz besonders einer – der bat, hier nicht namentlich genannt zu werden – hat mir sehr viel von seiner Zeit geschenkt. Er hat mir Fotos von Minas genauem Landeanflug geschickt, mit mir den Vorgang durchgesprochen und mir unzählige Fragen von Kampfjets bis hin zu Wolkendecken beantwortet. Ich hoffe, er weiß, wie dankbar ich ihm bin. Sämtliche Fehler sind allein meine und wurden größtenteils zugunsten der Story gemacht.

Ich danke auch meiner überaus aufmerksamen Agentin Sheila Crowley, die mich darauf hinwies, dass der Fußballer Jamie Crawford unmöglich zu solch einem wichtigen Zeitpunkt in der Saison nach Australien jetten könnte, und Graham Brown, der mir bestätigte, dass Jamie selbst verletzt im Land bleiben und das Training unterstützen müsste. Deshalb wurde Jamie irgendwo zwischen dem zweiten und dem dritten Entwurf ehrenvoll in den Ruhestand entlassen.

Sheila Crowley von der Curtis Brown Talent and Literary Agency begeistert sich nicht nur für Fußball (und Rugby), sondern ist auch eine unglaubliche Agentin, Mentorin und Strategin sowie eine gute Freundin. Es gibt niemanden, den ich lieber auf meiner Seite hätte als Sheila, und mein Dank geht an Sabhbh Curran und Emily Harris für ihre tolle Arbeit als Teil des CB-Teams.

Ich habe das Glück, seit meinem ersten Roman 2013 dieselbe Lektorin zu haben, Lucy Malagoni. Klug und ehrgeizig, wie sie ist, fordert sie mich mit jedem Buch ein wenig mehr heraus, was mir ausgesprochen gut gefällt. Lucy ist Teil eines herausragenden Teams von engagierten und hart arbeitenden Leuten bei Little, Brown Book Group. Ich bin stolz darauf, dass meine Bücher dort erscheinen. Der Platz reicht nicht, um jedem Einzelnen in den Abteilungen Illustration, Verkauf, Marketing, Buchhaltung, Presse und Audio zu danken, aber ich schätze sie alle. Ein besonderer Dank gebührt Gemma Shelley, Brionee Fenlon, Kirsteen Astor, Millie Seaward, Rosanna Forte und Abby Parsons sowie der außergewöhnlichen Redakteurin Linda McQueen.

Ich danke Andy Hine, Kate Hibbert und Helena Doree in der Rechteabteilung, die meine Bücher für Leser in mittlerweile vierzig Ländern zugänglich machen. Einige wahrlich geniale LektorInnen auf der ganzen Welt leisten Wunderbares, um meine Bücher für ihren Markt zu adaptieren.

Womit ich zu den wichtigsten Leuten von allen komme: den LeserInnen. Ob Sie mich von Anfang an begleiten oder dies das erste meiner Bücher ist, das Sie gelesen haben, ob Sie eBooks, geliehene Bücher, Hardcover oder Taschenbücher lesen oder Audiobooks hören – ob eines im Jahr oder hundert: Danke. Sie ermöglichen es mir, von dem zu leben, was ich liebe. Schicken Sie mir bitte weiterhin Ihre Rezensionen und unterstützen Sie den unabhängigen Buchhandel wie auch die Büchereien. Lesen Sie weiter. Falls Sie noch kein Mitglied meines Buchclubs sind, würde ich mich sehr freuen, Sie dort zu begrüßen.

Claremackintosh.com/jointheclub

Und, last but not least, Dank an Rob, Josh, Evie und George, dass ihr es mit mir aushaltet!

Subtile Spitzenspannung in eisig-wunderschöner Landschaft:
Bestsellerautorin Clare Mackintoshs erste Krimiserie!

Clare Mackintosh

DIE LETZTE PARTY

KRIMINALROMAN

An Silvester gibt Rhys Lloyd die Party aller Partys. Seine Ferienhäuser am See sind ein voller Erfolg, und er hat die walisischen Dorfbewohner großzügig eingeladen, mit ihren neuen reichen Nachbarn Champagner zu trinken.
Doch nicht alle sind zum Feiern da.
Um Mitternacht treibt eine Leiche im See. Und am Neujahrstag hat Ermittlerin Ffion Morgan ein Dorf voller Verdächtiger – die zugleich ihre Nachbarn, Freunde und Familie sind. Sie alle haben ein Motiv. Niemand sagt die Wahrheit. Auch Ffion nicht?

»Ich habe mich sofort in die wagemutige,
komplizierte Kommissarin Ffion Morgan verliebt –
und Sie werden es garantiert auch tun!«
Ruth Ware

KNAUR

Jeder hat eine Vergangenheit. Wie weit würdest du gehen, um deine zu verbergen?

Clare Mackintosh

SPIEL DER LÜGNER

Großbritannien hat eine neue TV-Sensation: In der Reality-Show »Exposure« stellen sich sieben völlig Fremde einem Wettbewerb, und das ganze Land schaut zu – auch Detective Ffion Morgan, denn es ist »ihr« Revier. Doch die Mitspieler wissen noch nicht, worauf sie sich eingelassen haben: Ihre schlimmsten persönlichen Geheimnisse sollen – live auf Sendung! – aufgedeckt werden, und niemand wird danach weiterleben können wie zuvor. Als ein Kandidat verschwindet und die Show immer weiter aus dem Ruder läuft, steckt Ffion Morgan bald mitten in einer verzwickten Mord-Ermittlung: Jeder ihrer Verdächtigen hat ein Alibi – und ein Geheimnis, für das es sich zu töten lohnt …

Band 2 der Bestsellerserie um die walisische Kommissarin Ffion Morgan: Clare Mackintosh hält alle Versprechen auf ein intelligent-prickelndes, psychologisch ausgefeiltes Krimivergnügen

KNAUR